U0069848

鯤島計畫

^{Khun} ^{tór} ^{kè} ^{uē}

大郎頭　著/設計
Da Lang

禾日香　繪
Phang Phang

粉紅色小屋

目 次

作者序⋯⋯004

繪者序⋯⋯006

第一章　**元義的午休時間**⋯⋯009
　　　　——睏罔睏，罔陷眠
　　　　khùn bóng khùn, bóng hām-bîn
　　　　收錄關於睡眠的台語

第二章　**七截花刀傳**⋯⋯019
　　　　——你食曼陀花
　　　　lí tsia̍h bān-tôo-hue
　　　　收錄關於笨、瘋的台語

第三章　**最幸運的人**⋯⋯047
　　　　——一日無事，小神仙
　　　　tsit-jit bôr-sū, siór sîn-sian
　　　　收錄關於運氣的台語

第四章　**宮古座殺手**⋯⋯063
　　　　——夕霞，明日雨
　　　　sik-hâ, bîn-jit hōo
　　　　收錄關於天氣及冷熱的台語

第五章　**該怎麼打你？**⋯⋯111
　　　　——擉擉喔！
　　　　tia̍k-tia̍k--ooh!
　　　　收錄關於動作的台語

第六章　**山魈**……**143**
── 放屎囝仔
pàng-sái-gín-á
收錄關於腸胃狀況的台語

第七章　**透明電梯**……**169**
── 萬能流籠
bān-lîng liû-lông
收錄關於疊詞的台語

第八章　**作家**……**221**
── 往昔心悶
óng-sik sim-būn
收錄關於臉部表情的台語

第九章　**The 殺人事件**……**269**
── The
收錄關於外貌的台語

第十章　**我願化作鬼**……**311**
── 永遠的向望
íng-uán ê ǹg-bāng
收錄關於時態的台語

尾聲……**359**

附錄……**364**

作者序

大郎頭 Da Lang

　　2015年，很榮幸在前衛出版社出版了《台語原來是這樣》，感謝各方的支持與幫忙。在書出版之後，我們持續在臉書粉絲專頁「粉紅色小屋」進行台語圖文創作，另一邊著手準備《台語原來是這樣》第二集，也發表過全台語文的短篇故事。在這個過程中，身為創作者的我們也不斷思索著：該如何讓台語有更多的曝光度，能讓讀者不經意地接觸到呢？

　　某一天，我翻閱香香的台語筆記，發現她在裡面有系統地紀錄了各種台語詞彙，這些大量的台語詞彙有許多是抽象且同質性高的系列，於是我突然想到，或許可以將這些詞彙融入我平時的寫作中。

　　從我國小到國中這個階段，除了寫日記紀錄生活的習慣以外（這也是為什麼《台語原來是這樣》的許多故事可以如此記憶猶新），另一個習慣就是寫小說。當時的我，喜歡寫小說自得其樂，有許多構想持續累積著，直到這幾年接觸了台語，認識了台灣文史，再加上台語寫作，更增加了我不少創作的靈感跟動力，於是《鯤島計畫》便如此誕生。

　　一則故事搭配一個系列台語詞的《鯤島計畫》，是講述發生在台灣，由許多細微事件拼湊出來的故事，就像文中所參雜的台語詞彙一樣，透過一系列構詞相似、主題相關的台語詞彙（如疊字形容詞，或和肚子狀態有關的台語等等），勾勒出整個故事的情節。這樣一方面可以經由故事，讓讀者順勢了解詞彙的例句或使用情境，二方面是展現這些台語詞彙的文字性，不論是漢字或羅馬拼音。順道一提，書中使用的台語羅

馬拼音,是以教育部所公佈的台語辭典與台羅拼音爲主,若故事角色設定爲台南人,則會盡量拼出台南腔。考量到書中收錄許多現今已越來越少聽到的詞彙,若內文也以台文書寫,恐怕我們想要分享的詞彙反而難以躍出。因此,本書主要是以華語書寫,如此一來,台語詞彙便會在故事中被突顯出來。

此外,故事中穿插了幾位台灣歷史上眞實存在過的人物,也有以眞實人物爲藍本而虛構出來的後代角色。劇情純屬虛構,若有雷同純屬巧合。

最後,再次感謝前衛出版社社長、清鴻編輯的細心校稿、君亭編輯的幫忙、社上各位,以及支持、鼓勵、在各方幫助我們的家人、台灣前輩及讀者們,再次感謝、勞力。

繪者序

禾日香 Phang Phang

如果你問《鯤島計畫》寫了多久完成？我會回答：「可以說是兩年，也可以說是二十幾年。」因為裡面有些故事，是大郎早在學生時期就已經開始構想，且動筆寫作的作品。其中的〈七截花刀傳〉甚至是他國小時的創作，而這本書中的「七截」字樣，也真的是大郎國小時在作文稿紙上寫下的真跡。

《鯤島計畫》中，除了高中生元義的主線故事以外，也融入了一些台灣文史的元素。最重要的是，每一篇故事裡的同系列台語詞彙，才是我與大郎真正想分享給讀者們的精華。自從開始學習台語，我習慣將類似的詞彙寫在一起，算是一種收集的癖好。某日，我和大郎想到將不同類型、不同主題的台語詞彙安排進短篇故事中，那她們就會像珍珠一樣，在故事情節中閃閃發亮，這也是為什麼大郎最後選擇以華語書寫的原因。在華語文故事中，偶而出現的台語詞彙，將會變得如此突出，且令人印象深刻；倘若通篇皆是台語文，那麼我們想要分享的台語詞彙，恐怕就會隨著故事中的其他文字一同滑過眼前，反而沒那麼明顯。

這個故事的時間軸，有過去、現在及平行時間的台灣未來。我們也在猜想，假如某個平行世界的台灣，官方語言是台語，那麼漫畫的文字將會怎樣表現呢？因此，我們這次也在《鯤島計畫》中創作了幾張以台文書寫、表現的漫畫，包括一些狀聲詞也改用台語羅馬拼音來表現，希望讀者們能夠感受到我們的巧思，也期待看完整本故事，會有參與「計畫」的感覺。

　　最後，再次感謝前衛出版社社長、清鴻編輯、君亭編輯、Nico美
編，和家人、朋友、台灣，以及所有支持我們、無形中給我們幫助的人
們，感謝、勞力。

本故事純屬虛構
與實際人物、團體、事件均無關聯

台灣漂去北極了。

接著是一陣天旋地轉，隱約聽到客廳傳來媽媽的聲音：「地動！」前後左右的激烈搖晃，躺在床上的我，這時才大概搞懂是發生什麼事。

「哇哩勒……」我睜開眼睛，看著天花板，房間的晃動逐漸停止，意識到原來是真的地震，而我剛剛做了一個夢，夢到台灣漂去北極了。

溼冷的天氣，搭配著寒假剛結束的情緒，睜開眼睛，便感受到學校無形的壓力跟冷空氣結合，我把腳捲進被子裡，突然覺得這不是棉被，倒像是龜殼。可能是剛睡醒的關係，感覺還是很瘸（sian）。原本打算繼續**溫被**（un-phuē）的我戴上黑框眼鏡起床後，看著攤在桌上的參考書跟寫到一半的考卷，覺得很不舒服。

我叫元義，是一個高中生。以身高而論，應該會坐在班上第一排，不過導師豬頭用隨機抽籤的方式排座位，讓我被迫坐在最後一排的最後一個位置。或許是因為這樣，才害我常看不到黑板的字，成績永遠是班上倒數三名內。嗯……好啦，其實是因為我絕大多數的時間，都在偷寫小說的關係。

「元義！」客廳傳來媽媽的呼喚，「地震搖這麼大還沒醒喔？」

我站在書桌跟床鋪之間，正猶豫是否要回應，不過就在這瞬間，馬上做出抉擇跳回床鋪，趁**愛睏神**（ài-khùn-sîn）還沒離開，繼續**盹被**（thún-phuē）回到夢鄉卡快活。

假裝正在**唔唔睏**（onn-onn-khùn）的我，聽到媽媽走進房門說：「閣咧睏喔？」感覺到她似乎又走回客廳，安全過關！在這個假日午後，媽媽的呼喊聲很高機率會是重複她的憂心，關於我的學業為什麼總是倒數

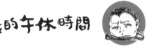

三名，怎麼可以一睡就睡整天，在這樣的下午，為什麼不出去曬曬太陽或做運動。

我把棉被稍微攤開，兩眼**神神**（sîn-sîn），看著天花板。

真不曉得為什麼假日總是這麼無聊？不是在家睡一整天，就是上網、對著陌生的課本發呆，或是在筆記本上亂畫。就這樣不斷循環，我彷彿可以看見自己穿上倉鼠布偶裝，在滾輪上不停奔跑。

「哇哩勒！」想像自己從滾輪跳開，我往床鋪旁邊滾，以**睏坦敧**（khùn thán-khi）的姿勢，一邊搥打著枕頭。啊！對了，至少我還有一個最大的消遣，就是寫小說。

但當我這麼想的時候，我也躡手躡腳走下床鋪，先探頭偷偷觀察客廳的情況再說。果然，客廳傳來電視的聲音，「新聞插播，剛剛台灣發生一起有感地震，規模是6，震央在……」接著是爸媽似乎正在討論地震的交談聲。

我這才放心回到書桌前，將第三層抽屜拉開，挑出其中一本印著卡通圖案的硬殼資料夾，打開後有一疊皺巴巴的傳統稿紙，第一面用奇異筆寫著「七截花刀傳」，這就是我的消遣之一，誰叫我還有個夢想呢？

至於為什麼要用稿紙寫作，那是因為我沒辦法隨時用電腦，所以用這種傳統方式，在學校或補習班偷寫，幾乎不會被發現，老師都以為我在抄筆記，哈哈……

桌上擺著我泡很久、早已放涼的紅茶，如果現在去廚房回沖熱水，那肯定會被發現醒過來了，於是我只能喝著涼掉的紅茶，看著眼前自己寫的小說。

我對小說的興趣，是從國中某次在舊書店買了一本名為《青狂六

癡》的武俠小說開始的，從此之後，我深深著迷於小說，尤其是武俠小說的世界裡。不過，也就是在同一個時期，我的成績便跟小說裡的主角一樣，從高塔墜入地窖，只是跟主角不同的是，我的成績沒有跟著主角一起爬出地窖，到目前還在掙扎中⋯⋯

所以，有一陣子，我是被禁止看小說的。但或許是後來爸媽發現，即使禁止我看那些東西，對成績也是一點幫助也沒有，就乾脆睜一隻眼、閉一隻眼了。也就是那陣子被禁看小說的緣故，才開啓了我「乾脆自己寫小說」的契機——沒有小說可看，乾脆自己寫，有點像是自給自足的道理。

話是這麼說沒錯，但自己寫自己看，總覺得哪裡怪怪的。

小說的樂趣就在於，不曉得故事情節會走到哪裡，讀者隨著劇情起伏而有著情緒轉換，讓人把自己投射成故事裡的角色。那自己寫小說呢？哇哩勒，根本就是預言家在看世界，自己筆下的主角——少年涼大，他穿什麼顏色的內褲我都瞭若指掌，這還能有什麼驚喜？

不過，我後來想到一個完美的解決方案，那就是每寫好一段小說，就影印給朋友看，藉此可以了解「讀者」的想法，邊討論邊改寫，這也算是另外一種趣味吧？

我翻開稿紙，裡面都是凌亂的字跡。

這些字跡像是白醋涼筍上的美乃滋，毫無規律，有幾段亂到不行的筆跡讓我特別有印象，那是幾次在學校偷寫的。

在學校寫跟在家裡房間寫的感覺截然不同，好比有些令人害羞的事，在房間、旅館或野外做，感覺都不一樣⋯⋯嗯，當然，這些事情我也是看報紙才知道的，我一個異性朋友都沒有，反正都只是譬喻，知道個大概就好了。

　　充當我「讀者」的朋友建議，叫我試著把《七截花刀傳》完成，這樣他們才能比較了解，到底我的故事要表達的中心思想是什麼。不過我的朋友也就只有兩個，他們的綽號非常愚蠢，一個叫盲腸，另一個叫小博士，與其有這麼愚蠢的綽號，我覺得還不如不要有綽號比較好。

　　我翻閱著桌上這一疊稿紙，已經接近尾聲的故事內容，有股惆悵的感覺。

　　這時候，媽媽的聲音伴隨著腳步聲由客廳傳了進來：「敢睏起來矣？」

　　慘了，來不及了！我像在洗撲克牌，把稿紙移來移去，但慌亂的時候超不協調，根本只是把稿紙闔上移到桌邊，然後胡亂打開抽屜而已，完了。

　　「你到底咧創啥？頭先講眯（bî）一下，結果**睏甲毋知人**（khùn kah m̄-tsai-lâng）。」媽媽此時已經走進我的房間，她像偵探聞到陰謀的味道，站在房門等我先開口，不攻自破。

　　「噢、噢……**眠一下**（bîn--tsit-ē）爾爾啦……」慌忙之下，將涼掉的紅茶一飲而盡，溼答答的紅茶包看起來好慵懶，看得我又忍不住打了個哈欠。

　　「恁母仔我，是**睏袂落眠**（khùn bē lòh-bîn），啊你是睏起來閣繼續睏，放假攏咧睏，**睏眠**（khùn-bîn）有足，就緊起來，無規工看你按呢**瘭瘭**（siān-siān），睏甲目睭攏**沙微**（sa-bui）矣。」

　　「感覺愈睏愈忝，所以閣想欲睏。」我隨口亂講，連自己都羞恥於這樣沒頭沒腦的緊張。

　　「你毋是挂仔才睏起來，啊你是**睏無夠眠**（khùn-bôr-kàu-bîn）喔？抑是食著愛**睏藥仔**（ài-khùn-ioh-á），**直直睏**（tit-tit khùn）？無啥注意，你閣欲

去眠床躺（nuà）矣，棉被予你蹌被（liòng phuē）蹌甲亂七八糟。」果然，媽媽狐疑地走了過來，然後繞過我的旁邊，順手把移到桌邊的那疊稿紙打開翻閱，接著露出一副偵探宣告破案的表情，好像一切都在她預料之中：「就毋是咧做睏仙（khùn-sian），我就知喔。」

果然又要開始了，我發現，跟看小說相較，父母親似乎更不能接受我寫小說，或許這才是他們後來對於我看小說這件事睜一隻眼、閉一隻眼的真相，兩害相權取其輕吧？畢竟，看小說只是當個讀者，寫小說，若有個作家夢，那就麻煩了。

每當這個時候，就會有一連串的既定公式上演。

「有這款時間，就愛出去加減運動，親像……」

接下來的對話，也是老生常談，不外乎哪個太太的兒子多陽光啦，某某親戚的小孩很有運動細胞啦……不像你為什麼不出去運動？

「你是毋通讀甲落地呢，讀冊盹龜（tuh-ku），考試損龜，好好讀你的冊，逐工攏寫一寡有的無的……」

我的確很不會考試，從來都是考班上倒數的。奇怪，記得我國小、國中成績還是不錯的，好像自從某節課分心，就那次沒聽懂，之後就一直吊車尾到今天了。難道，是那次的分心，害我跟平行世界的自己掉包、替換身分了嗎？

「親像你按呢，以後是欲去做啥工課？敢有公司專門安一個課，予你負責睏晝（khùn-tàu）？」

聽媽媽唸經唸到一半，不知為何我突然耳鳴，最近似乎常常這樣。但耳鳴還是擋不住媽媽的聲音。

我想起之前新聞介紹過「試用、試吃人員」的工作，比如說試用保養品、彩妝新品，或是試吃即將上市的食品，用心得賺取報酬。所

以，也許真的有一種工作是試睡床墊、枕頭甚至是按摩椅的嘛⋯⋯不過新聞通常不可信就是了。

「無你以後拍算欲按怎？揣啥物頭路？你上無嘛愛讀一間較理想的大學⋯⋯」

雖然我每次都告訴自己只要附和就好，但被媽媽這樣一問，我還是忍不住脫稿加演：「我想欲讀設計亦是文學的⋯⋯」

「你讀彼出來，是按算欲揣啥頭路？」

「會使啊，毋管是設計抑是文學⋯⋯」

「畫圖、寫字會使當飯食喔？你**睏罔睏，罔陷眠**（khùn bóng khùn, bóng hām-bîn）啦！」

或許我當場宣佈台灣已經漂到北極，還不會得到如此激烈的反應。

「會使啦，而且這是我的夢想呢⋯⋯」

「**空思夢想**（khang-su bāng-siōng）較有影⋯⋯你家己就預顢讀冊矣，是欲寫字、畫圖予誰看？恁母仔我，足**淺眠**（tshián-bîn）啦，逐暝攏知你咧偷看manga（漫畫），無就是偷寫這一寡全阿沙不魯的物件。」

「這是小說啦！」

如此無限循環，這時客廳傳來談話節目女主持人尖銳的聲音：「我們今天要討論的是，伴侶之間的交往，有助於個人夢想的實現嗎？很榮幸邀請到愛情專家捲毛博士，來，博士，請說。」

「嗯哼嗯哼，這個喔⋯⋯」捲毛博士含糊的聲音。

唉，我看著身旁的床鋪，加上又一股冷風襲來，深深檢討自己是不是不該從午睡醒來呢？

※怦怦喘

- **瘍**（siān）：生理或心理的疲倦狀態，譬如「足瘍」、「眞瘍」、感覺「瘍瘍」。

- **溫被**（un-phuē）：躲進被窩裡，常用在賴床或是冬天怕冷不想離開被窩。

- **愛睏神**（ài-khùn-sîn）：睡意。若是累過頭反而睡不著，則會說「愛睏神走去」。

- **跐被**（thún-phuē）：在被窩裡翻來覆去，也有賴床的意思。

- **唔唔睏**（onn-onn-khùn）：哄小孩睡的用語，引申爲「睡覺」的趣味說法。

- **神神**（sîn-sîn）：心神恍惚、魂不守舍，「神」本身有精神狀態之意。

- **睏坦敧**（khùn thán-khi）：側躺，「坦敧」本身有歪斜之意，「坦」的台語發音近似華語的「攤」。

- **眯**（bî）：閉眼休息，也常說成「咪一下」。

- **睏甲毋知人**（khùn kah m̄-tsai-lâng）：睡到不省人事、昏睡。「毋知人」本身是「昏迷」、「不醒人事」之意。

- **眠一下**（bîn--tsit-ē）：小睡片刻。

- **睏袂落眠**（khùn bē lòh-bîn）：睡不著。用法就好比「食袂落飯」、「看袂落去」。

- **睏眠**（khùn-bîn）：睡眠。

- **瘍瘍**（siān-siān）：感覺到疲憊，或心理上厭倦。例如有時候吃東西吃膩了，可以說「這物件食甲足瘍」。

- **沙微**（sa-bui）：眼睛微閉、愛睏貌，類似迷濛的眼神。

- **睏無夠眠**（khùn-bôr-kàu-bîn）：睡眠不足。

- **愛睏藥仔**（ài-khùn-ióh-á）：安眠藥，也可形容昏睡到不省人事。

- **直直睏**（tit-tit khùn）：一直睡。
- **躽**（nuà）：床上翻滾，譬如「躽被」，跟「跥被」意思接近。
- **躘被**（liòng phuē）：踢被，台語也常直翻「踢被」，將自己身上的被子踢掉，或把床上棉被踢亂。
- **睏仙**（khùn-sian）：嗜睡。在此分享家裡常說的一句話：「海外做散仙，厝內做睏仙。」（hái-guā tsòr suànn-sian, tshù-lāi tsòr khùn-sian）意指在外閒閒散漫，在家則呼呼大睡。
- **盹龜**（tuh-ku）：打嗑睡。
- **睏晝**（khùn-tàu）：睡午覺。
- **睏罔睏，罔陷眠**（khùn bóng khùn, bóng hām-bîn）：「陷眠」是做夢的意思，整句的意思是「睡覺做夢、醒來就算了，不要把夢當真，說一些不切實際的話」。
- **空思夢想**（khang-su bāng-sióng）：睡眠中所見所經歷的事物，也意味如夢似幻、常盤旋於腦海裡。
- **淺眠**（tshián-bîn）：睡眠品質低，容易醒過來。
- **manga**（漫畫）：為台語中的日語外來詞「まんが」，除了有「漫畫」的意思外，形容人異想天開，也會說「你咧講manga」。

都市裡的尋常一景。

殘破的人行道上，公車站牌莫名其妙地擠在汽車展售中心旁的停車格裡，有變電箱和違停車輛跟它作伴，亂七八糟的交通狀況，夾雜著噪音跟路人的街談巷議。

兩個穿著羽絨背心及毛線衣的中年人，在路邊聊天。

「最近好像常常地震，搖到我都覺得台灣快被震走了。」

「啊？哪有可能，你是咧講啥manga啦……」

幾輛呼嘯而過的機車跟一旁工地施工的噪音，迅速淹沒他們的對話。

天氣還是有點寒意，幾個高中生穿著夾克、騎著腳踏車，搖搖晃晃地在快車道與汽機車爭道，一輛公車從他們旁邊快速擠過、轉彎。

穿上學生制服的他們，好像是罩著一件隱身斗蓬一樣，就這樣被整座城市匆忙的節奏所忽略。但他們繁忙的腦袋，或許正背著瑣碎的公式或課文，又或者是煩惱著最近的人際關係與情感問題。這些青春期的話語構成了一個完整的世界，隔絕了外界的混亂、焦慮和危險，所以公車如此驚險一瞬間地經過，也絲毫沒有驚動這些高中生規律的日常，面無表情的慘淡年少，時間流逝在破碎的臭酸街道上。

突然一輛車急駛而過，陽光自車上的後照鏡反射進文具店裡，而這道光像鎂光燈般打在一對母女身上，故事開始。

「妳在看什麼書？」留著短髮、戴著銀邊眼鏡的媽媽問。

「粉紅色小屋出的新書。」約國中年紀的女兒回答，她跟媽媽有

著同樣造型，雖然心裡十分不願意，不過這都是後話了。

「什麼東西？」這位媽媽緊張地放下手邊的《掌嘴治百病》，二話不說，伸手搶下女兒手上那一本擁有刺眼桃紅色書衣的厚書，「妳**秀逗**（shoto）啦？沉浸在這東西裡，值得嗎？妳看這封面的字看起來就**柴柴**（tshâ-tshâ）的，不用看內容就知道有多**疤淬**（phâ-tái），妳都多大了？還在看這種幼稚的東西，眞的是**恂恂**（khòo-khòo）。」她邊說邊幫女兒把書放回平台上，當然是隨手一放，直接壓在另一本《給我壓力好不好》的暢銷書上，作者的燦爛笑臉瞬間被壓扁。

「差不多該回家了，該買的買一買吧。」媽媽推了推鏡架，嚴肅萬分。

「喔。」女兒點頭。

母女倆繞出書籍區，經過益智遊戲區，架上陳列的某樣東西吸引了女兒的目光，那是一盒用塑膠封膜封好的恐龍玩具，上面寫著「恐龍！恐龍！」。精緻的雷克斯霸王龍像被封印在透明塑膠盒內，那對炯炯有神的雙眼，史前世紀的地表王者，搭配著充滿野性及力與美的肌肉線條也栩栩如生。玩具中間還設計了按鈕，並在前方的塑膠膜貼心地挖了個洞，可以讓人用手指按壓，這位女孩的食指忍不住移動到按鈕正上方，她好奇這地表上的王者會如何吶喊？再加上包裝上充滿原始粗獷美感的青草、岩石……

「什麼**悾欺**（khong-khám）的東西？」媽媽再次緊張地奪走女兒手上的「恐龍！恐龍！」，先用手扶了眼鏡鏡架，還認眞地唸出包裝上的說明，「讓你回到原始恐龍世界，體驗奔馳在恐龍天地之間的快感，全系列一共有……」越唸越小聲，臉部表情越來越難看，「這是垃圾！垃圾！這什麼爛東西？妳眞的是**天天**（thian-thian）耶，都多大了？還想要玩

這種幼稚的東西，恐龍可以幹嘛？玩具放回去！」說完便隨意擺在旁邊書架上。雖然明眼人應該都看得出來，恐龍的位置跟一開始完全不同，不過這位媽媽卻是毫不在乎，此時「恐龍！恐龍！」已經瞬間登上了書架最頂端，雷克斯霸王龍傲視著整間書店。

「該買的買一買吧。」媽媽揮揮手，再一次指揮女兒執行正確的動作。

「喔。」女兒點頭。

如果故事照這個節奏進行下去，這對母女把東西買一買，那麼事情就可以圓滿解決了，可惜，她們完全沒有注意到，在同一個空間的書櫃前，有個理著小平頭，毫無存在感的我，宛如切成薄片、接近透明的鼎邊趖，正認真地選購牛皮紙袋。

對了，我叫元義，不過基本上叫什麼名字也不太重要，反正就是在班上最不起眼、成績墊底，畢業之後會迅速被遺忘的那個同學。雖然在學校我並沒有遭到什麼霸凌，但對我來講最大的麻煩，是懷抱夢想，又不知道怎麼實現，迷惘地一天過一天。每天待在課堂上，就好比置身於真空宇宙，沒有邊際地飄浮著，在這個空間裡，唯一的生存手冊就是課本，但裡面的使用說明，我偏偏是一點閱讀的興趣也沒有，以致於面對未來，也只能繼續迷航。對我來說，真正且唯一的生存方式，是躲進稿紙裡寫作，但這個選擇卻又不被父母認同，看著眼前這位跟我年紀差不多大的女生，不曉得她現在飄流到哪了呢？

或許只要跳脫這個環境，畢業之後，什麼問題都可以瞬間解決了吧？

不過，在畢業之前，我還有個困擾，那就是下學期要升高二時，是否要轉到社會組？也許換到文組，情況就會改善了吧？誰叫我還有一

個成為作家的夢想呢？

　　眼前，我實在不是吃飽沒事觀察這對母女。問題是，那位媽媽用那種宛如武俠小說裡的師太叱責徒弟的音量，不想聽到都難。

　　我現在正站在文具店的書櫃前，手裡拿著剛剛隨意抽出來的一本書，翻到某一頁，這樣可以更自然地觀察這對母女的互動，或許可以做為《七截花刀傳》的靈感來源也不一定。

　　「把考試用的筆都準備好。」師太媽媽雙手插腰，已經站在我旁邊了。這時才清楚看到她穿著一件淡紅色的襯衫，外面搭著深藍色針織外套，搭配動作又有點像是顏色設定錯誤的女超人。

　　「喔。」女兒點頭，隨手挑了幾支筆。她穿著一件銀白色羽絨合成皮外套，搭配著師太媽媽的控制語氣，感覺就像是老電影裡會出現的機器人，搞不好肩膀或頭頂真的藏有復古收音機的天線。

　　只可惜，上面這兩樣設定，好像都不能直接用在我的武俠小說裡。還是說，我將原本的反派「不死老人」增加兩個左右護法，一個是收編的師太，另一個是練蠱失敗的白甕小童？嗯，先記起來好了。

　　「什麼東西？」師太媽媽緊張地拿走白甕小童手上的筆，「妳怎麼會這麼槌（thui）？這種筆好寫嗎？能寫嗎？我看，我看看……」接著開始在試寫的白色便條紙上隨意亂畫——喂！太粗魯了啦！我心中吶喊著。

　　「這……這種筆比較好拿。」白甕小童說。

　　「妳懂什麼？我聽妳阿姨說，表姊都是用這種筆。」師太媽媽邊講邊搜尋架上的筆，最後挑了一支超粗大的三合一原子筆，「人家不就這樣考上第一志願？」說完滿意地笑了。

　　「喔。」白甕小童不置可否，一邊選購螢光筆，「還有這個。」

「什麼東西？」師太媽媽出言喝止，「哦？嚇我一跳，我還以爲妳要拿彩色筆還是畫圖用的，跟妳講，不要再給我想什麼畫圖這種事，給我乖乖準備考試，也不要想說用螢光筆偷畫圖，還有簽字筆也一樣，我會去妳房間檢查鉛筆盒跟計算紙，知道嗎？少給我亂畫一些圖。」師太媽媽邊說邊笑，一副料事如神的贏家貌，甚至還轉過頭看我一眼。

我嚇一跳，因爲我的計算紙跟課本空白處，都畫滿了《七截花刀傳》的人物設定。我心虛地連忙把目光移回手中的書本，這時才發現自己無意識翻到的這一頁，正好有個身著日本時代軍裝的老人，我和書上的他四目相對。這時突然感到右方有一股莫名壓力──轉頭，竟然看到一位頭戴斗笠的老人，不曉得他觀察我多久了？由於他斗笠壓得低低的，只看到他嘴角露出一抹曖昧的笑容，將皺紋全往上推擠。

重點是，他的斗笠上面，竟然還插了一朵很大蕊，側面看似喇叭花，正面看則像是漩渦的奇怪花朵，還發出濃郁的香氣。

我趕緊把書放回架上，小碎步往放公文袋的區域移動，並慌張地隨手抽一份牛皮紙袋。至於爲什麼我要選牛皮紙袋，是因爲那次寫小說被媽媽抓包之後，她激起了要我報名英文檢定的決心，開始規定我一天要讀多久英文，昨天還透過爸爸的壓力，強迫我一定要去報名。反正報名就對了，多考幾次就有經驗了，這是他們的金玉良言。

我拿著牛皮紙袋，將那對母女拋在後方。

「還有跟妳說過多少次了，進冷氣房要披圍巾，妳就是不懂，冷氣的寒毒會從後頸貫到體內，頭腦嘛會愈來愈笨（pūn）……」

「喔。」

「還有妳不懂，我剛剛就看妳走路太急促，爲什麼不學學我？不就說好幾次了嗎？走三步，慢一步，然後吸氣、呼氣、吸氣、呼氣，舌

尖頂上顎啊！妳平常讀書補習沒空運動，就要自己多利用時間啊，像妳表姊……」

「喔。」

這樣的對話，真的比我寫的《七截花刀傳》還生動！對了，這裡的「表姊」就好比主角永遠追不上的大師兄，無論怎麼努力，大師兄永遠是最棒的。這一定要記下來！我在腦中快速記憶，同時慢慢走向櫃檯排隊，隊伍正好有三人，我排在末端。排在我前面的是一位穿著西裝外套的上班族男性，至於排在最前面的，是一位穿羽絨背心的中年阿伯。

這時候我看到書店門外有熟悉的身影，那不是小博士嗎？

「哦？你也在這啊？」小博士進門發現了我，推著那不符合頭圍的大鏡架走了過來。他跟我一樣，都屬於班上的邊緣人，在各種層面來說，都是倒數三名內的代表人物。

「對啊，你勒？」我先下手為強，希望他不要對這牛皮紙袋有什麼疑問。

「哦？你買牛皮紙袋幹嘛？」小博士用不自然的腔調問。我心想：「哇哩勒，你也太離譜了吧？是我先提問的耶，你沒事注意我手上的袋子幹嘛啊？」

「我要投稿啊。」我笑著說，絕對不會跟他說要報名什麼英文檢定，而且事實上，我也不想考試。

「投稿？」

「你大耳（tuā-hīnn）喔？就之前給你跟盲腸看的啊。」

「《七截花刀傳》喔？你不是還沒有寫完？」小博士問，「我覺得喔，為什麼你要寫古裝武俠？像《貝貝美人魚》這種比較青春活潑的設定，不是比較好嗎？」他說完繼續補充關於《貝貝美人魚》的角色，

自己說得興高采烈。

「我就是要寫武俠啦！」我拿著牛皮紙袋的手揮舞著，擺頭的瞬間，赫然看到剛才那對母女就站在我們後面，而師太媽媽露出一副看到**腦信**（noo-sin）開口說話的表情，斜眼瞄了我手中的信封，順勢推了推她的眼鏡框，鏡片下的眼珠向上翻轉了一圈。

「媽，妳看。」白甕小童拿起擺在櫃檯旁的少女雜誌，封面是戴著粉紅色兔子耳朵髮箍的模特兒，完美的臉龐和自信的笑容，讓她看起來就像是人生勝利組。

「什麼東西？」師太媽媽出言喝止，再次伸手快速搶走那本雜誌，「粉紅色奇蹟？兔子讓妳好心情？收錄十位名模私房小物大公開……」邊說邊提高音調，接著揮舞著雜誌，「妳看這種東西幹嘛？根本是給人當**盼仔**（phàn-á），這種年紀應該要好好唸書……」

「媽，她已經是大人了。」白甕小童看著封面說。

封面那位戴著粉紅色兔子耳朵髮箍的美少女，笑容依舊自信燦爛，就像在嘲笑自以為是的人是有多麼地**鱉十**（pih-tsit），不過這也讓那位師太媽媽顯得更生氣了。

「莫名其妙！我說話妳現在敢回嘴了？管她什麼跟什麼，重點是妳懂個屁？妳又懂了？妳不懂就不要亂說，像妳這種年紀應該要做的就是好好唸書，唸書、唸書、唸書，其他東西不要亂想亂看。」師太媽媽的音量越來越急促、越來越高，就連眼鏡架滑落鼻樑她也沒時間往上推，手上還拿著那本雜誌，一邊揮舞一邊甩打櫃檯，發出激烈碰撞聲。

「小姐，不好意思，請妳不要這樣子。」穿著制服的店員小姐快步上前，皺著眉頭制止。

「幹嘛？我不要怎麼樣子？」師太媽媽雙手插腰，不變的是那本

雜誌被她捲握在手上，「妳這個學生幹嘛這種態度跟大人說話。」

「小姐，歹勢啦，妳這樣子……」店員小姐伸出雙手。

「媽……」就連白甕小童都感到不自在，不斷左顧右盼。

「幹嘛？一副畏畏縮縮的，我們又不是二等公民！」師太媽媽音量更高亢了，索性將雜誌捲起，封膠的塑膠套瞬間被撐破，然後她再拿捲起的雜誌指著女店員，「叫妳們店長出來，叫店長出來！我要……我要投訴！」

店員小姐露出疑惑的表情，白甕小童一臉驚訝，正在櫃檯結帳的店員也停下動作探頭觀看，一位剛結完帳的客人則連忙跑了出去。

此刻的我，就站在她們旁邊，小博士還在**假痟**（ké-siáu）繼續講著《貝貝美人魚》的設定，為什麼我要被困在這個鬼地方啊？

「對，投訴！投訴妳的態度差，還有這間店賣一堆不適合學生的東西。」

「歹勢啦，不好意思，小姐，妳……」

「叫妳們店長出來，叫店長出來！店長……」

「小姐，我就是店長。」

師太媽媽張大了嘴，伸出手指推了鏡架：「少**佯顚佯戇**（tènn-tian-tènn-gōng）了，妳才幾歲就當店長？看起來這麼**頇顢**（hân-bān），少騙我了，快，叫妳們店長。」

的確，那位女店長看起來有張娃娃臉，頭髮整齊地往後紮成馬尾，根本猜不出年紀。我覺得這樣的爭執場面，可以加在《七截花刀傳》裡面，只是該怎麼巧妙地融合進去，我毫無頭緒，唉……

「有病看醫生啦！」剛結完帳、穿羽絨背心的中年阿伯回頭大喊，「妳**阿魯**（a-thuh）喔？」羽絨背心底下是一件薄到像睡衣的土黃色

長袖。

「你說什麼？我要告你！你才脫線（thuat-suànn）勒，戇大呆（gōng-tuā-tai）……」師太媽媽扯著喉嚨大喊。

排在我前面，那位穿著西裝外套白襯衫的年輕人連忙上前阻擋：「莫按呢啦！」

這時，我跟小博士被夾在他們之間，小博士不曉得什麼時候把剛剛被擺在架上的「恐龍！恐龍！」拿下來，我就眼睜睜地，看他彷彿被什麼吸引住一樣，手指忍不住往恐龍身上的按鈕按了下去……

吼！──恐龍發出有點破音的聲響，原本起爭執的他們，也忍不住停下來，往這裡看。

我順著動勢看向小博士手上捧著的恐龍，包裝盒上的青草、岩石，開始無限放大、漂流出來，蔓延到我的身邊。接著奇怪的事情發生了，書店櫃檯及整個空間漸漸扭曲，然後在那麼一瞬間，還沒意識到緊張、害怕，四周的場景都變了。

恐龍包裝盒上的青草、岩石，延伸成為一望無際的草原，又像是山谷，因為在遠方有著高聳直達天際的山峰。

我、小博士，還有羽絨背心阿伯、西裝外套年輕人，以及那對母女、女店長，大家看著眼前的一切說不出話。不過這樣也好，起碼可以確定，不是只有我感受到這一切。

「啊啊啊啊！」「這是哪啊？」「是咧舞佗一齣啦？」慌亂的聲音，取代了剛剛的爭執。

文具店徹底消失了，出現一處不曉得是山谷還是平原的奇怪地方，乾淨、平整、毫無瑕疵的草地，看起來很不自然。

「這是什麼文具店啊？店長，妳要負責！」師太媽媽激動大叫，

白甕小童則是嚇得緊抓著媽媽。

「我嘛毋知,哪會按呢啦!」女店長緊張地說。

「先報警……」阿伯拿起手機撥打,一旁的年輕人也已經撥著手機,「攏無信號呢!」就連我、小博士,還有在場其他人也陸續拿起手機撥號,但就是一點訊號也沒有。

哇哩勒,這是什麼狀況啊?

女店長突然大叫:「你們看,我們都沒影子欸!」這時大家才仔細注意地面,在平整如噴漆的草地上,雖然陽光亮得像是人工照明,但大家都完全沒有影子。

「咱敢是攏死矣?」阿伯不曉得在低聲咒罵什麼,「為啥物會和恁遮無效的做伙死啦!」

「難道是剛剛外面突然核爆?然後我們被捲進了異次元,我看過一部漫畫……」年輕人緊張地說。跟在師太媽媽旁的白甕小童連忙點點頭,這時師太媽媽破口大罵:「妳怎麼也知道他在說什麼?妳看過這種漫畫?」莫名其妙又被教訓的白甕小童,低頭不說一語。

「重點是,沒有影子,連時間變化都不曉得了。」女店長伸手制止這師太媽媽的叱責聲。

「元義,我發現一個東西。」小博士指著不遠處的草皮,我順著那個方向看過去,「你看那個石碑。」我跟小博士快步走去,大概跑沒幾步,看到一個方方正正的石碑,上面寫著「義元谷」三個字。

「哇哩勒!不會吧,這不是『義元谷』嗎?」慘了,難道我們跑進我的小說《七截花刀傳》的世界了?

「而且還是你的字跡,我覺得喔,我們應該是掉進你寫的世界裡了。」小博士用奇怪的腔調說。

其他人也跟了過來，年輕人問：「有發現什麼嗎？」

一旁牽著白甕小童的師太媽媽用不耐煩的口吻抱怨著：「這什麼東西，有沒有用啊？」女店長一臉沉默四處張望，阿伯看著石碑：「這到底是啥物所在啦！」

「嗯，我想我們應該掉進我筆下的小說世界了，雖然我不曉得為什麼……」我伸出拿著牛皮紙袋的手指向石碑，試圖給一個合理的解釋，這時才發現小博士這蠢材竟還捧著那盒「恐龍！恐龍！」。我偷瞄其他人，阿伯手上拿著一本旅遊雜誌，上面還寫著「讓你體驗不一樣的人生」，年輕人則一手提公事包，一手拿著準備結帳的隨身碟，白甕小童則是無意識地緊握著剛剛的三合一原子筆，在這種情況下，顯得更愚蠢了。

「什麼鬼東西，怎麼可能！」

「欲按怎辦啦！」

「啊？慘了，明天要考試……」

「我只是午休出來耶！不要講得一副理所當然的樣子好嗎？」

「雖然很離譜，但如果你們這麼肯定，這也是唯一線索。」女店長冷靜地說，一邊指著四周，「這裡一點人影也沒有，而且非常不自然，地形也很怪。」

「還有天氣好晴朗喔！一點雲也沒有。」白甕小童指著天空。

「我覺得喔，元義，那是你小說世界沒仔細描寫的關係。」小博士捧著那盒恐龍，一邊陷入沉思，「我記得你故事裡，場景只有說在『義元谷』，而且只有簡單帶過是峽谷跟高山，其他完全沒多加描述。」

「這叫留白好嗎？讓讀者有想像空間，算是跟作者的一種互

動……」我反駁。

「事實上就是空洞，你還好意思……等等，你叫『元義』？然後這裡叫『義元谷』？這設定也太隨便了吧！」年輕人不可置信地指著我。

「歹勢啦！這樣設定不好嗎？我回去再改……」我有點不好意思。

「誰管你改什麼，重點是我們怎麼回去啊？」年輕人不耐煩地瞪著我。

「對了，我覺得可能是我剛剛按了這盒恐龍的按鈕，產生了某種變化，而導致空間扭曲，以致於我們穿越了……」小博士低著頭看著手上捧著的那盒恐龍，但話還沒講完，馬上被師太媽媽打斷：「誰管穿越什麼的理由？你再按按看，快點啊！」

「著啦，這句話公道！」阿伯拍手叫好。

「對啊！怎麼來的就怎麼回去。」年輕人急著說，「我很擔心外面真的發生核爆了，這樣還能回去嗎？搞不好回去之後發現……發現原本的世界變成廢墟……」白甕小童又再忍不住點頭表示贊同。

師太媽媽噴了一聲：「那你就留在這裡呀！就算是廢墟，起碼還是原本的世界。」說完開始指揮起小博士，「同學，你趕快操作讓我們回去。」說得好像小博士可以自由控制空間扭曲一樣。

小博士面無表情地再度按下恐龍的按鈕。吼！——大家似乎都在等待空間再度扭曲變化。吼！——再按了一次，但不管小博士按幾次，用什麼姿勢按，或是大家排成剛剛結帳時的隊形再按，這「恐龍！恐龍！」似乎只是繼續露出奇怪的表情看著我們。

「怎麼這麼倒楣啊？」年輕人嘆了口氣，他的神情感覺像泡太久

的泡麵，水分都吸乾了，顯得軟爛。

「我們才是衰，居然會跟這些蠢蛋遇到這種事。」師太媽媽牽著白甕小童，瞪著我們。

「妳才戇（gōng）咧！像妳這款悾顛（khong-tian）的症頭，凡勢就是妳佇遐吵，才會按呢！」那位阿伯伸出他肥厚的手臂怒叱。

「看好了啊，妳不讀書以後就像這樣沒水準，要不變成像這樣沒路用，要不就是阿達馬孔固力（atama khōng kuri）。」師太媽媽反駁完阿伯之後，又將炮火轉向一旁側著頭、表情疑惑的女店長，「都妳啦！早一點結完帳不就沒事了嗎？閣悾悾（khong-khong），頭拄仔就是佇遐跤手慢鈍（kha-tshiú-bān-tùn）。」

「無妳是咧講啥戇話（gōng-uē）、佯痟（tènn-siáu）啥？」阿伯朝那位媽媽走去，年輕人連忙阻擋，裡面的白襯衫早已讓汗水溼透。

「啊！媽媽妳看。」白甕小童緊張地指著遠方的山頂大叫。

眾人目光隨著那個方向看過去，只見一個全身薑黃色衣著的光頭老人，行跡詭異地站在高處，不過我看了倒是心裡有了答案，小博士似乎也回想起來，畢竟他早看過我寫的《七截花刀傳》了。

「大家不用擔心，那個是『不死老人』。」我冷靜地說。

「這是啥悾闇（khong-am）的名啦？」阿伯一臉疑惑。

「那個是元義筆下《七截花刀傳》的反派，他的功能就是跟男主角搶寶刀、打鬥而已，所以我覺得喔，理論上他不會隨便下來找我們麻煩。」小博士說得頭頭是道，不過我也沒辦法反駁：「是啦，大部分時間他都在山頂觀望主角的動向。」

「也太無聊了吧！」年輕人喊了出來。

女店長這時揮揮手：「這攏無要緊，現在應該要找出可以回到我

們世界的方式，比較重要。」

　　大家紛紛表示贊同，好像冒險故事的開端，朝著一望無際的草原、高山前進……哇哩勒，不對啊！這樣是要走去哪啊？

　　「你有什麼線索嗎？」走沒幾步路，女店長皺著眉頭問我。

　　「著呢！按呢無頭無尾，是欲行去佗啦！」阿伯大罵。

　　這時有幾個身穿肉色緊身衣、沒有穿外衣的「人」經過，大家再度發出驚呼聲。

　　「各位不要緊張，那是元義筆下《七截花刀傳》的路人，我覺得喔，因為他完全沒有描寫任何關於路人的樣貌或職業，所以才會有這種情況。」小博士鎮定地說。

　　「我回去會再補強。」我默默地說。

　　「媽媽，我好渴喔……」白甕小童小聲地說，師太媽媽轉過頭瞪著我。

　　「喂！等等……如果我們被困在這裡出不去的話，你描寫的世界，應該有食物之類的吧？」年輕人提著手上的公事包，緊張地走了過來，一旁的女店長露出一臉難看的表情，嘆了口氣，因為小博士的表情已說明了一切。

　　「歹勢啦，我是沒寫這麼詳細，不過客棧有酒……」我吞吞吐吐地說，小博士則在一旁補充：「那是給男主角——少年涼大喝的，這個世界唯一的食物。」大家聽完，倒抽了一口涼氣。

　　正當我準備被大家痛罵的時候，這時遠方突然傳來馬蹄聲，而且還有很具體的「達達、達達」的聲音。

　　「哇！還真的有『達達的馬蹄聲』耶！」白甕小童似乎勾起了學校的課堂記憶，雙眼睜大，直視前方。

我跟小博士則是心知肚明，該來的跑不掉，主角要登場了！

果然，隨著「達達的馬蹄聲」來的，是一個……哇哩勒！五官毫無特色，留著省錢長髮的少年，身穿灰色布衣，手握一把大刀，大得離譜，約莫半層樓的高度，上面畫著七朵我親自手繪的花，絕對錯不了……

「這就是我筆下的主角，少年涼大。」我小聲地說。

「這**歁頭歁面**（khám-thâu-khám-bīn）的是主角？」阿伯緊張地說，「我覺得你頂面會使畫曼陀花。」

「爲啥物欲畫彼？」我問。

「因爲……你食曼陀花啦！」阿伯指著我大罵，「寫這啥物故事……」

「是咱攏食著曼陀花啦！眞正有病……有夠無效，連這攏無知，閣欲寫啥物故事。」師太媽媽對我露出輕蔑的表情。這時從她身旁探出頭的白甕小童，小聲地說：「我以爲男主角都很帥……」然後被師太媽媽嘖了一聲，又將頭縮回去了。

少年涼大跳下馬，高舉大刀：「來者何人！是否想奪取七截花刀？」而那匹馬竟然就憑空消失了，又因爲那把刀實在太巨大，以致於他將大刀垂放在地，呈現如石頭大象溜滑梯般的比例。

「元義，你的故事就是常常這樣，馬或人物通常沒交待後續就不再出現了，所以不用覺得奇怪。」小博士推了推眼鏡繼續說，「如果還有機會的話，把大刀的比例改正常一點，要不然就是把他設定成力大無窮。」

大家面露驚嚇，畢竟誰曉得少年涼大會不會突然發狂舉刀亂砍，紛紛退了一步。那位師太媽媽則破口大罵：「你實在**歁歁**（khám-khám）

呢！寫這到底啥碗糕，敢若**飯桶**（pn̄g-tháng）勒！」

「等等，你說這故事叫《七截花刀傳》，他現在拿的叫『七截花刀』，這麼快就拿到寶刀了啊？」年輕人問。

「我想說，人生這樣比較順遂……」我小聲地說。

「而且之後就會開始開外掛，一路到結束。」小博士補充。

「這故事也太簡單了吧！」年輕人嘆了口氣。

就這一瞬間，原本一直站在遠處山頂的「不死老人」突然出現，和少年涼大面對面，發出機械式的笑聲「哈哈哈！」，然後立正站好大喊：「留下寶刀，便饒你一命。」

「哼！想要寶刀，沒這麼容易。」少年涼大也是立正站好，單手吃力地舉起七截花刀，面無表情。接著，讓人目瞪口呆的驚人事情發生了——少年涼大重新將巨大的花刀舉起，大喊：「看招！鏘鏘鏘！」但發招時，他竟然站著不動，只有嘴巴不斷發出狀聲詞，一點表情也沒有。

我們轉過頭看著不死老人，這個全身薑黃色衣著的傢伙也不遑多讓，直挺挺地大喊：「看拳！啪啪啪！」說完就原地往旁邊一跳，簡直像殭屍，又繼續發出狀聲詞，「鏘鏘鏘！看我的！」完全沒有任何動作，跟站對面的少年涼大就這樣互相用嘴巴大喊出各種狀聲詞，如殭屍般地左右來回跳動，感覺詭異莫名。

「原來把聲音寫進對話框，會有這種結果。」小博士推動眼鏡。

「天啊……這也太瘋了吧？」年輕人吞了吞口水，小聲地看著我說。

「歹勢，武打動作沒處理好，回去再……」我面露歉意。

「這無重要啦，重點是，咱欲按怎轉去？」阿伯也壓低音量說，

感覺就是深怕打擾到眼前這兩個怪人的嘴巴過招。

「感覺起碼他們不會向我們攻擊。」女店長點點頭。

「是的，根據元義的小說內容，每次打完，少年涼大就會回到客棧去喝酒。」小博士捧著恐龍往那兩個怪人的方向比。

「客棧？那搞不好客棧會有回去的線索啊！**戇到有賰**（gōng kah ū tshun）。」師太媽媽大叫，這時少年涼大跟不死老人跳回原位，往我們這裡看過來。

「恬恬啦，**唔嗯**（inn-ònn），妳要害死我們啊？」年輕人用氣音瞪著師太媽媽。我們大家呼吸都快中止了，所幸，我筆下的這兩個怪人似乎又開始動作，嘴巴繼續發出狀聲詞，而且不曉得什麼時候，少年涼大的肩膀上多了一把斧頭，不過他表情看起來毫無任何痛苦，仍繼續跟不死老人在「苦戰」中。

「哇！人是**戇猴**（gōng-kâu）擔石頭，伊是戇人插斧頭。」阿伯搖搖頭。

突然這兩個怪人大叫一聲，似乎有什麼默契，不死老人向後以「輕功」緩緩飄回山頂，而少年涼大則快步往前跑，肩膀上的斧頭已憑空消失。

「趕快跟去，那個客棧可能是唯一的線索。」我說。

我們一行人連忙快步跟在少年涼大後面，跑沒幾步，就到了「客棧」。但說是「客棧」，其實就只是一個像是紙板的樣板平面輸出，後面有一個淺灰色的空間，裡面擺了幾張有點半透明的桌子，有兩桌坐著身穿肉色緊身衣的「人」正在發呆。

一個穿著店小二標準打扮、臉孔沒什麼記憶點的人，站在門口不斷鞠躬。

「這個你有特別寫是店小二對吧？」女店長默默地說，「難怪這個有衣服也有臉。」我們才一個沒注意，少年涼大已經坐在大門正路衝的座位，拿著一個上面用紅紙寫著「酒」的小甕，不斷往嘴裡來回，做出喝酒的動作。至於那把大到離譜的七截花刀，這時就隨意斜擺在桌邊，還擋到了幾個肉色緊身衣的「人」的去路。

我們站在門口觀望，「閣真正咧啉酒呢……」阿伯露出讚賞的表情。女店長看著我：「他喝酒的動作，好像做醮會看到的電動人偶，還真的是**柴頭尪仔**（tshâ-thâu-ang-á）。」

「他會一直喝到不死老人再度上門搶寶刀。」我面無表情。

「男主角接下來的任務是？」女店長問，其他人也頗感興趣地看過來，白甕小童露出感興趣的表情，只是馬上被師太媽媽用眼神瞪了一下。

「跟不死老人一起爭奪武林盟主的地位。」我有點心虛。

「實在爛到徹底了……兩個都不是什麼好人吧？」年輕人嘆了口氣，其他人也退回原本的位置，「那現在是要進去看有什麼線索了嗎？」

「對啊，快進去！」師太媽媽急著牽起白甕小童準備往裡走，並狠狠瞪著年輕人，「年輕人光說不練，出一張嘴，難怪什麼事都做不好。」

「關妳什麼事啊？**痟的**（siáu--ê）！」年輕人回頭過來，突然暴怒，激動地甩著他手上的公事包，「講啥**痟話**（siáu uē）？以為我願意啊？每天工作超過十二個小時，通勤起碼一個多鐘頭，加班看老闆臉色，日復一日，三百六十五天可以濃縮成一天來看，用個二十分鐘的午餐時間跑來買個東西，也能遇到這種鳥事，真正是**裝痟的**（tsng-siáu--ê）！」

「少年人煞氣哦！」阿伯露出讚賞的表情。

「喂，年輕人在兇什麼？**儑頭儑面**（gām-thâu-gām-bīn），沉不住氣。」師太媽媽再次語出驚人，「你一定剛出社會，歷練眞是不夠。」

年輕人不斷喘著氣，似乎隨時會**起痟**（khí-siáu），看著白甕小童：「我也曾經跟她一樣，乖乖地買齊這些文具，好好讀書準備考試，聽我爸媽的話，結果我今天像**孝呆**（hàu-tai）一樣站在這裡，浪費生命，我一天睡不到三個小時，現在又……」年輕人看著指針已經不會走動的手錶，越來越語無論次，而白甕小童則默默往後退了一步，手裡緊緊握著那隻三合一原子筆。

「啊你也失眠喔？」阿伯露出疑惑的表情。

「現在重點是不是該進去找線索？」女店長伸手摸著下巴思考著，年輕人跟師太媽媽彼此互瞪一眼，嘆了一口氣。

「問題若入去，怪人敢會受氣？」阿伯此話一出，大家都點頭表示同意，如果沒事不小心碰到了花刀，驚動少年涼大，那反而麻煩。

「元義，我突然想到，你故事裡面不是還有一本祕笈，號稱收錄了世界上所有的地圖，我覺得搞不好會有什麼線索。」一直都沒說話的小博士，突然有了靈感。

「《規宗龍造經》！」我馬上想起這個設定，「搞不好有什麼可以回去的線索。」

「這個設定是還滿有趣的，因爲一般會寫武功祕笈。」女店長手摸著下巴點點頭，該不會她將成爲我出書後的第一位忠實讀者？

「哈哈，這樣設定是爲了讓角色可以去找各地的武器。」我開心地說，果然《七截花刀傳》就像是台南的小吃棺材板，要掀開才會知道內有乾坤。

「這不重要啦！啊這本什麼經？放在哪啊？該不會藏在什麼地底隧道吧？」年輕人激動地說。

「沒有啦，就擺在店小二的帳本底下。」我指著旁邊的櫃檯，看起來就是木板臨時搭建的架子。眾人彼此點點頭，走進客棧，這時站在門口的店小二轉頭看著我們：「客官，裡面坐。」說完意思意思伸出手，又繼續朝著門外不斷點頭鞠躬。

我們小心翼翼地走了進去，急著繞進櫃檯，整張櫃檯只有一個抽屜，打開後帳本下面果然有一本厚厚的書，上面寫著《規宗龍造經》。我急忙將這本書拿到其中一張半透明的桌上，其他人跟了過來，小博士也順手將那盒「恐龍！恐龍！」擺到桌上，一翻……

打開第一頁，大家驚呼一聲，充滿喜悅，上面寫著「這是一本，帶領你穿越全世界，所有神奇通道的地圖，《規宗龍造經》。」接下來，第二頁、第三頁、中間、最後……

「哪會是空白的啦？」阿伯大罵，坐在前方的少年涼大突然停下喝酒的動作，緩緩轉頭看著我們。

「啊，不死老人在外面！」年輕人為了支開少年涼大，故意指著門口大叫。

「可惡！是否想奪取花刀？」少年涼大轉過頭狂叫了一聲，急忙衝了出去，這時大家才鬆了一口氣。

「這全都是空白的嗎？」女店長用氣音說。

「元義，因為你沒描述過裡面的內容，至今也從沒角色打開過。」小博士推了推眼鏡，其他人像是希望徹底破滅般，一句話也說不出來。

師太媽媽搖頭嘆氣，拉著白甕小童：「妳看好了啊，像這兩個癮

頭（giàn-thâu）又阿西阿西（a-se a-se）的男生，駝背、近視、不陽光，我跟妳說，這個就叫做隱痀的交侗戇（ún-ku--ê kau tòng-gōng），連寫個故事都可以寫成這樣。」

白甕小童像突然想到什麼，先是偷瞄媽媽一眼，然後露出笑臉：「既然是可以穿梭全世界的地圖，那你應該可以直接在這邊繼續寫吧？」

大概是要我直接即興創作吧？小博士跟其他人也不發一語，似乎還在思考，女店長則拍了拍手：「對啊！你有帶筆嗎？直接寫在這本什麼經的空白處，寫個出口試試看。」

「那我就直接寫有一個出口……」我接過白甕小童手上的那支超粗大的三合一原子筆。

「寫明確一點。」女店長說，「就直接寫在這個客棧。」

於是我拿起筆，選了一個顏色在空白處寫上「在客棧，有一個通往原本世界的出口。」不過什麼事也沒發生。

女店長說：「你可以寫更清楚一點嗎？譬如說：『此時在主角喝酒的客棧正後方，有一道通往原本世界的門。』這樣子。」我點點頭照著寫，沒多久這個空間後面果然出現了一道門，阿伯跟年輕人連忙大叫，衝到門邊，結果不管怎麼推、踹，門都原封不動。

「無法度開啦！」阿伯大罵，年輕人急著說：「你可以至少寫個門把嗎？」

我連忙點頭，將句子補充成「此時在主角喝酒的客棧正後方，有一道通往原本世界的門，上面寫著『通往人類世界』的匾額，只需轉動門把並往外推，即可開啟。」

「可以打開了！」年輕人開心地說，接著將門推開後，衝了進

去。其他人也陸續跟在後面，跑了進去。

小博士說：「元義，我覺得喔，你要不要補充，關上門之後會自動鎖上。」我點點頭，在後面加註了這句話，於是最後我跟小博士也走進那道門，親手將門關上，我像是即將出遠門的父親，想再看孩子一眼，惆悵地回頭，看著在客棧門口東張西望的少年涼大背影，還有放在桌上的《規宗龍造經》，以及那盒「恐龍！恐龍！」……

「哇哩勒！小博士，你忘了拿啊！」

「什麼？」正當小博士回答我的同時，四周的場景再度扭曲、變形，我們仍在文具店排隊結帳中。

我轉過頭，那對母女排在我後面，前面則是年輕人跟阿伯，女店長似乎仍在櫃檯結帳中，這時年輕人的手機響起，「您好！嗯……嗯，是的，對不起、對不起……我遲到了，好的，我馬上過去。」年輕人急著把東西放回原架上，接著快步走出店門，經過我的身旁，似乎聽到他喃喃自語，「搞不好留在那還比較輕鬆……」

「媽，那個……」白甕小童的聲音。

「等好久，不要買了，我們回去吧！」師太媽媽與我眼神相對，深吸一口氣，拉著白甕小童快步離開了。而阿伯也早先一步走出文具店了。

我跟小博士不發一語，結帳的時候，女店長什麼話也沒說，但我稍微瞄了一下，原本該擺在剛剛架上位置的「恐龍！恐龍！」已不見蹤影。

剛剛究竟是？這真的是一個**假痟若顛**（ké-siáu-ná-tian）的世界，我還是快點回去把《七截花刀傳》改一改吧……用我手上這支三合一原子筆？

- **你食曼陀花**（lí tsia̍h bān-tôo-hue）：意同「你瘋了嗎？」曼陀花的外觀，側面如喇叭花，正面又如漩渦狀。據說吃了曼陀花會神經錯亂，故有此諺語。另外，曼陀花也被做為草藥之用，有迷幻、止痛功能，傳說有幫助恢復記憶的功效。

- **講manga**：形容人異想天開。「manga」原為台語中的日語外來詞（まんか），即漫畫。

- **秀逗**（shoto）：腦筋不正常。源於日語，日語取自英文short，原為短路之意。

- **柴柴**（tshâ-tshâ）：生硬遲鈍或呆滯，也能用來形容東西死板。

- **疱滓**（phā-tái）：頭腦有問題。源於日語「ぱだい」，常以諧音「爬帶」、「扒代」表示。

- **怐怐**（khòo-khòo）：呆、傻，漫不經心。

- **悾欺**（khong-khám）：罵人愚笨。

- **天天**（thian-thian）：過於幼稚或單純的天真，也可用在自嘲。

- **槌**（thuî）：呆、笨。阿槌、槌哥，都是延伸自「槌」的用法。

- **笨**（pūn）：笨。也用在形容做事不靈巧，譬如「跤手足笨」。

- **大耳**（tuā-hīnn）：傻瓜，或諷刺只聽片面之詞的人、耳根子軟。

- **腦信**（noo-sin）：腦筋不正常。源自於日語「腦震盪」（noosintoo），台語僅取前半段noo-sin的音。

- **盼仔**（phàn-á）：傻瓜，也用來形容人被騙錢、被當凱子。

- **憋十**（pih-tsit）：失敗、畸形的意思，通常也以「BG」做為諧音表示，在《台語原來是這樣》42頁有專文介紹。

- **假痟**（ké-siáu）：裝瘋賣傻。若是說「莫假痟」，則有「別不當一回事」之意。

- **佯顛佯戇**（tènn-tian-tènn-gōng）：裝瘋賣傻。「佯」為假裝，「佯生」（tènn-tshenn/tìnn-tshinn）便是裝蒜之意。

- **頇顢**（hân-bān）：遲鈍笨拙，通常也用在自謙，譬如說「我就較頇顢」，意思是對某事不在行，負面感較不強烈。諧音近似「憨慢」。

- **阿齜**（a-thuh）：傻瓜。

- **脫線**（thuat-suànn）：少一根筋。跟「天天」同義，非全然負面，帶有點趣味。

- **戇大呆**（gōng-tuā-tai）：大傻瓜。

- **戇**（gōng）：笨。

- **悾顛**（khong-tian）：精神失常。「悾」本身便有呆笨之意。

- **阿達馬孔固力**（atama khōng kuri）：腦袋灌水泥，形容笨拙不知變通。源自於日語的「頭コンクリート」（atama konkurito），常以諧音「阿達馬孔固力」表示。

- **悾悾**（khong-khong）：呆頭呆腦。常以諧音「空空」表示。

- **跤手慢鈍**（kha-tshiú-bān-tùn）：手腳不靈活、「拖拖沙沙」（thua-thua-sua-sua），拖泥帶水之意。

- **戇話**（gōng-uē）：傻話、空洞無意義的言論。

- **佯痟**（tènn-siáu）：裝瘋賣傻。

- **悾闇**（khong-am）：痴呆貌，常以諧音寫做「康安」。

- **歁頭歁面**（khám-thâu-khám-bīn）：通常用來形容人的五官被頭髮、衣帽遮蔽，引申為愚笨、反應遲鈍的意思。

- **歁歁**（khám-khám）：呆笨。同「戇呆」、「戇戇」、「歁大呆」等，「歁」本身即有呆傻之意。

- **飯桶**（pñg-tháng）：原為裝飯的桶子，也做為罵人無用之意。若單純指

裝飯的桶子，台南也說「飯斗」。

- **戇到有賰**（gōng kah ū tshun）：笨到有剩，意指非常愚蠢。「賰」為剩餘之意。

- **暗嗯**（inn-ònn）：說話含糊貌，引申做為罵人用語。

- **戇猴**（gōng-kâu）：傻瓜。原句「戇猴擔石頭」意指傻人做傻事。

- **柴頭尪仔**（tshâ-thâu-ang-á）：木頭人，沒反應、沒表情的人。

- **痟的**（siáu--ê）：瘋子。

- **痟話**（siáu uē）：瘋話，形容說的話虛假不實。

- **裝痟的**（tsng-siáu--ê）：常以「裝孝維」表示，裝瘋賣傻、莫名其妙。

- **儑頭儑面**（gām-thâu-gām-bīn）：不識趣、不懂得看情況做事。

- **起痟**（khí-siáu）：發瘋。

- **孝呆**（hàu-tai）：愚笨。「人呆看面就知」，「呆」亦做「獃」。

- **癮頭**（giàn-thâu）：傻呼呼的樣子，另外常用的說法為「戇癮頭」。

- **阿西阿西**（a-se a-se）：傻傻笨笨的樣子，在《台語原來是這樣》263頁有專文介紹。

- **隱痀的交侗戇**（ún-ku--ê kau tòng-gōng）：「隱痀」為駝背者，「侗戇」是無能蠢呆者，這句話類似龍交龍、鳳生鳳，只不過是負面形容，也就是蛇鼠一窩、物以類聚的意思。

- **假痟若顛**（ké-siáu-ná-tian）：裝瘋賣傻到已近似於瘋癲貌。

　　尋常的週六上午，街道充斥著枯萎的氣味及溫度。

　　郵局門口的騎樓，塞滿了機車跟腳踏車，大門右邊有幾位穿長袖襯衫的推銷員忙著攔截經過的人，左邊是彩券區跟自由發揮專區，有托缽的、傳教的，也有在機車陣中來回踱步的中年人，左三步、右三步，接著兩眼恍神看著遠方天空發呆，如此不斷循環。

　　「來買『刮刮樂』喔！」賣刮刮樂的歐巴桑把我攔下來，「來喔，欲買無？」

　　「好喔，看我今仔日有**好手爪**（hór-tshiú-jiáu）無？」對了，又是我，我叫元義，剛從郵局走出來，經過不眠不休的努力，我終於完成故事，就在剛剛把《七截花刀傳》寄給出版社投稿了。這是我人生第一次投稿，而這部武俠小說，是我冒著危險在課堂上、回家熬夜偷寫出來的成果，希望可以順利成功。

　　誰叫我是一個有夢想的人呢？有了夢想還不夠，要實際執行才是真的。再加上先前為了要應付爸媽報名英檢，在文具店買了牛皮紙袋，一包裡面有好幾個，這些多餘的紙袋正好讓我拿來投稿。今天真是心花開、運氣旺，正所謂「元義投稿，一次就上」，哈哈哈！

　　「我來看覓，有啥較順眼的號碼。」我拿起一百元的刮刮樂，底下都有編碼，看到一張尾數 1024，感覺很順眼，「就這張，感謝。」

　　「你敢欲佇遮抿？」刮刮樂歐巴桑問。

　　「免啦，我欲轉去抿。」我將刮刮樂放進口袋，這時突然感到左後方有股壓力。

　　轉過頭的瞬間，哇哩勒，看到眼熟的斗笠老人，這不是之前在文具店遇到的那位嗎？不曉得站在我背後多久了，應該也是要買刮刮樂吧？斗笠老人依然只露出一張曖昧微笑的嘴，不同的是，今天的斗笠上改成

一叢鮮豔的斑芝花，其中一朵花瓣正在枯萎中，不曉得他是怎樣固定上去的？嗯，我還是快點離開這裡比較妥當。

這時，郵局門口有一輛違停的休旅車，後座突然走出一名平頭大叔，快步擋在我面前：「少年仔，買『刮刮樂』喔？」他年約五十多歲，身上穿的淺灰色襯衫印著許多大大小小的鮮黃色三角形，搭配黑色西裝褲、一雙尖頭皮鞋，髮型雖然跟我一樣理平頭，但因爲自然捲非常有層次，而有一種江湖味，內雙的單眼皮顯得眼神銳利，看起來非常不好惹。

我只是點點頭，準備走人。

「我想欲買你手頭這張。」平頭大叔笑著說，「你開一百買的，我出五百買你這張。」「歹勢……」我苦笑搖搖頭，想從另一邊閃過。

「我出一千，買你這張，按怎？」平頭大叔側身站到我前面，臉上表情很有魄力。

哇哩勒，出一千買我這一張？怎麼感覺被他一說，好像這張會中頭獎啊？那萬一中頭獎的話，我這樣賣他不就很不划算？

「按怎？閣無愛？按呢我出五千、一萬呢？」平頭大叔皺著眉頭但隨即大笑，「敢講你感覺這張有可能會著頭獎？」

「哪會無可能？有可能啊……」我下意識摸摸口袋裡的刮刮樂。

「眞好！好！」平頭大叔看了賣刮刮樂的歐巴桑一眼，很自然地繞進攤位裡面，搬了椅子就坐下，「感覺你自認運氣足好，坦白講，我非常非常有錢，我一直想欲揣，這世界之中，上好運的人。」我愣了一下，旁邊的歐巴桑也露出疑惑表情，她大概想說爲什麼自己的攤位被霸占了吧？

「我出錢，予你買十張『刮刮樂』，看欲一百、二百、五百、一千，攏會使，你家己揀。只要你連紲抾十張，十張全部攏著獎，按呢

獎金攏你的,而且我閣會予你另外的獎品。」平頭大叔也不管我答不答應,說得很開心,賣刮刮樂的歐巴桑笑得更開心了。

這時,突然響起一個震耳欲聾的聲音,「善報、福報、業報!」一位大叔聲若宏鐘,用極驚人的音量喊著,成功引起了注意。「因果、姻緣、陰德!」他滿臉鬍鬚、閃亮亮的光頭,用一塊螢光橘色布料當作披肩,穿著一件寬大棉褲,加上響徹雲霄的大嗓門,讓他顯得異常醒目。

「我看這年輕人,**頭殼尖尖**(thâu-khak tsiam-tsiam),積點功德、做**補運錢**(póo-ūn-tsînn)才是真的。好運?我看未必,要比好運,我也不輸他。」他的笑聲之大,又突然探頭在我身旁,耳膜差點被他的聲音震破。

沒想到這麼重要的投稿日子,被這瘋漢**拍觸衰**(phah-tshik-sue),有夠不爽。

「年輕人?我看你一臉**衰到若梨仔**(sue kah ná lâi-á)的模樣……」這位大叔邊說邊掏出一個缽遞到我面前,不但滿臉橫肉,表情也十足兇惡。

哇哩勒,我總不能裝不知道吧?這麼近距離,他的確就是在跟我要錢沒錯。賣刮刮樂的歐巴桑在一旁幸災樂禍,露出一抹**看衰**(khuànn-sue)我的笑容。

「我沒帶錢,歹勢。」其實我更想說,沒帶錢,倒是有**帶屎**(tài-sái)。

誰知道,這個傢伙聽完竟雙眼爆出血絲,大聲嚷嚷:「不得了啦!年輕人,出門在外竟一點錢也沒有?怎麼可能?」他的音量之大,說完發出冷笑,「貧僧法號止不住,洞悉真理止不住。」說完左手端著缽,右掌在旁豎起,嘴巴唸唸有詞。

眾人都目瞪口呆,當然包括**衰尾道人**(sue-bué-tō-jîn)我啦!這時候只想快點離開這個奇怪的地方,隨時找機會閃人。

這時平頭大叔笑了笑，拿出一張千元大鈔，投進止不住的缽裡：「挂才聽你講，你運氣嘛足好？敢有興趣做伙來試，看誰的運氣上好？」

止不住看著千元大鈔，開心地用力點頭。

「什麼東西啊？要比運氣，我都沒說話了……」一位從剛剛就站在郵局門口的中年男人，雙手插腰、愁眉苦臉的，走到我們旁邊，「誰知道這個傢伙是在搞什麼鬼？小心有詐。」

「什麼什麼東西？貧僧跟大功德主說話，輪得到你插嘴？少**假好衰**（ké-hór-sue）了。」止不住伸指怒叱，一邊又忙著對他口中的大功德主陪笑。

三月的天氣涼爽舒適，但半披肩底下的肥肉卻不斷飆汗，讓他那件劣質披肩變得更加半透明，幾乎都露點了。

「抑是你嘛欲參加？」平頭大叔也對那位中年人說，接著又大致複述了規則：每個人連續刮十張，刮完一張有中獎，才可以挑下一張繼續刮，只要連續中十張，除了有獎金，還可以得到特別準備的大獎，那大獎價值甚至比刮刮樂頭獎還高。天底下真有這種人？但我是完全沒興趣，滿腦子都在找機會快點離開。

「好，我參加！」中年人拍手大喊。

這時候紅綠燈轉換號誌，綠燈啟動。有一個騎著老檔車，在旁邊看著這一切發生的阿伯，突然發出興奮的聲音大叫：「噢，YEAH！」語調還拉長音，接著竟然站了起來，手催動油門快速離開，此時還轉過頭看著我笑。

騎老檔車的阿伯看起來年約六十歲，臉上坑坑疤疤的，機車手把還掛著一包喝一半的豆漿。

不過誰管這麼多啊？這實在太平常不過了，倒是眼前的狀況比較棘

手。我緩緩移動步伐，打算從旁邊落跑，聚精會神、躡手躡腳地，專注力好比盯著膨糖成形的瞬間。

「孩子，整件事的因緣，因你而起，你不能擅自離去。」那位中年人竟伸出手擋住我的去路。

哇哩勒，我實在是**種匏仔生菜瓜**（tsìng pû-á senn tshài-kue），原本只是來郵局投稿的，沒想到會遇到這種事，有夠**落衰**（lòh-sue），或許我就像是擔仔麵上面的那尾小蝦子，雖然存在感很低，但不管怎樣目標就是如此明顯。

賣刮刮樂的歐巴桑漾起了謎樣的微笑：「**龍虎交戰，龜鱉受災。**」（lîng hóo kau-tsiàn, ku pih siū-tsai）而剛剛那位斗笠老人則站在旁邊，手裡握著一張已經刮完的刮刮樂，看樣子應該沒中。

這位擋住我去路、愁眉苦臉的中年男子，年約五十，身穿長袖POLO衫、運動短褲、高筒白襪配螢光色運動球鞋，頂上稀疏的頭髮因汗水而顯得凌亂，現在正露出一副認真嚴肅的表情，感覺得出來他不是在開玩笑。或許我可以參考這種外型跟好管閒事的個性，在《七截花刀傳》裡面安排一個道長角色，嗯……就叫愁眉道長好了。

止不住好像遇到勢均力敵的對手般，哈哈大笑：「哦？看樣子，閣下也是參道中人？」說完，比劃著武俠小說當中常見的發招起手勢，一副棋逢敵手的讚美樣。

「好說，好說。」愁眉道長拱手作揖，臉上更是充滿奇怪的笑容，若在武俠小說的世界裡，他肯定正在偷偷運氣匯集於丹田，等待偷襲對手，繼續大聲說，「在下參習大千世界之奧祕，也莫約有十年之久。」

「十年啊？」止不住的表情轉為嚴肅，點點頭，像是在思考什麼，「依閣下方才的談吐，可以窺知對於參悟娑婆之真理修習，和貧僧宏觀

境界及際遇相比，仍是不值一哂。」止不住一副欠打的樣子搖了搖頭，好像很替眼前的愁眉道長惋惜。

「你說什麼！」愁眉道長舉步往前，手呈劍指。

平頭大叔突然出手拍桌：「好啦！恁是敢有準備欲開始挺『刮刮樂』？恁攏有欲參加啦乎？啊……著啦，我袂記得補充……」我跟止不住、愁眉道長頓時立正站好，乖乖聽平頭大叔發號施令。大叔接著說，如果中途沒刮中獎金，那麼就不能再繼續比賽，失敗的參賽者仍然可以獲得前面刮中的獎金，但要給平頭大叔一樣自己身上的東西，至於是什麼東西……

「我無欲恁的錢，因為我講過，我非常非常有錢。」平頭大叔說。

「那你要什麼？」愁眉道長問，一旁的止不住則是一臉凝重。但我很好奇，難道他們沒想說直接走人就好嗎？不過說實在的，這平頭大叔開出的條件，的確頗讓人心癢癢。

「足簡單，我欲愛恁上重要的物件。」平頭大叔盯著愁眉道長，好像要把他看穿一樣，接著，大叔的眼神仔細打量著那幾根黏在道長額頭上的稀疏頭髮，「我欲你的一枝頭毛。」

愁眉道長大驚失色，不過冷靜下來仔細換算，想想這一根頭髮有可能換到超乎想像的財富，怎樣都划算。況且，就算最後沒辦法連續中十張，即使刮中幾張，也是穩賺不賠。

接著，平頭大叔又把目光移到止不住身上，指著他手上的缽：「這就好。」真是狠，那個缽好像不重要，但又是生財工具，這下換止不住陷入考慮。

就在這一剎那，我逮到機會便轉身準備落跑。

「欲去佗啦？共我擋咧……」我背後傳來平頭大叔的聲音，他在原

地威嚴地大喊，但我一邊跑，一邊卻注意到，郵局前面有許多看起來不好惹的少年仔坐在機車上，也有一些打扮像是尋常上班族，但面露兇光的成年男性站在騎樓看著我們，而違停的休旅車上面也有人正盯著我們看……

「我知影恁咧想啥，恁欲離開嘛會使啦，畢竟這是恁的自由嘛……」嗯，大叔嘴巴說可以自由離開，但看這種情況，如果要離開這個地方，不曉得會不會直接被拖進休旅車帶走？我腦中至少可以想到五種以上沒有最慘、只有更慘的可能性，看樣子還是配合玩一下比較好……我駝著背，默默走回去。

大概就是一個吃飽閒閒、有錢無聊的財主，也太衰穗（sue-bái）了吧？根本從頭到尾就不關我的事啊！

這時，幾個身穿西裝的年輕人走到我們旁邊，其中一個則是站在平頭大叔的身邊，並直接拿了三大疊千元鈔遞給歐巴桑，只見歐巴桑嘴笑眉笑地開始算起鈔票，不斷對我們點頭：「嘿啦，趣味啦！我是運氣無好，無我嘛足想欲試呢！」這位當場發財的歐巴桑是哪裡運氣不好啊？

平頭大叔眼神掃向我：「你若輸，我欲你拄才買的彼張『刮刮樂』。」我下意識再度伸手摸了摸口袋，剛剛選的那張 1024 尾數，難道真的有中大獎的機會？如果是這樣，我無論如何都不願意跟他換。

「無愛，按呢我真正無想欲參加。」我堅持。

「少年仔足堅持呢！看起來你真正感覺彼張會著頭獎，哈哈！真好，有一粒好運的頭殼，好啦……」平頭大叔單眼皮內的眼球轉了轉，「你來郵局辦啥代誌？」

「喔……我是來寄批的啦。」我說。

「寄批？你寄啥物批？」平頭大叔問。

「無啦，寄投稿的物件。」

「哦？你有咧寫故事？是啥款的故事？」平頭大叔似乎眼睛亮了起來。

「我寫武俠小說……」

「按呢好！你若輸，我欲你的故事。」平頭大叔拍桌點頭。

「無啦！我故事就已經投出去矣，是欲按怎予你啦？」我覺得莫名其妙。

「免煩惱，你只要當場將故事講予我聽就好，講一段你上滿意的部分，反正你投稿就是按算做作家講故事予人聽，你只是當場講出來，我做你的讀者，若我感覺趣味，就算得著你的故事矣。」平頭大叔說得似乎很有道理，我點點頭同意了。

止不住大聲抗議：「他輸，說故事就可以了；我輸，卻要換一個缽？那我也要說故事。」旁邊的愁眉道長跟著附和，下意識摸了摸他黏在額頭的頭髮。

「少年仔是真正有寫故事，而且扭才投稿出去，按呢才是真正『有故事的人』，敢講恁嘛有寫出來？」平頭大叔盯著他們，止不住跟愁眉道長一言不發，看起來就像是被剪開的蒸肉圓，內心一覽無遺，連我都看得出來他們沒故事可說，「好啦，開始！」一聲令下，我們三人開始挑選桌上的刮刮樂，大家想法都差不多，都挑機率比較高的一千元刮刮樂，每張中獎機率 70%！

這款刮刮樂有五個遊戲區可刮，等於有五次機會，前面四次都摃龜，所幸第五格刮出了三個相同符號，三個巴哥犬的圖，中了一百元。我頓時鬆了一口氣，這時斜眼偷瞄止不住跟愁眉道長，他們也都刮中

了，獎金似乎還比我高，對我冷笑一聲。

這場比賽引起了路人陸續聚集圍觀，我們進行第二回合，選出各自的第二張刮刮樂。這次三人一樣都是挑一千元的，最後也都順利中獎晉級，平頭大叔似乎很滿意這種結果，不過……

「歹勢啦，一千的『刮刮樂』我提無夠濟，銷路傷好……」站在一旁的歐巴桑手上握著鈔票不好意思地說，我這才發現千元的刮刮樂只剩下最後一張。這時，我身旁那兩尊已經出手要搶奪那最後一張千元刮刮樂！止不住的手腕被愁眉道長抓住，但止不住同時也用他龐大的身體反擊，撞向愁眉道長，「閣下不怕走歹字運（jī-ūn）嗎？對修道中人無禮！」止不住一邊痛叱、一邊繼續試圖掙脫愁眉道長，但愁眉道長也不甘示弱地用另一手扳開止不住的手，「你是修道中人，我也是！我可是財、丁、壽三字全（tsâi ting siū sann jī tsuân），若是論福報氣數（khì-sòo），敢講我會輸予你？」

就在此時，我趁機快手搶過那張千元刮刮樂，他們兩人瞪著我叫罵，但也只能默默地挑選五百元的刮刮樂，五百元刮刮樂的中獎機率硬是低了點，中獎機率55%。

「這嘛是一種好運，真好！」平頭大叔對我露出讚賞的表情。

「莫存萬幸（tsûn bān-hīng）啦，嘿嘿……三年一閏，好歹照輪（sann nî tsit jūn, hór-pháinn tsiàu lûn），雞屎運（ke-sái-ūn）爾爾。」止不住嗤之以鼻地瞄了我一眼，然後又認真地刮著他手邊的刮刮樂，「啊！」慘叫一聲，看樣子他沒中。

這時，他背後出現三個西裝年輕人，平頭大叔冷冷地用眼神示意，要止不住將缽交出來。其中一個西裝年輕人拿出一個小盒子，竟把那個缽裝進盒子裡，接著用一個密碼鎖隆重地鎖上，先拿進休旅車內。看到

這一幕，我感到非常詭異，止不住可能也覺得毛毛的，一句話也說不出來。歐巴桑笑容僵硬，結算剛剛止不住刮中的獎金，遞了一千元給他，不過剛剛那個被收走的缽，裡面還有一些零錢跟鈔票，包括剛剛平頭大叔給他的千元大鈔，怎麼看都是止不住吃虧。

「哈哈哈！我又中了，你這種就是沒福報。福報就是一個人的**萬幸**（bān-hīng），明心見性的根本……」愁眉道長娓娓道來，就像學生在背課文般，他非常開心自己又晉級了。

「聽你一箍**白跤蹄**（pèh-kha-tê）咧胡亂說！你讀的是哪門子的書？參的是哪裡的道？」止不住舉起他肥厚的手臂揮舞著，「福報就是老子唸了三天三夜的菩門堤心咒，木魚敲到震天作響之大！佛祖菩薩攏叫我第一名！」說完，他拍起胸膛哈哈大笑，似乎沒了那個缽，有點受不了打擊。

「哼哼？你這**衰到落頭毛**（sue kah lak-thâu-mÿg）、走**卯字運**（báu-jī-ūn）的傢伙，又知道什麼叫福報？」愁眉道長冷笑幾聲，「三天三夜的菩門堤心咒算什麼？我最高紀錄是在半個小時內把早晚課一次做完，用我老家的私房沉香，供佛、供法、供道、供本識俱足的菩提心。」說完露出祥和滿足的表情，緩緩撥了他黏在額頭的頭髮，繼續下一張五百元的刮刮樂，接著又補一句，「我才無像你遮呢**衰潲**（sue-siâu）……」說完冷笑一聲。

是了，在這場遊戲中，止不住就是愁眉道長的手下敗將。

「你說什麼！」止不住怒氣沖沖地對著愁眉道長高舉手臂，似乎隨時準備揮下，如果是武林高手，這天靈蓋拍下去是會七孔流血的。

歐巴桑似乎有點不安，反倒是剛剛一直站在旁邊的斗笠老人，一句話也沒有說，嘴角微微上揚。

「有著無？」平頭大叔似乎毫不受影響，我選的刮刮樂又中一百元了，繼續下一張。這時，失控的止不住已經被幾個西裝年輕人「請」走了，遠遠的騎樓好像還能聽到他的叫罵聲。

「我嘛著矣。」愁眉道長露出得意的表情。

比到這邊，剩下來的五百元刮刮樂庫存應該夠我們兩個平分，不過好運似乎沒這麼持久，這一輪的愁眉道長真的愁眉苦臉了，他低著頭，盯著手上那張摃龜的刮刮樂發抖。這時，又有兩個西裝年輕人從旁架住他，其中一人竟粗暴地將愁眉道長前額的頭髮用力拔了起來，然後拿出透明夾鏈袋，小心地把那根頭髮裝進去，接著快步走進休旅車內。

摸著前額的愁眉道長，就像被摸骨挑刺的虱目魚，可能剛剛受到驚嚇還沒回過神吧？但馬上有人塞了該屬於他的獎金二千五之後，隨即被幾個西裝年輕人「請」離開現場。

接下來可能換我了吧？因為我手中這張，沒中。

「好，少年仔，開始講故事。」平頭大叔是認真的，雙手撐著下巴，聚精會神貌，「講一段你感覺上滿意的部分就好。」一旁的西裝年輕人遞了幾張百元鈔票給我，點了點頭，示意要我開始說故事。

嗯……我想，《七截花刀傳》裡最重要的角色當然不能跟他講了，寶刀部分更不行，但其他不重要的部分若說出來，應該會被識破，那還是說《規宗龍造經》好了，那個說穿了只是一本地圖祕笈，比較無關痛癢。

「我欲講的是，小說內底有一本《規宗龍造經》，彼是收錄全世界地圖的冊……」我開始描述這本記錄了全世界祕密通道的書，不管要去哪裡、要得到什麼寶物，只要翻開書就會顯示出來。而這本書放在故事裡的哪個地方，有什麼我規劃的機關，也都一一說明。不過角色的部分

則輕輕帶過，嘿嘿，我實在太聰明了。

「誠精彩！真好！」平頭大叔點點頭，「喂，敢有記起來矣？」他轉頭對著站在旁邊的西裝年輕人說。這時我才注意到，站在他身邊點頭的西裝年輕人，胸前口袋插著一支錄音筆，西裝外套下，是一條印有許多三明治圖案的領帶。我這時也意識到，原來平頭大叔襯衫上的三角形，看起來也像是一塊塊的三明治。

平頭大叔拍手說：「好，有記錄起來就好，按呢咱好通來去揣彼本冊矣。」說完起身，和一群西裝年輕人走進休旅車，那些原本在騎樓的年輕人也都漸漸散去。就連那個斗笠老人也像是聽完故事感到很滿足似的，快步往騎樓另一端離開了。

不對啊？那是寫在故事裡的《規宗龍造經》耶！怎麼找啊？

我一句話也說不出來，看著揚長而去的休旅車跟機車群，郵局前又恢復平靜，像是什麼事都沒發生一樣，而賣刮刮樂的歐巴桑則是笑嘻嘻地數著鈔票，對我不斷點頭：「欸？少年仔，最後一張你拄才無挃清氣，其實有著呢！」我看著上面，又是中一百元。

哇哩勒，真可惜，搞不好我有機會得到最大獎，不曉得是什麼？

不過，跟止不住還有愁眉道長相比，我的損失好像最少，只不過隨口說了《規宗龍造經》的橋段，反正就跟平頭大叔說的一樣，早晚都是要給讀者看的，實在不吃虧，而且還憑空得了幾百元獎金，讚啦！整件事情峰迴路轉，最後是以《七截花刀傳》做為我的護身符，感覺應該是個**好吉兆**（hór-kiat-tiāu），看樣子我要發光發熱的日子不遠了。嘿嘿，氣運咧**透**（thàu）矣……

- 一日無事，小神仙（tsit-jit bôr-sū, siór sîn-sian）：一天平安無災，就好比小神仙般。
- 好手爪（hór-tshiú-jiáu）：好手氣，至於「歹手爪」則指手不規矩、不安分，或手腳不乾淨。
- 頭殼尖尖（thâu-khak tsiam-tsiam）：用來形容運氣不好、很衰的倒楣狀態。在《台語原來是這樣》143頁有專文介紹。
- 補運錢（póo-ūn-tsînn）：運勢不佳時，向神明祈求「補運」以增加運勢所用的錢。
- 拍觸衰（phah-tshik-sue）：觸霉頭。在《台語原來是這樣》272頁有專文介紹。
- 衰到若梨仔（sue kah ná lâi-á）：非常衰，「若梨仔」為暗指男性生殖器「羼」（lān）的諧音，成句應為「衰到若羼」。
- 看衰（khuànn-sue）：瞧不起、看扁。同義詞有「看袂起」、「看無起」、「看輕」等等。
- 帶屎（tài-sái）：倒楣。常以華語諧音字「帶賽」表示，倒楣透頂。
- 衰尾道人（sue-bué-tō-jîn）：運氣很差、很倒楣的人。「衰尾」是倒楣的意思，至於「衰尾道人」則是出自早期布袋戲中的修道人角色。
- 假好衰（ké-hór-sue）：假好心。
- 種匏仔生菜瓜（tsìng pû-á senn tshài-kue）：非常倒楣的意思。全句為：「人若衰，種匏仔生菜瓜，種土豆袂開花，煮飯會著鍋，放尿會必叉，呸喙瀾毒死雞。」
- 落衰（lòh-sue）：走楣運。同義詞「歹運」、「衰運」。
- 龍虎交戰，龜鱉受災（lîng hóo kau-tsiàn, ku pih siū-tsai）：受池魚之殃。
- 衰穤（sue-bái）：倒楣、運氣不好。

- **字運**（jī-ūn）：機運。「好字運」是形容人正在走好運，「歹字運」則為反義。
- **財、丁、壽三字全**（tsâi ting siū sann jī tsuân）：財寶、孩子、高壽，三樣鴻福兼備。也有一說是「財子壽三字全」（tsâi tsú siū sann jī tsuân）。
- **氣數**（khì-sòo）：運氣。同義詞為「時運」、「氣運」。
- **存萬幸**（tsûn bān-hīng）：心存僥倖的意思。但台語的「僥倖」為可憐、遺憾之意，常用於感嘆詞，譬如：「僥倖喔！做這款失德代。」
- **三年一閏，好歹照輪**（sann nî tsit jūn, hór-pháinn tsiàu lûn）：風水輪流轉。
- **雞屎運**（ke-sái-ūn）：運氣很好，或是自嘲運氣很差也會如此反諷。
- **萬幸**（bān-hīng）：非常幸運。
- **白跤蹄**（pèh-kha-tê）：掃把星，也常直翻「掃帚星」。
- **衰到落頭毛**（sue kah lak-thâu-mîg）：比喻非常衰。
- **卯字運**（báu-jī-ūn）：衰運。「卯字」則有衰運的意思，譬如「運途行卯字」。
- **衰潲**（sue-siâu）：非常衰。「潲」為精液，放在動詞後有不愉快的負面意涵。
- **好吉兆**（hór-kiat-tiāu）：好彩頭。反義為「歹吉兆」。
- **透**（thàu）：運氣正旺。「透」的意思有很多，有「混合」之意時說「透濫」（thàu-lām），也可單獨使用「透白茶」、「透燒茶」；有「直達」的意思，譬如「這條路透公園」；有「不夠充分」的意思，譬如「你冊讀無透」；有「完畢」的意思，譬如「這齣戲已經搬透矣」；有「完整貫通」之意，譬如「透世人」、「透年」、「透天」；形容天氣，會說「透風落雨」、「透南風」，我們耳熟能詳的台語歌詞「今仔日風真透」的「透」便有吹動之意；形容運勢正旺，用「運氣當咧透」，則有氣運宛若在身體運行，或是貫通整個人的感覺。

※行樓梯

　　透風（thàu-hong）的天氣，天空下著**雨毛仔**（hōo-mn̂g-á），我騎著腳踏車，任由雨水打落在我的身上、臉上，感覺非常的**澹**（gàn）。早就被嚴重磨損的鏡片，此時因爲雨水的關係，視線顯得更模糊了。不過視線模糊，也有可能是因爲我眼眶泛淚的關係吧？

　　我叫元義，唉，叫什麼名字也不重要了，隨你們叫吧。

　　至於爲什麼在這種**雨來天**（hōo-lâi-thinn），我還要這樣狼狽地騎著腳踏車出門？或許是在**歹天**（pháinn-thinn）外出，比較有英雄式的壯烈感⋯⋯吧？

　　好啦，隨便說說的，我也沒心情開玩笑了，主要是剛剛收到出版社的退稿通知。不過出版社也挺有誠意的，他們回了一封信給我，雖然是電腦打字，但應該是真情流露之下打字的吧？那張裁一半的 A4 紙上面打了幾行字：「非常感謝您的投稿，經審稿商討，您的作品不符合本公司走向，故先將您稿作退回，期待您後續的新作，也感謝您的支持。」既然他們這樣說，代表我還是很有潛力的吧？只是故事架構或是人物設定出了點問題，所以我決定，要再繼續改、繼續投。

　　但現況或許比退稿還糟，因爲我的靈感暫時枯竭了，接下來要怎麼修改才是大問題。在學校閒談之間，跟盲腸還有小博士聊起我的小說《七截花刀傳》，希望他們如此缺乏想像力的頭腦，可以意外地給我一點建議。

　　可能因爲剛好是梅雨季吧？小博士說，我的故事永遠都是晴天，而且場景好少，都是在峽谷或客棧；相較之下，他最愛的《貝貝美人魚》就比較精彩，從海洋到鎮上的溪流，故事場景非常豐富，也有狂風暴雨或萬里無雲的天氣變化，而且貝貝也會偷溜去學校陪伴男主角。盲腸則說我的角色都不吃不喝不睡，只有一壺酒，他覺得這樣好屬害，是不是

我的角色在練什麼神功，特別在埋梗？

　　雖然我的心情依舊很低落，但小博士跟盲腸提出的問題，卻讓我陷入了深深的思考。於是，在雨天騎著腳踏車出門的我，不知不覺停在市區的某間書店前。

　　這裡以前是日本時代的戲院──宮古座的舊址，原本有一棟漂亮的木造建築，不過現在這裡已經變成一棟大樓，地下室有間書店，我就是在這間書店看到介紹才曉得這件事的。每當心情不好的時候，我就會跑來書店，有時候也沒看書，只是對著成排書櫃發呆，希望有一天自己的書能擺在上面。

　　雖然是**透風落雨**（thàu-hong lòrh-hōo）的天氣，但書店正門前仍停滿了整排汽機車，像是護城河一般包圍著書店入口，害得我花了好些時間，才把自己這台破爛的淑女車塞進車陣的縫隙中，身體都淋得**澹漉漉**（tâm-lok-lok），好比一粒茱粽從頂端被迫淋上醬油膏跟花生粉一樣，搞得全身都**黏黐黐**（liâm-thi-thi）的，好難受。

　　周邊有幾個路人跑進騎樓躲雨，有的則是跟我一樣的衰臉，正準備走進書店。這時，天空瞬間閃出**爍爁**（sih-nah）光芒，我快步跑進騎樓，直接往地下室的書店走去，隨著階梯越走越深，外頭**摒大雨**（piànn tuā-hōo）的聲音也逐漸增強。

　　這棟建築物的樓上，現在是新型態的電影院，最近可能有什麼活動，所以沿著通往地下室書店門口的兩邊牆壁都貼滿了海報，上面寫著：「宮古座最後一齣戲，全台語演出。」

　　對喔？就像是台語，經歷了各種打壓，一直到今天仍繼續延續著，所以我的《七截花刀傳》就要跟台語一樣，打死不退。對了，說我的場景太少對吧？天氣都晴朗對吧？那我就讓小說裡的反派「不死老人」先

穿越到現實生活中，準備在書店執行祕密任務，結果沒想到時空跳躍錯誤，到了古代的宮古座，天氣就來個晴時多雲偶陣雨……嗯，感覺好像有點複雜。

　　忽然間，我發現書店的空調聲音有點奇怪，怎麼好像特別大聲，還開始轟隆作響？書店的燈光好像也開始忽明忽滅，電壓似乎有點不穩。看起來情況有點不對，我還是先……

　　這時，突然聽到外面傳來一聲巨大的**霆雷公**（tân-luî-kong），**轟隆**！——書店內也發出一陣巨大聲響，碰！登……

　　到底是怎樣？

　　冷氣空調聲瞬間停止，接著空間全黑。

　　西元 2065 年，平行世界的台灣未來。

　　登……郵便局內的提款機發出聲響。

　　從台南郵便局走出來，**焦燥**（ta-sòr）的溫度讓街道上如**火燒埔**（hué-sior-poo），產生陣陣熱氣，正是盛夏**燒熱**（sior-juah）的午後。根本克英拿出手巾擦去額頭上的汗水，這條手巾上面是桃紅色櫻花散落的圖樣，丈青的底色，把櫻花襯托得格外炫目。他看著手巾上的櫻花，心中若有所思，忽然手巾上的櫻花開始飄動，身上成套的衣服及長褲花紋也逐漸浮現，產生了微妙的連動。

　　他想起昨晚《台灣日日新報》電子報上頭斗大的標題：「本島青年出走潮達高峰！尋找就業新天堂？是否該繼續北移？」在這個時代，國產的新電漿紙顯示器已經問世，手感與閱讀感都宛如真紙，完全實現了

「電子書」與「報紙」的結合；顯示器的畫面，幾乎跟擺在台灣文學館玻璃櫥窗內的紙本印刷品一致。但即使如此，那報導的標題此時讀起來卻不太像印刷品，字字句句異常鮮明，直接射進克英的眼底。

畢業後，同窗好友紛紛投入職場，但克英自己則還一事無成。他想起畢業當天，自己在一間擁有百年歷史的台灣料理店「寶美樓」狂歡會後，駕駛個人代步車經過兒玉公園時發生了車禍，撞進草圃，而他也還記得那天的兒玉公園內插滿旗幟，上面寫著斗大的「反對北移」，以及許多小旗幟寫著「脫離」、「找回主體性」等字。也就是在這些字句映入眼底的那一瞬間，他一個失神撞進草圃，那些旗幟在他躺下的頭頂上方飄揚著，日鬚（jit-tshiu）從未開花的鳳凰樹縫隙慢慢射出，像是連接天地的通道。

近四百年以來，不同政權接連在這座島嶼上立足，經歷了荷蘭、鄭成功、清國統治，當前的日本帝國在 1895 年登上這座島。但從 1895 年帝國統治開始，這座島嶼就不斷發生大大小小的抗爭與爭取自決運動，甚至到如今物質與文明都看似更進步的 2065 年，這些抗爭運動依然持續不間斷。但即便現況必須屈服於帝國的統治，這座島上的人民，仍對未來抱持著希望與樂觀。

在台灣出生，日裔第六代的克英，他的認同也是與台灣同進退。只是《台灣日日新報》斗大的標題彷彿猶在眼前，當時撞進草圃、躺在草皮上的他，想到茫茫然的未來，腦中則是一片空白。

這場小意外花了一筆錢善後，克英也在醫院躺了一陣子，所幸斷腿很快就痊癒了，不過之後只要每逢氣候變化反天（huán-thinn）就會酸痛，所以朋友給他取了個綽號叫「行動胡椒罐」，只要天氣即將變化，他肯定會先摸著受傷處皺起眉頭。「胡椒罐」是在地人對台南測候所的外觀

戲稱，這座百年前的氣象台在結束測候任務後，便改造成名為「測候站」的台南單軌車站，緊鄰一旁的兒玉公園。而車禍之後，另一個大問題是克英也因此花了不少錢，事後雖有短期打工，但照這種存錢進度，離他夢想中的創業，還有很大的落差。

一陣鞭炮聲把克英從想像中拉回來，再怎樣說，自己也是土生土長的在地人，熟悉的蜈蚣陣從眼前緩緩進入，穿著古裝的兒童坐在雕塑精細的蜈蚣陣列上，兩旁則是身著華服的大人，臉上都畫有鮮豔的妝扮。

這他是知道的，大學同窗李本的家中便是做這種古儀式顧問，每年光是處理傳統祭典，台式與和式等數百種繁複種類的安排設計、包裝器具及流程整理，案子便應接不暇。克英小時候也參與過蜈蚣陣，畢竟自己是台南子弟，除了做十六歲外，這也是不分台式、和式禮俗習慣的家庭都會讓家中小孩參與的大祭典。

還記得坐在上面的自己，是扮演什麼嗎？

克英突然感到大腿隱隱作痛，「糟糕，麻煩死了。」抬頭一看，烏陰天（oo-im-thinn）逐漸籠罩下來，便跑進街邊的便利商店。

「歡迎光臨。」電子報音，隨自動門開啟同時響起。

四面穿插幾片電子看板，正播映著藝人龍之助的「變色汁」廣告，龍之助穿著紋付羽織傳統和服，露出粉紅色的牙齒：「實在有夠好喝，好喝到牙齒都變色，變色汁，多種口味，熱賣中。」克英嘆了口氣，坐在落地窗前看著漸變成烏天暗地（oo-thinn-àm-tē）的天氣，還有蜈蚣陣上的兒童，繼續想著當時的自己，是扮演什麼呢？

克英心想：「扮演什麼都無所謂了，反正一開始我的人生設定就是錯誤的了。既不是生長在有錢的家庭，又生錯時代，難怪會這麼衰，麻煩死了。」

「昨晚又地震了，該不會又北移了吧？」「說不定喔，鯤島派的團體不就正在抗議這件事嗎？」身旁兩個中年人，討論著時下熱門的話題，至於昨晚的地震，克英跟這座島上的人們一樣，已見怪不怪了。

這時，台南蜈蚣陣配合著行進的步伐，車列上的兒童裝扮，一併映入克英眼裡。小時候的畫面漸漸在腦海中打開，便利商店四周場景淡出，克英彷彿回到那天從家裡搭車前往參加蜈蚣陣的路程。

他聽見父母親的溫柔談笑聲，自己的表情肯定也是大大的笑臉吧？對了，這身服裝、鮮艷的黃，還有大人們開始面帶微笑拿著妝筆在自己臉上塗抹著，這份感受到強烈被關愛的力道，一筆一劃在自己臉上散開。克英當下好像真的回到過往的時空，大腿上的刺痛感越來越淡、越來越淡。

「唰！」的一聲，一場大雨開始**潽潽落**（tshàp-tshàp-lòrh），天空打起雷，蜈蚣陣也繞到了街的另一角，究竟是先解散了，還是仍然繼續保持蜈蚣的威武行進著呢？他逐漸想起，自己也曾在這樣的天氣裡，坐在蜈蚣陣列上，自己的小手被父母牽著，許多人快步跑向暢通的騎樓，小克英的身高視線只及蜈蚣陣列的目光。

生冷（tshenn-líng）雨來天，**溼溼**（sip-sip）臭殕味（tshàu-phú bī），突然間，父母親溫柔的話語聲，隨著天氣變化亦轉為嚴肅：「不可以直視蜈蚣的雙眼！」

為什麼呢？回想至此，記憶竟又變得模糊。

克英看到對街站滿牽著小孩的家長，以及急忙搬移器具的人們。此刻，碩大的蜈蚣頭朝著自己，克英理智上知道，蜈蚣陣列此時是被人們急忙推往暢通的騎樓**覕雨**（bih-hōo），但眼裡所見的卻是蜈蚣正朝著自己奔來！

蜈蚣的雙眼似乎發出幽紅光芒，而模糊的記憶彷若烏雲罩月（oo-hûn tà gueh）席捲著自己的五感。這瞬間好像回想起，爲什麼不能直視蜈蚣的雙眼了。

大腿的刺痛感越來越淡，取而代之的是一陣天旋地轉的胸悶，「搞什麼？」克英勉強站起來，但看到自己似乎還坐在椅子上，眼神直直盯著窗外的蜈蚣雙眼，眼睛一暗，接著是自己耳邊傳來店員焦急的聲音：「沒事吧？」

蜈蚣雙眼似乎仍在黑暗中發出幽暗紅光。

幽暗的紅光逐漸放大，成爲烈日。

赤崁的西門町四丁目附近，李氏家宅，空雷無雨（khang-luî-bôr-hōo）的天氣。

巴洛克山牆造型的成排街廓，不遠處是末廣町的林百貨。李氏家宅，是位於此段精華不遠處、醉仙閣酒樓附近的富貴人家，在成排區廓周邊，還有西市場、淺草商場及宮古座戲院，可見其繁華。

昨天，李家最小的兒子李平國跟家人一同上街看熱鬧，豈料一場西北雨（sai-pak-hōo），衝散了一家人。後來是挑豆花的阿水，在巷弄見到沃澹（ak-tâm）溼透、不醒人事的李平國，這才大聲嚷嚷，和街坊鄰居將李平國送去最近的商老君醫生館，隨即通知李家父母及兩位兄長。

「阮後生到底是有要緊無？」李平國的母親瑞雀，穿著一襲高級布料剪裁大衣，臉上滿是著急。

「這囡仔實在無路用，攏幾歲矣？」父親李火濤是地方重要士紳，

外出總是一身傳統漢服，說話鏗鏘有力。

「你嘛莫按呢！」瑞雀看著躺在床上休息，仍不斷**流清汗**（lâu-tshin-kuānn）的兒子，著急地說。

「阮小弟這馬狀況是怎樣？」大兒子李大與二兒子李平清站在一旁，看著這位町內有名聲、紅到競馬場的商老君。

商老君約七十多歲，漢醫家世背景極有名聲，雖然這幾年西醫盛行，但調理身體、**傷風**（siong-hong）各式疑難雜症，街坊還是習慣來找他。

「無要緊，只是我診脈，發覺伊……」商老君皺著眉頭，欲言又止。他心想，李平國這個孩子是他從小把脈問診看到大的，脈相如何大概八九不離十，又所謂見脈相如見其人，不管是**風邪**（hong-siâ）再怎樣厲害，或是**熱毒**（jia̍t-to̍k）引起滿臉膿瘡，總也能辨識出本來面貌。但今日診脈，卻發現這孩子脈相極亂，判若兩人，「是無啥要緊啦，只是……」這脈相**畏寒**（uì-kuânn）又**畏熱**（uì-jua̍h），手腳**冷吱吱**（líng-ki-ki），凍如冰霜。

「玉妹，妳來替少爺針灸。」商老君仍把著脈。

這時屋內緩緩走出一名身著漢服的年輕女子，端正的臉孔下，有著一對淺灰色、迷濛的雙眼。在地人都曉得，這是商老君有名的助手「玉妹」，雖自幼雙目不能視物，但在商老君門下學習，她的聽覺、嗅覺與觸覺都高於一般人，雙手彷彿能一窺患者堵塞的氣脈，因此針灸總能切中問題。

「所有的痛苦攏會消失。」玉妹觸摸的動作極其熟手，開始下針，接著再以艾灸替李平國祛淫、驅寒、溫通其經絡，一時之間滿屋**火薰**（hué-hun），平國身體雖漸漸暖起來，卻又衝破臨界點，整個人**燒滾滾**（sior-kún-kún），可見這不是一般**寒著**（kuânn--tio̍h）的情況，「今仔日，少爺感覺小可無全。」玉妹淡淡說了一句，收拾器具後，並在平國的枕頭

旁，放了一包用曼陀花做成的香包，「這凡勢會使幫助伊，想起啥物。」接著才緩步退回後面的房間。

李家人覺得奇怪，但彼此相視無語，又看著商老君。

商老君忙道：「睏起來就會好勢矣。」雖睡一覺自然會轉醒，但商老君疑惑的是，爲何心脈診起來會跟記憶裡的脈相截然不同，難道是中了**寒熱仔**（kuânn-jia̍t-á）？商老君的臉色，一時之間突然難看起來。

「無要緊就好，好佳哉。」一家人只聽商老君說不要緊，心中石頭就放下了，至於欲言又止的神情，誰也沒多留意。

就這樣，商老君抓了幾帖藥，就請李家帶李平國回家休息，而自己則抱著滿腹疑問，在藥單上寫下診脈後的幾行字「心脈擾亂，若像旁人」，最後畫上一點句讀，接著對外頭等候的患者喊：「後一位，請。」

❀❀❀❀❀

鄰近西門町四丁目的李氏家宅，**漚鬱熱**（àu-ut-jua̍h）的氣溫，空間滿是煎藥味。

李平國被家人帶回家後，便一直待在房裡昏睡。商老君說，漢藥得以**勻勻仔火**（ûn-ûn-á-hué）煎煮，照三餐服，若有**熱嗽**（jia̍t-sàu）則得再以小碗量來乾擦臉，並用藥材熱氣**熁**（hah）其面部，將汗逼出；若是**冷嗽**（líng-sàu）則三餐改四餐服，第四碗改以小碗則可見效，但注意**拉圇仔燒**（lâ-lûn-á-sior）的飲水千萬不可。李家人將信將疑，但聽得李平國的鼾聲，料想無多大異狀，也就索性照辦。

二哥端著剛煎好的藥，走進李平國的房間，此時正巧與一臉驚嚇的李平國四目相對。

「啊啊啊！」李平國也不曉得醒來多久了，與二哥四目相對的同時，瞬間大叫，這一叫，二哥手上的碗都給摔破了。大哥、父母也都急忙忙趕了過來，還想是李平國怎麼了？

只見李平國顫抖著手，指著眼前的二哥，接著指著眾人，環顧四周，家人見狀還道他是中邪了。

「這這……這是哪裡？」李平國顫抖的聲音指著房間。

李家人面面相覷，大哥及二哥露出害怕的表情看著父親，只見**雷公性**（luî-kong-sìng）的李火濤勃然大怒：「**死囡仔！講過幾擺？佇厝內莫講日本話，講咱的話！**」

「阿國，無代誌就好。」母親瑞雀上前伸手拍拍寶貝兒子，但這位李平國，此時心裡則是驚恐萬分。

這是哪裡？此時的李平國，或者說這位剛從夢裡醒來的男人，他肯定無法意識到自己發生了什麼事。明明不久前，他才從豔陽高照的台南郵便局走出來，接著看到了蜈蚣陣，然後……

所幸自己是土生土長台南人，過去許多同僑朋友穿插台語溝通，自己也學到了不少。聽他們剛剛的對話，顯然這老者不喜歡自己講日語，奇怪了？另一位婦人竟當著自己的面喊了一句「阿國」，這又代表什麼？

「歹勢，請問遮是啥物所在？」這個李平國支支吾吾地說。

「你這馬佇厝內矣。」瑞雀有點緊張的語調，「你是敢有要緊啦？」

「厝內？我的意思是，遮的地點是佇佗？」這個李平國瞪大眼睛、東張西望，喃喃自語，「我閣敢是佇台南？抑是佇佗位？哪會按呢啦……」

「台南？你欲按呢講嘛會使啦，阮是較慣習講赤崁啦！」大哥皺起眉頭，口氣有點差。

「阿弟仔，你講話哪會日本腔遐重。」二哥則是忍不住邊笑邊說，「你是著痧（tiȯh-sua）、頭殼有熱著（juȧh--tiȯh）乎？」

「抑是傷翕（hip），頭腦無啥清楚？」二哥笑得更大聲。

「烏白講話！」李火濤極為生氣，「你看你，你看你，我講幾擺？佇厝莫講日本話，你喔！」

「阿國，你是按怎啦？」瑞雀皺起眉擔心起來。

「我不是阿國，我是根本克英。」當大家見到這最小的阿國竟說出這種話，頓時驚訝到說不出話，不等父親暴怒出手，二哥連忙將阿國拉了出去，留下大哥安撫房內的父母。

根本克英，莫名其妙出現在這裡被當成阿國，除了他一頭霧水，李家人也都是摸不著頭緒，怎麼孩子昏過去、醒來，竟有個日本名了？

「阿國……」二哥將克英拉到長廊的另一邊，「你哪會將家己號日本名啦？」說起這句話時特別小聲。

「日本名？我本來就是……」克英仍持續用日語回答，這時二人行經李家父母親的房間，遠遠看到櫃上的圓形化妝鏡，克英心中大感不妙，連忙衝進去拿起鏡子，「天啊，這不是開玩笑吧？」克英大叫，鏡子裡的人哪是自己？而是一位古時裝扮、面容清瘦的男子，頂著一頭整齊浮貼的短髮，「這髮型也太蠢了吧！這到底是怎樣的設定啊？太瘋了吧！」

二哥大感不妙：「你是按怎啦？」這時才注意到，這名二哥跟鏡中的「自己」長像極為相似，一樣是身著漢服，梳著一頭整齊的古時西裝頭。

克英大概可以猜到，自己身體莫名其妙被調包了：「麻煩死了……電子紙呢？我在哪啊？救命啊……」慌亂之餘摸著自己身體，空無一

物，不過看這場景擺設以及這些人的穿著樣貌，恐怕不只是身體被調包這麼簡單，「現在是西元幾年？」克英用很不安的語調，顫抖地說出口。

「西元？嗯……昭和 14 年……」大哥伸出手指，還在嘗試轉換西洋年，「1939 年。」

克英頹然坐倒在地：「慘了，怎麼辦？」雙手捏著這張不屬於自己的臉，還會感到疼痛，才是最糟糕的，「麻煩死了……」他煩躁地將頭髮撥亂。

❀ ❀ ❀ ❀ ❀

晚餐，擺了整桌豐盛的菜色之外，還多了豬腳、白肉、烏骨雞，甚至每個人都有一份蛋包飯，若不說還以為是過年，但這都是為了平國而準備的。

「阿國，你欲交予學校的詩，敢寫好勢矣？」大哥笑著打破沉默，「你所寫的詩，學校誠欣賞，想講今年祈年祭，會使做詩，台南神社今年……」話還沒說完，就先聽到一聲長長的嘆息聲。

李平國……現在其實是根本克英，哪曉得什麼詩？已經夠鬱悶的他，想到自己必須要面對這個「阿國」的生活瑣事，小聲地嘆道：「麻煩死了……」

「阿國，傍你的福氣，咱才有紅飯通食。」二哥在動湯匙前，趁機挖苦李平國。父親李火濤瞪了他一眼，大哥隨即笑著圓場：「原來紅飯是阿母料理的喔，莫怪看起來就比寶美樓的料理好食，歹勢，我欲先食囉！」大哥說著便用湯匙挖開了蛋包飯，原來這內部是蕃茄醬炒飯。看在克英眼裡，聯想到的是那天蜈蚣陣紅通通的蜈蚣雙眼，同時，他也因

為聽到「寶美樓」心驚了一下。

原來，一間店的傳承，可以讓不同時代的人，連結在一起。

才剛經歷時空往回跳躍近百年，這句「寶美樓」是如此的熟悉，勾起了克英思念父母的情緒。即使現在人在陌生人家裡，但他再也克制不了的情感就此爆發，小聲地啜泣著，淚如雨水般地**嘈嘈滴**（tshàuh-tshàuh-tih）。

李火濤見狀，拍桌喝斥：「無代無誌，食飯時間，你是咧創啥！」

「就攏因為你遐歹，囡仔才會按呢。」瑞雀放下筷子，用手安撫著坐在身旁的克英，李火濤只是悶哼一聲，大哥、二哥什麼話都不敢說。

瑞雀見平國哭得如此傷心，想必也沒什麼胃口吧？心頭都揪了起來，只能安慰自己或許是太過於**翕熱**（hip-juáh），讓孩子著痧，以致於身體不舒服心情鬱悶。這之間，大哥、二哥為了要緩和氣氛，開始閒話家常，說了林百貨有多出什麼新的洋貨，還搭了一趟流籠上五樓的餐廳，遇到學校老師。

「老師敢有講啥？」李火濤語調嚴肅，夾了一口菜，大哥及二哥表示老師只是問他們有沒有去世界館看最新上映的電影。

瑞雀眼神充滿笑意看著李火濤說：「逐擺若講著林百貨，就會記持囡仔閣細漢時，咱有一擺去蹚，拄好搪著火燒。」

「是欲講幾擺，是火事演習。」李火濤搖搖頭。

滿是笑容的瑞雀，正準備繼續說，卻被一聲嘆息聲打斷。

原來是一旁的平國，此時是根本克英，正長嘆了一口氣，李火濤聽到孩子在飯桌前嘆氣，正準備要發脾氣，這時大哥話已說出口：「阿知哪會去看蜈蚣陣，阿國竟然會昏昏去。」

「蜈蚣陣！」克英大叫，彷彿在大海中摸到浮木，這三個字是他最後有意識的線索。

「是啊。」二哥感到不解，「你毋知走去佗了後，就去予阿水……」

「講著阿水，頂擺伊講捌參加過啥物工程，講是和北移有關係。」瑞雀似乎對此頗感興趣，豈料李火濤不耐煩噴了一聲：「啊，聽伊咧烏白亂講，無影無跡。」

「我聽學校嘛有人咧傳，講總督有計畫，欲將台灣島北移，但是島嶼哪有可能北移？敢講是一種形容……」大哥仔細地解釋，但二哥似乎對此沒什麼興趣，大口扒著飯，克英則是邊聽邊搖頭。

「若北移是一種形容，閣較恐怖。」李火濤沉著臉，「咱台灣早晚規組攏走精。」

「麻煩死了……」克英整個心思都在想著該如何回到他的世界，「我會來到這裡，肯定跟蜈蚣陣有關……」低著頭嘆了一口長氣。

「阿國！你到底是咧舞啥齣頭？食一頓飯，直直吐大氣！」李火濤憤而拍桌，瑞雀連忙站起身安撫動怒的先生。

「阿國，誰叫你直直看蜈蚣目？」瑞雀以為兒子是在講昏倒的事。

「蜈蚣目敢真正袂使直直看？」克英問。

正當李火濤又要勃然大怒時，門外兩個人影直直走進大廳，瑞雀跟李火濤的神情驟變，夫妻倆隨即站了起來迎出去。大哥、二哥也隨即跟了出去，只剩克英還坐在椅子上思考著蜈蚣陣。

「哎呀！富島大人，吃飽了嗎？」李火濤擠出笑臉，這是克英醒來後聽到的第一句日語，還是從這位在這裡的「父親」口中說出，聽起來像是外國人說日語的腔調，讓他更加肯定這個時空跟自己來的地方有所不同。

「李先生，客氣什麼？別大人了，我若說還沒吃過，真的會替我準備一組碗筷嗎？」一身警裝的富島，皮笑肉不笑，他是這裡的警官，年

紀跟李火濤差不多。富島的身旁跟著一位年輕警察，神情嚴肅看著這一家人。

李火濤跟瑞雀忙著陪笑臉，兩個兒子也跟著哈哈笑了幾聲，只有克英仍呆坐在旁。克英聽到這個富島警官的日語腔調，十足的九州腔，腦中想起學生時代畢業旅行到九州的美好回憶，這種突然放空、掉進回憶時空的壞習慣，連在這裡也改不了。

「你們的小兒子沒事吧？我聽到消息說，他昏倒了？你們有按時接種疫苗嗎？」富島雙眼盯著克英。

瑞雀忙道：「有有有……」

「有是最好，現代醫學、建築、科技傳來這裡，就是希望可以抹掉過去不好的陋習，什麼巫術占卜、不明草藥，都非我帝國子民該有的習慣。」富島邊說邊將眼神轉向李火濤，「那為什麼你們不將他送到西醫那治療，而是堅持給商老君問診呢？」

「這……」夫妻倆一時語塞，李火濤心想，是誰連這消息都在亂傳？大概就是那個挑豆花的阿水吧？這個阿水熱心歸熱心，就一張嘴顧不好，不是在說哪一家又怎麼怎麼了，就是在炫耀自己曾幫政府做過什麼工程，整天都在說那件 manga……

瑞雀只怕說錯話，靜靜看著先生。

「因為阿水發現阿國的地點離商老君較近，情急之下才決定送去那。」二哥忙著接話，大哥則忙著點頭。如此一來，則將問題拋給了那第一個發現李平國倒地、挑豆花的阿水，加上年輕人口條流利許多，頓時讓富島無話可說。

富島盯著這一家五口，特別是三個兄弟，眼睛轉了轉：「李先生，我常跟同仁聊起你們家這三個孩子。」李家人不明所以，就連克英也好

奇起來，眼前的富島繼續說，「你將這三個孩子命名為大、清、國，未免不太好吧？」說完哈哈一笑，一旁的年輕警察也睜大眼睛。

李大、李平清、李平國……現在是克英，三人一聽臉色驟變，尤其是李火濤跟瑞雀，心臟簡直要跳出來了。時局變化多端，至今駭人聽聞的王爺公事件及治警事件仍在赤崁流傳，老百姓雖生活物質無虞，奉公守法尚能安穩過活，但若被懷疑有顛覆政府的嫌疑，這頂大帽子可是承受不起。雖然李火濤自己心知肚明，將這三個孩子如此命名，的確是別有用心，但當下一時之間，也不知該如何回應。

「我們接到消息，有武裝派分子密謀要危害歌姬山口小姐的性命，以製造動亂，你們若知情可不能不報啊！」富島冷冷地說，將這種消息當面說出來，擺明就是將李家都當成嫌疑人。

「我們怎麼會知道這種事？」大哥、二哥急著說，「現在還有武裝派？」後半段說的可小聲了，但年輕警察仍瞪了他們一眼。

「山口小姐要來赤崁？」李火濤疑惑，一旁的瑞雀則是不知該如何是好。

正當富島準備說話時，此時突然一陣天旋地轉，整間屋子開始左右晃動，「啊！地動！」瑞雀嚇得大叫，兩個兒子跟李火濤不知所措，露出驚慌神情，「地動甲誠厲害呢……」整張桌子的飯菜碗筷發出激烈碰撞聲。

富島臉色也變得很難看，身旁的年輕警察更是一臉驚嚇。

在場只有克英仍沉著一張臉，絲毫不受影響，他心想：「喔？他們這麼怕地震？奇怪，這個時代，工程開始了嗎？」

沒多久，地震停了，不過富島似乎還沒回過神，驚魂未定的表情跟李家人似乎沒什麼不同。

「富島……」克英逮到機會大聲回答，「呃……富島警官，這大、清、國，如果不是經您說明，我們還想不到，畢竟家……家父會這樣命名，其實是大、平、清、國。」克英邊說，腦中想起畢業專題曾經整理過台灣歷史的相關研究，此時之所以挺身而出，完全是基於天性，替這憨厚的一家人解圍。

李火濤也在旁順著話意說：「是啊，會這樣替孩子如此命名，全然是依照家族族譜而取名，這一輩的會是平字輩，下一輩的會是順字輩，好比是順成、順興，再下下一輩的則會到了元字輩，好比是元正、元義……」

「我對這些實在不感興趣，聽了頭都昏了。」富島揮了揮手，似乎剛剛受地震驚嚇的情緒尚未平復。

不過，富島也注意到了李平國的答話，心想這年輕人不簡單，講出一口流利標準腔日語，甚至還比自己帶有老家口音的日語還標準，清了清喉嚨：「這樣是最好，你這孩子真不簡單！非常好。」說完便用眼神示意那年輕警察，富島再說幾句客套話後便離開了。

其實李家在當地是著名士紳世家，和當時不少文人志士都有所往來，這些文人多半是動筆、動口，不動拳腳，政府當局是以睜一隻眼、閉一隻眼的方式冷處理。這次李平國昏倒的事，很快就傳到富島耳裡，於是特別走訪李家，一來是例行做面子關心當地士紳，二來則是說幾句話試探。他一開始對於李家過去種種和文人志士交往的印象充滿猜疑，加上李火濤行事總給人保有古風的印象，譬如堅信漢藥不可的執著也是町內有名，於是便將這一家與反動做上連結。不過最後聽李平國竟用如此標準、漂亮的語法回話，富島心念一轉：「管你老頭子多有堅持？時間一久，你的孩子，甚至你的後代子孫，也只會說日語了。」

　　富島離開後，李氏一家默然回桌繼續吃飯，瑞雀對平國剛剛的表現感到開心不已，李火濤則是百感交集，大概跟富島心裡的話一樣頗有感慨。克英腦中想的仍是蜈蚣陣，怎麼來的？又該怎麼回去？若一直待在這，又該如何是好？

　　瑞雀看著先生，結髮多年，她曉得先生大概有什麼話憋著沒說。

　　吃過飯後，克英再怎麼無奈，也只好先回那個李平國的房間休息，躺在床上閉上眼睛，多希望這是一場夢。往事如**貓霧仔光**（bâ-bū-á-kng），迷濛剎那浮現，這裡的「父母」李火濤跟瑞雀，宛如就是自己父母的翻版，一樣的威嚴、一樣的溫柔。場景是父親坐在家中沙發破口大罵：「畢業後的生計自己負責，連這種事都辦不到，還談什麼夢想？少騙人了！」母親隔開衝突一觸即發的父子倆，安撫雙方的情緒，當晚準備了他最愛的鮭魚卵丼飯，紅通通的鮭魚卵，跟今晚餐桌上的紅飯彷彿有疊影，一口吃進嘴裡，回憶如冬日早晨的雲霧，濃烈、厚實、化不開，想到這，躺在床上的克英一陣鼻酸。

　　閉著眼睛，回想那時即將畢業的自己，負氣之下搬到外面，某天帳戶收到一筆父親匯來的錢，從末廣町勸業銀行走出來的時候，同窗好友紛紛駕駛個人代步車等他一起去狂歡，當天他就在兒玉公園前發生車禍，事後完全不敢跟父母提，那筆父親刀子口豆腐心的創業資金，幾乎一大半都用在賠償、醫療之用。克英無奈也無顏面回家，母親以為他忙於工作，父親則想著兒子還在生悶氣。

　　盤旋的記憶宛若蜈蚣，千足纏繞在記憶深層，好癢、好麻，尾端那一針可否給個痛快，將情感傾洩而出呢？黑暗之中，蜈蚣發出幽冥的深紅雙眼，克英發出急促的喘息，一陣嚎叫、一陣啜泣，那是兒時記憶。兒時的克英也曾在同樣的日子，一場**微微仔雨**（bî-bî-á-hōo），和父母親走

失，那雨中的蜈蚣雙眼，帶領他到哪去啦？嚎啕大哭的克英當時還是個孩子，事後無論他怎麼想，都再也想不起來了。但現在，悠悠忽忽、半夢半醒，那記憶深處的千足蜈蚣瞬著**拍殕仔光**（phah-phú-á-kng），緩緩從腦底爬出，那是一場充滿驚悚、可怕的茫然。

小克英的雙眼打開，一樣身在台南。只是這裡沒有記憶裡的建築，台南郵便局不見了，取而代之的是一棟冰冷無窗的建築。宮古座消失了，西市場也不見了，街頭充滿噪音跟橫衝直撞的交通工具，這是哪裡？既熟悉又陌生，他是在台南，但那個記憶讓他充滿恐懼，最後自己又是怎樣「醒過來」的呢？對此，他毫無記憶點，否則或許可以順著這同樣的方向，回家。

「啊！」克英大叫一聲，尿意襲來，外頭已是深夜，**霜風**（sng-hong）拂面，心裡嘆息，幻夢如此真實，自己仍身在此處。

走出房間尋找廁所，經過白天的房間，只聽到瑞雀跟李火濤低聲細語著：「……像頂擺**透南風**（thàu-lâm-hong），嘛是阿國和我做伙清厝內。」

「我嘛無講阿國無好。」李火濤悶哼一聲。

「哪會無？你不時就講阿國按怎按怎，連佇商老君遐，你攏有話通講。」夜裡夫妻同在枕邊，瑞雀似乎較敢跟李火濤抱怨，「阿大、平清，你就無遐嚴格。」

「你毋知啦……」李火濤聲音略微不耐，嘆了口氣，「阿國個性較閉思古意，無親像大漢的、平清腦筋較瓠鑽，若以後咱無佇矣，我驚阿國會食虧。」說完後，接著是一陣沉默，站在房間外偷聽的克英，顧不得寒風冷冽**鑽骨**（tsǹg-kut），被這段對話吸引，繼續聽下去。

「你真正欲去醉仙閣？」瑞雀打破沉默。

「恁特別來赤崁，你和囡仔乖乖顧厝就好。」李火濤聲調再度轉為

威嚴。

「奇怪，柯兄弟好好蜈蚣陣佇家鄉做，是按怎欲特別來？」瑞雀問。

「哎！你問問問，無聊！」李火濤翻身的聲音，似乎不耐。

倒是在外面偷聽的克英，聽到「蜈蚣陣」三個字，眼睛爲之一亮，這趟是非跟不可了。

位在李家附近的醉仙閣，不遠處即是台南州廳、合同廳舍、勸業銀行等重要政經處，更是離林百貨、西市場、淺草商場、宮古座等商業場所不遠，以致於這區域一直都是當地政商名流雲集之所在。

難得**秋清**（tshiu-tshìn），幾片阿勃勒從街道蘭鈴燈前落下，趁著幾日**雨鬚**（hōo-tshiu）漸歇，街上滿是**軁雨縫**（nǹg hōo-phāng）外出的人們。與克英的世界不同，這裡雨後並沒有柏油路的臭味，反倒是一陣淡淡土壤的清香。

幾位身段婀娜、身著藝旦打扮的妙齡女子經過，豔麗絕倫的外表下，一眸一笑卻不輕佻。她們踏著規律的步伐，沿著磚道，與幾位穿制服的學生擦身而過，超越幾位步伐緩慢身著和服的女士，轉進了一間氣派的酒樓。匾額高掛，上頭字體銀勾鐵劃，寫著「醉仙閣」。

藝旦走進酒樓，幾位高舉菜餚的侍者從眼前晃過，幾位身著西裝的男士起身穿越幾張桌子，背景是杯觥交錯、人聲鼎沸。「醉伴五柳居，來！」侍者將一盤烹至鮮透肥美的魚端上桌，笑鬧聲不絕於耳，「燒喔！」「來！」忙碌的氣氛延伸至二樓轉角的包廂空間，雅緻的曲調唱和聲悠悠宛轉，幾位身著表演服飾的藝旦正抱著琵琶唱著曲，時而日

語、時而穿插著本島歌曲，環繞在這個空間。

　　沿著包廂旁的走道，往更內部空間走去，這幾天開日（khui-jit）後，陽光從兩旁空間灑下，光線正好設計照映於室內植栽，隨時間變換而改變其照射角度，象徵時時日日皆爲養花天（ióng-hue-thinn），隨著角度漾起一道美麗的虹（khīng）。視角驟低，緩緩往內看去。是的，這是根本克英的視角，他一早便悄悄跟著李火濤來到醉仙閣，出門前先在所謂「李平國」的衣櫃翻來找去，總不可能穿得跟大半夜那套一樣進入醉仙閣吧？「麻煩死了……『李平國』這個人也太無聊了吧？明明是有錢人，衣櫃裡就這幾款衣服？」最後終於翻到一頂巴拿馬帽，「這帽子是裡面唯一能看的，跟我們世界流行的差不多。」說完便戴在頭上，遮住一頭亂髮，接著又陸續找到了西裝。就這樣，身著西裝、頭戴巴拿馬帽的根本克英，便偷偷跟著李火濤潛進了醉仙閣。

　　原以爲二樓包廂已夠隱密，但克英被藝旦唱曲的樣貌引起興致，稍分神佇足了一下，李火濤已轉個彎，走進更裡面的小房間。怎會如此隱密？克英悄悄跟在後方，和幾位端茱侍者四目相對時，他站挺身子、放慢步伐，點頭微笑示意，接著跟到房門口外，蹲低偷看。

　　「柯兄，你按算來赤崁幾日？」李火濤對前方一位方頭大耳的壯漢說，這壯漢手臂上遍佈汗毛，顯得粗壯。身旁坐著一位身形精瘦、單眼皮、皮膚白皙的男子，頭上戴著一頂紳士帽，做文人打扮，面帶微笑。

　　桌上已擺滿菜餚，只見那位李火濤口中的柯兄哈哈一笑：「兄弟免客氣，這擺來赤崁是想欲和李兄參詳一件要事。」李火濤心中早猜出個大概，否則他們也不會約在這個地方了，柯兄手比向一旁的文人，「這位是中部的管理，林木，外號三塊柴。」三塊柴微微一笑，向李火濤點點頭。

　　三塊柴接話：「久仰火濤兄大名，我這塊柴，若無其風兄的風、火濤兄的火，嘛無路用。」說完三人哈哈大笑，接著是一陣客套。原來這位柯兄，叫做柯其風，躲在外面偷聽的克英從之後的對話聽出了大概，柯其風竟是過去武裝抗日領頭者的倖存後代，平常以操練蜈蚣陣等民俗技藝爲掩護，無怪乎虎虎生風。而這位三塊柴，是後來延續到地下組織的武裝反抗團體的中部管理層。

　　客套話結束後，柯其風與三塊柴眼神交錯，嚥了嚥口水，放低音量：「山口，欲來赤崁。」李火濤頓時想起富島來家裡所說的話。

　　「希望火濤兄，將宮古座位置安排好勢，我好安插活動。」三塊柴眼神銳利，說話果斷，這時李火濤將頭轉向另一邊，愣了一下，躲在外面的克英稍移動步伐，這才看到竟然有一位身材異常壯碩的彪形大漢，其粗壯體格遠勝柯其風，站在桌子另一邊一言不發。

　　「這位是……」李火濤感到疑惑。

　　「這擺的要務，就是由伊來負責。」三塊柴笑著說，這時眼前的彪形大漢面貌更加清楚，是一位光頭老人。

　　「啥？但是伊的胸坎厚甲按呢生，敢袂傷明顯？」李火濤有點不安，眼前這個粗壯的光頭老人，上半身粗壯得像是巨木樹幹，全身肌肉似乎不斷往前膨脹中；更奇怪的是，他竟然有一雙修長的腿，雖然身著長褲，但和上半身相較之下，顯得筆直婀娜。

　　光頭老人一言不發，表情嚴肅，不曉得在思考什麼。這時三塊柴似乎想緩和氣氛，接著說：「伊老爸以前是中部出名的武狀元，可能體格和爸爸有較仝，伊老爸攑石輪上出名的。」

　　「就毋是欲比賽攑石輪……」李火濤有點不悅。

　　「無就是叫伊外口閣疊一領衫，將胸坎掩起來。」柯其風說。

「淡薄仔曲痀，莫遐勇壯的感覺。」李火濤小聲說。

這時光頭老人冷冷地說：「我無可能曲痀。」眼神銳利，像是隨時就會在這裡發狂。

李火濤好像沒聽到似地，深深吸一口氣：「你活動按怎做？」眼神往三塊柴那看過去。

一旁的柯其風接話：「用送豆花的名義，入去。」

「我想……」三塊柴開口接話，這時候在門外偷聽的克英卻感到身後有腳步聲，連忙轉頭，看到一位手抱琵琶、表情驚訝的藝旦，而這同時，不遠處也走來一位中年男子，見到克英時也略感詫異。

克英連忙起身，故意往前走去，但去路被這位中年男子擋住。該中年男子充滿威嚴地問：「你是誰？」

「您好，這個……我是……」克英吞了吞口水，情急之下日語說出口，腦中一片空白，「麻煩死了……」忍不住小聲地噴了一聲。

「鈴木先生，哎呀！你怎麼會出現在這裡？」這位藝旦走向克英，似笑非笑，眼角餘光盡是聰慧，「高先生，這位是我以前在鶯料亭認識的客人。」眼前這位高先生似懂非懂，但已露出笑容，認為克英是底下藝旦的追求者，大概是年輕人在此相會胡鬧耍把戲，在加上克英一口極標準日語，猜想是什麼達官顯要子弟。

「阿仙，你也真是！鈴木先生，請先到外稍候。」高先生笑著伸出手勢，克英只好乖乖準備轉身離開，心中則掛記著剛剛偷聽到的消息，這時他才注意到那位藝旦阿仙有著可愛的齊眉瀏海，微捲的短髮，合身的削肩長衫，讓她顯得非常俏麗，克英在心中不自覺發出讚嘆。

藝旦阿仙嬌笑一聲：「鈴木先生，待會見喲！嘻……」克英原想趁機攀談，但看到站在她後方的高先生，也只好離開，但離去前仍看著阿

仙露出微笑，甚至還回頭多看了一眼。

　　原來這位高先生是醉仙閣的老闆，正要引領底下最熱門的藝旦阿仙進李火濤這包廂唱曲助興。正當高先生與藝旦走進包廂，見到李火濤時，這才意識道：「哎喲？剛剛那不就是李火濤的小兒子阿國嗎？」

　　這個疑問，隨即被藝旦阿仙手上的琵琶聲和纖纖話語聲給中斷，剩餘的是柯其風、三塊柴及李火濤的叫好聲，顯然剛剛的商量對談結果彼此都極為滿意。而剛剛那個壯碩的光頭老人，仍繼續站在那，一動也不動，不知道在思索什麼。

❀ ❀ ❀ ❀ ❀ ❀

　　一陣**風飛沙**（hong-pue-sua），在李家大門前捲起陣陣塵土。

　　接下來幾天，克英腦中都在思索這件事。這位「山口小姐」，他是再熟悉不過了，在克英那個世界裡眾所皆知，是歷史課本上的一個重大事件：一位才貌兼備的歌姬，除了膾炙人口的浪漫派情歌，也傳唱了愛國歌曲。但就在當紅之際，來到了台灣南方一處名為宮古座的表演場，遭當時的武裝派團體刺殺身亡，該團體目的是要重挫帝國銳氣。山口小姐的死狀非常慘烈，整個頭顱被扭斷，幾乎是以三百六十度的方式旋轉，除了力大無窮之外，簡直難以想像是怎樣下殺手的。這件事在克英那個世界的歷史中，是一大慘案。

　　此事震驚帝國及海外，影響重大，史稱「宮古座事件」，對於當時竟仍有如此猛烈的反抗行為，帝國開始檢討對內政策，鴿派抬頭，索性開放當時知識分子爭取的各種參政事務，接著是退出戰爭、結束南侵擴張的舞台，最後漸進式轉以相對自由的國家型態。

　　以上都是克英在歷史課本學到，是他那個世界的常識。

　　克英也知道，在歷史課本幾行字就帶過，後來被定位為「宮古座事件」的驚天大案，殺手一直沒被找到，成為了歷史懸案，「宮古座殺手」始終是一個最大的問號。不過可以確定的是，一陣雷厲風行後，政治上才逐步開放。

　　那天回去後，瑞雀與李火濤為了這件事鬧得很不愉快，大哥跟二哥則是神情嚴肅，不曉得被父親交待了些什麼，幾天以來明顯吃不下、睡不著。克英看在眼裡，想也知道這件事之後，李家很有可能毀了。而自私點想，若李家毀了，自己在這身為李家小兒子的身分，肯定也會受到波及。這個世界的自己若死了，那會如何？會回到原本的世界嗎？處以死刑或許輕鬆，但若被逮捕入獄，終身不見天日，那更是悲慘，想到這裡，克英也跟著不安了。

　　最要緊的是自己該怎樣回到原本的世界，而現在這裡是最好的避風港，怎樣都好，維持現狀肯定沒錯，否則李家遭殃了，自己要何去何從？

　　罩霧霧（tà-môo-bū）的一個夜晚，李火濤召集全家人到佛堂，先是真誠向祖先、佛祖上香。接著沉重地跟瑞雀及三個兒子說：「這擺的代誌，我彼日是一定愛去。恁好好佇厝內就好，免來鬥鬧熱，若是有啥萬一，人來問，恁絕對愛假做啥攏毋知。這擺就全部算是我家己的代誌，恁嘛已經大漢矣，後擺兄弟愛鬥扞厝內，互相扶持，好好照顧恁阿母，阿爸做這決定，攏是為著咱本島的未來。」一旁的妻子瑞雀則是邊聽邊流淚，泣不成聲。

　　李火濤看著妻子，嘆了口氣，用安慰的語氣說：「其實嘛免煩惱，我想應該是無啥要緊，我彼日去，只是欲介紹三塊柴、柯先生予頭家熟

似，講您是中部來的讀冊士紳，閣是山口小姐的愛慕者，想欲趁這機會和山口小姐講幾句仔話，按呢爾爾。」

瑞雀在一旁，看著自己的先生，啜泣著：「攏起**報頭**（pòr-thâu）矣，閣按呢爾爾……」兩個兒子李大跟李平清，此時忙著攙扶哭倒在地的母親，臉上也止不住悲傷，深深嘆著氣。

一旁的根本克英，也被此刻的氣氛感染了悲傷的情緒。克英暗暗下了決心：「一定要阻止這件事。」無論是讓自己免於受波及，又或者是自己也受到這一家的情緒感染，還有瑞雀終日以淚洗面，都讓克英更加堅定信念。至於該怎麼回到原本的世界呢？只得走一步算一步了，但唯一可以確定的是，這個避風港絕對不能破滅。

街頭巷尾開始派放傳單，山口小姐要到宮古座表演的事情已成為當地熱門大事。林百貨甚至吹起山口小姐風潮，大賣她最愛的和服花樣、改良式旗袍，以及她拿過的扇子、胭脂、貝蕾帽都熱賣了起來。西市場、淺草商場也賣起相關產品，幾間料亭跟洋食店也主打「山口小姐定食」，醉仙閣的藝旦們這陣子也唱著她最著名的歌曲。

對比宮古座這陣子的熱鬧，門口開始豎立起山口小姐即將蒞臨的相關旗幟標語，李氏家宅的氣氛顯得特別不一樣，每個人都有說不出口的緊張感。

到了表演的當天晚上，宮古座前擠滿了前往看熱鬧的民眾，但能入內一探究竟的，還是得擁有入場木牌的士紳顯要。富島警官及手下警員也都到場戒備，大陣仗的場面，已然感受到肅殺氣氛。

　　根本克英知道，這事件的主要關鍵，就是靠光頭老人動手，所以他早就抱定主意，無論用什麼方法，這天晚上一定要溜進去，並且死命地跟在光頭老人身邊，阻止他出手。只要事情沒成功，警方也就不會知道有這件計畫，那就可以當什麼也沒發生過。

　　「為什麼是我，麻煩死了……」根本克英皺著眉頭，今天的他，同樣是身著西裝，頭上戴著巴拿馬帽。這裡的路程跟他的世界除了建築有異之外，路線是別無不同的，李家又正好在宮古座附近，於是很快便到了宮古座前。無奈到了現場，只見洶湧人群，跟著一同**搧東風**（siàn-tang-hong）也不得其門而入。克英在宮古座前晃來晃去、四處張望，思考著溜進去的方式。

　　「鈴木先生，要進去嗎？」克英轉頭，果然是在醉仙閣見到的藝旦阿仙，此時正似笑非笑看著他。

　　克英知道她是將錯就錯，才這樣稱呼自己，便點點頭：「是啊，再麻煩妳了，我……」

　　「嘻嘻，你說話的語速怎麼這麼快？」藝旦阿仙看著克英笑了出來。克英從沒被人這樣說過，這才會意過來，自己說日語的速度，與這裡其他人相較，的確快了不少，也只是傻笑。

　　藝旦阿仙意示克英跟著她，原來此時有一批藝旦正準備進場，稍早已有許多人力車夫陸續將藝旦載到，藝旦阿仙遠遠就看到這愣頭愣腦的克英，自覺好笑，便把克英叫了過來，只不過克英跟在這群藝旦後面也顯得突兀不自在。這時，有人拍拍克英的背，回頭看是一個身型高大、身著燕尾服的中年男人，露出和藹可親的笑容：「阿國，你嘛是想欲來看山口小姐的風采啊？來，對我來……」旁邊跟著身著羽織的老先生，很有禮貌地對那位中年男人說：「辛先生，這邊請。」邊說邊彎著腰，

伸出手往宮古座的方向比。

　　宮古座內部是以榻榻米鋪設的空間，許多人早已就定位，而台上已有幾位身穿正式服裝的表演者，正彈著三味線，做為暖場。

　　身著羽織的老先生帶他們進入宮古座，與辛先生低聲交談幾句後，便往台前走去，克英則隨著辛先生及眾藝旦，繼續來到了後台。一進後台，這空間出乎意料的寬敞，只見三塊柴跟一位風姿綽約的女人正談笑風生，桌上有吃一半的豆花。而那個壯碩的光頭老人則坐在一旁，上半身罩著一件像簑衣般的斗蓬，身邊圍繞著許多年輕的藝旦，此時正嬌笑著輪流幫他換鞋子，「你的跤實在是足媠呢，比我的閣較媠。」「後擺若拍廣告，予你代替我翕相好矣。」

　　富島警官身旁跟著八名年輕員警也在這個空間，正站在一旁小聲交談著。

　　藝旦阿仙對克英禮貌性點了點頭，便自行到房間另一角，與其他藝旦們小聲交談起來，時不時朝克英這看過來，發出嬌笑聲。由於中間隔著捲簾，於是只能看到若隱若現的身影，但藝旦們朝著這個方向探頭討論的身影，又更顯青春了。

　　這時，藝旦阿仙走到牆邊，伸手轉動著一個木造搖桿。喀啦、喀啦……捲簾緩緩往上，克英看到阿仙露出調皮的笑容，伸了伸舌頭。「哇，這新式捲簾好便利。」「聽說是去年剛採買的……」「世界館好像也有裝置一組？」此番對話，讓年輕員警們也好奇探頭觀望，說是對此木造手搖捲簾也興趣，倒不如說是趁機大方偷看藝旦們的模樣。

　　站在一旁的富島輕輕咳了咳嗽，八名表情漠然的警察隨即重整姿勢，不過富島一看到辛先生進來，便馬上露出笑容並大步向前握手：「辛先生，晚安，您好。」

　　三塊柴見狀，也站了起來：「辛兄，你好，我是林木，幾多前咱佇『擊缽吟會』有見過面，毋知你閣敢會記持小弟我？」

　　辛先生一副慈父的樣子，上前一邊握手，一邊拍著三塊柴的肩：「這是當然，最近好無？」接著是一陣寒喧，此時的克英在後方，緊張得一直左顧右盼，著急地想著哪一位才是山口小姐。

　　柯其風也跟著三塊柴與辛先生打了聲招呼：「辛先生，你好，小姓柯，嘛是對中部來的。」

　　「歡迎，赤崁有足濟好食好耍的所在喔！」辛先生也過去握手，宛如一位大家長，伸出他溫暖厚實的雙手。

　　「恁赤崁真正是**熱咻咻**（juáh-hiu-hiu）呢……」柯其風客套笑著說。

　　「嘛鬧熱滾滾！哈哈哈……」三塊柴也順勢搭話。

　　一旁的根本克英則是急得直冒冷汗。好不容易逮到他們的談話間斷，顧不得禮貌以日語插話，並伸出手指往坐在三塊柴旁邊那位風姿綽約的女人一比：「請問這位是山口小姐嗎？」

　　此時不知為何，剛剛一同進來的其中一位藝旦，不小心將桌上化妝盒打翻在地，發出了聲響，眾藝旦也因此發出驚呼聲。克英發現不遠處的藝旦阿仙秀眉微鎖，低著頭撿拾著地上的化妝盒及物件，其中有一綑看似綁頭髮做造型的彩繩鬆散在地，她忙著收拾捲繞在手上。

　　這時，突然又發出一巨大聲響，嘶——唰啦唰啦——唰拉——

　　原本固定住的捲簾可能是卡榫失靈，瞬間迅速垂落。那木造手搖桿則以非常激烈而快速的旋轉速度繞動，接著停了下來，戲劇性地將藝旦們與克英這一方的男性們隔開。

　　在場眾人皆是愣住，接著一陣笑聲，三塊柴笑著對克英說：「阿國，你真正有夠失禮，這位是寶美樓的小寶治小姐。」說話的同時，又一名

藝旦走到牆邊繞動手搖桿，將捲簾緩緩捲起。

「眞是見笑了，我不是山口小姐，我是小寶治。」這位自稱小寶治的女子，優雅地站了起來，身材矮小、眼神聰慧，頭髮整齊地往後梳成一個髻，身著緞面漢服，極爲典雅，是赤崁著名酒樓的藝旦，因身分特殊，破例讓她到後台開眼界。

這時克英，臉部表情僵硬，冒了一身冷汗，他此時最害怕的事就是山口小姐會被殺害，甚至已經被殺害了。環顧四周，只見光頭老人正坐在一個大箱子上面，仍持續地被眾藝旦環繞著換鞋。

克英心頭一驚：「該不會早已成爲屍體，裝在裡面了吧？麻煩死了……」

這時三塊柴對克英說：「啊你哪會偷偷仔入來，恁阿爸拄仔出去呢……」眼神對著克英露出疑惑並閃爍著暗示：奇怪？在他眼前的這個阿國，不是應該乖乖待在家嗎？

「按呢阿爸敢會闖入來？」克英緊張地問。

「無啦，伊已經先去頭前，坐好矣。」三塊柴接著很刻意地交待，並加強語氣：「恁阿爸，拄仔將我，閣有你的柯阿叔，介紹予頭家熟似，了後就出去外口，坐咧『等看表演』矣。」三塊柴特別一字一句說的清楚，更加強「等看表演」的語氣，希望克英可以知趣，快點離開，不要莫名其妙干擾任務進行，「你敢欲出去，和恁阿爸，做伙看表演？若是你無票，我遮有票，你欲出去看無？」三塊柴再度一字一句加強語氣，邊說邊掏出一塊木板，上面用毛筆大大寫著「山口」兩個字。

一旁的辛先生看看克英，看看三塊柴，接著露出笑容：「少年人加看寡世面，嘛是好啦！」說完發出爽朗的笑聲，替克英找個台階下，「伊若欲看表演，免票啦！」

克英連忙表示：「無啦無啦，我只是欲來看山口小姐，請問伊人敢來矣？抑是佇其他房間？」

這時富島開口說話了：「山口小姐，會晚一點才來。」

克英再度心頭一驚，原來富島聽得懂他們的對話，並不是只懂日語而已，他猜想此刻的柯其風跟三塊柴應該也一樣驚訝。

「鈴木先生，您好像對山口前輩特別有興趣？」不知為何，藝旦阿仙這時語氣不悅，從眾藝旦那起身往前，眾人對這句話感到疑惑。

克英隨即意識到，醉仙閣偷聽李火濤聚會那天，藝旦阿仙便是以「鈴木先生」這假名解圍，而剛剛在宮古座外也是以「鈴木先生」稱呼自己，難道藝旦阿仙正感到不是滋味？克英於是吞吞吐吐地看著藝旦阿仙說：「抱歉，您認錯人了，在下是李平國。」說完眼睛不敢直視藝旦阿仙。

「我現在才曉得你的名字，原來那天在醉仙閣，是我認錯人了啊？」藝旦阿仙酸溜溜地說。

克英將帽子拿下，煩躁地撥著頭髮，心中吶喊：「天啊，怎多一個失控的傢伙？麻煩死了……」

三塊柴猜出了大概，連忙道：「哎呀，年輕人愛說笑，沒事。」邊說邊面露擔心的神情，緊盯著藝旦阿仙。這時阿仙停頓了幾秒，撇了撇嘴，將眼神飄走。

「你們到底在說什麼？」富島感到疑惑。

只有一旁的辛先生，仍一派輕鬆地笑說：「好啦，無咱逐家那開講那等好矣。」

不過克英也瞬間鬆了一口氣，起碼山口小姐還在路上，並沒有被殺害。不過也沒有解除警報。他腦中開始分析，既然山口小姐在路上，代

表她身邊有其他人可以保護她，應該是安全的，若是隨眾之中，有人被買通在路上就將她殺害了，那跟李火濤沒什麼關係，因為李家根本不可能認識她的隨眾。不過，若是現在房間裡的其中一個人藉故離去，而到半路攔截將她殺害，那可就不得了。因為這房間內的人，都跟李火濤熟識，包括這群平常會在赤崁酒樓出沒的藝旦，尤其是這個突然變得酸溜溜的藝旦阿仙，也很危險。

歷史上，兇手一直沒找到，也就是說，這裡面每一個人都有嫌疑。無論是原本認為的三塊柴、柯其風，還是奇怪的光頭老人，甚至辛先生、富島，以及這八名日本警察，還有其他藝旦們，每個都有可能，因此要設法把大家全部都留在這個房間裡。無論如何，克英一定要阻止這件事情發生，畢竟李家安全，才能成為他在這個世界裡唯一的避風港。

當然，以克英所熟知的歷史，滿足力大無窮的條件，大概就是這個壯碩的光頭老人了，加上那天在醉仙閣聽到的訊息，關鍵就是這個老人，錯不了。

「既然山口小姐還沒來，也不曉得什麼時候才會到，要不要乾脆順延個日子？」克英轉過頭，對著富島語無倫次地說出這個建議，反正只要山口小姐安全，能拖一天算一天。

「你在說什麼啊？」富島瞪大眼睛。

「你是咧講啥？」「我有聽毋著無？」「傷譀啦！」不只是柯其風跟三塊柴，就連辛先生也大呼不可思議。

這時旁邊的光頭老人穿著繡花鞋瞬間站了起來，彷彿用鼻孔環顧現場每個人，預測著眾人下一步的行動。克英心頭一驚，該不會這光頭老人要有所行動了吧？連忙快步向前，走到他面前：「老前輩，抱歉，請問您要去哪？我有事想請教您。」克英露出很僵硬的假笑。

「嗯？」光頭老人疑惑地看著克英，「我欲去風呂間仔。」

「莫啦，逐家氣氛遐好，莫離開，無等咧柯阿叔講笑詼，你無聽著，拍損啦！」克英將日語轉回台語，藉此想要搏取光頭老人的好感，以便阻止他離開房間，跑去半路攔截山口小姐。

「我無想欲聽。」光頭老人冷冷地說。

一旁的柯其風苦笑著：「著啦，禁尿無好啦！緊去，緊去。」這時富島挑了一個眉，眉頭深鎖，看著眼前這幾個人。

此時，其他藝旦們則是一臉疑惑，沒多久便各自竊竊私語、交頭接耳地小聲交談，而那位藝旦小寶治則面帶笑容，繼續保持優雅的氣質，站在一旁看著眼前的鬧劇。

「這位先生，我剛剛就注意你很久了。」富島詢問光頭老人，眼前的這個光頭老人，雙腿修長，上半身披著如簑衣般的斗蓬，臉上面無表情，「這種天氣，你穿這樣不會很熱嗎？套一句你們的話，又不是**著寒風**（tiòh-kuânn-hong），還是你裡面藏了什麼，怎麼這麼膨？」

「沒有啦，沒有啦！」克英連忙在一旁搭腔，心裡則是在咒罵到底是誰讓光頭老人穿這身毋知**寒熱**（kuânn-juảh）的打扮，這穿著實在更顯可疑。

「嘿啦，這無啥啦！伊毋管是**大寒**（tuā-kuânn）、**大熱**（tuā-juảh），攏按呢穿插。」柯其風也順勢幫腔，三塊柴也點頭如搗蒜，「他只是送豆花來，準備要回去了。」

「回去？剛剛不是說要去風呂間？」富島又挑了眉，一臉狐疑看著光頭老人，「我看你雙腿修長，上半身比例應該不會差這麼多才對吧？這裡面到底是什麼？」不知道是不是錯覺，光頭老人上半身的簑衣，好像又更加膨脹了。

三塊柴清了清喉嚨：「無啦，老長輩身體欠安，寒到**呍呍顫**（phih-phih-tsùn），所以加疊一領衫……」

「也不用穿這種奇怪的衣服吧？實在太可疑了。」富島語調上揚，指著光頭老人身上那件樣似簑衣的斗蓬。

此時在場八名警察似乎也感到氣氛變化，紛紛靠了上來。克英看到嚇得連忙補充：「他只是送豆花來的，什麼事也沒有。」

「送豆花？那我知道了。」富島露出慈祥的笑容，跟眾人點點頭，表示同意，接著在乍看沒事的瞬間，一個箭步伸手將光頭老人身上的斗蓬扯開……

在場眾人，除了光頭老人之外，皆發出驚呼聲。

包括小寶治在內的眾藝旦們，還有辛先生、富島及八名警察，都因為看到眼前這位光頭老人有著壯碩到不合乎比例的上半身，而發出吃驚的聲音，更重要的是，搭配他下半身修長的腿，更顯得身型奇特。克英又無意識地搓著自己的亂髮，喃喃自語：「天啊，這是什麼瘋狂的設定啊？」

柯其風、三塊柴都不敢直視，心驚膽顫地發出驚呼聲，嚇到**交懍恂**（ka-líng-sún），直覺事情即將被拆穿。

辛先生首度打破沉默：「啊你是攏食啥？會使食到遮粗勇……」說完露出讚美的表情看著光頭老人的渾厚胸肌。

「沒什麼，他就只是來送豆花的。」三塊柴邊乾笑邊看向四周，由於轉換成日語，所以明顯感覺到是要解釋給富島聽的，一旁的富島則是把斗蓬直接往旁邊丟，瞪著三塊柴，「這位長輩從小就開始做豆花，所以胸口肌肉稍微厚實點。」

「這哪算稍微厚實啊？」富島指著眼前光頭老人的厚實胸肌。

　　辛先生發出讚嘆：「按呢唷？按呢你後擺嘛送一桶來阮兜。」

　　「好像沒在台南市看過你，你是哪一間的豆花？」富島雙眼直盯著光頭老人的面部表情，不死心地追問。

　　「那個……」柯其風著急地靠了過來，以日語解釋，「因為這位長輩和我們都是中部人，所以在台南市才會沒見過他。」

　　「從中部來？這樣豆花不會臭酸嗎？」富島這時故意將「臭酸」兩字以台語說，並提高音量。

　　「沒有沒有，他是從中部來，到了台南市才開始做豆花。」三塊柴著急地補充著說。

　　富島又說：「你這個意思是說，我們台南市做豆花的師傅，輸給你們中部的囉？」他邊說邊往前靠近一步，打量著光頭老人，此時的距離近到胸膛都要貼近胸膛了。這時克英急著在旁搶話，乾笑著：「趁這個機會，讓我們吃吃看中部的豆花，也是很不錯的。」

　　藝旦小寶治則是越聽越皺起眉頭，露出苦笑搖了搖頭，或許她正在思考著，剛剛自己吃了這一碗來路不明**半燒冷**（puànn-sior-líng）的豆花，感到有點不自在。

　　「做豆花是先把黃豆滾水煮開之後再浸泡烏醋，還是先把黃豆用大鍋快炒後再浸泡？」富島嘴角露出奇特的笑容。

　　當這個問題一出來，在場的柯其風、三塊柴以及克英，無不深吸一口氣。

　　光頭老人眼神充滿迷惘，他不曉得一直在思考些什麼，又或者根本沒將富島的問題聽進去，搞不好他都不要開口倒也好，只可惜，他緩緩開了口：「大鍋快炒再浸泡。」

　　「大鍋快炒？你是在做本島人料理還是在做豆花？其實我舉的

兩個選項都是亂說的。」富島瞪大眼睛說，「你跟我們回派出所一趟吧！」並伸出手抓住光頭老人的手臂，只不過這畫面看起來，手臂粗細差異反而讓人不寒而慄。

光頭老人一聲不響地，下意識便將富島的手反折，接著旁邊八個警察衝上去要抓住光頭老人，但都瞬間被光頭老人單手擊倒，接下來的情況便是一陣混亂，藝旦們紛紛尖叫奪門而出。

辛先生還是一臉鎮定，轉身對藝旦小寶治說：「來，咱先出來好矣。」說完比著手勢，而她也是很配合地露出笑容點點頭，隨後兩人跟著走出房間。

舞台後方似乎發生了騷動，此時坐在第一排的李火濤，心境如**放雨白**（pàng hōo-pèh）坐立難安，「真正是艱苦坐……」他喃喃自語，額頭也微微冒出冷汗。這時旁邊粗眉瞇瞇眼的相撲力士，轉過頭哈哈大笑說：「宮古座，艱苦坐？哈哈哈，這個諧音好！記下來。」

李火濤嘆了一口氣，他不曉得後台已經出事——一批優勢警力，正與一個光頭老人扭打著，最後還動用了帝國歐洲友軍的先進科技，才得以將那身材比例異常詭異的光頭老人制伏。而柯其風、三塊柴、根本克英三人，早就先一步被富島「請」了出去，準備前往派出所問話，當他們步出後台時，那新式的木造手搖桿捲簾，正好被光頭老人及優勢警力撞到，發出了很大的巨響。

嘶——唰啦唰啦——唰拉——

原本固定在頂端的捲簾，這時快速下降，遮蔽了克英及眾人的視線，光頭老人跟藝旦們及優勢警力瞬間被擋在捲簾的另一邊。

總算，落幕了嗎？雖然被抓，但起碼山口小姐不會有問題，事件也沒發生，頂多只能說他們很可疑而已，再怎樣也不會有什麼重罪吧？

克英是這麼想的。而且如此一來，李家這個避風港仍是安全的，克英總算鬆了一口氣。

「那種新式捲簾真的沒問題嗎？感覺很不牢靠。」幾名跟在後面的警員閒聊著，「每次光聽那快速捲動的聲響，『唰啦』的一聲，感覺……」

準備從宮古座離開時，根本克英似乎想到了些什麼，突然停下腳步。「不、不對……」克英睜大眼睛，此時光頭老人被一群警員用粗繩索綑綁著，從克英身旁經過。柯其風跟三塊柴緩緩轉過頭，臉色凝重地看著克英。

「還愣在這做什麼？走啊！」富島不悅地說。

「等一下。」克英喃喃道，腦中想起那在後台的木造手搖桿，那快速轉動的聲響跟搖桿旋轉的速度……

不、不對，歷史記載山口小姐的頭是被扭斷致死，而一開始便被誤導嫌疑最大的是體格壯碩的光頭老人，但除了徒手把脖子扭斷之外，難道沒有其他方式嗎？

有的，克英想到剛剛藝旦阿仙聽到「山口小姐」便心神不寧地打翻了化妝品，其中滾落一綑看似綁頭髮做造型的彩繩。短髮的阿仙，哪需要彩繩呢？

加上阿仙剛剛手動玩耍了那個木造手搖桿捲簾幾次，看似有趣、好奇，說不定根本是為了先確保等下的行動無礙。

什麼行動呢？克英腦中快速迴繞著那手搖桿在捲簾快速落下時的畫面跟聲響，突然感到一陣害怕，那糾結近百年的謎團，「宮古座事件」的山口小姐，究竟有誰可以把一個人的頭扭斷三百六十度，宛如被野獸打轉一圈似的。或許並非那體格壯碩、孔武有力，身穿奇怪斗蓬的光頭

老人，而是……

　　利用那木造手搖桿快速旋轉的速度，只需要一條繩子，將其固定在一端，另一端綑綁在山口小姐的脖子上，如此一來，在捲簾下降的同時，隨著手搖桿的快速旋轉，繩子抽送之餘，結果就是根本克英那未來世界所熟知的「宮古座事件」：山口小姐的頭會嚴重扭斷，旋轉三百六十度當場死亡！

　　「阿仙，藝旦阿仙……」根本克英急著跟富島說了剛剛腦中推理的想法，富島半信半疑，但經這麼一說，似乎頗有道理，於是趕緊回過頭走至後台。果然，其餘藝旦因剛剛的騷動早已離去，只不過藝旦阿仙竟仍待在空無一人的後台，此時正輕手輕腳地拿起一條繩索，似乎正在捲簾的手搖桿前比劃著。

　　雖然古怪，但畢竟事情沒發生，也沒實質證據。只不過藝旦阿仙還是露出驚訝的表情，加上剛剛一旁柯其風及三塊柴的神情，似乎多少也能透露出八九不離十的端倪。

　　富島哼了一聲，也將藝旦阿仙「請」去派出所，並留派了幾名警員看守，特別強調：「尤其是這個捲簾，不准再讓任何人碰它！」

　　根本克英，陰錯陽差地改變了他熟知的歷史，山口小姐並沒有被暗殺，帝國知道這次的事件後，認為是情報搜查及控管奏效，於是更加強控管力道。沒多久更加速南進政策。再接下來的歷史事件，就如這個世界的我們所知道的記憶版本，如此地進行下去。

　　山口小姐果然如常登台演出，悠揚的歌聲盤繞在宮古座，後來這場轟動的登台成為在地歷史上的經典。

　　柯其風、三塊柴、根本克英及光頭老人被「請」進派出所後，唯有光頭老人因攻擊警員而被火速押進大牢裡，柯其風、三塊柴及克英則因

為證據不足而無罪釋放。至於李火濤，就在恐懼、自責與鬱悶的情緒中，小心謹慎地度過餘生。

還有一個關鍵人物是藝旦阿仙。原來那天克英在醉仙閣對她匆匆一瞥離去之後，以為阿仙只是尋常駐唱藝旦，但其實阿仙後來進入包廂，待醉仙閣老闆離開，便開始與李火濤、柯其風及三塊柴討論行動——原來她是柯其風的螟蛉義女，這對父女本身都是中部人，一開始之所以說要務是落在光頭老人身上，原是希望透過光頭老人轉移眾人的注意力，待時機讓阿仙下手。誰知道被根本克英破壞了整齣行動，最後大家都被「請」去了派出所。

被帶去富島那，阿仙則是這麼解釋的：她之所以拿著彩繩在手搖桿前比劃，純粹只是為了固定捲簾，絕對沒有什麼其他意圖，也許是克英想太多了。再說，山口小姐最後也平安演出落幕，就這樣，藝旦阿仙過沒幾日也被放出。只是說也奇怪，從此赤崁的酒樓就再也沒她的身影。

至於克英呢？他早就放棄回到那個世界了，偶爾他會想起盤繞在腦海裡的螟蚣陣，不過那似乎已經是好久以前的模糊記憶了，他快忘了自己從哪裡來，也快忘了自己的名字。不過在這個世界，他叫李平國，倒也挺好的。此刻的他，從那天起便躲在房裡足不出戶，時而落淚，時而沉思。

那麼，另外那個世界的克英，或者說是李平國呢？或許他也替自己或那個世界做了什麼不得了的大事吧？或許天氣變化的時候，大腿也會隱隱作痛，誰知道呢？螟蚣紅透的雙眼，或許還會在哪次的祭典、哪次**絞霧**（ká-bū）的瞬間對到眼。

根本克英，又或者已成為了李平國，他記憶中的歷史，跟他往後餘生所經歷到的，已經是兩種不同版本的世界。他也搞不清楚，究竟誰才

是眞正的「宮古座殺手」了。

李家大哥和二哥常擔心地對他說：「你哪會變甲按呢痟痟無正常？敢若全世界攏對你不起。」「阿爸欲支援你，看你欲留學抑是做生理，你哪會攏無愛。」「定定講遮毋是你的所在，若無你到底想欲去佗？」

「無所謂了，因爲一開始設定錯誤，之後就只會更瘋狂。」根本克英喃喃自語，因爲他知道，這個世界發展的主軸越來越偏移了。想了想，自己無論是在原本的世界，或是來到這裡，有錢或沒錢的家庭背景，一樣都把事情搞得一團糟。的確，這個世界的李家、他唯一的避風港，因爲他成功阻止了「宮古座事件」的發生而完好，但維持著完好當下現狀的避風港，卻意外成爲他永遠回不去、擱淺的地方。

政權轉移的三十多年後，六十多歲的克英依然是李平國的身分，站在宮古座前，看著怪手宛如猛獸般，正一口一口殘暴地撕裂宮古座，在塵土飛揚中，天空如嘲諷般下起**查某雨**（tsa-bóo-hōo），在陽光中，雨水紛紛飄在宮古座的殘骸上，如一場告別式，他則是滿臉淚水。

❀ ❀ ❀ ❀ ❀

昭和 14 年，1939 年，宮古座事件之後的數週。

一名警察敲門走進室內，「報告……」他頭低低，雙手緊握拳，硬挺的制服下早已滿身大汗，富島抬起頭，用眼神示意他繼續說下去，「嫌犯光頭老人在牢中消失了。」

富島罵了一聲，拍桌站起：「可惡！有沒有什麼線索？」

「好像是一個戴斗笠的人做的。」

語畢，富島的眼神充滿了憤怒與略微不安，而那名警察則繼續低著

頭。窗外下起雨，突然一震雷聲。轟隆！

- **宮古座**：位於台南市中西區。日本時代爲一座木造建築的表演場所，二戰後更名爲「延平戲院」，約1970年代遭拆除改建爲「延平商業大樓」，陸續有百貨及戲院進駐營運，後來一度荒廢十餘年。直到2013年，才開始有書店、咖啡店及文具店在此重新開張。
- **夕霞，明日雨**（sik-hâ, bîn-jit hōo）：從黃昏的天色，判斷明日會下雨，有預兆的意思。
- **透風**（thàu-hong）：起風、颱風。
- **雨毛仔**（hōo-mn̂g-á）：毛毛雨。也說「微微仔雨」。
- **澹**（gàn）：冰冷、凍。如果吃冰的時候牙齒會酸，也可以說「喉齒會澹」。
- **雨來天**（hōo-lâi-thinn）：下雨天。
- **歹天**（pháinn-thinn）：壞天氣。通常就是指「落雨天」、「雨天」。
- **透風落雨**（thàu-hong lórh-hōo）：颱風下雨。
- **澹漉漉**（tâm-lok-lok）：溼答答。
- **黏黐黐**（liâm-thi-thi）：黏答答、黏黏溼溼。
- **爍爁**（sih-nah）：閃電。
- **摒大雨**（piànn tuā-hōo）：下大雨。也直說「落大雨」。
- **霆雷公**（tân-luî-kong）：打雷。也有「霆雷」的說法。
- **焦燥**（ta-sòr）：乾燥、缺乏水分。
- **火燒埔**（hué-sior-poo）：炎熱乾燥，成句爲「六月火燒埔」。本意爲荒地起火燃燒的狀態。
- **燒熱**（sior-juáh）：炎熱，穿著或身體感到溫暖也可如此形容。發燒可以說「頭殼燒熱」，至於心裡不舒服、感到焦慮急迫時，可以說「心頭燒熱」。

- 日鬚（jit-tshiu）：太陽的光芒，如鬚般的光線。
- 反天（huán-thinn）：變天。
- 烏陰天（oo-im-thinn）：陰天。也可直接疊句形容「烏陰烏陰」。
- 烏天暗地（oo-thinn-àm-tē）：昏天暗地。
- 涾涾落（tshàp-tshàp-lòrh）：不停下雨。也可說「涾涾滴」。
- 生冷（tshenn-líng）：氣溫低而感到寒冷。也可以指生冷未熟的食物。
- 溼溼（sip-sip）：潮溼。
- 臭殕味（tshàu-phú bī）：霉味。「殕」便是霉的意思，「上殕」（tshiūnn-phú）為發霉之意。
- 覕雨（bih-hōo）：躲雨、避雨。
- 烏雲罩月（oo-hûn tà guèh）：烏雲遮月、狀況不明朗。
- 空雷無雨（khang-luî-bôr-hōo）：只聽到雷聲但沒有下雨，意味煞有其事。
- 西北雨（sai-pak-hōo）：雷陣雨。耳熟能詳的囡仔歌歌詞「西北雨，直直落」，便是形容此氣象。
- 沃澹（ak-tâm）：淋溼。
- 流清汗（lâu-tshìn-kuānn）：冒冷汗。「清」本身有涼掉、冷掉之意，譬如「清飯」為冷飯。
- 傷風（siong-hong）：感冒。通常會說「傷風感冒」。
- 風邪（hong-siâ）：感冒。意同「寒著」、「感著」。
- 熱毒（jiàt-tòk）：火氣大引起生瘡發病。
- 畏寒（uì-kuânn）：怕冷、打冷顫。也可形容心理反應，譬如聽到可怕的事情。
- 畏熱（uì-juàh）：字面為怕熱，但真正的意思是身體不適而發熱。
- 冷吱吱（líng-ki-ki）：冷冰冰。

- 火薰（hué-hun）：燃燒後產生的煙霧。
- 燒滾滾（sior-kún-kún）：熱騰騰。
- 寒著（kuânn--tio̍h）：著涼、感冒。
- 寒熱仔（kuânn-jia̍t-á）：瘧疾、冷熱病。
- 漚鬱熱（àu-ut-jua̍h）：悶熱。也可說「漚翕熱」。
- 匀匀仔火（ûn-ûn-á-hué）：慢火、小火。
- 熱嗽（jia̍t-sàu）：熱咳，痰爲黃綠色。
- 熁（hah）：利用陽光或火等熱氣烘晒、加熱，在文中是指以藥材的熱氣蒸臉將汗逼出。除此之外，也有被熱氣燙到，或天氣炎熱的意思。
- 冷嗽（líng-sàu）：冷咳，痰較透明。
- 拉圇仔燒（lâ-lûn-á-sior）：溫的、不冷不熱。也可說「拉圇仔」、「半燒冷」，「圇」有溫的意思，「圇圇仔水」就是溫溫的水。
- 雷公性（luî-kong-sìng）：火爆脾氣。
- 著痧（tio̍h-sua）：中暑。
- 熱著（jua̍h--tio̍h）：中暑。
- 翕（hip）：悶不透風。或是指將東西悶住，如「先將飯翕一段時間」。
- 嘈嘈滴（tsha̍uh-tsha̍uh-tih）：滴滴答答滴個不停。
- 翕熱（hip-jua̍h）：悶熱。
- 講manga：形容人異想天開。「manga」原爲台語中的日語外來詞（まんか），即漫畫。
- 貓霧仔光（bâ-bū-á-kng）：黎明時的曙光。義同「天欲光」。
- 微微仔雨（bî-bî-á-hōo）：毛毛雨。
- 拍殕仔光（phah-phú-á-kng）：黎明時的曙光。「殕」有灰暗不明、模糊

之意，「殕仔光」為曙光，「殕仔色」一般則指灰色。

- 霜風（sng-hong）：冷風、寒風。
- 透南風（thàu-lâm-hong）：反潮、南風天。
- 鑽骨（tsǹg-kut）：寒風徹骨。
- 秋清（tshiu-tshìn）：涼爽。
- 雨鬚（hōo-tshiu）：毛毛雨。
- 僂雨縫（nǹg hōo-phāng）：間歇雨勢，趁無雨時外出。
- 開日（khui-jit）：太陽出來了。常用在連續壞天，終於轉晴。
- 養花天（ióng-hue-thinn）：半陰半晴，適合種植的好天氣。
- 虹（khīng）：彩虹。天空出了彩虹，則說「出虹」（tshut-khīng）。
- 風飛沙（hong-pue-sua）：風吹砂。
- 罩雺霧（tà-môo-bū）：霧。也可說「罩雺」、「雺霧」。
- 報頭（pòr-thâu）：原指氣候變化的徵兆，這裡指風暴將來的兆頭。
- 搧東風（siàn-tang-hong）：吹東風。在外溜躂也會以「搧東風」自嘲。
- 熱咻咻（juåh-hiu-hiu）：熱呼呼。
- 著寒風（tiòrh-kuânn-hong）：著涼、怕冷。天氣不冷卻穿很厚，可用「著寒風」形容。
- 寒熱（kuânn-juåh）：冷熱、寒暑。
- 大寒（tuā-kuânn）：極冷。
- 大熱（tuā-juåh）：極熱、炎夏。
- 咇咇顫（phih-phih-tsùn）：全身發抖。「顫」為顫抖之意，也說「直直顫」。
- 交懍恂（ka-líng-sún）：因害怕或寒冷而發抖。常以諧音「加冷筍」表示，其他像是吃到酸的東西，或是身體不自覺地發抖，都可以如此形容。
- 半燒冷（puànn-sior-líng）：微溫、不冷不熱。

- **放雨白**（pàng hōo-pèh）：時雨時晴，颱風來臨的前兆。
- **絞霧**（ká-bū）：起霧。「絞」為帶有螺旋狀的動作，也有事情糾結、霧茫茫的樣子。
- **查某雨**（tsa-bóo-hōo）：太陽雨。晴朗的天氣卻下著雨，也譬喻氣候難測。

「我覺得喔，身為成功的作家，寫出一部經典的作品，裡面的人物，勢必會多少參考現實生活中的人，不論是不是真的認識。」小博士語出驚人地說，但為什麼他會說出這樣的話呢？

雖然是禮拜六，但仍是要補習的日子。一如往常，我身邊是小博士跟盲腸。在補習的空檔，我們在一間非連鎖的小間飲料店等手搖飲料。為什麼不去連鎖飲料店呢？因為學校的風雲人物會去那邊買飲料，而且還會跟死黨站在吧台前大聲嬉鬧，或是跟店員有說有笑，若我們三人同時出現在那裡，隨時會被尷尬病毒吞沒——騙你們的啦，其實是我們三人的品味獨到，必須去這種獨立經營的小間手搖飲料店，才能滿足我們的需求。

不厭其煩地再自我介紹一次，我叫元義，有些人會把我叫成「義元」，而這兩個人，小博士還有盲腸，唯一的優點就是不會把我的名字叫錯，至於其他成分都是缺點，就跟我一樣，都是班上邊緣人，課業也都是職業吊車尾的，可以說是恐怖平衡鐵三角。

飲料終於好了，小博士點了杯可樂，還不忘要求加波霸，會這樣點的大概只有他吧？如果有人也跟他一樣，相信很有潛力能加入我們的行列。盲腸點了一杯檸檬綠茶並加了黑白珍珠、仙草凍、椰果，之所以這樣加料，就是因為他們懶得再專程吃正餐，喝一杯飲料可以直接解決，對他們來講正好省事。好啦，我自己也是點了一杯烏龍奶茶加布丁、愛玉，但比起他們，我還稍微有一點喝東西的品味，對吧？

小博士從店員手中接過他那上面印有「貝貝美人魚」的環保杯，並從包包拿出很粗的玻璃吸管，慢條斯理地插進他的飲料，用很享受的表情吸了一口，邊嚼邊說：「欸，你那個不死老人，外型有重新修改過了嗎？」此時，我們已緩慢地移動，邊插吸管邊走向飲料店前的小圓桌坐

下。

「大概就是一個精壯的老人吧？其實我也沒仔細想。」我說。

「我覺得喔，這樣太普通了。」小博士說完，再用力吸了一口飲料，我看著玻璃吸管內一粒粒往上衝的黑色波霸，瞬間幻想成是一顆顆的鋼珠，準備將他一口爛牙全部打爆，「主角應該要設定成像『貝貝美人魚』一樣，嬌弱的可愛女孩，格鬥技能超強，我覺得這種反差，比較有快感。」

哇哩勒，是只有滿足你的快感吧？

盲腸這時候插話了：「對對對，反正你的故事裡，都沒有女主角。」他說完有點不好意思地搔了搔頭，「其實我有把你寫的故事給我姊看，我姊看完也說要有個女主角。」可惡的盲腸，誰叫你把我影印給你的故事外流啊？這是機密耶！

「啊……主角設定是一回事，其實我那天去了書店之後，有一個想法，覺得主角所做的決定才是重要的。」我耳邊似乎還響著那天的轟隆打雷聲，「因為每一個決定，都會左右故事主軸的發展，所以應該要先來想轉折點。」

「嗯，是很有道理，我覺得那個是故事架構的問題，可是你基本細節都沒辦法好好描寫的話，要人家怎麼看下去？」小博士打了一個嗝，可樂氣味撲面而來。

「對啊，你寫小說就跟你做決定一樣，都太倉促了。」盲腸在旁搭腔。

人家說：「鐵拍的身體，嘛袂堪三日落屎。」應該可以這樣形容吧？聽他們這麼說，就連對自己作品極度有自信的我，多少也會感到不安，因此這幾天都在跟他們討論，該怎麼繼續改寫《七截花刀傳》的內容。

「你們以為我願意喔？我每天寫小說都只能偷偷摸摸寫，被我爸媽抓到，又要被唸到翻肚了，所以跟寫作環境差也是有關啦……」我說。

「那也沒什麼，《貝貝美人魚》我也是偷偷看，但要找到適合自己的方法啊！」小博士突然變得很嚴肅，「像我就仔細統計爸媽晚上的活動時間，精準計算出他們的作息跟廁所頻率，久了幾乎不會被抓包。」我瞠目結舌。

盲腸像是突然想到什麼，笑得很詭異：「哈哈……我是趁家人都在樓下的時候，偷看那個……」他話都沒說完，就有點不好意思地吸著飲料，我看著盲腸凹陷的臉頰用力吸飲料，透過透明吸管，細細的椰果抖動地往上衝，簡直就像精蟲衝腦，難怪他一直附和說要有可愛女主角，我寫小說不是為了滿足你們的耶！

「沒有女主角是因為我要寫極純粹的武俠小說。」我說，腦中想起那本啟蒙我的武俠小說《青狂六癡》，光是六癡就夠生動精彩了，哪需要什麼女主角？

「屁啦，你的小說裡面，描寫武打的地方，都直接『鏘鏘鏘』、『啪啪啪』、『出拳』、『看招』就帶過，根本不知道是什麼招式或動作。」小博士的眼鏡滑落鼻樑，「我覺得喔，身為成功的作家……」他開始建議我應該要參考現實生活中的人，例如公園裡的那個練拳阿伯。

「真的嗎？可是他好像都是用蠻力。」我喝著烏龍奶茶，完全吸不到布丁跟愛玉。

「怎麼會？他那麼強，當不死老人的角色最適合了。」盲腸現在跟小博士竟然站同一邊。

「就算他只是在練身體健康的，我覺得你故事裡的不死老人，要參考他的具體動作。」小博士一口氣把可樂喝完，留下幾粒逃過一劫的波

霸。

「他強嗎？有實戰經驗嗎？」我抗議，一邊用粗吸管往杯子裡布丁的中心插下去，準備大口吸起來。

「不知道，反正你的《七截花刀傳》，就是動作描寫很貧乏。」小博士竟敢對我吐槽。

我懶得繼續再說下去了。轉頭看向對街，用手撐著頭，感到昏昏欲睡，路旁的阿勃勒，隨著陽光映照，放射出無限擴大的鮮黃。

❀ ❀ ❀ ❀ ❀

一位身穿薑黃色貼身吊嘎，搭配咖啡色八分緊身褲、白色平底鞋的老者，此時正走在盛開著阿勃勒的公園裡，來來回回地巡視著。

先說這名老者的外貌，他年約七十歲，臉上皮膚粗糙，一頭幾乎掉光的稀疏白髮，目前看起來都與尋常老人無異。但手臂肌肉鼓脹異常，比一般成年男人的大腿還粗，胸肌像是隨時在擴張的宇宙，好似下一秒便會把吊嘎給撐破了，加上脖子粗得跟黑熊一樣，拳頭大得像剛被蜜蜂螫，若攤開他的掌心，滿滿厚實的繭，更顯得無堅不摧、刀槍不入的感覺。

唯一不搭的是，他有雙極為修長的美腿。

他的腿不但毫無瑕疵，就連一根腳毛也沒有。如果不說，光是拍美腿，絕對會以為這雙腿的主人是一位正妹。假設套上絲襪，肯定能夠當絲襪商品照的模特兒，不過也的確如此，這名充滿肌肉的老者，目前兼職的工作就是在網拍賣絲襪。

肌肉老者原本對自己這雙誘人的修長美腿也感到困擾，年輕時就不

斷苦練這雙美腿，豈料，全身都被鍛練到充滿肌肉了，就只有這雙腿仍常保修長美麗，甚至一點瑕疵也沒有。

腰部以上的皮膚狀況，可以想見是經歷長年苦修鍛練的成果，許多傷痕跟結痂，隨時都有一層厚厚的油脂，不時能看到從肌肉底下冒出的筋肉怒張。至於腰部以下的雙腿，此刻出現在公園，雖說他穿著一件合身的咖啡色八分緊身褲，但也能充分感受到窈窕的婀娜步伐。

可以說，這名老者的上半身與下半身，似乎就是活在不同次元的存在。

這名同時擁有肌肉與美腿的老者，有個綽號叫做「猢猻」，是公園裡的人偷偷取的。因為老者每天固定這個時間，都會在猢猻樹前練拳，也因此有了猢猻這個外號。時間久了，還有人以為這老者真的姓胡。

猢猻樹的樹幹外觀就像是佈滿了眼睛，猢猻站在樹前，每一拳都扎實打在樹幹的眼睛上，拳拳生風。或許你會說，這樣是不可以的呀，這樣沒公德心呀！不過如果當你看到猢猻有時打著赤膊，在露出全身肌肉的狀態下出拳，每一拳都打得猢猻樹嘎嘎碰碰發出可怕聲響，若非必要，也沒幾個人敢出言制止，這個社會就是這樣在運作的。

反觀前幾天有個穿著學校制服的男同學，看起來貌似忠良，服裝儀容整齊到可以領獎了，只因為水壺的水不小心濺到長椅上，便被公園內隨時處於待機狀態、坐在椅子上發呆的老人指責，大聲嚷嚷：「現在的年輕人喲！真是不像話，這樣人家怎麼坐呀？這樣是不可以地！」一時之間千夫所指，運動經過的人也停下腳步忙著指指點點。搭配著一旁打著赤膊的猢猻，正拳拳生風地痛毆猢猻樹。嘎嘎碰碰、嘎嘎碰碰——不斷發出這樣可怕的背景聲音，那名男同學只能慌張快步地逃離這座公園。

今天，猢猻在公園裡來來回回巡視著，每天練拳之後，便會開始巡視這公園是否有可疑人物。雖然猢猻本人最可疑了，但身為最可疑的人物，當然不會覺得自己最可疑，而是為了要證明自己的鍛鍊是有用處的，所以當然很希望有個人體沙包可以突然從公園裡的樹叢堆裡竄出，讓自己痛毆一頓。

畢竟，天天毆打猢猻樹也是會膩的。

走在公園裡的猢猻常會幻想，如果公園步道旁戴墨鏡的老人是一個刺客，突然朝著自己吶喊一聲便拿著拐杖跑過來攻擊時，自己應該可以很輕鬆地如相撲一樣把對方**偃倒**（ián-tór）；若對方的馬步出奇沉穩，那就再以推牛車的動作，用**捒**（sak）的。如果這時候，旁邊路過的一群歐巴桑也是刺客呢？搞不好歐巴桑們會拿起扇子瘋狂朝著自己的頭部或眼睛攻擊，那自己就要來個掃堂腿，用**拐**（kuāinn）的；當對方跌倒之後，再加上一個擒拿，封鎖對方的手或腳，用**拗**（áu）的，像打蝴蝶結一樣，看能打幾個結就算幾個結；接著，應該就能順利把對方壓制在地了，畢竟對手是歐巴桑刺客，猢猻還是很尊重女性的，因此會一手將已經打結的歐巴桑**抑牢牢**（tshih-tiâu-tiâu），另一手十指張開，**擼**（lu）入去歐巴桑電到虯虯虯的蓬蓬頭，再瘋狂**捼**（sor）她的天靈蓋；對方受不了之後，再俏皮地**捻**（liàm）她的嘴皮，做為完美的收尾。

在猢猻幻想的同時，一個看起來像軟腳蝦的黃酸學生經過，倘若這學生突然從書包拿出磚頭要攻擊，自己只要輕輕伸手往學生的肩**搭**（tah）落去，他大概會直接被敲進地心深處，不足為懼。

諸如此類，猢猻常有這種幻想，最近他更假設：在公園溪邊，如果有個忍者突然從溪底探出頭，用吹箭發射毒針該怎麼辦？自己閃得過嗎？如果有雨傘的話，應該可以瞬間開啟，以巧勁快速**踅轉**（sèh-tńg）雨

傘將毒針彈（tuânn）走，或者情況更危急的話，就是像揮棒一樣，直接拿雨傘將毒針挌（keh）予開。接著收起雨傘，再將它像射箭（siā-tsìnn）一樣朝忍者射（siā）過去，如果沒中，再隨手將旁邊的長椅整組攑（giảh）起來，直接用掔（khian）的，應該可以直接命中吧？最後繞到溪邊，把要死不活的忍者拖出來，伸出手指，將中指跟大姆指凹成捻花微笑般的手勢，用力從忍者的眉心擉（tiảk）落去，「擉擉（tiảk-tiảk）喔，擉擉（tiảk-tiảk）喔！」對了，千萬別忘了要將忍者的覆面給它掀（hian）起來，順便將身上暗器全都搜（tshiau）出來。噢！看這忍者口袋蔽蔽（hiauh-hiauh），再把裡面的東西揷（tshia）出來，竟看到一個做工精緻的三明治胸針，這在搞什麼鬼？算了，總之來個拋揷輪（pha-tshia-lian）退場，帥呆啦！

又或者，當猢猻去買燒臘便當時，總會腦補：切肉的師傅會不會突然拿起叉燒刀，以剉（liô）肉的手法攻擊，那麼就必須及時側身，讓師傅撲空，接著以掌剁（tok）燒臘師傅攑（giảh）刀仔的手，當刀瞬間落地時，再趕快用腳把刀踢（that）進吧台深處，如此一來，便能好整以暇地將手呈招財貓之姿，從頭呆（tainn）落去。即使店內其他幫忙的師傅在後面頓桌仔（tìng torh-á）準備走出來，也可以直接抽起桌上的砧板，像在射飛盤一樣往師傅們摖（kiat）過去，待一陣兵荒馬亂，再快步逃離危險之處。

看到這裡，或許會覺得猢猻很有病吧？猢猻曾經也這麼覺得，自己是不是快瘋了？但也沒辦法，猢猻出門一定是隨時保持三百六十度的警備狀態，畢竟這座城市，可是從上一個時代就傳說有暗殺組織存在了。

但好佳哉，前陣子還真的讓猢猻實現一次貨真價實的見義勇為，他甚至因為這件事情喜極而泣，因為原來自己並非多想，也不是什麼妄念，這些假設的攻擊事件，果然是該先想起來預備的沒錯。

❀ ❀ ❀ ❀ ❀

話說回那天，猻猻也是一如往常在公園裡練拳，雙拳打得虎虎生風，他穿著一件牛仔短褲，露出修長、細皮嫩肉的美腿，如果只看上半身，會看到一個全身肌肉的老者正用可怕的姿勢跟動作把猻猻樹打得幾乎要崩毀。肌肉上遍佈的汗水，還有微微浮起的青筋，更顯得攻擊性十足。

此時猻猻的下半身，一樣是跟著步調在移動，但看起來就好像一名身材曼妙的正妹美腿正在快速移動著，或許更像是在跳舞。那美腿還穿著一雙純白的平底布鞋，一個迴旋踢，雖然一點威脅感也沒有，但卻充滿力與美的節奏感，唯美極了。若眼神能只專注在猻猻臀部的話，瞬間會想像，哪個正妹的蜜桃臀此刻正搣（sim）一咧、搣一咧。

只不過，如果把畫面拉遠，這上半身跟下半身的搭配卻顯得異常衝突，但猻猻已習慣了，與其說習慣這樣的自己，不如說也沒有人敢對他閃爍奇特的眼光。當肌肉達到一定的分量時，就越不容易遇到不同意見的人；當肌肉跟功夫同時練到一定程度的攻擊性時，這個世界會瞬間和平起來，就好比每個人看到猻猻都會露出慈祥的笑臉，而那些平常很嚴厲刻薄的路人們，這時候不是消失，就是變得很有禮了。

話說遠了，總而言之，那天猻猻練拳練到一半，突然聽到遠方傳來爭執聲。

他雙眼圓睜，喜形於色，大顯神威的時候終於到了嗎？別怕！猻猻來了！

猻猻走若飛（tsáu-ná-pue），朝著爭執聲跑去，果然看到幾個家長模樣、抱著小型犬的歐巴桑群，正圍著一個不斷來回踱步的中年人指指點

點。

　　「他這樣感覺好可怕。」「小孩會被嚇到吧？」「公園哪會有這款人？」「注意他很久了，他這幾天都在這裡，一直走來走去。」「掠（liáh）去關啦，掠（liáh）去關啦！」

　　幾個家長正七嘴八舌指著那來回踱步的中年人，臉上露出驚恐的表情，皺著眉頭。

　　「麻麻！好可怕，嗚嗚哇哇嗷嗚⋯⋯」一名國小年紀的小孩哇哇大哭，手上還拿著快融化的雪糕。

　　「那個叔叔在做什麼？」國小孩童露出天真但又不懷好意的笑臉，轉頭問著媽媽。

　　一名推著嬰兒車的婦人，正不斷拿著營養食品往嬰兒的嘴裡塞，臉上露出厭惡的神情。

　　不過這個世間還是有溫情的，也是有人持相反的意見：「我們不要管他就好了，他也沒妨礙到人。」「是啊。」

　　看起來沒什麼戰鬥力的中年人跟男學生，弱弱地替該名來回踱步的中年人辯護，但這兩個辯護者看到聞風而至的猢猻，再彼此相看一眼，便默默轉身離開了。

　　猢猻知道，猢猻都知道，該是出場的時候了！

　　「別怕！猢猻來了！」猢猻中氣十足，彷彿全身真氣都運行到身上肌肉底下的奇經八脈，雙眼怒目而視，看著眼前來回踱步的中年人。

　　這個來回踱步的中年人口中唸唸有詞：「好笑⋯⋯好笑⋯⋯這是一片永遠走不完的草原⋯⋯」一時往左走三步，停下腳步後抬起頭看著遠方，接著又往右走兩三步，眼神失焦定格在前方驚恐的眾多家長群身上，然後又再度周而復始來回，如此循環。

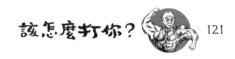

　　猢猻緩步向前，腳踏罡步，雙手擺出架勢，宛若準備上場打擂台、隨時要往前躘（liòng）出去的感覺，畢竟他等待大顯身手已經很久了。但他上半身充滿戰力，下半身的美腿看起來就像是正在做瑜珈的姿態，即便在此刻，仍充滿著違和感。

　　猢猻漸漸繞著圓圈的動勢，將來回踮步的中年人包圍在攻擊範圍內，一旁的家長群都嘴巴開開，一句話也說不出來，剛剛的七嘴八舌在猢猻進場之後，瞬間一片沉默，誰都看得出來，猢猻準備出手了。

　　也有幾個家長牽著哇哇大哭的孩子急忙離開，當然也有好事的家長群，邊聊天邊甩手，快步競走來到現場，「暑假我小孩要帶我去香港玩。」「是喔？現在去香港，搭飛機好像只要四十分鐘就到了。」「有這麼快嗎……」接著，猢猻一陣仰天長嘯，壓過了他們的對話。

　　「各位別緊張，我來問問他有何企圖！」猢猻先以**幼秀步**（iù-siù-pōo）向前，突然暴衝以**猴從籠**（kâu-tsông-láng）之姿，一躍到來回踮步的中年人面前，「請速速離開！」挺著全身肌肉的猢猻，瞬間暫停在中年人的身體前方，就這樣，兩人毫無意外地輕輕碰撞在一起。

　　「好笑……好笑……好笑……」來回踮步的中年人，眼神迷惘地看著猢猻。

　　猢猻大怒：「好啊！竟敢先發制人出手？」說完伸出手，分解動作一二三四五六七八，對付這個來回踮步的中年人，猢猻出了八招，先是一拳**搉**（bok）過去，讓對方大腦先當機，接著就像**蠻姓**（bòng-sìng），如拳王似地**蠻**（bòng）落去，再將因受外力向後退了好幾步，快要**倒摔向**（tòr-siàng-hiànn）的中年人**倒扭**（tór-liú）回來，再以自己為中心，將中年人做為外圈瘋狂**踅玲瑯**（sèh-lin-long），在第七圈的時候**幌**（hàinn）出去，此時中年人已經軟綿綿地，背部朝上、下巴插入土地，猢猻連忙衝過去將

眼神渙散的中年人硩（teh）落去，再㧒（pa）頭殼、搧（siàn）嘴皮，保險
起見，再朝鼻樑抉（kuat）落去，最後的征服在這個聲響中結束。緊接著，
免不了將中年人的手腳拗折成像是瑜珈大師一樣，只差沒在頂端把手腳
打個蝴蝶結。

　　就這樣，猢猻的第一件精美作品就完成了，公園對折來回踱步的中
年人。

　　「你們誰！快點叫警察。」猢猻大吼，分解動作一二三四五，這個
手腳已被折成瑜珈大師的中年人，在這瞬間又被這五招分解動作，像是
拆禮物一樣，從打結的狀態又拗回他身體該有的位置，最後停留在十字
固定法。中年人的兩眼持續渙散，雙腳還是很自然地不斷來回運作著，
但嘴角卻有那麼一絲喜悅，似乎在慶祝自己終於不用再持續與地面搏
鬥，來回踱步了。

　　「還敢笑！」猢猻聲嘶力竭，「快啊！誰快點叫警察啊！快逮捕這
個可疑的壞人。」這裡的「壞人」當然是指被眾人視為可疑人士、來回
踱步的中年人。接著猢猻又來個分解動作一二三四五六七八九十，老虎
不發威，逼著猢猻連出十招。先將中年人扛（kng）起，橫放在肩上，如
舉啞鈴般，大喝一聲，將他整個人抬起，接著雙手高低來回，把他摵摵
咧（tshik-tshik--leh），最後再將中年人像物品卸貨一樣抌（tìm）去樹下，這
時撿起一旁較細的樹枝，從中年人的腳筋箾（siau）落去，樹枝斷去，猢
猻索性抽出自己的皮帶，以八字型宛如跳彩帶舞般，再朝中年人的屁股
捽（sut）落去，猢猻鞭打到精疲力盡，狠狠瞪著地上的中年人，不料中
年人的雙腿還持續來回不斷運作著，猢猻大怒，左右張望，拔起插在公
園花圃上的掃把，再度朝中年人的屁股摃（kòng）落去，並反轉掃把往
中年人的腳底板擉（tiuh）一下，最後把它擲（tàn）去旁邊。四處張望一

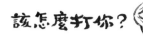

番，發現公園常會莫名出現的三角錐，這時候就派上用場了。猢猻快步拾起三角錐，並不急於一時，靜待眼前中年人迴光返照，緩緩掙扎爬起，猢猻瞄準好目標，雙手舉起三角錐，將眞氣注入其中並大力朝中年人頭頂**撼**（hám）落去，中年人一如預料，像布偶般臥倒在地，接著猢猻把中年人翻至正面，跨坐到他的肚皮上，直接徒手像是鐵砂掌炒栗子一般**攕**（tshiám）頭，再伸出雙手食指**插**（tshah）耳洞，改成大姆指**拄**（tú）鼻孔，最後再雙手**搙**（nńg）進這中年人的腋下，**擽**（ngiau）胳肢窩，最終華麗翻轉將雙腿夾住臉做出完美的結尾。這個畫面若單獨只看中年人的頭，會見到一雙修長美腿夾在迷惑的臉孔兩旁，這位中年人還眞是豔福不淺啊！但實際情況是，猢猻粗壯的肌肉此刻正將中年人的雙腿壓得嘎嘎作響，說是被肌肉包圍也不爲過。

「啊，好可怕好可怕！」「緊！較緊叫警察。」「麻麻，我嚇到快拉肚子了！」「好呀，英雄！救了我們大家！」「誰叫這個來回踱步的中年人，這麼可疑。」

眾家長跟路過的小孩七嘴八舌，未審先判，看到他們心中的「可疑人士」被痛打，大家都對這「正義之士」感到激賞不已啊！拖了快一個小時，終於有人敢打電話叫警察，這時那位中年人已經成爲紙黏土，被猢猻來回臥倒、折啊、捏啊，不曉得幾百次了。

猢猻很開心地結束了這場任務。記得隔天地方報紙爲這件事刊登斗大的讚嘆標語，更讓猢猻滿意的是，照片只有拍上半身，露出完美結實的肌肉，也因爲如此，讓他更明白每一次的公園任務都是對的。

✿ ✿ ✿ ✿ ✿

場景又拉回今天。

獬猻腦中一直盤算著，如果有人從某個角度突然衝出來攻擊時，自己該怎麼對付，加上最近的勝仗，打趴了那個來回踱步的中年人，更是心滿意足。

不過自從那件事情結束後，公園恢復祥和，突然感到世間無對手的孤寂，不免一陣空虛。獬猻仰天長嘆，就在此時，宛如活水源頭的聲響傳來。獬猻大喜，這又是可以大顯身手的時候了。

他仔細一聽，這似乎是練功的聲音，還夾雜著爭執的對話。噢，多麼美妙，多麼地熱血沸騰，別怕！獬猻來了！

「元義，好好練功，跟著我的動作。」一個穿著輕飄飄棉褲的男子，戴著金邊眼鏡的臉孔既憔悴又亢奮，做著武術動作，對著身旁學生貌的男生說話，「這個三寶膨鼠拳的動作，最重要的就是這個弓箭步，你看。」

獬猻注意到旁邊那個被稱為元義的男生，站沒站樣，一臉不甘不願，剛剛的爭執聲大概就是這麼回事吧？因為此時元義還在碎碎唸：「我就無想欲學啊……」

「小阿姨特別交待我，一定要好好緞練你的體魄！」那個什麼三寶膨鼠拳的金邊眼鏡男，做著歪七扭八的動作，認真地說。

獬猻嗤之以鼻，緩步走向前：「這位兄台。」

元義跟金邊眼鏡男一臉問號轉頭看向獬猻，兩個人都指著自己，不曉得獬猻口中的兄台是指誰？

「你！」獬猻劍指，比向金邊眼鏡男，「與其欺負弱小，何不來跟我打？」

金邊眼鏡男張大嘴，三寶膨鼠拳動作架勢做一半，差點重心不穩跌

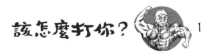

倒，聽到這句話更是瞬間往後趺了出去：「伊是咧講啥啦！」轉過頭，往元義的方向望去，誰知道元義早已瞬間退到好幾公尺外，等著看傳說中的猢猻出招。

　　猢猻眞氣運行，將全身肌肉骨骼重新排列組合，因爲他知道，上次來回跺步的男人與眼前這位「拳頭師」不同，必須要一擊必殺，才可以徹底鏟除眼前這個欺壓忠良的金邊眼鏡男。此時的金邊眼鏡男，腦中早就沒有什麼三寶膨鼠拳了，有的只有各種鼻青臉腫的可能畫面，但仍保持著警覺跟防禦姿勢，再回頭往元義的方向望去，此時元義已經坐在一旁的長椅，手中還拿著一杯飲料。

　　金邊眼鏡男大喊：「欸？那個不是小阿姨說要請我喝的嗎？」

　　「表哥，保重！我緊來旋（suan）……」元義一派輕鬆，君子不接近危險，已準備好要看戲了。

　　「這一定有什麼誤會。」金邊眼鏡男急忙解釋。

　　「誤會？哼！」猢猻高舉雙臂，呈十字貌拚命旋轉朝著金邊眼鏡男前進，就像個瘋狂的肌肉電風扇，**紡來紡去**（pháng-lâi-pháng-khì），非常迅速且用力。

　　金邊眼鏡男的腦細胞快速運轉著，鍛鍊三寶膨鼠拳已有一段時間，招式拆解背得滾瓜爛熟，但從沒有哪一招是這種肌肉電風扇式的攻擊，該怎樣擒拿拆解？

　　很快地，這個世界的時間，像是被調慢了好幾萬倍。

　　猢猻一個大動作，先來右拳從頭頂**托**（mau）落去，接著左拳朝**頂腹蓋**（tíng-pat-kuà）用力**舂**（tsing）落去，這時金邊眼鏡男身體往後退了幾步，猢猻做了一個無意義的翻身，順勢朝下巴**卯**（mai）落去，接著雙手握拳，以拳輪分別朝太陽穴**槽**（tsôr）落去，乍看之下有點胡鬧，但慘烈的還在

後面。猻猻左右手互換，一手敲（khà）頭頂，再以手肘靠（khòr）胸口，不等動作變慢，如整脊推拿般，左手壓住了對方的肩轉至背面，右手則朝背部推（thui）落，這時金邊眼鏡男馬上往前倒，猻猻瞬間衝至前方，再以手翹（tshiú-khiàu）由下而上、連剾（khau）帶挵（lòng），於是金邊眼鏡男整個人飛了出去。

　　隨著臉頰傳來的劇烈疼痛，親眼見到噴發在空中的牙齒，金邊眼鏡男的思考瞬間暫停，整個人輕飄飄地飛在半空中。

　　「想用輕功逃走？」猻猻大吼一聲，縱身而跳，雙手呈爪狀，朝著飛在半空中的金邊眼鏡男抓過去。

　　「誰用輕功啊！」金邊眼鏡男慘叫，明明是被打飛，哪來的輕功了？這思緒還來不及連貫，又被摔到草地上，「啊，跤揤（tsik）著矣，反跤刀（píng-kha-tor）矣！」金邊眼鏡男，不曉得是想跑走還是突然有反抗意識，搖搖晃晃地站了起來，不過猻猻怒目而視，先是朝金邊眼鏡男的臉淀（tshiòk）了一把，再一腳直接踔（làm）落去，於是金邊眼鏡男也像是布偶般平躺在草地上了。猻猻爲了自己的安全，快步走去踢（that）踢咧，確定不會再站起來之後，接著以兩腳在金邊眼鏡男身上來回躉來躉去（tsàm-lâi-tsàm-khì）。若是只看猻猻的下半身，會以爲是一雙正在跳著踢踏舞的美腿。

　　「元義快叫警察啊！誰啊！快救命啊！」金邊眼鏡男慘叫。

　　這時眾家長與老人再度聚集，大家都七嘴八舌地遠遠觀望著，只聽到猻猻大吼：「各位別害怕！我很快就結束這場鬧劇，讓他不再欺壓弱小。」

　　「哦！原來是按呢喔！」「好可怕，這男生看起來這麼斯文，怎麼會欺負弱小啊？」「麻麻，怕怕，嚇到心驚驚。」「快點報警啊！把這

個金邊眼鏡男抓走！」

眾家長七嘴八舌，一旁還有戴墨鏡的老人邊搖頭邊走過來：「唉，世風日下，現在的年輕人真不學好。」

「幸好我們有猢猻！」一名婦人比了個讚。

在這個時候，猢猻已經將金邊眼鏡男舉起，轉了個幾圈後扉（hòo）出去，接著猢猻雙手搥胸之後，整個人再度飛奔到金邊眼鏡男面前，**敁頭殼**（pa thâu-khak）、**搧喙頗**（siàn tshuì-phué），再將金邊眼鏡男甩過來又甩過去，如果遠看，就像是個巨大的麵團在草地上滾動。

不過金邊眼鏡男也不是省油的燈，雖然全身都已經破破爛爛的了，但臉上的金邊眼鏡仍維持著一貫的角度，毫無破損，甚至利用一點空檔推了推眼鏡，試圖保持鎮定之後再拔腿狂奔。

「推眼鏡？你想用什麼邪術？」猢猻狂嘯一聲，雙掌齊出，金邊眼鏡男下意識也跟著雙掌齊推。就這樣，兩掌對兩掌，但粗細懸殊之大，如同兩根巨木般的雙手，對上兩根細長牙籤。金邊眼鏡男和猢猻的手掌接觸後，頓時明白，這是這輩子做出最後悔的決定，全身一股觸電的感覺，像是靈魂被瞬間打出身體，看到了銀河的浩瀚，緣起緣滅，宇宙大爆炸之後的一切星體運行，以及自己的人生跑馬燈。

不痛了，金邊眼鏡男不痛了，身體就像是被猢猻高高舉起，然後被輕輕擺放在這塊草地上，宛若被大地之母呵護著。嘴角漾起一陣幸福的笑容，啊，這就是超脫，離苦得樂嗎？

閉上眼睛，好累好累啊……

「住手！其實他是我表哥！」元義拿著飲料跑過來，不過沒有擋在表哥跟猢猻之間，自己保留了安全距離。

不過無奈的是，猢猻跟在場眾家長似乎沒把元義當一回事，直接被

無視了。

　　猢猻指著金邊眼鏡男說：「你欺壓忠良，在過去我本該給你一記痛快，今日世道不是如此，我們就待執法單位進一步調查吧！」

　　「好！」「好啊！」「猢猻太好了，維持正義啊！」

　　眾家長們紛紛鼓掌吆喝，還有小孩在旁跳起舞，幾隻沒牽繩的狗狗正在旁邊排隊尿尿。

　　沒多久，警察跟記者來了，熟門熟路地跟猢猻拍了幾張照片，做了深度訪談之後，金邊眼鏡男一臉幸福躺在草皮上，「放心啦，被猢猻打過之後可以趨吉避兇，身體健康，長命百歲。」里長伯拍拍金邊眼鏡男的肩膀。

　　「這樣啊？」金邊眼鏡男一臉恍神，露出疑惑的笑容。

　　「被打還可以身體健康，長命百歲？」「那我也要，那我也要。」「我先，我先。」「別跟我搶啊！敬老尊賢啊！」

　　眾家長跟老人們紛紛朝著猢猻圍過去，把元義還有金邊眼鏡男晾在旁邊。他們兩個人緩緩站起身，看著眼前的一切，「表哥，你要繼續做運動，還是要回家了？」

　　「嗯……」金邊眼鏡男伸伸懶腰，「啊……」發出一陣聲音，雙手高舉。

　　「還想出招！」猢猻的嘶吼聲，以及黑影再度從天而降。

　　「啊啊啊啊！」元義跟金邊眼鏡男抬起頭大叫著。

　　畫面拉遠，這個瘋狂的公園，成為如米粒般的大小，但尖叫聲傳得好遠、好遠。

※ ※ ※ ※ ※

　　尖叫聲在天空盤旋，隨著刺眼的陽光漸淡，畫面由藍天轉至下方的公園，取而代之的聲音是拳拳生風的敲擊聲，猢猻一如往常地在猢猻樹前正常能量釋放，每一拳都準確無誤地往猢猻樹上敲擊。

　　猢猻只要想起這陣子的行俠仗義，便覺得滿意極了，身上的肌肉好像膨脹好幾倍，不得了，照這個進度下去，可能再過不久，身體就要比眼前這樹木還粗了吧？

　　「越粗越好，越粗越好哇！哈哈哈哈！」猢猻仰天大笑，身體往後蓄力，接著一擊，大力地往樹幹灌（kuàn）落去，整棵樹產生巨大搖晃，搭配猢猻狂妄的笑聲，如果下一秒整棵龐然巨樹瞬間傾倒，也不足為奇。

　　匡啷！——

　　遠方突然傳來一陣吵雜的聲音，「去他的！推倒啦，推倒啦！」「煩死了，看了就礙眼，哈哈……」「喂！錢勒？」

　　猢猻感應到了，聽到了不屬於自己打拳的聲音，還有充滿極度挑釁的聲音，快速轉頭尋找聲音的來源。

　　果然，不遠處看到五個看起來像混混模樣的年輕人，正圍著一個男學生叫罵，並且如準備薅草（khau tsháu）般，惡質地一把抓住那男學生的頭髮。而倒在地上的腳踏車正被一名高頭大馬的男生用力狂踹，狂踢猛踹的聲音加上激烈的笑聲，其實並不亞於剛剛痛毆樹木的猢猻。

　　猢猻深吸一口氣，不能忍，不能忍受啊！在視線範圍內，怎可以忍受發生這種事？別怕！猢猻來了！

　　此刻，猢猻穿著一件牛仔短褲打著赤膊，視角由下往上，透過曼妙雪白的美腿，以及不科學的蜜桃臀，一直看到上半身發出油光的線條，猢猻的肌肉似乎又比剛剛更加膨脹了。

　　雖然有一段距離的步伐，但相信猳猻只要一個步伐跳躍過去，應該可以瞬間擊倒所有人，解救此刻被霸凌的學生。又或者，直接在地上捏（liáp）出巨大的土石，瞬間彈出，一舉擊倒，應該也是不錯的選擇。

　　總之，別怕！猳猻來了！

　　深吸一口氣，腦中正在構思完美的登場模式，以致於時間又拖延了五分鐘，這時候學生已經被打趴在地，五名混混正在搜括學生的書包，並發出輕蔑的笑聲。那位高頭大馬的男生此刻轉過頭，正好跟猳猻對到眼，露出一個奇特的笑容，一點罪惡感也沒有。

　　就在猳猻準備衝上前去時，這群混混的旁邊突然竄出一個身影，是一位頭戴斗笠、一身尋常淺灰色衣褲的瘦小男人。這，這也太危險了吧？

　　猳猻快步走上前，在此同時，不曉得斗笠人對那五名混混說了些什麼，只見混混們突然變成乖乖牌，個個立正站好，然後連滾帶爬慌忙逃走。

　　來到斗笠人身後的猳猻，這才看清楚眼前這名神祕人物原來是個老人，老到像是剛復活的木乃伊。此外，斗笠上還掛著一串阿勃勒，讓猳猻不由自主地打了個打冷顫。至於剛剛被霸凌的男學生，似乎巴不得能瞬間隱形，默默地牽起倒在地上的腳踏車，從老人背後快步助跑騎腳踏車離開。

　　猳猻全身的肌肉都在顫抖著。眼前的斗笠老人，實際面對面看，比剛剛遠看還要更加矮小，臉上的肌肉線條看起來像是水分完全被榨乾了，以致於完全猜不出究竟幾歲，但是他的眼神銳利得像是石虎，感覺隨時會射出雷射光。斗笠老人不曉得對猳猻說了些什麼，嘴角露出了微妙的笑容後，轉身離去。

驚惶、心驚、膽嚇，猢猻從來沒感受到這麼強烈的恐懼感，神祕的斗笠老人到底說了什麼呢？

「你的跤，眞正是白拋拋、幼咪咪，保養了眞好呢。」

猢猻頭一擺感覺驚惶！神祕瓜笠仔老人到底是？

你的跤，真正是
白抛抛、幼咪咪，
保養了真好呢。

- **偃倒**（ián-tór）：推倒。一物將另一物推倒，如「風颱透風，將樹仔偃倒矣」。

- **揀**（sak）：推。單純推物，如「順風揀倒牆」意思是順著風向把牆推倒，但也引申為看情勢選邊站；推卸責任，如「將責任揀予菜鳥仔」；拋棄可以說「放揀」（pàng-sak），如「交往幾百年結果將阮放揀」，或是「捔揀」（hìnn-sak），如「欲將你的物件擲捔揀」。

- **拐**（kuāinn）：絆倒。「拐」本身有轉向之意，如「拐彎」；扭到，如「去運動結果拐著手」；絆倒，如「偷偷將伊拐予倒」。

- **拗**（áu）：摺、折。也可解作「強詞奪理」，如「硬拗」（ngē-áu）。

- **抑牢牢**（tshih-tiâu-tiâu）：壓制在地。「抑」為按壓或逼近，如「伊抑倚來欲甲人拍」意思是「他緊緊靠近、逼近準備要打人」。「牢」則有沾黏、密不可分之意，如「顧牢牢」或「牢鼎」（tiâu-tiánn）。

- **擄**（lu）：推插進去。主要是推的動作，所以用推剪理髮可以說「擄頭鬃」；用拖把拖地，說「擄塗跤」。另外也有推卸責任的意思，如「莫將代誌攏擄予菜鳥仔」。

- **挲**（sor）：搓揉，也有平息紛爭之意。所以在這裡說「挲頭殼」，除了摸頭之外，也有安撫的意思。

- **捻**（liàm）：捏、擰。單指擰捏，如「捻喙顊」（liàm tshuì-phué），為捏臉頰。也可用來描述摘花草，但不需用太大力氣，如「捻菜」、「捻花」。

- **搭**（tah）：輕拍。「搭胸坎」為拍胸脯之意。

- **踅轉**（sèh-tńg）：繞轉。「踅」為轉動之意，也可說「踅振動」。

- **彈**（tuânn）：彈走。

- **挌**（keh）：擋開。

- **射箭**（siā-tsìnn）：射箭。台語的「劍」（kiàm）與「箭」（tsìnn）發音不同，「箭」台語發音有點接近華語的「擠」，但帶鼻音。
- **射**（siā）：射過去。
- **攑**（giàh）：舉、拿。拿筆、拿筷子，說「攑筆」、「攑箸」；舉手、抬頭，說「攑手」、「攑頭」；拿刀子則說「攑刀仔」。
- **掔**（khian）：投擲、扔。例如丟石頭，台語就說成「掔石頭」。
- **擉**（tiàk）：彈。打算盤的台語是「擉算盤」，彈耳朵為「擉耳仔」。值得一提的是，以橡皮筋射人，是說成「用樹奶共人擉」，取彈射之意。
- **擉擉**（tiàk-tiàk）：「彈落」的俏皮用法。通常為大人指責小孩時，若不乖就要討皮痛的說法。
- **掀**（hian）：掀起來。
- **搜**（tshiau）：翻找搜索。「搜」也是料理的一種步驟，不斷攪拌翻動食材，例如煮濃湯的時候，「愛那煮那搜」。
- **蕻蕻**（hiauh-hiauh）：翹起、外翻。「喙脣蕻蕻」為嘴巴翹翹的，或是東西不平整，也會說「蕻蕻」。
- **捙**（tshia）：打翻、推倒，把東西拿出。「捙畚斗」原意是翻跟斗，引申為翻滾而一塌糊塗。
- **拋捙輪**（pha-tshia-lian）：翻跟斗。台南也說「捙拋輪」（tshia-pha-lin）、「拋麒麟」（pha-ki-lin）、反死狗仔（píng-sí-káu-á）。
- **劙**（liô）：用刀子切割、挑取。料理時在食物上的雕花，則說「劙花」。
- **剢**（tok）：斬、切。
- **踢**（that）：踢進去。

- 呆（tainn）：用手掌輕輕地快速敲拍頭部。

- 頓桌仔（tìg torh-á）：敲打桌子。「頓椅頓桌」為表達抗議的意思。

- 擊（kiat）：丟擊、砸。拿起某物砸落，說「擊落去」。

- 趻（sìm）：上下晃動、彈動。

- 走若飛（tsáu-ná-pue）：走得跟飛一樣，健步如飛。

- 掠（liah）：抓、按摩揉捏。若是形容按摩則是說「掠龍」，通常寫成「抓龍」。

- 躘（liòng）：一躍而去。形容小孩成長速度快，也會說「身懸躘足緊、躘足躼」（sin-kuân liòng tsiok kín, liòng tsiok lò），意指身高如躍起之勢快速。

- 幼秀步（iù-siù-pōo）：小碎步。

- 猴傱籠（kâu-tsông-láng）：狂奔，諧音近似「高中浪」，通常是形容小孩或動物東奔西跑、亂竄的模樣。

- 搝（bok）：以拳頭用力打人。

- 甏姓（bòng-sìng）：拳擊，源自日式英語（Boxing）。

- 甏（bòng）：搝、擊。力道比「搝」更大，用力「甏予你倒」。

- 倒摔向（tòr-siàng-hiànn）：倒栽蔥。

- 倒扭（tór-liú）：以扭力倒拉回來。

- 踅玲瑯（sèh-lin-long）：繞圈子。有一種童玩叫「玲瑯鼓」（lin-long-kóo），拿在手上左右轉繞，透過兩顆圓球打擊鼓面發出聲音。

- 幌（hàinn）：晃動。搖頭是「幌頭」（hàinn-thâu），盪鞦韆則為「幌韆鞦」（hàinn-tshian-tshiu），都取搖晃之意。

- 硩（teh）：由上往下重壓。也可用在止住、停止，止咳為「硩嗽」（teh-sàu）。

- 㩁（pa）：俗寫作「巴」，用手掌拍打。

- 搧（siàn）：摑、甩、打。「搧」的速度較「巴」快，所以才有「搧東風」的說法。

- 抉（kuat）：拍打。和「搧」、「巴」不同的是，「抉」有短距離連續拍打的動勢，就好比塗抹水泥「抉紅毛塗」（kuat âng-mîg-thôo），便是連續來回抹壓局部。

- 扛（kng）：扛起來。妥善地將東西扛起，通常會以肩扛。

- 摵摵咧（tshik-tshik--leh）：搖動。所以有種小吃叫「摵仔麵」，便是從抖動撈麵器具的動作而來。

- 扰（tìm）：投、擲、丟。將東西隨機拋擲，譬如「扰石頭」拿起來便丟擲而去。

- 篠（siāu）：用藤條朝身體甩打。

- 捽（sut）：鞭打。拿鞭子抽打，速度極快，所以快速將食物吃光，會說「捽了了」，有句著名的流行語「NO 捽」便是指沒得吃、吃不到之意。

- 摃（kòng）：以棍棒用力敲打。教訓小孩，會說「摃囡仔」。也用在詐欺、敲詐，如「錢攏予歹人摃去」。

- 搐（tiuh）：輕輕抽打。多半是以細長木條或棍子，快速輕抽幾下。

- 擲（tàn）：投、投出。丟石頭、丟球，會說「擲石頭」、「擲球」。也可用在丟棄，「擲抭捔」（tàn-hiat-kak）、「擲掉」，如「將糞埽提去擲抭捔」。

- 撼（hám）：拿重物猛砸。使用物品或力道有一定分量，才會說「撼落去」。

- 攕（tshiám）：拿尖物插入。所以成串物、以尖物串起也是用「攕」做單位，譬如「攕煙腸」。「攕」台語音近似華語的「嗆」，但要把嘴

唇合起來。

- 插（tshah）：以物體扎入固定，如「插旗仔」；扶起固定，如「將病人插起眠床歇睏」，指把病人扶到床上休息；打賭，如「插一本小說」，意指用一本小說當作賭注。

- 拄（tú）：以物抵住。也有以物抵物之意，如「損車拄數」（kòng tshia tú-siàu），意指砸車抵帳；遇到、碰面，如「我和伊佇學校相拄」，不過因為「拄」也有插入的意思，所以也常被做為雙關語之用；剛剛、碰巧，如「拄好」、「拄仔好」。

- 軁（nng）：鑽。除了物體間的穿越，也可用來形容人很靈活，如「軁鑽」。

- 擽（ngiau）：搔癢。

- 旋（suan）：反轉回繞，引申為逃跑、開溜。常以諧音「酸」或是「緊酸」來表示。

- 紡來紡去（pháng-lâi-pháng-khì）：轉來轉去。從紡紗的動作引申為轉動之意，也形容處理事情，「紡代誌」、「這擺代誌歹紡矣」。

- 托（mau）：用手打，意近似扁人。車門或堅硬物凹陷，會說「托落去」，「托」的力道強勁。

- 頂腹蓋（tíng-pat-kuà）：胸口心窩處。

- 舂（tsing）：瞬間擊打、搗。搗米的台語唸作「舂米」，搗米石臼則稱為「石舂臼」（tsiòh-tsing-khū）。台南其中一個美食區「石舂臼」剛好鄰近「米街」，不難想像這其中的關聯。

- 卯（mai）：由上而下擊打。

- 槽（tsôr）：左右或斜對角式的擊打。

- 敲（khà）：以物品或拳頭敲下。

- 靠（khòr）：用身體以大面積方式撞擊。
- 推（thui）：用手推壓，意指打人。也可用在單純的柔捏、按壓。
- 手翹（tshiú-khiàu）：手肘。
- 刨（khau）：用手以指或拳輪攻擊。有削、刮之意，如「刨皮」；吹風、颶風之意，如「刨風」；或是講話挖苦人，則爲「刨洗」。
- 挵（lòng）：碰撞。兩物相撞，則爲「相挵」。
- 擠（tsik）：擠壓到。
- 反跤刀（píng-kha-tor）：翻腳刀，腳掌踝關節扭傷。
- 浞（tshiòk）：揉、捏。衣物以水輕微翻動，也可說「浞浞咧」。
- 踔（làm）：用腳前踩、猛踹。
- 蹔來蹔去（tsàm-lâi-tsàm-khì）：踩、踏，用力踢步跺步。
- 戽（hòo）：把人轟出去，宛如潑水般。常用「戽戽出去」，把人趕出去。
- 皷頭殼（pa thâu-khak）：巴頭。
- 搧喙顊（siàn tshuì-phué）：賞耳光。
- 灌（kuàn）：以物或手朝人直接攻擊。
- 薅草（khau tsháu）：拔草。「薅」爲從土中拔起植物。
- 捏（liàp）：用手指將東西搓捏成形。

山魈

放 pàng
屁 sái
圓 în
仔 á

　　遊覽車載滿了一群歡樂的學生們——正確來說，除了我、小博士、盲腸以外，大家應該都很興奮。看班上的風雲人物阿龍，現在正大聲唱著車上的卡拉 OK，整車 high 到最高點，準備前往校外大露營的營區。

　　大家好，我叫元義，平常沒什麼娛樂，頂多玩玩一款叫作「MIMI-MAUMAU」的線上遊戲，除此之外，每天的例行公事就是上課、補習，然後偷偷改寫我的小說《七截花刀傳》，這幾件事不斷重覆。

　　但是，學校硬性規定每個人都一定要參加大露營，害得我原本平靜的生活，這陣子可以說徹底被打亂。我甚至從學期初就在苦惱大露營這件事了，或許也是因為如此，才會害我的小說沒什麼靈感被退稿。好啦，我承認可能是寫作技巧有問題，轉去文組的念頭也越來越強。不過眼前最大的煩惱，就是大露營。

　　很多人可能不了解，為什麼參加校外大露營是這麼令人苦惱的事。我之所以會這麼苦惱，是因為在班上跟我比較好的同學並不多……好啦，應該是說，根本只有小博士跟盲腸，加上我一共只有三人的吊車尾小團體，形成「爐主、顧爐、扛爐」的恐怖平衡組合。我們三個邊緣人，就好像香菜、生薑和蔥花一樣，就算被端上桌，也可能會被挑掉，甚至還有人會特別做個印章蓋在菜單上，吩咐店家千萬不要加上這三味。而且，我們三個人的身材也很接近，剛好都是瘦又薄板、細粒子的體格，只是髮型不同。小博士是蓬鬆的省錢亂髮，好像勾芡的蚵仔煎，整片覆著在頭頂；盲腸的髮型柔順有光澤，就像是外帶的黑碗粿，呈現完美的弧度；我則是家庭理髮出品的平頭，就像模具規格化的雞蛋糕，而且還是最普通、橢圓形的那種。真要說唯一的美中不足就是盲腸，他竟然沒有近視，破壞我們戴眼鏡的一致性，實在太過分了。

　　總之，坐遊覽車時要找人搭配成雙的潛規則，讓我們之中有一個衰

仔註定會落單。

　　最後，我們以猜拳方式決定哪兩人一組，結果運氣特別背的我，那天露營只能被迫跟班上的導師豬頭一起坐。坐在豬頭旁邊有點丟臉，但還好我早就準備好音樂，一路戴著耳機聽我最愛的地下樂團，這樣也可以避免導師豬頭跟我說話。

　　大約聽到第四首歌，我就已經睡著了，甚至連車子已經抵達目的地也渾然不知，還是小博士跟盲腸把我搖醒的。導師豬頭早已不曉得跑去哪，就算我再怎樣像個隱形人，至少也是坐在他旁邊的學生吧，居然要下車了也沒打算把我叫醒。

　　好了，我牢騷發完，現在該講重點了。

　　露營地點位在市郊的風景區，雖然難得來到風景優美的地方，不用沉悶地坐在教室上課，但整天的活動對我來講都是折磨，現在想起來，腦海中根本只剩下一片空白。

　　拿班上同學都很期待的野炊來說好了，這件事對我們三個人而言，簡直是場不可能的任務，因為我們對炊事都一竅不通。原本我跟小博士還打定盲腸應該很會料理（一般來說，三人組不都該這樣設定的嗎），無奈呀，盲腸只是傻笑摸著頭說：「平常都我姊跟我爸負責料理啦，尤其是我姊，她手藝超好的。」於是，我的心情再度跌落谷底——大露營最煩惱的第二件事就這樣發生了。整段野炊，我們三人只能靜悄悄地動作，光是生火便花了不少時間。

　　火是生起來了，但看著被分配到的食材跟鍋具，我們完全不曉得接下來的步驟該如何進行，小博士哼著奇怪的歌，突然豁出去似地，把吳郭魚往鍋具一丟。嗤！——瞬間發出激烈聲響並冒出濃密煙霧，「我先洗鍋具，等下來煮湯。」盲腸是十足的樂觀派，竟然還對這些食物抱有

期待，他忙著用沙拉脫瘋狂洗碗，並且不斷表示他要煮湯，一旁的小博士則是繼續和那尾焦黑的吳郭魚搏鬥，拿著鍋鏟不斷翻來覆去，於是，一陣煙霧在我們的上空升起盤旋。

　　爲了不打擾他們兩人展現「手藝」，我索性先去搭帳蓬，在煙霧迷漫中，我也終於把要倒不倒的帳蓬搭好了。過程中，導師豬頭數次經過我們這裡，不過他卻像是在看實境秀一樣，瞄了幾眼後，便往班上風雲人物阿龍那一掛的炊事區前進。想也知道，豬頭是爲了自己的肚子著想，挺著**大肚胿**（tuā-tōo-kui）討食物去了。

　　我安靜地坐在東倒西歪的帳蓬前，默默吃著自己早就準備好的肉粽。「元義，晚上要不要去夜遊？」小博士推著不合頭圍的鏡框，一邊把黑如石頭的吳郭魚、肉片等看不出是什麼食物的東西裝盤，「可以開動囉！」

　　「湯也煮好了。」盲腸很開心地伸出雙手比著那碗湯，表面浮著不知道是沙拉脫還是奇怪污垢的油膜，「晚上要去夜遊？」

　　「那個絕對不能吃啦，我有多帶兩個肉粽，你們要嗎？」我只想快點睡覺，等天亮結束這一切，接著趕快回家，「**腹肚枵**（pak-tóo-iau）嘛袂使按呢。」

　　小博士跟盲腸還真不信邪，竟然真的敢吃那堆烏漆抹黑的黑暗料理，還有那一鍋塑膠味濃厚的湯，我光聞就快**反腹**（píng-pak）了。「我喝了湯之後，舌頭好像失去味覺……有點**漦漦**（siônn-siônn）、**清清**（tshìn-tshìn）的，可以讓我配點肉粽嗎？」盲腸率先面對失敗，後來小博士也默默走過來，我像是先知一樣，一人發放一粒肉粽。就這樣，我們三個人在四面八方充滿笑聲的大自然中，靜靜地坐在帳蓬前吃肉粽。

　　晚上，我們三個人便躲進帳蓬裡，講一些沒內容的鬼故事。其實我

覺得這些故事都滿白癡的，尤其是我看到盲腸跟小博士的臉，邊說嘴角邊冒出白色泡沫，簡直一點氣氛也沒有，怎麼會覺得恐怖？

他們講的鬼故事，對我而言都超沒有共鳴，聽到一半還差點睡著。

小博士先說：「我爸以前當兵的時候，無意間發現一個地底隧道，後來聽到當地人傳言那是通往地獄的入口。有一天晚上，他帶了碗粿跟飲料打算進去隧道一探究竟，結果才走沒幾步路，碗粿竟然對他說話了！我爸嚇得把那盒碗粿隨手一丟，連忙逃走。後來去給人家收驚，說那是地獄的鬼差附在碗粿上面要討補運錢。」拜託，這哪算鬼故事啊？乾脆說盡頭有藏黃金我還比較相信。

換盲腸說的時候，他清了清喉嚨：「前陣子我爸去沖繩出差，單趟時間竟然花了快三個小時，感覺好像台灣跟日本的距離越來越遠了……我阿嬤就說，可能是一種日本時代就存在台灣海底下的一種妖怪，傳說牠很喜歡發出『嘿嘿嘿嘿……』的喘息聲，三不五時調皮作怪就會背著台灣亂游，所以才會地震，也因此，台灣跟日本的距離才會改變。」我差不多就是聽到這裡開始打瞌睡的，拜託！這算哪門子的鬼故事啊？連鬼跟妖怪都分不出來，這樣我還請教他們小說怎麼寫，真的沒有問題嗎？

輪到我講的時候，我已經完全提不起勁，只說了小時候的親身經驗：「大概是國小到國中，幾乎天天都被鬼壓床。」這都是真的，只不過在說的當下，我面無表情，像是在講一件跟自己無關的事一樣。

「然後呢？」小博士問。

「什麼然後？」我說。

「就是前因後果之類的，譬如為什麼……」小博士認真地說，一邊推著他那沉重的大鏡框。

「什麼前因後果，我哪知道啊？」

「好無聊。」小博士嘆了一口氣，打了一聲飽呃（pá-eh），明明只吃肉粽也能這麼飽，真佩服他，「我覺得喔，元義，你的敘述就是這麼平淡，連小說也是一樣，完全沒有高低起伏，至少也加入一點緊張的感覺吧？」

「哇哩勒，你沒事提到我的《七截花刀傳》幹嘛？」

「真的，就算是主角少年涼大在找七截花刀的時候，半路受傷，也完全沒有痛苦的感覺，好像沒神經一樣，平平穩穩的。」盲腸笑笑地說。

我沉默了幾秒，面對他們這樣批評我的大作，有點不開心：「唉唷，那是寫作技巧的問題啦，而且我也把角色的動作加強了……算了，我下學期打算轉去社會組，好專心拚個文學系的大學。」

「真的嗎？怎麼這麼突然講這個？」盲腸有點驚訝地說。

「我覺得喔，你成績這麼差，就算轉組，也只是把自然組三個字改成社會組，也是一樣，又要面對新環境，要是我才不要。」小博士像銅像一樣，面露油光嚴肅地說。氣氛變得有點僵，我好想把這尊銅像拆掉。

「好啦，算了啦，我們去夜遊如何？」盲腸似乎是想緩和氣氛，再次提議去夜遊。

氣氛？唉，其實夜遊是不錯，但是這前提是要像阿龍這樣在班上的風雲人物，並且有女生同行之下的夜遊才好玩啊！如果是我們這三個無趣的人去夜遊，就算真的看到鬼，鬼大概也懶得理我們吧？

無論如何，我們還是出發了。走出露營區後，我們三個人就先往早上下遊覽車集合時的方向走去，但與其說是夜遊，我們還比較像是漫無目的地亂走罷了，一路上講些沒有意義的對話，鬼聽到也會無聊到馬上轉頭離開。

　　三個人，就這樣傻傻的越走越遠，越走越遠……一直到離盲腸早上戲稱「好漢坡」的階梯有段距離時，小博士才開口：「我覺得喔，這裡好像離營地很遠了。」他推了推鼻樑上的大眼鏡，張嘴的同時，嘴巴還散發出淡淡酸味。

　　哇哩勒，這裡離營地好像真的有一大段距離了。從這裡居高臨下，依稀可以看到燈火通明的營地，反觀這裡的路燈昏昏暗暗的，再加上回程又得折返回去，就覺得很累。

　　「我們回去吧。」我有點不耐煩，反正我們的夜遊就是這樣子，就算再怎麼走也還是一樣無聊。而且，我也注意到盲腸的表情有點怪怪的。

　　盲腸跟小博士點點頭，我們就開始折返。只是不曉得走了多久，感覺好像過了很長一段時間，已經可以在露營區跟我們剛剛停下的有點偏僻的地點之間往返好幾次了吧？

　　「現在幾點啦？」**厚屎尿**（kāu-sái-jiōr）的我，出發前刻意不喝水，所以口有點渴。

　　盲腸吞吞吐吐地說：「我看覓咧……」說完還嘆了口氣，「啊，手機仔沒電矣。」哭喪著臉的他，語言頻道突然轉換了，像瞬間腐敗的香蕉，一臉不舒服的表情。

　　我正想轉頭問小博士時，沒想到小博士也緊張起來了：「我的也沒電了，怎麼會這樣？」說完竟然開始**拍呃**（phah-eh），「鵝！」好一聲響亮的打嗝振波。

　　沒電就沒電，還有為什麼的嗎？

　　我不耐煩地拿起手機。對我來說，手機就像是鬧鐘，就只是用來看時間用的，平常不會有什麼人打給我，也不能隨時上網，就像現在只在

乎幾點。

「現在幾點？」盲腸跟小博士異口同聲，他們突然變得有點緊張。

「奇怪，我的嘛無電矣。」這時我也覺得怪怪的，明明記得剛要出發的時候看了一下時間，還是滿格的啊？

我們三個人看著下面燈火通明的露營區，就這樣一直走一直走，走到露營區的燈光開始漸弱，開始有點擔心了。

「怎麼辦？我肚子怪怪的。」盲腸要死不活地問，「淡薄仔慒（tso）。」說完皺著眉頭，好像力氣快用盡一樣，站在原地，身體開始**摒清汗**（piànn tshìn-kuānn）。

「我是**胃揬揬**（uī tùh-tùh），一直**溢刺酸**（ik-tshiah-sng）。」小博士這時候說話終於不再怪腔怪調了，看來胃酸逆流對他而言也未必全是壞事，「可能是彼魚仔肉，食了傷**畏**（uì）、傷**飽氣**（pá-khì）。」他現在才終於承認那尾燒焦的魚很噁心。

原來是這樣，難怪他們剛剛的表情會這麼難看，「誰叫你們堅持要吃野炊的東西，煮成那樣，看也知道絕對**礙胃**（gāi-uī）不能吃。」幸好我明哲保身，從頭到尾只吃肉粽，不然換我**攪絞**（kiáu-ká）了。

「早知道就叫我姊也幫我準備了啦……」盲腸邊說邊**放屁**（pàng-phuì），奇臭無比。

「緊啦，我小可欲喘氣矣。」一臉**肚脹**（tóo-tiòng）的小博士皺著眉頭，按壓著心窩下方，「我鵝、鵝、鵝、鵝……」連續**呼噎仔**（khoo-uh-á），如果打嗝可以發電，此時的山路應該燈火通明。

慘了，迷路就算了，還多了**膨風**（phòng-hong）的小博士跟隨時可能要**滲屎**（siàm-sái）的盲腸，怎麼辦才好啊？

又至少走了大約半小時，或許更久，在這樣人生地不熟的郊區，四

周一片漆黑，路燈也從原本每盞都亮著，替換成間隔好長一段距離才有一盞。如此一來，等於是進退兩難的局面。我們三人現在不但又累又渴，還因為兩個歹腹肚（pháinn-pak-tóo）的人，速度變得更緩慢，不時又聽到打嗝跟放屁的聲音，也逐漸感受到山區的冷風徹骨。如果真的迷路了，不曉得憑我們這三個弱雞的體能，隨著小博士和盲腸哀號的聲音，能不能撐到天亮？

我在心裡也氣自己沒事找事，吃飽撐著才會跟他們走這一趟浪費生命的夜遊，該不會真的「浪費生命」吧？

就在這個時候，迎面走來一個女生，我們三個人露出興奮的表情。

「同學同學，妳知道怎麼下去嗎？我們迷路了。」

「妳也迷路了嗎？我鵝、鵝、鵝……」

盲腸跟小博士突然講這些沒頭沒腦的話，我真替他們感到悲哀。說迷路，這根本不算迷路，從頭到尾我們的路線都只有一條！還有什麼同學，看也知道不是我們學校的，因為她並沒有穿我們身上這件「開心活力大露營 oh yeah ！」的 T 恤。

而且，如果她真的也迷路的話，那只不過是多一個迷路的人而已，完全沒有幫助。如果是這樣，那我們四個應該直接抱在一起哭才對。

但這女生就跟一般的高中女生一樣，睜著大眼問：「你們迷路了吧？」說完，便一副要我們跟著她走的表情。

這種感覺，好像是她特地來這接引我們似的。

「對對對，我們走好久了。」盲腸用虛弱的語氣說。

盲腸這小子，竟然搶我的話？不過話說回來，這女生樣貌還頗清秀的，真不知道這麼晚了，她怎麼會一個人在這個地方。她家人也真是的，幸虧是遇到我們三個弱雞，如果是遇到其他人不就很危險？

「你們覺得呢？」我轉頭看了看兩位仍站在原地的拖油瓶。

盲腸不表示意見，只是好像隨時都會倒下來的樣子，全身**痠軟**（sng-nńg）、**咇咇顫**（phih-phih-tsùn），雙手摸著肚子看著我跟小博士，「我姊說，最好不要隨便……哎唷、哎唷……」話還沒說完，全身**起雞母皮**（khí-ke-bór-phuê）的他，重重吞了口水、深呼吸，好像在做龜息大法前的準備，接著放了個悶屁，濃厚的味道撲鼻而至。

小博士右手摸著腹部，隨便伸出左手揮動著：「隨、隨便，我覺得喔，趕快帶我們下去就對了，我鵝、鵝……」

那女生看我們似乎做出結論後，嘴角微微上揚：「討論完了嗎？」就在準備跟著她走的時候，我好像隱約看到她臉上一閃而過的奇特微笑。

不曉得是不是聞太多盲腸的臭屁，還是小博士的酸嗝，突然覺得腳步好沉重，我偷瞄走在前方的女生，然後毅然決然跟了上去。

「欸、那個，請、請問妳……妳妳妳也是來露營的嗎？」我終於鼓起勇氣跟女生說話了，哈哈哈，我實在太帥了，讚啦！這次露營眞是值回票價，有機會可以跟女生說到話，我回去一定要特別寫在日記本裡。

只見眼前這位女生笑靨如花，露出深邃的酒窩：「不是，我住在這邊。」隨即用手指了指前方。

「難怪妳會出現在這裡，我鵝、鵝、鵝……」小博士笨頭笨腦地說出這句話時，我忍不住笑了出來，哈哈，相較之下，還是我比較穩得住。

盲腸說：「我的腹肚有夠**絞**（ká）。」**屎咧滾**（sái teh kún）的盲腸停下腳步，大家也跟著回頭等他，小博士亂揉著心窩跟肚子，像是想把自己的五臟六腑歸位，這兩個拖油瓶好像隨時會倒下來。

女生笑了出來：「想不想喝口水，休息一下再走？很近吶！我住的

地方就在前面，反正也會經過呀……」

「經過？」我感到奇怪，剛剛前面我們走過的路只有一條，路途都是樹木跟昏暗的路燈，哪有什麼民宅呢？從頭到尾就這個怪怪女生突然冒出來而已。

「不用啦，還是直接帶我們下山好了。」我有點懷疑。

小博士則閉著眼睛：「我覺得喔，或許我喝口水就不會這麼想吐了，我鵝、鵝……」他的表情像是隨時會被榨乾一樣，十分可怕。目前腦袋被肚子控制的盲腸，先是放個拉長音的響屁，接著用顫抖的步伐跟在那女生後面，如果路上突然憑空冒出一個馬桶，他應該會馬上就坐下去，將一坺屎（tsit pû sái）快速解放。

不過這位女生簡直就是充耳不聞，只是輕快地往前走。她蹦蹦跳跳的樣子，對狀況不好的我們來說，就好像是一種嘲諷。身旁宛如兩個喪屍的盲腸跟小博士也只能跟著走，他們的大腦已經完全被腸胃接管了。而自從這女生出現後，四周的光線似乎比剛剛還要黑暗，讓我感到頭殼麻麻，只能在心裡祈求快點離開這個荒郊野外。

就在我心裡這麼想的一瞬間，我們三人跟這位女生的左前方路邊，也就是剛剛我們走過的路旁，竟然出現一條我們完全沒有注意到的小路。那女生彎進小路之後，隨即快步走入那棟矮房子內。

矮房子很突兀地座落在那，乍看跟一般民宅沒什麼不同，只是老舊了點。但我們三人哪敢進去？就在小路前傻傻站著。

那位女生回頭見我們遲遲不前進，招了招手：「進來吧，喝口水再走？」

「對……我覺得喔，我喝點水應該會好一點，我鵝、鵝……」小博士腳步緩緩移動，他蒼白的嘴唇都裂開了。

　　我的目光刻意不跟那女生的眼神交會，我可是很聰明的啦，先偷瞄一下屋內再說。從這間屋子的窗子看去，透過微亮的燈光，看到一個老人看著我們，四目相交的同時，這老人就像一把漸漸打開的老舊雨傘，五官、皺紋、眼睛、嘴角，慢慢地展現出笑容，又像招財貓一般，盤腿坐在床上對我們招手。

　　盲腸跟小博士大概也看到了，那女生知道我們顧慮什麼，只是笑著說：「那是我爺爺，沒關係的。」 哪裡沒關係？感覺超詭異的，不過騎虎難下的我，加上眼前不曉得頭殼裝什麼的盲腸跟小博士，他們倆竟就跟著那女生的腳步往房子內走去，留下我在外面進退兩難。

　　我站在門外，此時聽到那老人說：「終於回來啦？怎麼這次這麼久？」

　　「哎呀，誰叫這次的腿，短了些。」聽到那女生笑著說，並不在意是否會被我們聽見，盲腸跟小博士則像是快崩毀的黏土一般站在一旁，小博士甚至還靠在牆上，難道他不怕把這棟老舊房子的牆壓塌？

　　我嘆了口氣，進了屋內，環顧四周。

　　整個空間並不大，一眼就可看盡，沒有電視或電扇等現代產品，擺放格局也很奇特，只有一張竹椅跟竹床，簡單的桌椅擺在其中一角，上面則放著茶水跟一盤瓜子。那老人就坐在床上盯著我們笑，他身穿一件深藍色的棉襖，看起來就像是多年未洗的色澤，散發出一股陰鬱的感覺。

　　這女生轉頭看我總算走進屋內，竟笑出聲來，接著看了盲腸跟小博士一眼後，又跟老人彼此對望，似乎盤算著什麼，心照不宣地點了點頭，「等會兒，我去準備準備。」當她話說完後，便往屋子後方走去，那裡有道老舊的木門，她將門打開快步走進去時，我深呼吸、睜大雙眼、鼻

孔擴張，想要一瞥後面的狀況……

　　這時，噗嚕嚕嗤……嗤……嗤——

　　一聲悶沉拉尾音且含有水聲的屁聲，把我拉回現實，更要命的是，還是在我深呼吸的時候，好像快中毒般。我旁邊也同時傳來小博士發出的酸嗝聲，「我鵝、鵝、鵝、鵝、鵝……」簡直快吐了。

　　「我、我快忍不住了……」我轉頭看到一旁的盲腸用顫抖的語氣說話，天啊，我真是同情此刻的他，一臉**落屎面**（làu-sái-bīn）往內皺成一團，整個人像是隔夜春捲微波加熱，顯得溼爛酸臭，彷彿只要輕輕碰觸，內餡便會瞬間散開來。

　　「哎喲，死丫頭！要死了喲，怎地帶這等貨色回來？臭氣薰天哎喲……」這老人伸出乾瘤的手，在他的鼻子前揮動著，臉上充滿厭惡及**空嘔**（khang áu）的痛苦表情。

　　突然很後悔來到這裡，實在有夠丟臉，我暗自祈求這兩個拖油瓶千萬不要把**屎尿**（sái-jiō）遺留在這。

　　一旁的小博士則是繼續打酸嗝：「有夠艱苦，我直直**抱心**（phōr-sim），敢有茶通啉？」他開始像是無頭蒼蠅似地四處遊移，感覺生命燭光正一點一滴燃燒殆盡，他似乎還想朝老人坐的竹床走去，該不會想直接坐在竹床的邊緣休息吧？

　　「好臭哇！」那老人瞪大眼睛，好像被小博士的舉動嚇到，「剖心？誰稀罕你那勞什子的心呀？」小博士似乎還保有一點尊嚴，恍恍惚惚地往一旁的竹椅子坐下。那椅子舊得像是千年沒人坐過一樣，只差沒風化，而小博士就座後便閉目養神，若不是他還持續打著酸嗝，會覺得他已經掛了。

　　哇哩勒，慘了，我們到底要在這待多久？那個女生勒？不是要帶我

們下山嗎？

　　就在這時，房間後方那道老舊的門再度打開，那女生跑了出來，可能是想說這裡發生什麼事，慌張地看著那老人：「別搓火了，怎麼了呀？我後邊都備妥了呀……」

　　「備妥又怎地？這童子臉的，臭如牛糞，還有啥興致呀？」老人怒斥。

　　他們到底在準備什麼啊？我除了撐大鼻孔之外，還小聲地碎嘴：「到底是咧搬佗一齣？」一瞬間，這句話似乎引起眼前這對爺孫的注意，他們轉過頭看著我，接著竊竊私語了起來，我不自覺地吞了吞口水。

　　明明就說得夠小聲了，難道只是我自以為？

　　那女生擠出笑容對我們說：「哎呀，你們還沒喝水嗎？」

　　笑話，這裡的水能喝嗎？到時候被迷昏怎麼辦？他們兩個拖油瓶我不曉得，但我很聰明的啦！再加上我看桌上除了擺個茶壺外，也就只有一個小瓷杯，這邊也沒有看到什麼櫥櫃之類的擺設，大概也變不出多餘的杯子吧？難不成要我們喝那個小瓷杯？想也知道是這個老阿公的陳年古董，他的御用茶杯。打死我也不喝，我彷彿看到杯緣有口水印了勒！就連喊著要喝水的小博士，此時坐在竹椅上，也是一臉痛苦地搖著頭。這就像是在汪洋大海中看著海水，即使口乾舌燥也不能喝上一口的折磨。

　　「你無欲啉。」我指著頭低低、好像在喃喃自語的小博士，接著看向一旁像是跟大地通電、不斷發著抖的盲腸，「你應該嘛無需要啦？」盲腸虛弱地點點頭，他這時候只要喝一點點水，下面就會一發不可收拾了。

　　「說啥呢真是。」老人瞪大雙眼。

「哎呀，後邊都準備好了。」這女生小聲地對那老人說，不過那老人則是一臉不悅，盯著我們不曉得在猶豫什麼，「沒法子，等好一會兒，就這三個……」

「眞是，再怎樣也不能挑如此臭不拉機的呀！」老人語調越說越大聲，明顯充滿怒氣，我都覺得他臉上的老人斑快脫落了。

「快……我快忍不住了……」盲腸緩步靠了過來，似乎沒有察覺什麼不對勁，他一邊說，臉皮一邊不斷顫抖著和老人四目相望，老人則是邊嘆氣邊將頭撇開。

而坐在竹椅待機中的小博士，鼻樑上的鏡架下垂，靠耳朵懸掛著，眼鏡就這樣像鐘擺一樣晃呀晃，他閉著眼睛像在通靈般，氣若游絲：「我無法度矣，想欲吐。」已經完全連接深層潛意識的小博士，台語能力全開。

「我是強欲疶屎（tshuah-sái）。」盲腸轉過頭附和，這兩個人全然沒有把眼前正怒目而視的老阿公以及那個女生放在眼裡。

「你敢若強欲反肚（píng-tōo）矣，抑是欲佮遮借便所？」我皺著眉，這房子後方應該有廁所吧？在這一瞬間，我覺得剛剛那女生應該是去後面上廁所，雖然在這裡上廁所應該是滿可怕的，但一來不是我要上，二來是如果盲腸落屎（làu-sái）在褲底，反而更丟臉，我們晚上不就要聞他的臭屎味睡覺嗎？更慘的是，回程路上會被班上同學竊竊私語笑一整路，再衰，還會被笑整個學期。他衰就算了，但身爲萬年吊車尾三人組的我，肯定會受到波及。

不行不行！光想到這連鎖反應，我連忙轉身，用堅定的語氣對盲腸說：「去啦，借一咧仔便所，無要緊啦！」

「不、不要啦……我有潔癖。」盲腸似乎想移動身體，但感覺得出

來，站在門邊的他正使盡全身氣力緊縮著缸門，因為那若有似無的水屁
聲仍持續不斷，宛如從幽暗的深谷中慢慢傳出來似的，嗤……嗤嗤——
那味道簡直可以說是天譴。我暫時止住呼吸，並顧不得危險走近老人跟
那女生，起碼比較不會這麼臭。

「死丫頭，招子哪去了，再急，也總該顧及質量底線，好不？」那
老人轉頭指著那女生破口大罵，「哎喲，快點帶這班髒東西速離，我們
可沒飢不擇食到這般田地，好不？」

「可是這……後邊都已準備好……」那女生露出不耐的表情看著我
們，接著目光停留在我身上，好像露出一線曙光，臉上閃爍異樣神采，
「那麼，這男孩總可以唄？」那老人似乎露出頗為猶豫的神情，難道是
在說我？

老人跟那女生竊竊私語，然後點了點頭，那女生便轉身朝我走了過
來，我突然感到有一點頭昏眼花，世界一片顛倒。不過就在這同時，耳
邊傳來小博士像跳針般的：「我鵝、鵝、鵝、鵝！」同時從竹椅站起，
撲向老人的竹床，一手撐著床緣，一手不斷拍打自己的胸口，並吐出舌
頭、張開嘴。

此時的盲腸仍靠在門邊，大聲喘息，額頭滴下斗大汗水，「我……
我真的盡力了……我……」盲腸露出痛苦的表情，那屁聲聽來讓人膽顫
心驚，也將我從頭昏眼花的顛倒世界又拉回現實，一股濃厚臭味的真
實。

「算了，甭玩了！去去去去！趕快帶他們走，不然這童子臉的，就
要在這拉屎痾尿了，穢我的氣。」老人說完這句話的時候，甚至還激動
地兩手不斷往外揮，像在趕蒼蠅一樣。

「這個四眼田雞呢？」那女生眼神瞥向我。

「不要了，通通不要了，瞧那土鱉樣！」老人激動地高舉他的手，此時他穿的若不是棉襖而是黑色古裝，可能就活像是電視劇裡的殭屍，「還拖啥呀？等這童子臉的屎尿齊發，小心折煞你我的元神。」

我已經徹底放棄理解他們在說什麼了，但看也知道他怕盲腸當場**滲屎尿**（siàm-sái-jiōr），所以趕我們走，於是我過去拍了拍小博士，也回頭看著盲腸問：「你還有辦法走嗎？」接著有點唯唯諾諾地轉頭看著那個女生，「可以直接帶我們下山了嗎？」

那女生有點不甘願，好像用跳的，一晃眼就從我們旁邊衝出門外了。

我們跟著出去後，盲腸跟小博士像喪屍般，搖搖晃晃下意識地跟在後面，其實根本一開始就不該跟她走，路明明就只有一條，可能是我們一直走了很久走不出去，心情又亂又慌，才會照著她的建議，像無頭蒼蠅般被牽著鼻子走，現在想想還真是蠢不可耐。

才走沒幾步路，可能不到一分鐘，我們就已經回到早上集合的地點「好漢坡」階梯了。

那女生轉頭似笑非笑對著我說：「算你們好運，後會有期。」好啦，事實上她應該是對著我們三個人說。總之，她說完那句話後就蹦蹦跳跳地走了。

我們已經累到沒辦法回她話了，應該說正常情況下，我們也沒膽子跟女生說話。

「我欲去衝便所**種芋仔**（tsìng ōo-á）矣。」盲腸低鳴著。

這時，我掏出手機看，兩點。

「咦？剛剛不是沒電嗎？」我再仔細看一下手機螢幕上顯示著滿格的圖示。

「我想要先回帳蓬躺了。」小博士邊說邊揉他十二指腸的位置。反正廁所跟露營區都在相同方位，於是我們三個人就默默地往露營區的方向走。

這時候，我們看到班上的阿胖、小芬還有別班那兩個常跑來找阿龍的女生，一臉驚慌地向我們走來，其中一個女生緊張地問：「你們有看到阿龍嗎？」

「我鵝、鵝……」小博士搖了搖頭，阿胖看了皺起眉頭，其他女生也面面相覷，大概知道問了也是白問。

我則是沒理他們，反正跟我無關，我現在只想趕快睡覺，再說我怎麼可能會知道？就算剛剛沒迷路，阿龍這種風雲人物也不是屬於我們這個世界的人，最好我們會知道他跑去哪了勒！

阿胖跟那三個女生轉身快步離開時，盲腸則在前方傳來微弱的聲音：「元義，你等一下可不可以幫我拿**芋仔紙**（ōo-á-tsuá）去廁所？」抵達營區後，只見盲腸用很扭曲的動作往廁所的方向快步走，我則是先跟小博士到帳蓬。

小博士到了帳蓬就先拿起礦泉水猛灌了幾口，接著就像是電源完全耗盡，整個人趴在帳蓬內，一動也不動。我則是連忙拿了好幾包面紙，衝向廁所拯救盲腸。

露營區的廁所是一個獨立區塊，對面的區塊則是淋浴間。老舊的外觀，加上溼熱與阿摩尼亞混合的**臭尿破味**（tshàu-jiōr-phuà-bī），讓這裡感覺很不舒服。

我走進廁所區大聲呼叫盲腸，「這裡……」其中一間廁所傳來盲腸虛弱但又頗暢快的回應，「還沒好喔？」我敲敲門，把面紙從門縫全部遞給廁所裡的盲腸，「再等我一下，噢……」然後一陣大珠小珠落玉盤，

感覺像是拉到**吐腸頭**（thóo-tñg-thâu）、**腸仔漺**（tñg-á-siônn）全都拉出來似的。也好，平時有意無意常說自己**祕結**（pì-kiat）的盲腸，今日也算是來個整體總排毒。

「我在外面等你好了。」我憋著氣、皺著眉，連忙走出廁所，省得繼續聞廁所的**臭尿薟**（tshàu-jiôr-hiam），這時才注意到外面有騷動。我走近一看，才發現剛剛同學們遍尋不著的阿龍，竟然全身赤裸倒在廁所對面的淋浴間大門口，一群同學手忙腳亂地驚呼，有人拿毛巾蓋著他的重要部位，也有人跑得東倒西歪奔向營區，大聲呼叫導師豬頭。阿龍全身裸體側躺在地，雙眼緊閉，左手順著地面往前指，被他枕在頭下的手臂肌肉，從手腕一直延伸到手指頭都非常完美，彷彿米開朗基羅的曠世名作《創世紀》。唉，帥哥就連蒙難都不一樣，看他那已發育完全的精實肌肉，微微溼潤的頭髮伏貼在他的臉龐，感覺就像在拍雜誌定裝照。

盲腸不曉得什麼時候徹底解放完畢，站在我的旁邊說：「哇，阿龍連昏倒都這麼帥喔？」

「嘿阿，我在這邊好像都可以聞到沐浴乳的香味和青春的肉體。我們呢？腹肚痛的屎味，黃酸加冷底。」我嘆了口氣，想起剛剛我們吊車尾三人組發生的事，如同一**礐屎**（tsit hák sái）的我們，那些畫面不但歷歷在目，身上還隱約又飄出了一股臭酸味，真是不堪回首。

這時阿胖、小芬還有那兩個常來找阿龍的女生也來了，他們緊張地呼喊阿龍的名字，又互相討論到底是發生什麼事。其中一位小麥肌膚、充滿活力感、成熟且立體五官的女生，跪坐在阿龍身旁，雖然她身上也穿著跟我們一樣的「開心活力大露營 oh yeah！」T恤，但下半身搭配超短牛仔熱褲，大腿線條完美到彷彿在放光，這整體畫面簡直就像是校園偶像劇。

反觀我們這邊，想到山上破屋的詭異女生，那妖異的笑容，加上突如其來發狂的老人，我是打一陣冷顫，都有點**胃慒慒**（uī tso-tso）的感覺了。

我轉頭問盲腸：「你現在感覺怎樣？」

「好多了，只是胃還有點**痠軟**（sng-nńg）、痠軟。」盲腸恢復了天真的笑容，邊說邊用手戳戳自己的肚子。

❀ ❀ ❀ ❀ ❀

隔天，我們三人在自由活動時再度上山，企圖找尋昨晚那棟破屋。雖然昨天發生的事情一度演變得很詭異，不過在好奇心的驅使之下，我們還是想去看個究竟。一方面也是覺得，如果不是那個女生「好心」要帶我們下山，我們不知道還要迷路多久，跟她或那位老人家打個招呼也是應該的。

於是我們三個人再次走到「好漢坡」階梯，轉了個彎，因為印象中就是離這個轉折口沒幾步路，畢竟從頭到尾只有那麼一條路。但只聽盲腸大叫：「這裡！」眼前的畫面，讓我跟小博士張大了嘴，說不出話來。

在我們眼前的是一間用木頭搭建、不太能稱為房子的空間，裡面當然什麼人和擺設也沒有，只有一堆廢棄磚石跟木材，沉積了滿滿的灰塵。仔細看那小路的地面，有好深好深的腳印陷在土壤上，呈一直線，而且只有一隻腳印。

再細看這些腳印，面積有大有小，而在廢棄雜物堆之下，則有一些潮溼的毛髮夾雜著塵土，顯得更加噁心恐怖。

面面相覷之後，我們三個人轉身就跑，頭也不敢回地一路直跑下

山，跑回營地嚇得什麼話都不敢說，說了大概也沒人相信吧？我們就這樣坐在帳蓬前，跟昨天吃肉粽時的畫面一模一樣，安靜無聲。

隔了好一陣子，小博士才打破沉默：「我覺得喔，昨天我們該不會是遇到鬼了吧？」

「哇哩勒，你莫烏白講啦！」我說。

「不過我們真的很衰耶，連鬼都不要我們。」天天的盲腸邊說邊笑，然後好像領悟出什麼結論，開始鑽進帳蓬整理行李，「今天好多了，我覺得肚子不舒服又迷路，比遇到鬼可怕多了，如果是我姊一定也會這樣說。」

「不要再你姊了啦！」我大喊，小博士則低著頭哼著奇怪的歌曲，這時候露營區也很熱鬧，四周再度傳來歡樂的聲響。

後來回程的路上，在遊覽車內聽說昨天阿龍見鬼了，當然這又是另一個故事了。

❀ ❀ ❀ ❀ ❀

下課時間，阿龍像是在演舞台劇一樣，在講台描述著那晚他發生了什麼事，阿胖、瘋馬跟小芬充當臨演，逗得大家笑成一團。

「你們後來回去有說嗎？」小博士坐在位子上，眼鏡滑落鼻樑。

「沒有。」我懶散地回答。

「你是指拉肚子的事嗎？」盲腸好奇，「還是指那個……」

「看著鬼的代誌。」我說，「你應該又有問你姊了吧？」

「沒有啦，這次是問我阿嬤。」盲腸摸摸頭、有點不好意思，但隨即精神一振，「我阿嬤說，我們遇到的可能是像魔神仔的山魈。」

「山魈？」小博士疑惑著，「到底是魔神仔還是山魈啊？」

「我也不曉得耶，我阿嬤講話就是這樣，她一開始還說是魍魎（mǐng-sǐng），後來是聽我說地上好像有一個接一個獨腳的腳印，她才又說是山魈，妖怪的一種。」

「管它是山魈還是魔神仔，就是衰。」我說。

「我覺得那次真的很驚險，或許你可以把這個經歷帶入故事裡。」小博士不帶任何情緒，以扁扁的聲音說完這句話，聽起來很像是沒有加任何調味料的台南豆菜麵。

「像遇到鬼又歹腹肚嗎？」我不自覺地往阿龍那瞄去，到底要怎樣寫才可以讓小說跟阿龍一樣有魅力呢？

「還是你要把那個女生寫成女主角？」盲腸認真地說，「而且這是我們近期以來，跟女生交談最久的一次耶！」

「可是是跟鬼。」

「是妖怪啦！」

唉，我看著盲腸眼神閃爍著開心的光芒，都不曉得是衰，還是另一種運氣好了。

我佇遮敢若攏會使感覺著……

惚彼爿是青春的肉體。

若阮這爿，是腹肚痛的屎味，

黃酸加冷底。

- 放屎囡仔（pàng-sái-gín-á）：愛大便的小孩，也意指問題很多、惹麻煩的小孩。

- 大肚胿（tuā-tōo-kui）：指大肚皮或食量很大。「胿」為頸部食道位置，如「哽胿」（kénn kui）是噎到的意思，「頷胿」（ām-kui）是脖子。

- 腹肚枵（pak-tóo-iau）：肚子餓。「枵」是餓的意思，「枵飽吵」則意指無理取鬧。

- 反腹（píng-pak）：反胃，噁心想吐。

- 滯滯（siônn-siônn）：黏稠。「滯」本意是黏液物，「齒滯」便是牙垢之意。

- 凊凊（tshìn-tshìn）：想吐、舌頭失去味覺，感冒身體不舒服沒胃口也可使用。

- 飽呃（pá-eh）：飽嗝。

- 厚屎尿（kāu-sái-jiō）：多屎多尿，也指小動作頻繁、做事不乾脆。

- 拍呃（phah-eh）：打嗝。

- 慒（tso）：消化不良，覺得胃有刺割感。

- 摒凊汗（piànn tshìn-kuānn）：因身體不適而狂冒汗。

- 胃揆揆（uī tùh-tùh）：胃不舒服，感到肚悶。

- 溢刺酸（ik-tshiah-sng）：胃酸逆流。也可說「溢酸」，而「刺酸」是胃酸的意思。

- 畏（uì）：噁心感、感到反胃，如「食傷飽，感覺足畏」。

- 飽氣（pá-khì）：因飽足而脹氣。

- 礙胃（gāi-uī）：傷胃。

- 攪絞（kiáu-ká）：絞痛。

- 放屁（pàng-phuì）：放屁。

- **肚脹**（tóo-tiòng）：肚子脹大。
- **呼噎仔**（khoo-uh-á）：連續打嗝。
- **膨風**（phòng-hong）：脹氣，也有吹牛說大話的意思。
- **滲屎**（siàm-sái）：不受控制的大便。
- **歹腹肚**（pháinn-pak-tóo）：拉肚子、肚子痛。
- **痠軟**（sng-nńg）：肌肉過度勞累，全身痠痛無力。也可以形容腸胃不適，拉肚子後腹部無力、全身虛脫的感覺。
- **呸呸顫**（phih-phih-tsùn）：全身顫抖。
- **起雞母皮**（khí-ke-bór-phuê）：起雞皮疙瘩。
- **絞**（ká）：形容拉肚子時，腸子不舒服如螺旋攪動的感覺。
- **屎咧滾**（sái teh kún）：一股便意要拉出來了。
- **一垺屎**（tsit pû sái）：一大沱糞便。
- **落屎面**（làu-sái-bīn）：想大便的表情，也可以形容人一臉衰樣。
- **空嘔**（khang áu）：乾吐。
- **屎尿**（sái-jiōr）：糞便與尿液，意指排泄物。
- **抱心**（phōr-sim）：台語發音近似華語的「剖心」，意思是反胃、想吐。
- **疶屎**（tshuah-sái）：無法控制地拉屎、腹瀉。
- **反肚**（píng-tōo）：胃倒反，也指魚翻肚，有死亡或無法承受之意。
- **落屎**（làu-sái）：拉肚子。
- **滲屎尿**（siàm-sái-jiōr）：漏屎漏尿。
- **種芋仔**（tsìng ōo-á）：種芋頭，暗指大便。
- **芋仔紙**（ōo-á-tsuá）：種芋頭使用的紙，衛生紙。
- **臭尿破味**（tshàu-jiōr-phuà-bī）：尿騷味。

- **吐腸頭**（thóo-tńg-thâu）：脫肛。
- **腸仔漀**（tńg-á-siônn）：腸子的黏液。
- **祕結**（pì-kiat）：便祕。現在也多以台語直翻「便祕」。
- **臭尿薟**（tshàu-jiōr-hiam）：尿騷味。意同「臭尿破味」、「臭尿羶味」。
- **一礐屎**（tsit hàk sái）：滿糞坑大便，又形容一群無用之人。
- **胃慒慒**（uī tso-tso）：胃悶痛不舒服。
- **魍魍**（mng-sng）：類以「魔神仔」或「鬼怪」的同義詞。

果不其然，我的寫作再次陷入泥淖。

我想已經不需要再跟大家自我介紹我叫元義了。現在，我的靈感就跟我的異性緣一般，薄弱得可憐，或是根本把我排除在外。

我發現和盲腸、小博士討論我的小說《七截花刀傳》真的是一大錯誤。之前聽他們的建議修改，簡直都是做白工，改都改不完。所以，即使今天跟他們約在外面吃冰，聽他們講著無聊的對話，我也只是低著頭吃冰，不發一語。不過他們的對話再無聊，似乎還是比我的小說有趣多了。

我們坐在一間很好吃、但觀光客不會想特別來的剉冰店，對面剛好是一棟老舊的商業大樓，這棟大樓的外側是透明電梯，相當特別，可以說是當年看起來最時髦的設計了。而觀光客之所以不會想光顧這間店，主要是因為這裡離市中心有點距離，加上外觀樸實，即使經過，也往往會因為店面外觀不起眼而錯過。我覺得這間剉冰店簡直就跟我們三個人一樣邊緣，但這裡的軟花生剉冰跟果汁，絕對值得特地騎腳踏車來一趟的。

「元義，我覺得喔，也是時候要來好好討論你的小說了。」小博士很正經地說，「上次提到加入緊張的劇情，我這幾天又想到一個……」

「隨便啦。」我吃了一口淋上黑糖又加了煉乳的剉冰，每次只要吃著清涼的剉冰，就覺得腦袋格外清醒，「我覺得我已經沒希望了，不但沒靈感，在家又得偷偷摸摸地寫，唉，真是奇怪，為什麼我爸媽這麼反對我寫作呢？明明就跟他們說過了這是我的夢想……」

「夢想耶……感覺好熱血喔！」盲腸似乎比我還更有鬥志。

小博士露出詭異的表情：「嘿嘿……你跟父母說夢想啊？難道你不曉得，夢想在父母耳裡，聽起來像髒話嗎？」他說完便挖了一口冰含進

嘴裡，眼睛瞇成一條線。

「有這種事！」我放下湯匙。

「不會啦，我姊說，成功的作家背後都有好幾個偉人，她就很支持我的夢想。」天天的盲腸總是這麼樂觀，但偏偏沒聽他說過有什麼夢想，盲腸喝了一口木瓜牛奶，看著我點點頭。

「對啊，而且我覺得喔，之前你聽我們的建議修改後，陸續加了動作描寫、劇情緊張感，的確改善了不少。不過我又發現一個問題，就是你故事的中心思想到底是什麼？」小博士今天看起來好像天公廟的土地公，僵硬的表情卻像是在憐憫我，「像《貝貝美人魚》裡面的主角『貝貝』就是要守護海洋、保護地球資源，你呢？你的故事主角只是為了拿七截花刀，成為武林盟主，實在太自私了！」

「哇哩勒，哪那麼麻煩？什麼中心思想？不死老人、少年涼大的存在就是為了要搶刀啊……」我皺著眉說。

「但總要有個可以說服讀者的理由吧？」小博士說，「像《貝貝美人魚》的反派之所以要消滅人類，也是因為他象徵大自然的反撲，雖然手段邪惡，但出發點也是為了地球……」

「而且啊，你每個角色說話的感覺都一樣，都沒有個性，看到最後都不曉得是誰在說話。」盲腸這個最沒個性的人，竟然敢這樣說我筆下的角色。

聽完他們這麼說，我心情真的是很煩，小說寫不好，又加上期末的壓力，整個人盪到谷底，只好用力拿湯匙搗爛剉冰山：「算了啦，乾脆直接放棄好了，也懶得轉組了。」

天天的盲腸這時候看起來很像神像旁邊的童子，睜大眼睛、笑出酒窩對我說：「不然跟你說一個我阿嬤曾說過的故事好了，你可能會有一

點靈感。」

✽ ✽ ✽ ✽ ✽

昭和 8 年，1933 年，接近中晝的末廣町。

流籠內，站著一名穿著和服的女士、一名表情嚴肅的武士、一名相撲力士以及一名戴斗笠的男人。

「聽台灣人有句話說……」相撲力士皮笑肉不笑，說著標準腔的日文，接著轉換成台語：「天下第一倯，戴瓜笠仔坐流籠。」相撲邊說邊用眼角餘光瞥向那位戴斗笠的男人。

這個男人戴著二尺大的海口笠，看不到他的眼神，只露出嘴角微微上揚說：「**肥朒朒**（puî-tsut-tsut）的人，閣配這款**笨車車**（pūn-tshia-tshia）的穿插，見講攏講一寡予人感覺**霧嗄嗄**（bū-sà-sà）的話。」

「恁兩个人，莫閣答喙鼓矣。」和服女士面帶微笑，像是管理這幾名大男孩的姊姊，無論氣質或外貌都顯示出她的內斂跟聰慧。

「你莫想講我愛**踅踅唸**（sèh-sèh-liām）。」戴斗笠的男人小聲地說，不過也引來和服女士瞪了一眼。

相撲表情嚴肅，深呼吸一口，渾身的肉就晃動著，他叫伊藤部，而那位武士叫天野良一，至於戴斗笠的男人則叫阿其，和服女士是眞奈美。他們是著名的暗殺組織成員。今天，他們爲了一件任務同時出現在這裡，因爲這次的暗殺目標是這棟百貨裡的某人。

這個組織叫做「透明電梯」，是軍方的祕密單位，對於帝國而言是個方便又乾淨的免洗武器，被網羅進組織的殺手也都大有來頭，主要成員有：

肉身不倒‧伊藤部

伊藤部，加入組織前，曾在大溪的相撲場表演給在地的公學校學生及居民觀賞，因此成為當年學生們「最想成為的人」第一名。在孩童或青年間，也掀起了練習相撲或「阿肥相偎」的遊戲，相撲場至今似乎仍迴盪著伊藤部哼唱的相撲甚句。

但這個男人，曾經在東屋獨自一人把來台灣出張的半呂組組長解決掉。

這個半呂組，可以說是一個惡名昭彰的集團，無奈該集團組長跟某位政要相當交好，相關單位表面上實在拿半呂組沒辦法。這時候，帝國便出動「透明電梯」加以處理。

當晚，半呂組組長在東屋喝得酒酣耳熱。同樣也在東屋一角喝著清酒、吃著生魚片的伊藤部，眼看時機差不多，便起身開始到處推門亂闖。他的臉頰白皙緊實富有光澤，嘴唇薄而淺色，彎月般的雙眼如兩條細線，但又有一對極粗的眉毛，以致於遠遠看到他，會有種沒有五官的錯覺，只看得到眉毛跟相撲力士招牌的大銀杏髮型。

正值青壯年的伊藤部身型高壯，搭配一身墨綠的羽織，繡上銀色虎面，有兵來將擋之勢。而在這身羽織袴底下，藏有組織兵器部匠師另外鑄造的防禦金屬片，再加上伊藤部身懷「半金鐘罩」的功夫，說他是一座移動式山丘也不為過。

天婦羅的香味從和室門的縫隙鑽出來，夾雜著些許清酒氣味，伴隨著藝旦的嬉笑聲。他身體上的重武裝若非經長年的訓練，不然早想原地就坐，閉上雙眼徹夜放鬆。

伊藤部深吸了一口氣，也或許是嘆息。

　　起先，他還老老實實地伸手推開和室門，但當然被侍者攔阻：「先生請不要這樣！」「這樣我們很困擾。」但伊藤部哪管這麼多呢？身體一動便將說話者撞倒了，接著便連和室門也瞬間撞開。

　　伊藤部衝破數十道和室門後，全副武裝的半呂組組員老早便拿好各式武器等著他了。但這些人只聽到「碰！」——的一聲，在門被撞開的瞬間，自己也一併被撞得東倒西歪，慘叫聲不絕。

　　目標是半呂組的組長，如果撞錯房怎麼辦？不怎麼辦，伊藤部的拿手絕活便是以一擋百之力，硬拚。

　　伊藤部撞錯幾間房，一擁而上的半呂組組員紛紛將之圍住，但不是被伊藤部的大掌打趴，便是直接坐倒在地、骨碎聲不絕。這種氣勢，沒多少人敢再上前攔阻。有人拿起武士刀或棍棒攻擊，但棍棒打在伊藤部身上，就像是打石頭一樣，毫無作用；而當組員拿起武士刀斬向伊藤部時，不但沒有發生血肉爆發的慘狀，反而是持刀者的武士刀深陷至伊藤部的羽織裡，接著，伊藤部的「半金鐘罩」便發揮作用，將氣集中運行，夾住了刀鋒，搭配防禦金屬片的緩衝及渾身的扭力，最後來個大掌一揮——拿武士刀的倒楣鬼，頭簡直像被打轉了好幾圈，當場死透，而那把武士刀也因為扭力拉扯，斷成數截。

　　其他金屬製成的武器也盡數變形，一名拿長刀的不但沒斬到伊藤部，反倒是砍進了地上鋪設的榻榻米。這下糟了，遲疑不過幾秒，拿長刀壯漢的頭被伊藤部大掌一拍，那顆人頭就像是紙做的一樣瞬間扁掉。

　　其他半呂組的成員開始掏槍，但伊藤部竟隨意抓起兩人堆疊，宛若人肉盾牌般充當現成武器，朝著人群猛砸猛敲，配合著他的橫衝直撞，槍聲雖響，也比不過慘叫聲響，現場血跡斑斑，子彈沒一發打中伊藤部。

　　就這樣如此衝撞，早晚撞到半呂組組長那，「啊！你……」半呂組

組長還埋在藝妓的懷裡，便被巨手連抓帶拋，尚未搞懂是夢是真，接著遭龐然大物坐壓在地，一命嗚呼。死狀悽慘、筋骨盡斷。

　　伊藤部拍拍雙手，滿意地摸摸自己的肚子，大搖大擺地準備走出東屋，「找個地方吃天婦羅吧……啊，若是可以搭配青鯤鰷的『**蚵炙**』（ô-te）那就更完美了。如果是阿其的話，他會怎麼說呢？台灣話好像是說……吃到『**飽通通**』（pá-thong-thong）嗎？」沒有任何一個人敢說些什麼，當然，也早嚇呆了。

雙刀化一刀‧天野良一

　　天野良一，最著名的事蹟便是他的二刀流獨戰大刀會。

　　刀對刀，一場藝術盛宴，天野良一的雙刀就像是順著兩臂延伸而出、一對會取人性命的雙手。大刀會是地下組織，專職做保鑣。中部地方有位江湖人稱許桑的人士，便是大刀會保護的人物之一。大刀會成員多半是反對派及早期武裝派人士為主，加上從中國、菲律賓、越南等南洋地帶渡海來台的能人異士所組成。他們為了三餐、為了生存，用一雙手帶著武器打拚，所以大刀會不只有刀，更有各式武器跟人力，可以說是由人才、技藝與一股生存的意志，所打造出的一把鋒利無比的巨大刀鋒。

　　換句話說，能夠被大刀會保護的頭人，絕對安全。

　　這樣的保護勢必是要付出代價的，但這代價往往是由被保護者或者是當地百姓付出——大刀會的勢力擴張，時間久了，宛如蝗蟲過境般，在各地索取保護費或是走私詐欺，才得以養得起幫眾。

　　不過像大刀會這樣的「大刀」，遇到天野良一，卻反而成了破銅爛

鐵，遇到一把神兵利刃。

這天，天野良一走進位在中部的藏仙樓，中等身材的他一身黑色西裝，髮型略微凌亂，像是剛睡醒的貓，眼神慵懶卻不渙散，隨時處於警備狀態。年齡比伊藤部略長一些，感覺多了幾分沉著，也像是心裡藏了什麼過去。

侍者來不及招呼他，天野良一踏著無聲的步伐便迅速衝上二樓，眼角餘光宛若全景環繞，下意識深吸一口氣的他，差點要醉了——因為藏仙樓最著名的除了本島人料理的美味外，酒更是一絕。

有句話說：「藏仙樓，藏酒不藏仙。」踏進藏仙樓，便能聞到陣陣酒香，有煮食的酒味，也有大口喝酒的酒味，而且每層樓混合著不同的酒氣，傳遞了更有層次的味道，聞了似醉非醉，釀成人們酒足飯飽之後的那股歡愉氛圍，讓人浸潤在充滿期待跟想像的空間當中。

天野良一沉浸在這樣的氣味中，原本慵懶的眼神更加迷濛。他朝斜前方通往三樓的樓梯走去，這時圓桌前的眾人起身擋住他去路，吆喝著要他離開。這桌肯定是大刀會安排在二樓抵擋不速之客的幫眾，眾人看見天野良一似乎來者不善，看到他一身西裝的腰際竟插著兩把小太刀，更是驚訝了。但只見天野良一似乎對眼前眾人視而不見，快走向前，突然間他的肩膀被一名男子粗暴地搭上，他一個反手肘擊其胸口，接著一個側踢、翻桌，幾招拳腳之間，刀未出鞘，一整桌的人瞬間被擊倒。

當他走上通往三樓的樓梯時，心想：「**硬迸迸**（ngē-piàng-piàng）？**有硞硞**（tīng-khok-khok）？阿其那時候是怎麼形容我的雙刀呢？」

大刀會當然也不簡單，剛剛聽到二樓的打鬥聲，三樓樓梯處早安排人等著天野良一。一見到天野良一的身影，兩個人馬上舉起大刀砍落，右側則有人從樓梯口以大刀突刺。天野良一快步奔跑至牆面閃躲右

方的突刺，接著以左右兩手快速肘擊其臉頰，只見一陣哀號聲中噴出幾顆牙齒，他完美落地，蹲地呈現準備拔刀之姿。三樓滿是驚訝的大刀會幫眾，天野良一雙手先是按壓著精緻的小太刀握柄，但並不動作，這時看傻了眼的大刀會幫眾回神過來，舉起大刀一擁而上。天野良一心想：「不能跟大刀直接硬拚，會吃虧的。」於是快步往前，拔刀，手上的二刀流就像無形的雙手，右刀劃上，眼前的人頭與其大刀皆落地，左刀不怠慢，反手連續斬擊，一群高舉大刀尚未劈出的幫眾，睜著大眼，紛紛倒地。

這一瞬間，恐懼的氣氛頓時從三樓蔓延至一樓，占據了整棟藏仙樓。一、二樓的人尚可奔逃離開，但三樓的許桑跟大刀會幫眾，只能眼睜睜看著眼前這個男人，如入無人之境地殺進陣營。

大刀會幫眾斬破了好幾組桌面，天野良一的刀則刺進了許多人的身體裡。剩最後一名幫眾雙手緊握大刀，準備背水一戰。

「不是大刀不好，要看使用的人，心長在哪裡。」天野良一興致來了，雙刀回鞘，拾起地上的一把大刀。以大刀對大刀比拚，這時硬碰硬，施以大刀特性，大開大合之勢，左右回擊，對手橫刀抵擋，這時天野良一瞬勢反轉刀柄朝對手腦袋重擊，或許是使二刀流的臂力驚人，「鏘！」重重一擊，竟將對方連人帶刀擊出三樓窗外，連慘叫聲都聽不到了。

天野良一將大刀插在桌上，順勢再度拔出雙刀，因為他已注意到後方許桑的動作。就在許桑掏出槍的同時，天野良一左右手交互舞動著雙刀，運用怪異至極的巧勁旋轉奔至許桑前，那隻拿著槍的手就在瞬間硬生生被斬斷，哀號聲響起。這時，天野良一再左手反握第二柄刀，順勁帶起第一柄刀的右手動勢，雙刀上手，左右兩把刀交叉來回，如此這般，許桑在這千分之一秒還沒搞清楚狀況，他的身體就如刀切豆腐，終結了

這一切。

　　「啊！我想起來了，應該是用**硬迸迸**（ngē-piàng-piàng）形容我的刀，那些大刀才是**有硞硞**（tīng-khok-khok）。」天野良一嘴角略微上揚地說。不過，當時阿其說他「硬迸迸」，其實是要以這個雙關語來挖苦天野良一，調侃他做事一板一眼的死腦筋。

　　與伊藤部不同的是，天野良一雙刀回鞘，選擇從三樓的窗邊順著走馬樓，一步步往下跳躍而去，消失在藏仙樓外的街邊一角。

血斗笠・阿其

　　阿其，有人說他姓李，也有人說他姓林。但這不重要，總之後來大家都稱他阿其，他頭上總是戴著的那頂斗笠是他的正字標記。有一陣子，路上若是有人戴斗笠，都會被警察攔下來盤查，原因無它，都是拜阿其所賜。幾位看過他真面目的目擊者表示，隱藏在斗笠下的，其實是一張端正的年輕臉孔。

　　阿其有各種不同款式的斗笠，尺寸不一，有標準型、二尺大的海口笠，也有一尺六以下的小斗笠。但這些斗笠都是組織兵器部匠師所打造的，無堅不摧的兵器。

　　除此之外，他還有一個怪癖，也是他生命中小小的執著。那就是沉默寡言的他，一旦開口說話，就會要求自己一定要在每句話加入疊字**詬詬唸**（kāu-kāu-liām），如果他想不到，那就寧可沉默不語。

　　但他的執著也就只拘泥於語言，總是一身全黑衣褲的他，多半是為了方便執行任務而已。

　　那陣子，阿其在赤崁出了個任務，是要在大南門外的桶盤淺競馬

場，解決在地角頭——馬角王。馬角王並不姓馬，而是姓王，馬角是他的綽號，馬都長了角，可見其蠻橫。馬角王縱橫於競馬場，擁有一身絕佳馬術，帝國當時有許多馬術操演或是表演，很多時候都得靠他擔任「替身」來「扮演」某某大將軍的絕佳馬術身影。接著再讓當地報社拍攝見報，讓全國都沉浸在大將軍的馬術神技之中。

幾年前開始，馬角王跟其他地盤在角頭生意上有了糾紛，人馬調度明顯輸了對方一大截，氣不過便跟帝國要人，替他翻掉對手的地盤。本來帝國不該介入這種地方角頭糾紛，但看在這馬術驚人的馬角王面子上，帝國竟然還真的介入了，讓馬角王以逸待勞掃掉了心頭大患。於是，馬角王如此炮製多次，一而再、再而三，瞬間成了競馬場的大角頭，馬角王的勢力越顯碩大無朋，活脫是匹獨角獸了。

接著，馬角王更是變本加厲，反過頭來勒索帝國的在地官員，要脅對方給他月帑多少、人馬多少等等，否則便將馬術臨演一事張揚天下，讓將軍沒面子。於是，血斗笠阿其便出馬了。

說來諷刺，前幾次政府出面替馬角王掃掉各個角頭，出任務的也恰好是阿其。

阿其的行動方式跟伊藤部或天野良一都不同，他全身的穿著就如同尋常人家，一般成年男性打扮大致上就如同這般。從身材來看，他也沒有特別高大或粗壯，或者更顯矮小或纖瘦，也沒武器在手。總而言之，就是一個極為普通的樣貌，與他擦身而過絕不會發現任何異狀，甚至也不會留下什麼印象或記憶。

也因為如此，前幾名角頭都死得不明不白。

像是有一名角頭在路邊吃豆花，阿其只是經過摘下斗笠，接著瞬間用大型海口笠邊緣割斷了對方的脖子，而角頭的手下還搞不清楚發生什

麼事，只看到老大倒在地上，以及滿碗染血的豆花，畫面僅剩血斗笠阿其離去的背影，他冷笑：「**紅記記**（âng-kì-kì）的血對你**紅絳絳**（âng-kòng-kòng）的空喉流出來，將你**白素素**（pèh-sòo-sòo）的豆花和**白鑠鑠**（pèh-siak-siak）的衫染到**紅帕帕**（âng-phè-phè），你原本**白拋拋**（pèh-phau-phau）的面，這馬變甲**白蔥蔥**（pèh-tshang-tshang），所表示的是，死亡。」講完之後，阿其興奮到血液沸騰，但並不是因為他完成任務的緣故，而是他可以在一句話裡面加進這麼多的疊字詞，他感到非常滿意，整個人**笑哈哈**（tshiòr-hai-hai）的。

另一名被暗殺的角頭，則是在百貨店購物時被阿其伸腳絆倒，接著阿其瞬間蹲下站立，以一尺六的小斗笠邊緣割斷對方的喉嚨，一樣完全沒人知道發生什麼事。阿其之所以要這麼快完成任務，主要也是因為他腦中突然湧現了疊字的靈感，不趕快完成任務開口說出來，深怕馬上忘記了，「**新點點**（sin-tiám-tiám）的建築內底，有**新鑿鑿**（sin-tshàk-tshàk）的地磚，你會使**乖育育**（kuai-ioh-ioh）的倒佇遮，**好好仔**（hór-hór-á），**唔唔睏**（onn-onn-khùn）。」講完這句，阿其不自覺地露出了像孩子般的暗噂一笑。

有一名角頭是被阿其在麵裡下毒，死狀悽慘。躲進人群中的阿其，自言自語地說：「第一喙的麵是**鹹篤篤**（kiâm-tok-tok），第二喙的湯是**薟辣辣**（hiam-luàh-luàh），第三喙是予你**甜物物**（tinn-but-but）的滋味。」阿其說完後，旁邊一位經過的阿伯斜眼偷瞄了他一眼，以為遇到了瘋子。不過沒錯，阿其這個男人，的確對這種疊字執戀到像是個瘋子。

說這麼多，那麼阿其是沒有伊藤部或天野良一的武勇囉？這倒不盡然，否則也不會派他去找馬角王了。

馬角王的聲勢早就不可同日而語，他坐在競馬場觀眾台的貴賓席，手下各個高頭大馬，若他是馬角，那麼其他手下或許可以說是熊、豹、

獅、虎等猛獸吧？總之，若要用之前那樣擊破各角頭的方式對付馬角王，肯定是行不通的。

阿其站的位置，偏偏又距離馬角王的觀眾席有一段距離，那該如何？

不過他更煩惱的是，這次他又該說出怎樣的疊詞呢？他竟然毫無頭緒，難道是詞窮了嗎？

競馬場的駿馬奔跑著，觀眾歡呼、叫喊，馬角王跟手下也都全神投注在場上的馬匹上。畢竟是在競馬場打滾的啊！每個人的眼神都離不開這些英挺的馬匹，遠勝過夜裡在料亭看著藝旦載歌載舞的軟語舞姿。

一個男子站在一匹黑馬上，不是別人，正是阿其：「**穩觸觸**（ún-tak-tak）啦！」阿其說完，豪放大笑，因為他的靈感突然湧現啦！

在這種情況之下，突然看到一個男人以這樣的姿態出現在馬匹上，眾人肯定會大吃一驚的吧？

不過，這個男人，阿其，就是刻意要讓全場所有人都大吃一驚，甚至完全將注意力投注在他身上。也只有這樣，他才有辦法完成任務。

那就是製造混亂，透過混亂，才有辦法成就自己的目的。也唯有當對方陣營心躁，我方才有機可乘，特別是在這種情況下。過去的任務，目標陣營尚且不大，又或者自己有趁勢偷襲的機會，但在這種一人當關、面對千軍萬馬的情況，偷襲是妄想，唯有正面迎敵，擾亂對方心神，才能找到破口進入。

競馬場上的所有眼睛都投向阿其，這個瞬間，不要說馬角王自己，所有手下都大吃一驚，其餘觀眾或官方人員，甚至連馬場上的馬匹也都亂了起來。

叫聲、吼聲等各式紛雜的聲音，瞬間像爆炸似地湧出。

　　阿其的眼神直射，穿過馬角王那群手下，而阿其腳下的黑馬正快速帶領他朝馬角王前進。果然，這時開始有長距離武器射向他，但都被他輕易避開，阿其大笑：「恁按呢硞硞傱（khok-khok-tsông），連鞭就喘怦怦（tshuán-phēnn-phēnn）矣，哪有可能射會著活跳跳（uàh-thiàu-thiàu）的我？顛倒是恁攏會死殗殗（sí-giān-giān）。」

　　接著他一跳，身體打了個空翻，腳踏在飛射來的長刀上，他一踏一蹬，又踏上空拋過來的幾柄大刀，接著轉了個身，拿起斗笠擋了幾下，好幾發子彈竟被斗笠攔了下來，並且發出金屬聲：「看我會予你頭犁犁（thâu-lê-lê）。」

　　今天的他，為了此任務，特別戴了頂由關廟笠改良而成的一尺八斗笠，邊緣有圈朱紅色的印記，不曉得是有餵毒，抑或是經戰鬥留下的血痕，更顯得怵目驚心。

　　斗笠從阿其的手拋出，瞬間像是被賦予了生命，呈現拋物線的圓弧動勢，馬角王的手下一個又一個瞬間倒地，有幾個甚至從觀眾席跌落到馬場上，即刻被亂了陣腳的馬匹踩踏身亡。阿其又發出得意的笑聲說：「死佇沙猛猛（sua-mé-mé）的走馬場，將你一世人虛禮禮（hi-lé-lé）的身軀埋佇遮，你永遠毋免閣聽彼歹清清（pháinn-tshìng-tshìng）的馬角王教示矣。」

　　「你到底是啥人！」馬角王不是省油的燈，他渾身肌肉，頓時將衣服炸開來，粗壯的手臂跟筋肉，看在阿其眼裡也感到不安，他想到的是伊藤部，那個渾身是肉但絕不好惹的傢伙。

　　但阿其的身體動勢仍持續往前，心裡直覺反射的不安並沒持續多久，腦中想到的是，眼前這個全身肌肉的大老粗是馬角王，並不是肉身不倒伊藤部，怕什麼呢？

　　馬角王從腰部扯下一條金屬長鞭，朝阿其甩了過來，這時阿其已安

穩降落至觀眾席，並快速翻滾閃躲了幾名馬角王手下的攻擊。但馬角王的手下就沒這麼好運了，那條馬角王甩來的金屬長鞭瞬間打爆了好幾名手下的頭和身體，個個血肉模糊，慘叫聲不絕。

近身搏擊嗎？不容阿其思考，馬角王縱身一跳，這身段倒也跟阿其不相上下。是了，畢竟是縱橫馬場上的馬術高手，一下子化被動為主動，一拳往阿其身上敲。這一拳當然被阿其閃過，卻打在一名手下的腦門上，頓時腦漿爆裂。「卒仔囝！」馬角王痛罵一聲，那條金屬鞭又反抽了回來，這過程又掃掉自己好幾名手下，頓時血跡斑斑、哀聲遍野，那條金屬鞭抽打至阿其眼前時，還掛著一粒人頭！

阿其跳起，一個迴旋後踢，並不踢向馬角王，反倒是踢向那顆人頭。接著在馬角王疑心大起、不由自主地朝那顆頭顱看去時，那顆頭顱直衝向馬角王。「可惡！」馬角王一拳將人頭打爆，迎面而來的是阿其的斗笠，馬角王再笨也知那斗笠絕對不能空手接，於是抽鞭硬擋，噹！噹！噹！——

「荏荏馬（lám-lám-bé），嘛有一步踢。」阿其笑著說。

幾聲劇裂刺耳的金屬碰撞聲，阿其的斗笠就像是活的一樣，竟將金屬鞭纏住了，而馬角王空有一身蠻力，竟無法將長鞭抽回。這時是要收手還是拉著長鞭？馬角王思緒倒也不慢，索性用剩下的那隻巨手，跟迎面而來的阿其打了起來。

「我讓你這籠卒仔囝，一手就好矣！」馬角王大笑，一拳、手肘，上臂橫擋、下臂直劈，靠著肌肉力量成為完美的盾與矛，阿其手腳並用和那隻手打了起來。

「時間差不多矣，我是無按算閣**聊聊仔**（liâu-liâu-á）和你這隻碌碡馬繼續耍落去。」阿其說。

「莫吵!」馬角王大怒,反手攻擊,被阿其閃過。

「你動作按呢匀匀仔（ûn-ûn-á）細膩,我**慢慢仔**（bān-bān-á）閃就過矣。」在阿其眼裡,此時的馬角王像是動作被放慢一樣。

「啊!痟的,痟的!」馬角王一擊又擊,但阿其的動作越顯輕鬆,節奏已然被打亂的馬角王顯得更加狼狽。

「我對你**寬寬仔**（khuann-khuann-á）出手的速度,**沓沓仔**（táuh-táuh-á）閃避過去,若我出手的時……」阿其冷冷地說,就像跳舞一般,突然落到一個空拍。

語畢,那斗笠發出聲音,卡!卡!卡!——竟繞著金屬鞭捲了過來,千萬分之一秒不到的時間,「啊啊啊!」馬角王的慘叫聲,拿著金屬鞭的手被斗笠硬生生斬斷。

馬角王用剩下的巨手隨意撿了幾個手下的屍體朝阿其丟去,接著往亂七八糟的競馬場場內一跳,跳到某匹馬的馬背上。

這一幕,在遠處觀看的帝國將軍都一清二楚,讓馬角王上了馬,這下可不好辦了啊!怎麼追得到呢?

不過阿其並不打算追,他低身抽起斗笠,身體一矮,欠身往護欄一跳,一個施力,雙手硬壓斗笠邊緣,接著在高空打了個翻,陽光照在他的臉上。

「若是派伊藤部佇**洘秫秫**（khó-tsut-tsut）的走馬場和馬角王相戰,**光影影**（kng-iánn-iánn）的日頭、**熱咻咻**（luah-hiu-hiu）的天氣,**油朥朥**（iû-leh-leh）的伊藤部,百面會**忝歪歪**（thiám-uai-uai）。」阿其臉上露出一個笑容,想到此刻的自己仍不忘用疊字詞隔空酸個伊藤部幾句,感覺很滿意。

翻過身的阿其,就在此時將斗笠直射了出去。

機關槍發射子彈還可以聽到聲響,但此時阿其手中的斗笠,就像是

一條筆直的血痕，迅速無聲地直往快速駕馬逃離的馬角王身上射去。一瞬之間，馬角王被一分為二，被斗笠斬開的血肉噴灑在競馬場上空，斗笠、馬匹、場地、天空，都是鮮豔的紅。

阿其翻身緩緩降落在一匹馬的馬背上，再朝著斗笠的方向快速奔去，他一跳、一飛，身體像是一條筆直的線，而斗笠正以一個完美的弧形迴旋飛回。阿其這次口中哼著旋律，那是一首他阿母曾經唱給他聽的歌：「我的囝仔，我的囝仔，要到天攏已經**烏嘛嘛**（oo-mà-mà）才轉來，較緊入來，較緊入來。等咧**烏淡淡**（oo-tām-tām）的山頭，有**烏攄攄**（oo-lu-lu）的魔神仔欲出來掠要到**烏趖趖**（oo-sôr-sôr）的囝仔，較緊入來，較緊入來⋯⋯」

戴上這頂沾滿血跡的斗笠，阿其完成任務準備駕馬離開，留下競馬場內滿滿的恐懼。此時阿其很想要停下口中哼的歌大喊一聲：「**爽歪歪**（sóng-uai-uai）。」但無奈不夠文雅，所以他在唱完第二段的時候，回頭看了競馬場一眼：「是伊家己**趕緊緊**（kuánn-kín-kín）赴死，恁莫傷過頭佩服我，無我會予恁呵咾甲**酥戛戛**（soo-khiak-khiak）。」

笑能殺人・古關眞奈美

古關眞奈美，她的身世極為尋常，並沒有什麼「沒人知道她從哪來」、「不曉得眞名」或「家庭背景一律不知」等等宛如公式的祕密。但她有著深邃的臉孔，大眼睛、柳葉眉，跟伊藤部是全然相反的對比。極為年輕的她，讓人猜不出實際年齡，因為在她眉宇之間，似乎散發出比她的容貌更為成熟、穩重的氣息。

她來自四國的雙親原本在帝國的軍方組織工作，後來輾轉來到了此

地，她就這樣在台南市成長。從小看著在組織裡工作的父母，一直到了成年，也就這樣被雙親安排到帝國官方機構就業，上下班時間幾乎固定。

但唯一特別的是，她跟雙親在軍方所待的，不是一般的部門，而是一處名為「透明電梯」的特別單位。

這單位的名字聽起來像是在講笑，若出去說給人聽，十之八九沒人信。畢竟光是單位名為「電梯」就夠怪了，前面還加個「透明」？透明的電梯？此時是昭和8年，一般人可以想像世上真有這種東西嗎？

沒錯，世界上沒有這種東西，但偏偏又真的存在，透明電梯就是象徵著這樣矛盾存在的單位。

說到「透明電梯」這個單位，是隸屬於台灣軍裡的一個祕密組織，專門處理帝國頭痛的麻煩或是檯面上無法快速解決的問題。譬如上面列舉的幾個案例，都是經由「透明電梯」媒合執行任務的殺手，進行掃除帝國政府眼中釘的暗殺行動。這些被拔除的人物，可能跟不同派系的政要交好，而政府採取一般手段也拿他們沒輒。其他也有很多是地方要角，或是與境外黑幫組織有聯繫的勢力。這些對象或組織，就會成為透明電梯的任務目標。

不過，當時成立「透明電梯」這個組織的創立者，其真正的目的，是為了瞞著帝國執行「鯤島計畫」——也就是說，帝國利用「透明電梯」在檯面下處理事情，但「透明電梯」卻也在暗地裡不斷推動「鯤島計畫」。即使是創立者過世後，組織裡的成員仍堅持這個計畫的使命。在最完美的情況下，帝國其實不會知道有「鯤島計畫」的存在。

此時，帝國內有幾股勢力正在相互角力，其一是極右翼所分裂出來的許多團體派系，對於帝國的興盛及朝向世界的發展有著程度不同的狂

熱，以致於會做出許多直接跟帝國對立的抗議或暴力恐嚇事件。另一股勢力，則是以「鯤島計畫」為核心價值的人物或團體，姑且稱為「鯤島派」，「透明電梯」這個祕密組織就是屬於「鯤島派」的團體。而無論是「鯤島派」或極右翼團體，或多或少都有滲透進帝國單位內，這也是當初「鯤島派」的創立者，能夠在台灣軍底下成立「透明電梯」這個組織的背景和原因。

眞奈美在雙親退休後，便承接了雙親的職務。

過去，她的雙親號稱「透明電梯裡的左右手」，他們負責為殺手媒合任務的人事物及地點。是的，該單位必須成為完美的大腦進行作戰規畫，拿馬角王和阿其的任務來說，絕對不會是馬角王對上伊藤部，或是對上天野良一。或許伊藤部或天野良一也能完成任務，但絕對不會是件簡單輕鬆的任務，至少不會比阿其來得適合。

換句話說，每一個人的對手和任務的場所，都是經由「透明電梯」這個單位精密計算配對好的，就好像不可能推派一個角力手去執行需要神射手的暗殺任務一樣。此外，除了對象和能力，場地也很重要，「透明電梯」必須事先調查過每一個人的身家大小事，如果十分了解每個人的狀況，就不該讓害怕油蟲的伊藤部出現在可能充滿油蟲的環境，也不可能讓不識水性的天野良一在水域執行任務。又或者阿其，阿其沒什麼特別怕的，但就怕女人，如果對手是女性，那他恐怕會下不了手，他意有所指地在眞奈美的耳邊交待：「尤其是彼種看起來**媠噹噹**（suí-tang-tang）的查某，會予我心頭**亂操操**（luān-tshau-tshau）。」阿其邊說邊把玩今天在路邊隨手撿的斑芝花。

「著啦，媠的物件，你攏會**毋甘搐搐**（m̄-kam tiuh-tiuh）。」眞奈美笑了笑，將那朵斑芝花抽了起來，插在阿其的斗笠上，搭配她今天身上這

套滿是碎花的小紋，那朵花蕊就這樣蔓延到阿其的心裡。

「聽甲我規身軀**軟膏膏**（nńg-kôr-kôr），足想欲甲你**攬牢牢**（lám tiâu-tiâu）呢……」不過對於阿其這番話，真奈美只是笑而不答，輕輕地轉身離去。

透明電梯也曾出過錯，在真奈美就職前、雙親退休之際，原本單位頂替的職務代理人安排了一次鑄成大錯的任務，差點害「透明電梯」這個祕密單位曝光。

事情是這樣的，當時這個代理人安排了軟骨尾——古井豹，去執行暗殺打鐵街町內會長的任務。但職務代理人不察，該目標竟是打鐵街長年推廣南洋瑜伽術的大師。簡單來說，就是軟骨對軟骨，古井豹差點被打成斷骨殘廢。

最後，古井豹半死不活，跑到赤崁樓，原想以紅毛井的古堡地底隧道逃往安平，可惜半路被攔截，一隻手被打凹折斷，滿臉是血，背上還插了一把穿心錐，眼看就不能活了。若他死在紅毛井前，隔天肯定會被在地報社拿出來大肆宣揚。

古井豹抱持著拚死一鬥的決心，總算撐到「透明電梯」的其他夥伴趕來支援，大炮手石土仙將對手當場打趴在地，拳拳到肉，管你筋骨多會拗、多麼軟骨，石土仙就是一拳定山河，那打鐵街町內會長最後被打在赤崁樓的圍牆，整個人深陷其中，死透了。

石土仙總算帶著古井豹活著離開，但古井豹終究是廢了，最後領了一筆退休金離職，而那名出錯的職務代理人也因此被革職。

等到真奈美遞補上來，「透明電梯」從此就一路通順，她將案件媒合得異常順利，操盤功力簡直像是藝術。

電鈴聲響起，嗶、嗶！——機器列印出紅底白字紙條：「行動代號破壞‧半呂組組長‧外桓玄策‧活動。」真奈美皺起眉頭，臉上面無表

情，她拿起桌上的茶杯喝了一口，裡面是剛泡好的魚池紅茶。她抽起一本鮮紅色外皮的檔案夾，裡面放滿密密麻麻的照片、記事，上面有陳年泛黃的標籤頁，「伊藤部很適合這個案例。」說完笑了出來，她嘴唇上的胭脂比那本檔案夾還鮮紅。

隔沒幾天，電鈴聲響起，嗶、嗶！——機器列印出白底黑字紙條：「行動代號破壞‧半呂組組長‧外桓玄策‧亡。」

拿起筆在檔案夾上勾勾劃劃，這一天電鈴聲響了好幾次，紅底白字的紙條不時出現，而白底黑字的紙條也不遑多讓，呈五五波局勢。真奈美的笑容是發自內心的笑，在這裡，她覺得自己扮演的角色是上帝，是死神，甚至是執行目標死亡方式的藝術家。

不是嗎？使雙刀的肯定會讓目標物死在雙刀之下，而不會是用千金墜的方式壓扁對方。使用火攻的肯定會讓目標物死在火焰之中，而不是染血的斗笠。而使用美色誘人的、使用肥肉壓扁人的、使用各種奇能異招的，總是每一個環節都因為自己的安排而更加出色，時間也一件比一件還快。

而透明電梯目前最好用的三個人，便是伊藤部、天野良一和阿其。這三個人執行任務的時間都讓人滿意，甚至亂湊也不太會出錯。真奈美使用這三個人的機率越來越高，反正「透明電梯」這單位要的是任務執行成功。對於帝國而言，不要失敗，基本上才是好任務。

鯤島計畫‧南弘事件

表面上，「透明電梯」是為了替帝國執行各種檯面下的任務而生，也只有如此，才有資源能持續流入供組織運作。但事實上，「透明電梯」

是為了「鯤島計畫」而存在，希望這座島嶼能夠建構屬於自己的未來。

就譬如這次，他們為「鯤島計畫」進行的任務，便是要去傷害南弘總督身旁的護衛，做為示威和警告。

南弘是帝國在台灣的第 15 任總督，他在台灣的任期僅短短約三個月的時間，卻進行了一連串不必要的人事調動，安插自己的人馬及酬庸性質的職務，可以說是阻礙了台灣的建設，對台灣未來的發展也相當不利。因此，「透明電梯」決定在南弘離開台灣前傷害他，也算是對帝國提出嚴正抗議。

他們查出消息，南弘離台前的某一晚，會到台北江山樓，但目的不知為何。

「老硞硞（lāu-khok-khok）的南弘，就已經憂結結（iu-kat-kat）欲離開，閣特別撥工祕密來遮，我看伊是目睭眨眨晲（tshàp-tshàp-nih）咧相江山樓的藝旦。」出發前，阿其伸手摸摸頭上戴的一尺六小斗笠，露出曖昧的笑容，天野良一則是無奈笑了笑，兩人搭上了前往台北的縱貫鐵路火車。

這次的「鯤島計畫」任務，就由阿其跟天野良一祕密北上，由真奈美負責規劃好路線及資訊，而伊藤部則和「透明電梯」其他成員，繼續進行帝國交派的日常任務，整個組織的運作就如同呼吸一樣，搭配得天衣無縫。

這是四月初的晚上，已經沒有那麼寒冷了，但此時天野郎一的額頭卻稍微冒著汗珠。他躲在江山樓頂樓的暗處，以熟練的手法快速組裝弓與箭，只見他的身後，倒著十二名剛剛被他擊昏的警備人員。原來是今晚南弘總督包下了整棟江山樓，每一層樓都有多名警衛防護，此刻在頂樓的他，還看到一樓有警備人員正在驅趕江山樓前的乞丐，而其中一名

乞丐便是阿其假扮的。大概是感受到島內抗議官界調動的氣氛濃厚，所以帝國比往常更加戒備。

天野良一把弓與箭組裝完畢，深吸了一口氣，此行目的是爲了警告，而非奪取南弘的性命。是以採用箭擊的方式，反而更顯恐嚇意味。他預計瞄準南弘的護衛肩膀處，並在箭尾綁著一小塊紅布條，布條上以黑字寫著「台灣總督・勿用酬庸」短句，意思是要傳達「勿將台灣總督府高層官職視爲政黨的酬庸職位」，這也是近期島內正在請願的運動之一。

箭在弦上，一觸即發，天野良一的視野落在底下這條街，等待南弘出現。

過沒多久，五輛官方用車緩緩駛來，每台車前的水箱罩上有著兩個正三角形、上下對應組合而成的台字紋標記。對「透明電梯」的成員來講，這個印記有著不一樣的意義，是當年創立「透明電梯」這個祕密組織者，私底下跟滲透在帝國內部的成員共同推行「鯤島計畫」的一環，目的是先建構這座島嶼的共同象徵符碼。現在，則是目前台灣總督所使用的官方徽章。

車門打開了，南弘隨著貼身護衛的引領下了車，旁邊幾輛車也陸續走下有備而來的護衛。天野良一蹲低身體，躲過了護衛習慣性先抬頭掃視樓頂的目光。然後他小聲默數幾秒，再探起頭，南弘正跟身旁另一位人士交談，此時貼身護衛似已感到略微不安，伸手示意南弘先進江山樓再說。

劃破夜空的一道風聲，接著是一陣大聲的叫喊。

「啊！——」貼身護衛雖然經過鍛練，但仍不耐天野良一如此一箭，二刀流的臂力果然驚人，他的目的就是要將恐懼徹底灌滿擊發，那

衝擊力甚至讓肩頭中箭的護衛倒退好幾步，撞在車門上發出巨大聲響，碰！——

　　南弘在搞不清楚情況的驚慌之下，再度被其他護衛送進車內，接著車子先揚長而去，然後是一陣朝頂樓開槍的聲音，但頂樓什麼人影也沒有。而從其它樓層聞風而至的人員，這才發現頂樓有著倒地昏迷的十二名護衛。

　　天野良一早已快速離開，此時正以快速的步伐，往警察署另一頭、永樂公學校方向的醫院跑去，那裡有北部「透明電梯」成員以汽車接應。至於剛才喬裝成乞丐的阿其哪去了倒不要緊，原早謀定若這一箭有失誤，阿其那也有備案，此時的阿其肯定也早已往醫院的方向去了。

　　離背後的騷動聲有一段距離，天野良一跑到商店旁的暗巷，發現在巷口前站著一個身材高瘦，甚至有點文弱的身影。他放慢步伐，手按著腰間的兩把雙刀，當腳步再更靠近時，終於看清楚眼前身影的面貌：「賣間，是你？」天野良一隨時預備將腰際的雙刀抽出，絲毫不敢鬆懈，因為這位賣間的實力，不亞於他。

　　眼前這名男人，勾起天野良一的回憶。原來在加入「透明電梯」之前，天野良一曾經跟眼前這個男人搭檔過，人稱「台北橋水鬼——賣間善兵衛」。此時的賣間，一身土黃色的羽織，呈現即將拔刀的姿勢。

　　「剛剛是你做的吧？」賣間露出冷笑，「你現在為台灣軍裡的一個祕密組織做事，對吧？」

　　「讓開。」天野良一面無表情地說。

　　「這種規劃，沒有組織的力量是辦不到的。」賣間移動了步伐，將腰際的太刀緩緩拔出，「說起來，我們的源頭都一樣，目的都是為了帝國的繁榮，也都是習慣以冷兵器傳達恐懼。」

「不一樣，你我的中心思想不同。」天野良一，將抽出的雙刀略微反轉，「你效忠的是帝國，我效忠的是腳下這塊土地。」「哦？」此時兩人快步衝刺而上，天野良一的雙刀牢牢擋下賣間的斬擊。

「你背叛了組織。」賣間冷冷地說，刀鋒快突破雙刀的防禦，他使太刀速度之快，讓天野良一防禦得有點吃力。

「何來背叛？一開始就是強迫。」天野良一冷笑，雙刀反轉，借力使力往回跳，但此時賣間的刀法未歇，繼續往前直搗天野良一的胸前。

賣間大笑：「你好歹也要感謝我，當年把你從台北橋下救起來吧？」說話的同時，直搗於前的突刺被天野良一以雙刀擋下，賣間繼續反刀回刺，反向跳開。

「你的組織太恐怖了，專門在台北橋下將跳橋自殺的人帶回組織救活，再下蠱迷惑，以不人道的方式，訓練成你們的殺人武器，這算什麼中心思想？」天野良一似乎回想起什麼，雙刀下意識呈現防禦姿勢，並不往前。

「哈哈哈哈！你果然還是一個軟弱的人。」賣間冷笑，將刀往前指，「為什麼那一箭不乾脆直接射進南弘的胸口？」賣間瞬進連擊了三刀，天野良一睜大眼睛，轉過身將雙刀左下右上揮舞，接著反轉雙刀橫掃賣間腰際，「都怪你們，害我們的行動被迫中止。」賣間悠哉地利用轉身步伐，並在跳開同時，回刺以阻擋天野良一繼續動作。

「該不會，先前暗殺犬養毅首相，也是你們……」天野良一將雙刀握在手上，呈現防禦動作。

「我們才不會用這麼粗魯的手法。」賣間說完哼了一聲，舉起太刀，斜眼看著天野良一，「你不要忘記你是誰。」

「我從來都沒有忘記。」天野良一低聲笑了一聲，而他似乎有點理

解了，賣間今晚的目的是要刺殺南弘，無意間被自己破壞了任務，「只是，心要長在生活的地方。」

這時背後傳來騷動聲，賣間收刀入鞘，笑了一聲，快步往另一邊跑走，天野良一見狀，則往另一側的方向離開，跑了幾步才將雙刀收回腰際。這時，他才在醫院處，看到扮成乞丐的阿其跟「透明電梯」其他成員已在車內等待。天野良一大略跟阿其說了剛剛遇到賣間的事，阿其嘆了口氣：「莫怪看你遠遠行過來，規面是**色清清**（sik-tshìn-tshìn），這擺眞正是**挈氅氅**（jû-tsháng-tsháng），予人**看了了**（khuànn-liáu-liáu），有影是**害了了**（hāi-liáu-liáu）。」

「趕快回去討論討論。」

阿其繼續說：「當然，較緊轉去參詳，無眞正會去了了（khì-liáu-liáu）。」後來，帝國政府覺得這件事有損顏面，便隱瞞了相關報導。但因為透明電梯此次的恐嚇，也讓帝國接受了台灣人民當時的請願，讓接替南弘的下一任總督能夠不更換總務長，以延續台灣相關政策的執行。

尋常的一天，辦公室特別悶熱。

「熱死了！」隔壁桌的上口部長皺著眉頭，他濃厚的九州腔，配上眼前熱到起霧的眼鏡，像是眼前有碗熱騰騰的九州拉麵一樣。

嗶、嗶！——電鈴聲響起，機器列印出紅底白字紙條：「行動代號電梯‧台灣軍 H 部‧小早川眞介‧活動。」看到這張紙條，眞奈美愣住了，因為只要行動代號出現「電梯」兩個字，就代表挑人選的責任已不在自己身上了。

「怎麼啦？」部長不是當假的，上口發現眞奈美的表情有變、動作遲疑，便察覺有異。他推了推從鼻樑不斷滑落的眼鏡鏡框說：「拿過來。」

「行動代號電梯啊……」部長接過紙條，皺起眉頭。坐在位置上的阿其從書中探出頭，小心翼翼地將一張寫著「閱讀必勝」的書籤夾進暫停的那頁，闔上書站了起來，書的封面以毛筆字寫著《青狂六癡》。

這個代號從沒出現過，只在手冊上看過，當這個代號出現，在地的「透明電梯」最好用的三人，包括眞奈美自己都要同時出動。這個代號象徵著這場行動的重要性，但同時也有點詭異，讓眞奈美感到不安。

「時間安排好，準備出發吧。」部長用手掌搓了搓臉上的汗水。

❀ ❀ ❀ ❀ ❀

昭和8年，1933年，接近中晝的末廣町。

根據消息指出，小早川眞介這次南下，準備對台南州知事今川淵不利，但因爲沒有確切證據，無法以正式管道逮捕，因此派「透明電梯」將他活捉加以逼問。接獲的情報透露，他今天會獨自一人在林百貨五樓吃壽司，這是捕捉他的最佳時機點。

小早川眞介，隸屬於台灣軍的H部，這次密謀對知事今川淵不利的計畫，難道只是單純的叛變嗎？「透明電梯」一行人，其實心裡多少也有點忐忑，這個小早川眞介跟他的黨羽，恐怕就如同「透明電梯」一樣吧？「透明電梯」雖也是隸屬於台灣軍底下的祕密組織，表面上替帝國剷除異己，但實際上卻暗地執行著組織傳承的目標任務「鯤島計畫」。而這個小早川眞介，是否背後有更具組織性的陰謀呢？

　　場景回到流籠裡，古關眞奈美、伊藤部、天野良一和阿其，彼此一句話也不說，流籠緩緩上升，大家都面無表情，看不出來究竟是放空，還是緊張。平時四人獨行都可以解決各種任務，照理來講，這次合力出擊肯定是更加輕鬆才對，更何況只是要把人活捉。

　　但既然如此，爲何需要動用到全體成員？

　　「約四個月前，我們這座城市的第一座百貨落成了，也建造了這個被在地人稱爲『流籠』的電梯。」眞奈美意有所指地說，她一身銀灰的和服，又正好有著四隻飛翔的白鶴，意味著現在身處於流籠內的一行四人，宛如籠中鳥般地駛進一個未知的境地。

　　伊藤部故作輕鬆地說：「天下第一俶，戴瓜笠仔坐流籠。」

　　這時候阿其瞥了他一眼：「平常歇睏**鼾鼾叫**（huânn-huânn-kiò）就準拄煞，這馬閣佇**嗷嗷叫**（kiàu-kiàu-kiò）。」

　　眞奈美笑而不答，因爲這句話就是從這棟百貨流傳出來的。天野良一跟伊藤部則相互看了彼此一眼，天野良一心裡反覆出現的疑問是：「爲何要眞奈美跟著他們一起行動？這樣眞的妥當嗎？」即使是因爲行動代號「電梯」而出動，但眞奈美幾乎是毫無實戰能力的，若是有什麼意外，對往後組織內的支援是一大危害。

　　眞奈美突然開口：「只怕目標不是單純要傷害知事而已，這件事搞不好跟耳聞的『北移』有關。」

　　一行人沉默不語，搭乘流籠，準備直達頂樓目標的所在處。

　　「據說頂樓正準備建造神社。」伊藤部說。

　　才剛這樣說完，流籠門打開了，一行人準備走出去。

　　剛剛他們也是這樣走進百貨一樓的，那些賣日用品的、木屐專賣的，都跟往常沒什麼兩樣，而百貨店的店員也都親切地向他們鞠躬致

意。暗殺任務身經百戰，他們感覺得到，這趟任務很詭異古怪。

　　或許是因爲剛開幕沒多久的緣故，林百貨的來客數讓整個樓層都擠得水洩不通。走樓梯嗎？很抱歉，因爲林百貨人聲鼎沸，就連樓梯都擠滿人潮。由眞奈美所引領的一行人，就自動順著百貨店的店員和人們自動讓出的動線，走進了流籠。

　　流籠門關上，緩緩上升，接著就是剛剛發生的一切。

　　五樓到了，將流籠門推開，正前方就是餐廳，對照樓下的人潮盛況，這層樓竟異常安靜。伊藤部大搖大擺地走出流籠，將餐廳門推開：「裡面沒人？」轉過頭，看到剛走出流籠的其他夥伴，大家的臉正朝著右上方看去。

　　「人都在上面。」天野良一用下巴朝著右上方的頂樓空間示意。

　　這時，眾人看到那個頂樓空間，站了許多穿軍裝的人，有些人已轉過頭對他們露出充滿敵意的表情。

　　「這實在太瘋了吧？吃個壽司要帶這麼多保鏢？」伊藤部說。

　　「準備好了嗎？」眞奈美微微一笑。

　　一行人並不懼怕，朝著通往頂樓的鐵梯走去，餐廳外的這塊地，平時做爲簡易兒童遊樂場，擺放了電動馬跟撈金魚攤位，只是此時當然都空無一人，倒是電動馬仍緩緩上下擺動著，也不曉得剛剛是誰坐了這台電動馬。

　　「哼哼叫（hainn-hainn-kiò）的馬角王，以前敢會來這騎碌硞馬？」阿其似乎想緩和氣氛，哈哈一笑。

　　走上樓梯，是一個小廣場，此時排排站滿手持軍刀的軍人，眼尖的天野良一發現，他們都不是持著西洋握柄的三二式軍刀，而是宛如太刀形式的軍刀。「奇怪，兩個月前東京下議院才剛提出復興日本刀的案子，

有這麼快執行嗎？」天野良一說出這句話時，其他三人也彼此相視，似乎心裡稍微有個底了。

在平台站滿一排**氣嘤嘤**（khi-tshuah-tshuah）的軍人身後，是一個小型的建築空間，內部擺設著簡單的桌椅器具，和資料照片長相相符的小早川眞介，正和一名側著身、低著頭，身穿土黃色羽織的武士喝著茶，一旁甚至正煮著滾水，看似頗悠哉。

小建物左方的門可以直接通往興建到一半的神社。此刻，神社的鳥居看來宛若血盆大口般，正以等待著吞噬獵物般的姿態，迎接著他們。

「搞什麼鬼？」天野良一抽出雙刀，冷笑一聲。

伊藤部看著兩旁的軍人，可以理解這趟任務出問題了。不曉得究竟是哪個環節出了錯，唯一可以預料的是，一場大戰應該免不了。此時的他，全身已處於備戰狀態，身上的淺灰色羽織，緩緩鼓脹了起來。

阿其瞪著同樣穿著軍服的小早川眞介，他喝著茶，露出挑釁的神情。若是按照平常執行任務的標準程序，阿其應該……咻！——在思考的瞬間，二尺大的海口笠就這樣飛擲了出去，極速穿越前兩排軍人！

「早慢攏會**倒直直**（tór-tit-tit）的你，現此時就直接予你**倒抑抑**（tór-tshih-tshih）！」

豔陽高照，鏘！——與小早川眞介在小房間裡喝著茶的那名武士突然躍起，一刀將斗笠斬開。斗笠被回擊飛彈回來，阿其迅速伸出左手將斗笠轉回手上。

「**勇勇馬**（ióng-ióng bé），縛佇將軍柱。」阿其看著那名武士。

天野良一驚訝：「這刀流，莫非是……」這時才看清楚，這名身著土黃色羽織的武士，便是先前與阿其北上進行「南弘事件」，在暗巷裡遇到的那位不速之客，「台北橋水鬼——賣間善兵衛」。

「賣間？小早川眞介，難道你也是那個組織的？」天野良一反轉了手上的雙刀，他說完這句話，小早川眞介笑而不答。

「又見面了，你的中心思想，眞的是走偏了。」賣間冷笑著，反轉了兩次手上的武士刀，站在那棟小型建築空間的正前方。

「我只是把心長在生活的地方，你呢？」天野良一說。

「開始就按呢**喈喈叫**（tsa̍p-tsa̍p-kiò），敢會傷過頭**譀呱呱**（hàm-kuā-kuā）？」阿其說完，看著眼前擺出戰鬥姿勢的賣間，「你有才條穿這款**貴參參**（kuì-sam-sam）的衫，應該是**油洗洗**（iû-sé-sé）乎？可惜**黃錦錦**（n̂g-gim-gim）的配色，實在是**倯煏煏**（sông-piak-piak）。」

「哈哈！久別重逢，不要這麼激動。想必各位就是『透明電梯』最了不起的組合了吧？若再加上幕後操盤驚人的這位女士，『透明電梯』實在令人恐懼呢……」小早川眞介邊笑邊說，仍坐在椅子上。

「你是……」眞奈美仍保持著鎭定。

「我就直說了，我們組織早就知道你們暗地裡在執行『鯤島計畫』，但這座島嶼不可能離開帝國生存的，所以透明電梯不能繼續存在。」小早川眞介繼續說，「你們今天來的任務，原本是要把我帶回去對吧？但可惜，現在狀況完全相反。我給你們一個機會，現在就在鳥居前重新宣誓效忠帝國，而不是所謂的『鯤島』。而且，只要你們把『透明電梯』滲透在總督府裡的成員全數殺掉，我就讓你們重新納進我們組織底下，也是正規軍喔。」

眞奈美露出輕鬆的笑容：「你說的那個什麼計畫？我一點都不明白。」

「哼，不明白？上次警告南弘的那支箭，不就是你們做的嗎？賣間已經跟我報告了，不過我們也早懷疑『透明電梯』很久了，一開始本以

為可以借刀殺人，畢竟我們本來便是要取南弘的命，誰曉得那天晚上你們卻只是警告而已，反倒壞了我們的計畫。」小早川眞介喝了一口茶，慢條斯理地拿起一旁的熱水回沖，語調放軟，「再怎麼說，以我在台灣軍裡的位階，算起來也是你們的長官，長官的命令，不能違背吧？」

「我們透明電梯的長官，永遠只有明石總督。」眞奈美說。

「別傻了，你們被利用了還不知道！他說什麼計畫，說到底只是為了滿足自己的野心，好可以成為鯤島之王。再說，你們眞覺得脫離帝國可以獨自生存？」小早川眞介跟一旁的賣間都哈哈大笑。

「我不相信，他的信念是……」眞奈美說。

「眞心為這座嶼好的，當然只有帝國，不然怎麼會帶來現代建設，還教育你們呢？」小早川眞介揚起鼻孔說。

眞奈美一句話也沒說，表情似乎有點動搖。

「哈哈哈！我再說一件事吧。」小早川眞介邪惡地笑著，「我們上頭早在獲悉明石提報要成立台灣軍時，就已經開始注意他，更何況還祕密成立『透明電梯』這個單位？說好聽是要協助帝國，其實就是為了方便他推動這個滿足私慾的『鯤島計畫』，所以我們在他船上的餐飲下了毒藥，本還想盡一點最後的道義讓他死在故鄉，沒想到他臨終前還執意要將遺體送回台灣，眞是可怕的執念。嘿嘿……我再說一次，只有我們是眞心為這個島嶼付出的。」

眞奈美則是驚訝到不自覺地緊握雙拳，沒想到那位待她如同父親的明石，原來並不是病死，而是被毒死的，她緊咬下唇，淚水在眼眶打轉，看著小早川眞介。

天野良一大喊：「不要相信他們說的！」他拔起雙刀快速往前衝去，昔日的搭檔賣間同樣雙手緊握著刀，眼神銳利，也早已做好戰鬥的

準備。

　　這時，兩側原本排排站的軍人也紛紛拔刀，一湧而上。「注意了，留他們一口氣。」小早川眞介的目的是遊說他們加入自己的陣營，但若他們不從，他硬的一手便是反過來帶他們回去逼問關於「鯤島計畫」的所有細節。

　　對於「透明電梯」而言，要對付小早川眞介，就必須先過賣間這關，但在這之前還有更多擋在前頭的軍人。可以擔任護衛小早川眞介的工作，可想而知這些人都不會是簡單人物，一時之間天野良一完全被制住，而一旁的伊藤部更不曉得是什麼時候被幾個跟他一樣高大的壯漢用繩索綑綁著，動彈不得。

　　阿其則取下斗笠當武器應戰，手持軍刀的軍人湧上來，使他陷入苦戰，「我等咧絕對會將恁遮睨惡惡（gîn-ònn-ònn）的目睭仁，攏總挖挖出來！」阿其一個旋踢、翻身，陸續打倒幾個軍人。

　　但現場沒人特別理會眞奈美，反而自動讓出一條動線，讓她可以逐步接近小早川眞介並和他交談。這也顯示小早川眞介早已徹底掌握「透明電梯」的情資，明白眞奈美在實戰上毫無威脅。但賣間仍如同小早川眞介的貼身侍衛般，站在一旁隨時戒備。

　　「你們根本沒有勝算，我們的人早就滲透到透明電梯裡，所以這次你們才會被假指令引誘上來。」小早川眞介說，「再說，帝國計畫要讓這座島嶼北移，所以跟著我們，對你們是有好處的。」

　　「你說的都是眞的嗎？」眞奈美皺著眉頭小心翼翼地說，看著身旁苦戰的三人。

　　「當然，加入我們。」小早川眞介露出一抹詭異的笑容，「今天就在鳥居前面宣示效忠，不然就向帝國揭發你們。」

　　眞奈美緩緩前進，眼神充滿迷惘：「加入你們，還可以繼續守護想守護的東西嗎？」

　　「當然，給你們的資源只會更多。」小早川眞介露出笑容並攤開雙手，「難道，妳要把自己的青春全部葬送在這個難以達成、簡直不可能成功的計畫裡面嗎？要花多久時間？」

　　不遠處的阿其漂來一句話：「我看是諏諏仔（hàm-hàm-á），出一支喙爾爾，莫閣假痟若顚，講遐濟。」

　　這時候的伊藤部儘管身上已被數條繩索綑綁著，但他仍奮力甩開了幾個壯漢，只是身上的衣著也已破裂，身體斑斑血痕，原來這些繩索上還暗藏刀片，刮得他來不及運氣行「半金鐘罩」以致渾身是傷。天野良一則是斬殺了不少如螞蟻般湧上的軍人，身上也罕見地被砍中了數刀，鮮血直流。另一邊的阿其也陷入苦戰，難以施展絕招，一瞬間，他的後背還被一名高頭大馬的人用鐵棍重擊，這一幕恰好被古關眞奈美看到。

　　阿其強忍身上負傷說：「眞奈美，你毋免管阮，阮無要緊！」

　　聽到阿其這段話，眞奈美愣住了，猛然回頭看著阿其。

　　約莫沒幾秒，眞奈美輕輕咬著下唇，轉過頭緩步走向小早川眞介，左前方的鳥居此時已不像是血盆大口的怪獸，反倒像是隨著南國豔陽蠢蠢欲動的烈豔紅唇，與眞奈美一身典型大和美人的妝容相得益彰，她緩緩開口：「該怎麼配合你？」

　　語調宛轉，朱唇嬌豔欲滴，小早川眞介似乎也能從如此動聽的語調感受到美人容顏。他轉過身看著眼前的眞奈美，背景是三位陷入苦戰的勇士，他們的血水與汗水，以及聲嘶力竭的聲音，襯著眞奈美的美貌，成爲令人興奮的快感。小早川眞介手勢一揮，露出野獸般的笑容，自得自滿，起身從那小型建築空間的後門往鳥居的方向走去。

「跟我來，便跟妳說明。」小早川眞介露出輕浮的笑，示意要眞奈美自己跟著他。

「混蛋東西！」天野良一忍不住破口大罵，撐著身體挨幾刀的痛，硬是突破了好幾道人牆，但仍被擋在重重的人海與刀海之外。

這時，有幾名站在矮牆邊的軍人掏出槍。伊藤部見狀，衝上前出掌伸抓最接近的一名，接著以過肩摔的方式，一連將好幾名持槍軍人摔至五樓餐廳外的簡易兒童遊樂場。瞬間哀嚎聲不斷，金魚攤傾倒，水滿是一地。幾個軍人見狀陸續湧上，以人海戰術圍攻伊藤部。

阿其看到小早川眞介跟眞奈美已在左前方的鳥居前了，眞奈美處境十分危險。此刻的他，手中斗笠已滿是血水，但他放棄防禦，舉起手奮力一甩，血斗笠名符其實，旋轉的瞬間將一排人群斬首而斷，直衝向平台左前方，站在鳥居前的小早川眞介，「落尾會佇血海之內**沐沐泅**（bòk-bòk-siû）的人，是你！」

「血斗笠，紙斗笠。」只見小早川眞介將手一揮，狂傲地笑，便將斗笠撥開，往剛剛那小型建築空間射去。接著傳來一陣爆炸聲，顯然是斗笠擊中了剛剛泡茶的滾水器具，隨後，火與濃煙就此迅速襲來。

眞奈美背著火勢，已靠近小早川及他身後的鳥居，這時賣間大喝一聲，舉刀向前阻止透明電梯其餘三人前往鳥居。匡鏘！——刀聲碰撞，天野良一承受著傷勢，從旁雙刀揮舞，斬殺了殘餘人牆，雙刀夾擊賣間揮落的刀。阿其趁機鑽近小建物裡撿起斗笠，跳回小廣場。天野良一腳步移動，賣間也同時腳步轉向，雙刀反轉、左右交互斬擊賣間的腰身，但賣間一個騰空迴旋，反以一記倒刺擊向天野良一。刀劃過眼前幾公分的距離，但在千鈞一髮之際，賣間將原本要刺進天野良一喉嚨的刀止住說：「看你身受重傷，諒在過去搭檔的情誼，讓你這一步，接下來刀劍

不長眼。」

　　天野良一大吼，雙刀再度反轉，雖不停喘著氣，但眼前的他仍左右刀法並用，上下交叉突刺前進，但都被游刃有餘的賣間閃開。這時血斗笠飛來，賣間一個側身抽刀將斗笠回擊，彈開的斗笠被伊藤部隨手舉起地上軍人的屍體擋下，斗笠就這樣插在屍體上，伊藤部大叫：「誰的斗笠快拿走好嗎？看是該插在誰身上。」

　　「當然嘛是愛插佇這位**好好人**（hór-hór-lâng）毋做，偏欲做歹的這齒。」阿其笑了一聲，衝上前將斗笠拔下。

　　阿其看著渾身是傷、衣著也早已沾滿血跡的伊藤部，不忘輕鬆以對：「啊你的衫，哪會破甲**爛糊糊**（nuā-kôo-kôo）啦？」不過也幸虧羽織袴藏有金屬片，多少也緩衝了不少攻擊。

　　「你沒喝酒，怎麼也**醉茫茫**（tsuì-bâng-bâng）啦？講話語無倫次的。」伊藤部擠出此時腦中唯一的疊字，接著苦笑著說：「倒下去前，再多撐一下吧……」

　　這時候，阿其、伊藤部、天野良一，身受重傷的三人，彼此相視而笑，在大聲吶喊之後衝向賣間。三人身受重傷，雖合力圍攻賣間，但賣間手上的太刀像是一尾靈動的蛇，配合他游移靈活的步伐，時而以腳擊，時而以刀刃欺敵，攻守合一，讓透明電梯三人吃足了苦頭。此時，天野良一即時以雙刀呈十字接住賣間的奮力一擊，好在他臂力驚人，但人也以半跪之姿苦撐，這時的伊藤部跪倒在一旁喘息，衣服滿是血跡，想是剛剛被斬傷，而阿其則再度揮出斗笠，但只見他的手臂也有一道深深的傷痕，以致於力道大受影響，但賣間見狀也收刀後跳，斗笠回旋至阿其手上歸位，天野良一終獲得喘息機會。

　　賣間看著天野良一冷笑：「我還以為只有你會靠蠻力，原來透明電

梯都是靠蠻幹的啊？」說完輕視地看了伊藤部及阿其一眼。

「莫**激恟恟**（kik-khòo-khòo），想講阮攏怦怦喘（phēnn-phēnn-tshuán）矣，等咧就予你**死殗殗**（sí-giān-giān）。」阿其邊說邊和伊藤部、天野良一示意，伊藤部以力拔山河之姿，往賣間衝去，賣間舉刀便砍，但不料這是虛晃一招，伊藤部突蹲低半跪，讓天野良一箭步從他後背竄起，這時阿其的血斗笠飛起，天野良一就這樣踩在斗笠上，雙刀齊出，賣間頓時籠罩在攻勢之下。

這一切太突然，賣間爲了閃躲，向後狼狽地翻了幾圈，伊藤部趁此空檔出掌，擊中了賣間的背。賣間一個停頓，但血斗笠已斬向大腿，鮮血飛出，天野良一雙刀齊出，雖右刀被賣間揮刀擋下，但左刀仍斬入賣間的肩頭。

另一邊，小早川眞介的笑容，隨著眞奈美一步步逼近而更顯狂妄，他絲毫不怕眼前的美人，甚至想要將她一把攬進懷裡一親芳澤。如果她眞這樣做，那就更好了，小早川眞介心裡的慾望升至最高點，即使熊熊大火已經讓在場其他手下驚慌失措，但現在，他眼裡只剩下這個女子。

「告訴我吧。」古關眞奈美露出一抹嬌豔的笑容，小早川眞介突然想起眼前這女人的外號「笑能殺人」，不過這個外號算得了什麼呢？操盤手罷了。於是他伸出手，一把抓住眞奈美的手，肌膚的觸感讓他瞬間感到毛細孔隨著環境的熱氣所帶來的爽快之感，腦中浮現與眼前這女人燕好的幻想。

「告訴我，我該守護什麼？爲了守護什麼，我可以失去什麼？」眞奈美的聲音宛如放大一百倍的音調在他耳膜膨脹，與此同時，他清楚感覺到，身體最誠實的情慾也隨之膨脹，呼吸突然喘了起來，「告訴我吧。」

　　吞嚥了口水，小早川眞介聞到了一股淡淡花香，是眞奈美的香味嗎？頓時感到天旋地轉，宛如上上下下般的一口氣無法透過來。明明自己全然占上風，爲何身體卻感到這麼異常不適？此時他的慾望似乎隨時都會爆炸，但他仍欲罷不能地看著眼前的美人。只見眞奈美背對頂樓廣場的眾人，突然雙手張開，和服像是突然膨脹的鳳凰，將豔陽都遮蔽了，「那是幻覺嗎？」小早川眞介喃喃道，這個想法不是只有他有，但現場熊熊火燄還在提醒眾人，這不是在夢境中。

　　小早川眞介彷彿看到全世界最美的圖畫，他曾經看過一幅在黑暗之中綻放出豔紅色櫻花的浮世繪。此刻，他宛如又看到那朵豔紅色的櫻花出現在眼前，但不同的是，那重疊的櫻花影像帶著古關眞奈美撩人的肢體動作，而原來那重現眼前的豔紅色櫻花，是從自己口中噴灑而出的鮮血。

　　「妳對我……做了什麼？」小早川眞介說話時，嘴裡不斷冒出黑色的血水。

　　眞奈美此時已環抱著小早川，「死掉的人怎麼當王？明石總督死前便下願當鬼，好永遠守護這座島，他要的是這裡的人民當王。」語畢，將小早川輕輕送出懷中。

　　不知道是利器刺進胸膛？還是中了巫術？小早川的雙手急按胸口，只摸到了一朵像漩渦形狀的花朵，他驚恐的瞳孔迅速縮小，並跪了下來。

　　大家都靜默了。現場除了火勢仍發出可怕的燃燒聲響，以及四處傳來不明所以的爆炸聲以外，這時候沒有一個人說話。就連小早川眞介自己也感到莫名其妙，但他口中的鮮血是眞，此刻正灑在鳥居前。

　　賣間趁在場每個人都還驚慌未定的時候，一個出腳往伊藤部的肚皮

踹下去，然後拔起原本斬插在肩上的刀，奮力往頂樓另一方奔跑，跳至煙霧的另一頭。天野良一也想快步跟上，卻只見賣間已消失在鳥居後方的濃煙裡。

「對百貨店頂懸跳落去，敢袂**碎糊糊**（tshuì-kôo-kôo）？」阿其笑了出來。

小早川眞介一句話也沒說，不支倒地，眼前的眞奈美仍站在他前方，露出一抹耐人尋味的笑。

「笑能殺人啊……」他願意再多看幾眼，腦中如萬花筒一般，閃過許多沒發生但又異常立體的畫面，男歡女愛、情愛交錯，古關眞奈美的和服纏繞著他，不知是眞是假，只是他呈跪姿的身體已癱軟在地。

阿其縱身一跳，躍過 L 型的圍牆至鳥居前，順勢舉起血斗笠斬下小早川的頭，再一個回踢，把人頭踢入火海，接著大喊：「爽歪歪啦！」

領頭將軍一亡，原本的隨從及軍人，不是身受重傷便是隨即潰散，大家都親眼見到古關眞奈美不曉得用什麼招術，片刻間便讓小早川眞介人頭落地。

「就是因為難以達成，所以才顯得浪漫。」眞奈美看著地上的小早川眞介的屍體說出這段話，「我守護透明電梯，而這個單位守護的信念便是『鯤島計畫』。」

阿其看著躺在地上的小早川眞介無頭屍也說：「人攏做袂正，閣欲講信念？**戇呆呆**（gōng-tai-tai）。」

一片狼藉的林百貨樓頂，小型建物的火勢仍不斷燃燒，眼看很快就會蔓延開來。小早川眞介的屍體則躺在血泊之中，沒了項上人頭，但身上的衣著仍顯現著曾為一介將軍的氣勢。

天野良一、伊藤部此時也來到鳥居前，阿其則宛如護花使者般跟在

眞奈美的旁邊，眾人似乎嗅到什麼不尋常的氣氛，「看看他身上有什麼。」眞奈美深吸一口氣，她的雙眸定格在眼前這個似乎隨時會突然發出陰沉笑聲的屍體。原來，死掉的人，比活著的人還可怕。

「找到這個。」伊藤部在屍體上的衣服裡翻來找去，最後拿出一個奇怪的東西，是一個迷你且做工精緻的全金屬三明治別針，「三多一治？」

天野良一則是沉著臉，一句話也沒說。

「哈哈哈！沒想到這傢伙也有這種心思啊？」伊藤部摸摸自己的頭大笑，「還想說會找到什麼哩！該不會爆炸吧？」

「那只是一般的別針而已。」天野良一淡淡地說。

「原來伊是這款**開仙仙**（îng-sian-sian）的人，**拋拋走**（pha-pha-tsáu）舞這齣，結果身軀頂，閣將三多一治**攢便便**（tshuân-piān-piān）。」阿其對於自己造出這個句子非常滿意，轉頭望向眞奈美，希望她也能給他一個什麼笑容之類的鼓勵，「團結大勝利，攏是**註好好**（tsù-hór-hór）的。」

眞奈美一言不發，伸出手接過那個三明治別針。的確，小巧的三明治別針眞是精緻，但，是自己想太多了嗎？難道即使連小早川眞介這般的人，也保有一絲童趣？

一旁的阿其則看著眞奈美。

眞奈美翻過三明治別針，隱約可見背面的金屬面板，刻著細小的一行數字跟宛如密碼的凸起狀，還有幾個日文字。此時，頂樓的濃煙已經讓眼睛快要睜不開，也讓他們嗆得快要喘不過氣。

天野良一伸手捂住口鼻，終於說出了正確答案：「他跟那個賣間善兵衛，都屬於極右翼另一個祕密組織──『三多一治』。」

「是那個『三多一治』嗎？」古關眞奈美皺了皺眉：「就是你曾待

過的組織對吧？原來他們一直都有在活動。」阿其跟伊藤部靠了過來。由頂樓俯視一樓，此時州廳的消防員與警方到現場了，也已將客人陸續疏散出來，但眞奈美一行人已不確定這當中哪些是眞的客人，或者哪一些根本就是三多一治的成員。

「火咧**沖沖滾**（tshiâng-tshiâng-kún）矣，咱先來走，較贏。」阿其催促著說，一行人便相視點頭，透過天野良一的帶領，朝頂樓接近矮平房的方位縱身一跳，就這樣消失在頂樓的濃煙中。

❀ ❀ ❀ ❀ ❀

巷弄裡，一個跌跌撞撞的身影，賣間善兵衛拖著一身重傷，他的步伐浮動、視線渙散，幾乎快耗盡體力。在恍惚之間，他伸出手摸到一扇門，原想將自己撐起，但卻無意識地將門推開，身體就這樣跟著門展開倒進屋內。

這似乎是一間房子的後門，從陰暗的屋內深處走出一名身著漢服的少女。

「歹勢，阮歇睏矣，賣老君無佇……」少女緩步走向賣間。

賣間喘著氣，手撐著太刀，試圖站起來。

「我鼻著血的味。」少女的語調淡淡地說，她蹲了下來，伸手撐著賣間，一手按壓他的後頸，一手則觸摸他的臉，「所有的痛苦攏會消失。」賣間只感到一陣輕鬆，似乎傷口痛楚減輕許多，他想要起身離去，少女反手擒拿住他拿太刀的手，「只是暫時止痛，你需要馬上進一步治療。」

這位少女是誰？賣間抬起頭看著她，只見一張標緻的臉孔，五官端

正，有著短短的平瀏海，但淺灰色雙眼分辨不出眼白跟瞳孔。此時，她的嘴角露出令人安心的笑容。

他很懷疑這弱小的少女怎麼撐起他的？少女扶著他，另一手則緩緩將門關上，巷弄裡頓時恢復了平靜。

就這樣，這棟百貨失火的消息迅速傳了開，引來許多民眾圍觀。也就在驚動署長及州警務部到場後，火勢很快地被撲滅。

隔天，《台南新報》登出百貨店火災的新聞，起火點為六樓的小建築空間，由於太靠近木造神社而造成火勢一發不可收拾。事後，報導焦點全聚焦在火災本身，以及百貨和政府的應變之速，還有未來該如何強化高樓救災措施。巧合的是，事發隔天恰好是台南市消防日，林百貨周邊隨即成了消防演練的加強地點，甚至還演練了如何使用救命袋。

被燒成一具無名焦屍的小早川眞介，與他相關的細節都被軍方壓了下來，當天在此發生的大亂鬥，消息想當然也就沒有外流。「透明電梯」在這場事件後，仍繼續以祕密組織的身分為帝國效力，但暗地裡仍執行著未完成的「鯤島計畫」。雖然小早川眞介死了，但他背後所屬的那個組織──「三多一治」，自此之後，便開始如影隨形，繼續追擊著「透明電梯」的眾成員……

但再過不久，二戰後政權轉移，曾有傳聞說「透明電梯」的「鯤島計畫」最巔峰狀態正是這二戰後的過渡時期，但後來「透明電梯」這個單位似乎徹底消失了。總之，這一切都成了都市傳說。偶爾有人會說幾句關於「透明電梯」的傳奇，說是曾經有個單位替帝國政權處理了許多

政治上的糾紛，雖有很多是不光彩的事，但更多是直接解決了與地方惡霸有牽連的組織，讓老百姓可以在生活中喘一口氣。更甚者，有人隱隱約約知道「鯤島計畫」的存在，只是正如「透明電梯」一樣，兩者都是不能直言的祕密。

很多人都想要尋找「透明電梯」這個單位的下落，也想知道這些奇人是否有後代傳人？於是他們便在城市裡的高樓建築設置了透明電梯，希望透過這種方式，傳遞出尋找、悼念「透明電梯」這個神祕單位的訊息。不過也似乎有一股勢力，企圖讓透明電梯漸漸退流行，所以有透明電梯的大樓也越來越少。說穿了，與其說是害怕透明電梯的存在，不如說是對「鯤島計畫」本身的擔憂或恐懼吧。

那「透明電梯」究竟還存不存在？要怎樣才有辦法找到「透明電梯」這個單位呢？

或許如此**密喌喌**（bàt-tsiuh-tsiuh）沉封至今的傳說，只有寫成故事吧？

盲腸說完了，我們三人**恬靜靜**（tiām-tsīng-tsīng），我看著碗內最後幾顆舀不起來的軟花生和幾片載浮載沉的碎冰發呆，盲腸正用吸管將結塊的木瓜牛奶攪散。

「哇哩勒，那個組織跟裡面的人名，你可以說得更清楚一點嗎？」我覺得剛剛盲腸講的其實好籠統，很多地方都是帶過，人名好幾次還講錯，反反覆覆的，真是不可靠。

「反正我阿嬤只有跟我說真奈美這個名字，她講的也很簡單啊⋯⋯」盲腸用力吸了一口木瓜牛奶。

足濟人，攏想欲走揣萬能流籠，就佇城市起造透明電梯，
向望利用這款辦法，表達出思念的信號。但嘛有其他勢力，
予透明電梯漸漸退流行，因為足驚惶「鯤島計畫」。
這款密圳圳的傳說，只會使寫做故事矣……

小早川真介

伊藤部

天野良一

　　這時小博士轉過頭，我順著他的目光，又看到了頭戴斗笠的老人，不知道他什麼時候坐在我們斜後方，正吃著豆花。那瞬間，我突然覺得一直面對我們的盲腸，搞不好是看到了這個斗笠老人，才編出這個故事唬我們的，「我覺得喔，盲腸，你比元義還更有寫小說的天分。」小博士開口，不過因為他太久沒說話，以致於在開口的瞬間，嘴巴還冒出了一個泡泡，隨之「波！」的一聲破滅。

　　「不是啦，這個不是故事啦！我阿嬤說，那是真實的歷史事件。」盲腸很著急地表示。

　　「你乾脆說你阿嬤就是真奈美算了。」我鼻孔撐大，又小心翼翼地轉頭看著那個斗笠老人，哇哩勒，真的是之前在文具店還有郵局遇到的那位。

　　「不是啦，我阿嬤又不是日本人，她跟我說的都是真的，而且她還看過其中一個人的墓仔埔。」盲腸雙手撐著大腿，表達抗議。

　　小博士推了一下眼鏡：「嗯，我覺得這個可行。」

　　「可行你個頭啦！」我拍桌。

　　突然一陣陽光射過來，我們三人抬頭一看，原來是對面的透明電梯上升，將太陽的光芒，瞬間折射了過來。

- **競馬場**：日本時代的台南有競馬場，原本位於大南門外的桶盤淺，後來又移至今日東區南紡購物中心現址，今已不存。

- **日本時代林百貨火燒事件**：1933年4月，林百貨曾傳出火警，隔天台南州知事今川淵還特別到頂樓巡察。又因爲林百貨正好在消防日前夕發生火災，於是在消防日當天，消防當局選定林百貨做爲消防演習的場所，舉行如何使用救命袋逃生的演練。

- **肥朒朒**（puî-tsut-tsut）：胖嘟嘟，形容肥胖。常以諧音做「肥滋滋」表示。

- **笨車車**（pūn-tshia-tshia）：笨重。

- **霧嗄嗄**（bū-sà-sà）：朦朧模糊、一頭霧水。

- **踅踅唸**（sèh-sèh-liām）：喋喋不休。常以諧音做「碎碎唸」表示。

- **蚵炱**（ô-te）：一種油炸的地方小吃，將鮮蠔摻上豆芽菜、韭菜，拌以麵粉漿，下鍋炸成圓扁形，吃的時候沾上醬料，酥脆可口。

- **飽通通**（pá-thong-thong）：很飽足。

- **硬迸迸**（ngē-piàng-piàng）：物品堅硬，或辦事態度強硬、死板。

- **有硞硞**（tīng-khok-khok）：形容堅硬、強硬。「有」是堅硬之意，「硞」是敲、碰撞之意。

- **詬詬唸**（kāu-kāu-liām）：囉嗦嘮叨。意同「踅踅唸」、「嘈嘈唸」。

- **紅記記**（âng-ki-ki）：形容顏色極紅。意同「紅朱朱」、「紅帕帕」。

- **紅絳絳**（âng-kòng-kòng）：形容顏色極紅。通常用在身體上，如「伊的面紅絳絳」、「曝日曝甲紅絳絳」。

- **白素素**（pėh-sòo-sòo）：白淨之意。「素素」有樸實的意思。

- **白鑠鑠**（pėh-siak-siak）：形容很白的樣子。現在常以「白帥帥」表示。

- **紅帕帕**（âng-phè-phè）：形容顏色極紅。

- **白拋拋**（pe̍h-phau-phau）：通常形容皮膚極白。下句常接「幼咪咪」，為細皮嫩肉之意。以前的流行語則以「BPP」簡稱。

- **白蔥蔥**（pe̍h-tshang-tshang）：形容潔白，較有蒼白之意。

- **笑哈哈**（tshiòr-hai-hai）：哈哈笑。

- **新點點**（sin-tiám-tiám）：非常新式。

- **新鑿鑿**（sin-tsha̍k-tsha̍k）：非常新穎。「鑿」有感官上不舒服之意，意味著新穎到極度亮眼。

- **乖育育**（kuai-ioh-ioh）：乖巧。「育」為養育之意，如「好育飼」（hó-io-tshī）意指小孩好照顧，反義為「歹育飼」。

- **好好仔**（hór-hór-á）：就如此這般。

- **唔唔睏**（onn-onn-khùn）：睡覺的通俗說法，通常是用來哄小孩。

- **鹹篤篤**（kiâm-tok-tok）：味道很鹹，不過也可形容做人吝嗇。

- **薟辣辣**（hiam-lua̍h-lua̍h）：味道很辛辣。

- **甜粅粅**（tinn-but-but）：非常甜。

- **穩觸觸**（ún-tak-tak）：篤定、可靠。

- **硞硞從**（khok-khok-tsông）：四處奔走、忙碌之意。「碌硞馬」（lok-khok-bé）指馬匹跑個不停、非常忙碌的樣子。

- **喘怦怦**（tshuán-phēnn-phēnn）：喘得很厲害，通常也說「怦怦喘」。

- **活跳跳**（ua̍h-thiàu-thiàu）：活蹦亂跳、活力充沛的樣子。

- **死殗殗**（sí-giān-giān）：死透之意。與「活跳跳」互為反義。

- **頭犁犁**（thâu-lê-lê）：低著頭，「犁」為耕田之意。

- **沙猛猛**（sua-mé-mé）：形容地板充滿土沙質地。

- **虛禮禮**（hi-lé-lé）：疲憊、精力被榨乾。

- **歹清清**（pháinn-tshìng-tshing）：脾氣態度很差、很兇。

- **荏荏馬**（lám-lám-bé）：「荏」指虛弱，「荏荏馬」就是虛弱的馬。成句「荏荏馬，嘛有一步踢」意指天生我材必有用。

- **聊聊仔**（liâu-liâu-á）：慢慢地、謹慎小心。

- **匀匀仔**（ûn-ûn-á）：慢慢地、謹慎小心。也能省略成「匀仔」來使用，「匀仔食」、「匀仔行」。

- **慢慢仔**（bān-bān-á）：緩緩地、緩慢地，如「慢慢仔做」。

- **寬寬仔**（khuann-khuann-á）：慢慢地，如「寬寬仔來」。

- **沓沓仔**（tàuh-tàuh-á）：慢慢地，如「沓沓仔行」。

- **洘秫秫**（khó-tsùt-tsùt）：人多擁擠，「洘」本身便有稠密、擁擠之意。

- **光影影**（kng-iánn-iánn）：光線明亮、波光粼粼。

- **熱咻咻**（luáh-hiu-hiu）：非常炎熱。

- **油朘朘**（iû-leh-leh）：油膩、黏膩。

- **忝歪歪**（thiám-uai-uai）：非常疲憊。

- **烏嘛嘛**（oo-mà-mà）：很黑，通常形容天色變黑，或某物整體暗黑。

- **烏淡淡**（oo-tām-tām）：形容天色或景緻暗沉，一種陰鬱的氣氛。

- **烏攄攄**（oo-lu-lu）：烏漆抹黑，通常是指物體表面極黑。

- **烏趖趖**（oo-sôr-sôr）：形容很黑，不乾淨。若形容小孩玩耍玩到身體髒了，會用「烏趖趖」。

- **爽歪歪**（sóng-uai-uai）：很痛快、暢快。

- **趕緊緊**（kuánn-kín-kín）：趕緊、加快速度。

- **酥夐夐**（soo-khiak-khiak）：飄飄然之意。

- **媠噹噹**（suí-tang-tang）：非常漂亮，一般多以「水噹噹」表示。

- **亂操操**（luān-tshau-tshau）：凌亂、心煩意亂。

- **毋甘搐搐**（m̄-kam tiuh-tiuh）：於心不忍、捨不得。「搐」為肌肉抽動之

意，也有拉扯的意思。

- **軟膏膏**（nńg-kôr-kôr）：身體柔弱無力、軟綿綿。這裡暗喻飄飄然，意同「軟餃餃」（nńg-kauh-kauh）、「軟莎莎」（nńg-siô-siô）。
- **攬牢牢**（lám tiâu-tiâu）：擁抱、摟抱，字面意思為「抱緊緊」。
- **老碌碌**（lāu-khok-khok）：很老、老態龍鍾。常以諧音「老扣扣」表示，以前的流行語則以「LKK」簡稱。
- **憂結結**（iu-kat-kat）：憂心忡忡、愁眉苦臉。有句話說「面憂面結」，也是同義。
- **眨眨瞬**（tshảp-tshảp-nih）：眼睛眨個不停。「瞬」為眼睛一閉一合的瞬間，所以形容一瞬間也可以說成「一目瞬仔」。
- **色清清**（sik tshìn-tshìn）：顏色冷冷的。在這裡是指臉色難看、慘白。
- **挐氅氅**（jû-tsháng-tsháng）：非常雜亂，毫無條理。同「亂操操」、「挐絞絞」。
- **看了了**（khuànn-liáu-liáu）：看被光。「了了」有全部之意，加強數量語氣用。
- **害了了**（hāi-liáu-liáu）：完蛋了。
- **去了了**（khì-liáu-liáu）：全沒了、極大損失。
- **鼾鼾叫**（huânn-huânn-kiò）：打呼。「鼾」為擬音打呼聲，也常以「閣咧鼾」形容打呼。
- **噭噭叫**（kiàu-kiàu-kiò）：人聲雜亂。
- **哼哼叫**（hainn-hainn-kiò）：痛苦的呻吟聲，不滿的抱怨聲。
- **氣掣掣**（khì-tshuah-tshuah）：怒氣沖沖的樣子，也有氣怫怫（khì-phut-phut）的說法。
- **倒直直**（tór-tit-tit）：躺得直直的，也引申死亡。

- **倒抑抑**（tór-tshih-tshih）：躺平在地，像被壓制般，因「抑」本身便有按壓之意。
- **勇勇馬**（ióng-ióng bé）：勇健的馬。成句「勇勇馬，縛佇將軍柱」意指懷才不遇、淺水困蛟龍、大材小用之意。
- **唈唈叫**（tsáp-tsáp-kiò）：心情不耐煩發出的聲音、瑣碎聲，也可指吃東西時發出的聲音，譬如吸麵聲。
- **譀呱呱**（hàm-kuā-kuā）：非常荒唐、離譜。「譀」為離譜之意，也說「眞譀」、「有夠譀」。
- **貴參參**（kuì-sam-sam）：非常昂貴的。
- **油洗洗**（iû-sé-sé）：形容人的油水很多、賺很多外快或傭金。
- **黃錦錦**（n̂g-gìm-gìm）：形容顏色金黃，意同「金鑠鑠」。
- **倯煏煏**（sông-piak-piak）：意指俗氣到極點。「倯」為土氣、俗氣，「煏」（piak）為炸裂之意，可謂俗氣到炸裂，以前的流行語則以「SPP」簡稱。
- **睨惡惡**（gîn-ònn-ònn）：眼睛瞪大、兇神惡煞般。「睨」是眼睛瞪視之意，有時候口語會說成「睨虎虎」（gîn-hóo-hóo），如老虎一般直瞪著人。
- **譀譀仔**（hàm-hàm-á）：很難講、那可未必。「譀譀」則有虛幻不實的意思。
- **沐沐泅**（b̍ok-bȯk-siû）：在水中掙扎、載沉載浮。也有忙而無助、團團轉的意思。
- **好好人**（hór-hór-lâng）：好端端的、正常的人。
- **爛糊糊**（nuā-kôo-kôo）：非常稀爛，「糊」本身便有黏貼之意。
- **醉茫茫**（tsuì-bâng-bâng）：喝酒過多而神智模糊。

- **激恂恂**（kik-khòo-khòo）：裝傻、不知輕重。「激」是假裝之意，「恂恂」則有呆傻、心不在焉之意。
- **怦怦喘**（phēnn-phēnn-tshuán）：喘得很厲害，又常以「喘怦怦」表示。
- **碎糊糊**（tshuì-kôo-kôo）：破碎不堪。與「碎溶溶」、「碎鹽鹽」同義。
- **戇呆呆**（gōng-tai-tai）：很笨、傻的意思。「戇」即有笨傻之意，也可說「戇呆」。
- **閒仙仙**（îng-sian-sian）：閒閒沒事。
- **抛抛走**（pha-pha-tsáu）：四處亂跑，常以「趴趴走」表示。
- **攢便便**（tshuân-piān-piān）：張羅、準備妥當，常以「傳便便」表示。
- **註好好**（tsù-hór-hór）：註定，認為一切早已命定。
- **沖沖滾**（tshiâng-tshiâng-kún）：意指沸騰的樣子。也引申為人氣很旺、熱鬧，也常以「強強滾」表示。
- **密喌喌**（bàt-tsiuh-tsiuh）：緊密、毫無縫隙。
- **恬靜靜**（tiām-tsīng-tsīng）：安靜無聲。

灰頭土臉地撐完上午的課，終於到了午餐時間。我和盲腸、小博士從學校餐廳走出來，各自買了維持基本生命的食物。小博士拿著一袋小籠包，透明塑膠袋裡擠滿了三分之二袋的甜辣醬，他還直接把甜辣醬插進幾顆小籠包裡注入滿滿的醬汁，「你是食包仔配搵料，抑是食搵料配包仔？」我覺得小籠包在灌滿醬料的袋子裡，似乎快溺死了。我跟盲腸則是買涼麵，反正午餐主體是飲料，我沒什麼食慾，也急著快點吃完繼續構思小說。

「這次你考得怎樣？」盲腸問。

「沒差啦，反正我也打算要轉組了。」我說。

「啊你之前不是說不要轉了？我覺得喔，你轉或不轉的結果，都一樣啦！」小博士一副很中肯的表情，推了推大眼鏡。

「哇哩勒，就算轉組一樣爛，起碼是讀有興趣的科目爛。」我有點不爽，「我寧願在夢想中慢慢枯萎啦！」

「哇，元義，你這句講得不錯耶。」盲腸笑著揮動手中的盒裝涼麵，「對了，我聽我姊說，好像有個颱風形成了，不曉得有沒有可能會放假……」他走路動作就像冷凍太久的涼麵一樣，糾結在一起。

「管他放不放假啦，其實我也很掙扎到底要不要轉組，畢竟換了一個新班級，很像跳到另一個世界……」我碎碎唸。

我現在的生活，依然是每天都在期待趕快回家，繼續思考我的小說《七截花刀傳》續集。因為上課偷寫實在太辛苦了，枯燥的課程也很容易中斷我的創作思緒。但值得開心的是，前幾週我總算把《七截花刀傳》全部修改完畢，重新寄出投稿，現在正處於等待出版社回覆好消息的緊張之中。

今天上午有體育課，萬年吊車尾三人組的我們，即使穿著體育服

裝，也是把衣服紮得很整齊。而且由於籃球場都是班上的風雲人物占據著，我們不用也沒有機會出場，但好處是我們的體育服始終能保持乾燥，否則汗漬會讓我們更加狼狽。

一路持續著無聊話題，話鋒一轉，小博士跟盲腸又講到了我的小說。

「我覺得喔，如果你這次又被退稿，記得可以加強刻畫人物的表情，不然感覺大家從頭到尾都是一號表情。」這句話由一號表情的小博士說出口，加上那副大眼鏡從鼻樑滑落，感覺極不可靠。

「少拍觸衰了，這次我可是很有信心的。」我充滿希望地說。

天天的盲腸用很興奮的語調說：「我也很期待有好消息，這樣我就有個作家朋友了。」

這時，班上的風雲人物阿龍迎面走來。因為剛上完體育課的關係，他已經換上乾淨的黑色T恤，下半身穿著改過的體育褲，其中一腳的褲管束了起來，露出帥氣結實的小腿肌，腳踝上還綁著一條不曉得是哪個女生送給他的，以粉紅色混搭綠色編織而成的幸運結繩。我心想，像阿龍這樣的人，還會有什麼願望需要許呢？我看到他的T恤上寫著「莫忘初衷」，不禁好奇他的初衷會是什麼？不過他應該不需要擔心，畢竟他在學校大搖大擺穿著便服也不會被老師們制止。我有時候覺得，制服只是讓各種狀況更不公平的照妖鏡，像現在，一個學校的風雲人物穿著各種顏色的T恤跟改良褲在學校裡面走來走去，輕輕鬆鬆就把學校的隱形階級照得更加清楚。

「唉，如果可以，真希望可以跳躍到未來，問問已經身為作家的我，到底最後成功的作品是寫了什麼？」我有點喃喃自語。

「可是未來的你，就不是作家啊……」小博士不死心地繼續吐槽我。

「不要讓我氣到直接把故事整篇貼到網路上，只要有一個人看，我就是作家了。」我嘴邊是這麼說，可是光想到要把那稿紙上的字全都打進電腦，就覺得好疲憊。

「對耶，好聰明喔！可能突然會在網路上爆紅喔！」盲腸笑說。

「算了啦，我說說的而已，反正也不會有人按讚……」我嘆了口氣。

「我覺得喔，這你倒不用擔心，如果你真的貼上網，我就用我的分身帳號，一共有二十幾個幫你按讚。」小博士笑得詭異。

「哇哩勒，你申請這麼多帳號幹嘛啊？」

「那是我之前幫《貝貝美人魚》角色灌票申請的。」小博士一臉驕傲。

「對對對，那我也要叫我姊跟她的朋友，大家一起按讚。」盲腸認真地說。

「雖然這樣不一定可以被稱為作家，但至少會讓你的故事先被看到。」小博士推了推眼鏡。

「唉，煩死了啦！一直說我沒辦法成為作家，不管怎樣，平行世界的我，總會有一個是吧？」我說。

「平行世界是什麼？」盲腸一臉蠢樣。

「齁，連這個都不懂，就是有無限種可能，總有一個我是正式出版的作家吧？」我鼻孔撐大地說。

「我覺得喔，可能一千種、五千種，不管幾種可能，你都不是作家。」看著小博士一邊提著那包溼溼紅紅爛爛的包子，一邊講這種話，感覺像是一直在詛咒我的惡魔。

我停下腳步大喊：「那未來的我，就乾脆直接重新投胎算了！——」

❀ ❀ ❀ ❀ ❀ ❀

西元 2065 年，平行世界的台灣未來。

「啊啊啊！──」

從百年歷史的台灣料理店「寶美樓」走出來，赤燄燄的天氣，將我曬到差點昏昏去。除了刺目的光線照得人不舒服以外，先前在寶美樓和朋友所聊的話題，也讓我心頭憋了一口氣，顧不得自己還在大街上就喊了出來。

我是一位醉心於寫作的人，在這個時代，應該說不管在哪一個時代，寫作的人，或是說想成為作家的人，總是希望作品可以讓許多讀者欣賞討論，尤其是內容和文字使用的雅緻程度。版稅是一回事，但那種成就感，以及傳達出心內所想要表現的價值觀，相信是身為一位作家最原始的目標和夢想。

無論身處於哪個世紀、哪個國家，凡是作家，都一定會有這種理念吧？

「我說啊，你寫這種沒什麼人看得懂的小說，到底有什麼用？」

「就是講，到底閣有啥人會看小說？」

在寶美樓聚餐的同學們，個個說得像專家，說是什麼為了慶祝畢業才相約吃飯，早知道我就不參加了。

回想剛剛聚餐場景的同時，突然有一台個人行動車從我身旁穿越而過，咻咻叫，車上的震耳欲聾的音樂劃過我耳邊，彷彿是許多惡魔在尖叫。這讓我嚇了一跳，身體自然退回寶美樓大門口前，剛好愛茹站在那正準備要離開，她看到我的動作，忍不住笑出聲來。

「阿本，你是怎樣啦？恍神喔……」愛茹是班上的女同學，雖不是

我喜歡的類型，但個性溫柔，常會照顧身邊的朋友。這次之所以參加聚餐，也是她不斷邀我，逼不得已才答應參加的。

同學都叫我阿本，家裡是經營古儀式顧問，每年光是處理傳統祭典的生意就忙到要昏過去。從小我就知道，不管我讀什麼學校、哪一種科系，反正畢業之後就是要繼承家業。同學們想說我家做大生意的，人生一定很好過？其實是難過，難過到想哭，不但生活難過，心裡也難過，因為我的夢想是成為一位作家。

問題是，在這個時代，已經沒什麼人看小說了，尤其是我所寫的這種小說，根本沒人看得懂。因為我所寫的小說是從後面往前讀的，簡單說起來……不對，根本沒辦法簡單解釋，就是這樣才沒人理解我的想法。

又因為我的外在條件不錯，所以同學自從知道我夢想成為作家，還以為只是叛逆不想繼承家業之後，轉而鼓吹我進軍演藝界，或是當模特兒。但我真的志不在此，從出生有記憶開始，我就發誓要成為作家，執著的程度可以說達到了瘋癲的狀態。

「我很忙，很多事都還沒有做，要回去了。」我說。

「你怎樣來的？個人行動車？」愛茹問。

「我坐單軌來的，這樣在車上搞不好會有一些靈感。」我**無神無神**（bôr-sîn bôr-sîn）地半說笑，一邊撥動垂落眼前的瀏海。

「哈哈，你才怪啦！你是因為懶得找停車位吧？」看著被我逗笑的愛茹，我有那麼一點迷惘。

為什麼迷惘呢？因為我總是搞不清楚，愛茹，又或者其他同學之所以對我如此熱絡，是因為我的家世，我很富有？還是因為我的外貌？又或只是為了自己有個能出風頭的朋友可以炫耀？

　　我跟愛茹兩人走向兒玉公園，在公園旁邊，有一處名為台南測候所的單軌車站，也是離寶美樓最近的車站。

　　這座城市的舊城區，曾經有鋪設在路面的輕便鐵道，一開始是人力推動的台車，後來逐漸改良為現代化的路面電車。不過隨著時代變化，車流量越來越密集，政府最後不得不拆除那些鐵道，從我父親那一輩開始，便興建起高架單軌。而我那從後往前讀的小說寫法，就是在搭乘單軌列車時，無意間想到的，那從頭環繞一圈又回到「原點」的列車，激起我那創作的靈感。

　　「說真的，你那種從後面往前讀的小說，我實在是聽不懂。」愛茹問起，所以我又從頭到尾解說一次，但我不曉得她到底懂不懂？只是一直笑著看我，好像我在講一件很趣味的事，但我是在解說一件可能會改變整個小說界的書寫方式。

　　我最憂鬱的，也莫過於女人或男人用如此眼神看我，特別是當我說話時。

　　曾經有個女孩也是如此深情地看著我，好似我說的每一字一句她都聽在耳裡，但當我停下話語時，她只是笑著說：「雖然不懂你在說什麼，但看著你說話，就覺得好迷人。」

　　心裡頓時充滿寂寥的我，從此便斷了與她的聯繫。看著眼前的愛茹，突然覺得她好像白毛的摺耳貓，那雙無辜的眼神一直盯著我看，像是希望我能給她些什麼。但舊時記憶又再度重現，我撥動滑落到眼前的瀏海，希望她別說出同樣的話。

　　自從我阿公那一代開始，小說就越來越少人看，或者應該說，其實不只是小說，只要是書，就沒什麼人要看了。雖然說過沒幾十年，到我爸出生時，超薄電子螢幕終於被發明問世，過沒多久，全世界也都開始

流行這種超薄電子紙。這種電子紙的好處是，只要買一片就可以一直顯示內容，還可以捲起來、展開或折疊，成爲「電子報」，同時也有書的功能，而且經過不斷改良，到現在已可以改變質感，摸起來就像眞正的紙本，甚至可以仿造出如同百年台灣文學館所展示的古董紙本書一樣的觸感。但問題是，現代人已經不願意再花時間仔細閱讀了，用電子紙打電玩，上網發廢文、錄影片，或許才是持續到今天歷久不變的使用方式。

這讓我想起，昨晚看《台灣日日新報》副刊，有發現一個小標題是「解救小說？或許該談如何重新拾起紙筆？」雖然很小一欄，但我看得目不轉睛，裡面的言論也深得我心。

「……我的小說觀，大致上就是這個概念。」聽我解說之後，愛茹也沒特別回答，只是看著我文文仔笑（bûn-bûn-á-tshiòr），輕輕擠出臉頰上的酒窟仔（tsiú-khut-á），好像我在講什麼幽默的話。我們已經走到單軌車站了，想必她應該還是沒辦法明白吧？就像我的父母和所有認識的朋友一樣，大家都聽不懂，況且愛茹也不是第一次聽我解說了，當然不懂的還是不懂。

「嗯——經你解釋，我還是不懂。」愛茹故意把那個「嗯」字拖長音，讓我感到有點不高興。我們走上月台，月台上的電子公告正在放送市府的提醒：「下午有場豪大雨，請民眾注意，市政府關心您。」

單軌列車進入月台，列車車身也全是電子廣告，一位笑容滿面的少年藝人手中舉著一罐飲料，大聲喊著：「實在有夠好喝，好喝到牙齒都變色，變色汁，多種口味，熱賣中。」他是愛茹最欣賞的歌星龍之助，那罐什麼「變色汁」，以前在學校也常常看到愛茹買來喝。

「其實妳知道嗎？我寫小說的方式和變色汁道理一樣。」走進車廂，我和愛茹站在門邊。

「哪有一樣？飲料好喝，酸甜酸甜的味道，大家都喝得出來。」愛茹笑了出來，「我看你直接去當藝人跟龍之助一起拍廣告，還比較快。」

在說什麼啊？我又不是為了成名才寫作的，我有點認真了：「一樣！當然一樣！那種飲料不是天然果汁，它是先設定好要什麼口味跟香味，發明的公司才從後面開始拆解要用什麼氣味。比如說，這款飲料設定是酸甜味，色澤是紫色，這樣我已經先將後面的結果設定好了，之後才又將氣味、顏色找出來加總，這樣一杯變色汁飲料就完成了，其實原理是差不多的。」我越講越有自信，越講越大聲，自己都邊講邊笑。

「你難得露出笑容。」愛茹深情款款看著我，輕輕觸碰我的手：「好啦，我看你去做飲料算了啦！不過我還是覺得你去拍廣告比較快。」

聽到這，我的笑容也漸漸縮小，再次撥弄眼前的瀏海，充滿憂鬱。

這時，車廂內的報站聲響起，台南車站到了。愛茹要在這站轉車，她下車時還一直笑，我卻不太開心，所以沒有對她表示什麼。我看著她露出一個不以為然的表情，又俏皮地對我聳了聳肩做鬼臉，在門關上的車內目送她離開時搖搖頭，喃喃自語：「算了我非常忙，懶得再說了。」這時，我才注意到旁邊站了一個**笑頭笑面**（tshiòr-thâu-tshiòr-bīn）的老人。

「少年朋友，你寫小說？」老人講話慢慢的，口音是道地的台語腔，「其實你所舉的例，無啥著。」

我沒說話，只是看著老人的臉。

老人年約六十，皮膚皺巴巴的，臉頰有稀疏的灰白落腮鬍，光亮的頭頂只剩兩側濃密的黑髮，表情生動，**喙笑目笑**（tshuì-tshiòr-bȧk-tshiòr），我盯著他看，覺得很像巴哥犬在跟我說話。他穿著一套大地色的運動衣褲，這種古式的服裝可以說是古董，很多長輩都會這樣穿，但現在都已經改流行「變色衣褲」了，那是表面和內層有一種染劑，顏色可以透過

電子紙控制，要改什麼顏色構圖，隨時都可以變化的衣服，至於變化的顏色跟圖案，只要透過網路購買下載就可以取得。

　　這位穿著傳統衣褲的老人的確引起我的注意，更讓我感興趣的是，他非常堅持全台語，而非日語的對話。

　　「我嘛是寫小說的，對你所講的話題才會有興趣。毋閣你所舉飲料的例，聽到尾仔，我感覺無啥著。」老人笑著繼續說，「我是寫作團體的成員，你若有興趣，會使來參考看覓。」說完之後，竟然拿了一張古董給我，這種東西我在網路上看過，是紙做的名片。沒想到現在還有人在使用這種東西，這種用紙印成的東西，印了就沒辦法更改編輯，這張名片上印著「小說守護組」這幾個黑字，白底旁邊寫著地址、電話，還有他的名字，「叫我興伯就好。」老人對我笑了出聲。

　　三個多月後，心頭悶悶，大雨不停。

　　那天在寶美樓聚餐結束沒多久，其中一位我在班上最要好的同學——根本克英，騎著個人行動車離開，結果在兒玉公園出了個小意外，車子撞進草圃，後來被送去醫院。幸好他沒什麼大礙，只是腳輕微骨折，醫治後已痊癒。

　　不過，肉體苦痛是一回事，心理層面才是難題。我的這位好朋友根本克英，直到現在好像都還有點心理方面的後遺症。但奇怪的是，他的後遺症並非車禍後馬上顯現，而是隔了一陣子被人發現昏倒在便利商店，醒來後症狀才一一浮現，彷彿變了個人。

　　搭乘台南的單軌列車，行駛經過運河，遠眺可見水上巴士在大雨中

閃爍著螢光色的電子光芒，雖隔著車廂，卻似乎能夠聞到淡淡的海風味。但在這種變天的日子裡，我沒有真的聞到海風，反而是開始**窒鼻**（tsàt-phīnn），我拿出面紙**擤鼻**（tshìng-phīnn），想起之前的克英在這種天氣裡會有大腿疼痛的問題，現在的他，不曉得還會不會有這種困擾呢？回想起克英出事之後曾經跟我抱怨，他不想再回到那個家了……

沒多久，車廂內的報站聲響起，熱蘭遮博物館站到了。

克英家在錯綜複雜的巷弄內，雨勢未歇，我撐著傘快步行走。

克英出事之後，我曾去過他家好幾次，而且最近更加頻繁。根據我對克英的了解，他家是典型的日本人小康家庭，整個家族在台灣已經延續好幾代了。不久前，克英似乎跟他父親鬧得不愉快，所以遲遲在外不願回家，直到那次在超商昏倒後，他像變了個人似的，回家是回家了，但幾乎足不出戶。

「你來啦？真是麻煩你了，也只有你才可以跟他說上幾句話。」克英的母親**憂頭結面**（iu-thâu-kat-bīn），憔悴許多，乍看像是鬱卒的柯基，因消瘦而顯得像臘腸。

「伯母，克英……」我欲言又止。

「還是沒改善。」克英的母親搖搖頭，引領我進屋。經過客廳，我看到克英父親坐在面對房間門口的搖椅，原本就很像柴犬的他，眉心兩片短眉毛不停地往中間擠，更顯得**面憂面結**（bīn-iu-bīn-kat），「這孩子，到底是在賭氣還是怎樣也搞不清楚，醫院也徹底檢查治療過了，我們也有考慮要對醫院提告。」

「每次聽到他說自己不是克英，我們的心都好痛。」克英的母親轉身背對我，走向客廳，「再麻煩你了。」

我點點頭，走上樓梯。

「是我。」我敲敲門，「克英，是我。」雖然這麼講很奇怪，但我曉得不該繼續用克英這個名字稱呼他了。

「敢是厝內做蜈蚣陣彼位？」房內傳來聲音，是一口純正道地的台語，連我阿公可能都比不上，更遑論出自根本克英之口。

「是。」我仍習慣以日語回答。

房內靜了一陣子，傳來：「請入來。」我打開門，根本克英的身影背對著我，正坐在書桌前振筆疾書。他身上穿著一套全蠶絲材質的浴衣，看起來尺寸有點小，推測應該是根本克英高中時的衣服。

現在仍用紙筆寫字的，可以說是稀有動物，我不記得他以前寫字有這麼漂亮。

「克英……」我話沒說完，根本克英已停下手邊動作，緩緩轉過頭，**目頭結結**（bák-thâu kat-kat）的他，從眼神可以看出他深邃的迷惘和哀傷。

「歹勢，講過誠濟擺矣，我號做李平國，你會使叫我阿國，但絕對莫叫我彼款日本名。」根本克英，其實早該稱他為李平國了，自從昏倒後轉醒，他就開始如此自稱，而且露出一副搞不清楚這裡是哪裡，但卻又有一股熟悉感的樣子。醫生說他身體的部分沒問題，很有可能是心理方面受到影響。

「阿國，你越來越瘦了，多少也要吃點東西吧？」我說。

「會使莫食就莫食，想著會食著別人的喙瀾，就感覺無爽快。」阿國冷冷地說。感覺得出來他是一個潔癖非常嚴重的人，即使身體對調，他腦中想的也是此刻嘴巴裡的口水，究竟還算不算是「自己」的。而且原本像隻狐狸，又負氣不回家的克英，自從聲稱他是「阿國」之後，行為表現反倒像是走失的狐狸犬，從這一點也能確定他跟根本克英是截然不同的人。

　　說到這，克英的父母，尤其是父親極為不悅，認為克英還在跟自己賭氣。但他一方面也自責，當初要是支持孩子追求自己夢想、走自己的創業之路，不要一氣之下父子相罵，將孩子趕出家門，克英也不會先是出了車禍、接著又在便利商店昏倒。而且他想不通，到底是哪個環節出問題？怎會從那時起，克英便開始自稱「李平國」了呢？那一口道地純正的台語又是怎麼回事？

　　科學無法解釋這一切，只能從結果來推論，那肯定是心理的問題了。無論是裝的，還是真的，都令人痛苦。

　　「抱歉，阿國，想出去走走嗎？」我說。

　　阿國露出奇怪的表情看著我，欲言又止地說：「等有蜈蚣陣的時，我才欲出門，到時，你愛會記得招我去，我一定愛想辦法轉去。」據說從他清醒被送回家的那一刻起，就把自己關在房間裡，不管是誰他都不見，就連老同學們一起來看他，也都被他擋在門外。直到克英的母親當時在門外無意間說到：「那位家裡做蜈蚣陣古儀式顧問的阿本啊，還記得嗎？」房間的門才緩緩打開。

　　那次之後，他便不斷問我關於蜈蚣陣的事，還有什麼時候有蜈蚣陣，他一定要去看。

　　他不但變得不愛出門，也不愛使用電子紙等科技產品。與其說不愛，倒不如說他變得不會操作，不過卻可以將紙筆揮灑自如。有時候，在他家待一整個下午，看著他寫著古詩，也覺得頗有趣味。依目前的社會風氣來說，能拿起筆在紙上書寫，似乎成了稀有動物。我將他的作品上傳到網路上，也無意間大受好評，竟讓他成了網路古詩作家。

　　另一方面，他也成為目前唯一能跟我討論作品的人。雖然眼前這位克英的眼神是如此陌生，但我可以知道，我所說的每一字每一句，他都

有專注聆聽，也常有獨到的見解。因此，無論他是根本克英還是李平國，都依然是我很重要的朋友。

「你在寫詩嗎？」我邊說邊走到他身旁。

「寫出來，心情會較好過。」李平國邊寫邊回答我。

「你真有天分，好羨慕你。」看著他不斷透過書寫解放自己的情感，再想想自己，雖然我自認創造了一套新的寫作技巧，但卻像人造的程式一般，將應該注入創作中的情感給硬生生截斷了。

李平國這時停下筆，背對著我問：「你敢知影，這佗位有好食的紅飯？」

我不太知道所謂的紅飯，但還沒開口問他，便聽他嘆了口氣：「煞煞去，無要緊。」

現在的根本克英……或是阿國，可以自由地將情緒跟想法轉換成文字，又有人願意讀、懂得欣賞，這就是我心目中理想作家的樣子。於是我開始把他已寫好的古詩稿件，一張張掃描上傳至網路，只要我來這裡，都會固定這樣做。我也不厭其煩地教他操作簡單的上傳功能，即使他一直非常排斥這件事。每次教他操作電子紙，他總會說：「我真正是**目睭眵眵**（bák-tsiu tshuh-tshuh），這欲抑佗，我永遠記袂起來，足佩服恁，用這款物件攏袂眵目（tshuh-bák）。」

「那個，請問你，到底覺得我的小說概念怎樣？」我將他的作品上傳到一段落。

「是真趣味，按怎？敢有真正寫出來？」李平國終於放下筆，轉過身看著我，「物件寫出來，才是家己的。」

「其實那天，我在車上遇到一個老人，他遞了張名片給我，邀我去他們的社團，一起討論小說，你覺得要去嗎？」我撥了撥瀏海，有點猶

豫不決，「這年代居然還有這種社團，跟你一樣，都是稀有動物。」

「足好啊，去啊。」李平國說，「有形的物件，總是較好保存起來。」

「你欲和我做伙去無？」我說。

「免啦，你家己去就好矣，我就放予**懶懶**（lán-lán）佇厝內就好。」停了一下，他看著我露出微笑，「你總算講台語矣。」

三天後，心頭憂悶，天晴。

我撥了撥瀏海，走進單軌列車，心中充滿忐忑，手中拿著那天自稱「興伯」的老人給我的名片，雖然早就決定前往那個社團一探究竟，但此時的我還是有點猶豫。

那次從克英──應該稱他為李平國──那離開後，在車上充滿動力的我，便先撥了電話，和興伯約定好今天要去參加他們的小說聚會。上面所寫的地址是東門城站出口，讓我想起上次聚會後就沒了消息的愛茹，她曾經跟我提及家教學生的住處就在這附近。不過我對這類話題感到無趣，只是隨口附和，正如同其他人對我的小說概念不感興趣時我隨意應付的反應一樣。我的不滿或許早一點一滴的累積，恐怕連我自己也不曉得這股負面能量有多深。

手上的這張名片，此時被我緊緊捏著，或許這是唯一能懂我的所在。

從車站出口走出來，繞過一條巷弄，路邊滿是樹木，又緊鄰一片大面積的公園綠地，這裡可以說是高級區精華地段，有辦法住在這裡的人，財力恐怕是略勝我家那麼一點……不對！我不該有這麼庸俗的念

頭,這樣不就跟多數人一樣了嗎?循著地址向前走去,我來到一棟大樓前,這棟大樓不但高聳新穎,外觀也顯現一股當代的科技與未來感,實在沒辦法和那天那位老人及他們的嗜好聯想在一塊。

我拿著這張名片,不曉得該如何是好。

一位長得像惡霸犬的保全走了過來,他身上攜帶的裝置靠近我就開始嗶嗶叫,他問:「請問,是要找我們大樓的住戶嗎?」我才發現手拿的這張名片,竟然也在閃光,原來這張名片並不是紙造的,而是硬體更佳的電子紙,所以質感和真正的紙幾乎沒有分別。此時,我握在手中的名片除了閃光,空白處還顯示著文字「已經到了,28 樓之 B,請。」並不斷閃著紅光。

出乎意料的是,保全對我也非常好禮,不但引導我去電梯,設定好樓層之後,還點頭對我笑了笑,這才退回大廳。電梯門關起來,我腦中仍一片混亂,早先一直認為穿著如此古早式的老人及老派的活動,應該是住在老房子,甚至更古老的屋子才對。對照著如今這般情景,我開始對自己淺薄的聯想力,感到十分可笑羞恥。

樓層到了,門一打開是空調的氣味。我撥了撥瀏海走了出去,高級酒紅色的地毯和大廳差不多,天花板中央是古典吊燈,向周邊擴散出許多古早的奶油燈,黃光將空間照出一片高雅的氣氛。這層樓有兩個通行方向,牆面顯示著 28-B 的文字指示,我手拿的名片也繼續閃著光芒,指示正確的方向。

就這樣,我走到 28-B 的門口前,牆邊有一塊木板,上面刻著「小說守護組」幾個字。

我伸出手偷摸,心想這次應該是真的刻字了吧?還是電子看板呢?但突然又感到緊張,不曉得開門之後會是什麼光景?我來到這裡的決

定，到底是對還是錯呢？

　　手中的名片，這時候與門感應，又開始嗶嗶叫，門也同時開啓。

　　「抱歉，請問……」門打開的瞬間，眼睛所見到的光景讓我驚訝，原以爲剛剛的一切就足已讓我吃驚了，沒想到現在又更讓我訝異。因爲對照外面，這空間內部就像是歷史課本裡面才會出現的畫面，像是博物館室內空間看到的重現古老街景的效果。

　　這空間非常大，有五棟古早透天厝在裡面，柏油路上豎立著一排蘭鈴燈，幾台古早的機車跟腳踏車隨意停放在亭仔跤，甚至還有幾隻充滿活力的巴哥犬在「路上」小跑步，以及如嬰兒般不怕人的橘子貓，趴坐在古早機車的座墊上盹龜，原本就很喜歡狗狗貓貓的我，彷彿看到「自己人」，頓時放鬆不少；騎樓有幾個老人坐在椅條仔上聊天，此刻，每個人都看著我發出笑聲，有位老人伸出手朝著某棟透天厝內比劃著。

　　我抬起頭，看到宛若天空的天蓬，但我知道是大型螢幕投射的天空畫面，雲、太陽、光影都像是眞的。雖然這科技在一般的公共場所也有，但住宅內要有，肯定是有驚人的財力，才有辦法做如此設置。

　　我往其中一間透天厝裡探，屋內也都是古早味，門口的木板寫著「作家」二字，停沒幾秒卻又隨即換成「小說守護組」的字樣了，原來木板也是電子看板，越高級的電子材料，就越有辦法模仿傳統質感。我再仔細觀察，屋內似乎放滿古書，這應該是課本所講的「傳統書店」。我還是頭一回在圖書館以外的地方，親眼看到這麼多有年代的紙本書，驚訝不已。進了屋內，馬上被某種氣味包圍，應該是書本老去時所散發的味道，這些果然是眞正的紙。我第一次聞到這種氣味，這其實才是當代最昂貴的「裝潢」，內心不禁興奮了起來。

　　「你總算來矣，歡迎。」上次那位給我名片的老人興伯，從樓梯走

了下來，「敢會足歹揣？」我只是搖了搖頭，他繼續講，「對我來，介紹會長予你熟似熟似。」

「會長？是……」興伯走上樓梯，我跟在他後面走上樓。

二樓空間鋪了一大片寬闊的榻榻米，已經坐了非常多人，大部分都是長輩，但感覺都是不簡單的人物，因為我已經一眼認出幾個社會上有頭有面的人士，有企業家、政治人物，也有一位是以前學校的老教授，他看到我先是震驚的表情，但隨即笑了出來，對我點了點頭。

坐在最前面的是一位穿白襯衫、有點烏昏面（oo-hng-bīn）的長者，他目光直視著我，表情像刻意在激面腔（kik-bīn-tshiunn），人中因下拉的嘴唇而撐平，顯得有點僵硬，感覺很像是杜賓犬，有不怒而威的氣勢。

「會長，我講起的彼位少年家來矣！」歡頭喜面（huann-thâu-hí-bīn）的興伯替我向那位白襯衫長者做介紹。

那位被稱為會長的長者緩緩站起：「我是小說守護組的會長，免客氣、免厚禮數，你會使叫我一筆會長就好矣。」一筆會長雖然看起來烏昏烏昏（oo-hng oo-hng），但語調客氣。

「啊……會長你好，我叫阿本。」我有點不知如何是好。

在座包括會長都沒出聲，興伯倒是忙著繼續說：「會長寫冊，總是會用一支筆對頭寫到尾，所以號名一筆。」

「用筆寫？」我非常吃驚，腦中想起李平國。

「是啊！少年人哪雄雄面捽捽（bīn-sut-sut），是有看過筆無？呵呵……」在座有一位長者笑出聲。

「而且毋是電子筆，是真正的筆喔！」我轉頭看，是學校那位教授。

一筆會長大笑：「逐家莫閣散形（suànn-hîng）落去矣，咱閒話減講，彼日我聽興伯講起你，少年人無簡單。對寫小說厚興趣，我看今，揣無

一位少年人會像你按呢。尤其聽講你有特別見解，小說對後壁寫到頭前，聽起來是有淡薄仔會使了解你的意思，但是欲按怎寫……這連我攏想無，所以才特別揣所有的成員來討論。」

「我嘛有將你彼日所舉飲料的例，講予會長和逐家聽。」興伯講著講著，卻大聲笑出來。

其他在場的長輩也哈哈大笑，一位政治人物中氣十足：「這舉例誠創新，少年人會使有這款想法，誠好！所以我永遠和少年朋友徛做伙。」看起來很像鬆獅犬的他，擠弄他小小的瞇瞇眼，說完還比一個讚的手勢，有點刻意，不過這還是我第一次聽他開口說台語，既不習慣也很驚訝。

其實到現在，我還是想不透，為何要特別介紹我來？只是因為我對寫小說有興趣嗎？

「少年家，我想欲請教，是按怎你會想欲寫小說？」一筆會長笑問。

「因為，我想要傳達自己的價值觀、思想，還有最新的技法讓每一位讀者知道，讓小說界都知道。」我一口氣說了出來，畢竟這是埋藏在我心裡日日夜夜的吶喊。

「但是你敢知，現此時，已經無啥人看小說矣，會曉寫故事的人，大部分攏佇媒體界改寫劇本之類的代誌，才有法度生存。」

「沒關係，重點是我的想法可以傳遞出去，這樣就夠了。」其實在場的人數對我來講已經夠多了，而且其他地方一定也存在不少小說愛好者，這是我心中的一點希望。

「好！咱請這位少年朋友閣解說一擺，小說對後壁先寫、繼續寫到頭前的方法，好無？」一筆會長大聲講。

「好！」在場聲音一致，我原本要開口說話了，但突然有八個人站

起來，用誇張的動作邊拍手邊叫好，「好啊、好啊、好啊，好！──」說完並瘋狂鼓掌，動作完畢後又默默坐下，這突如其來的「鼓勵」讓我一時之間愣住了。這八個人有男有女，年紀涵蓋三十到六十歲之間，而且他們都穿著舊時的運動外套跟運動褲，只是顏色不同，這種一致的感覺還真是奇怪。

興伯、一筆會長還有其他人沒什麼反應，盯著我看，興伯說：「少年家，你會使開始講矣。」說完便笑著對我點頭。我倒是有點不知所措，並瞥見底下有人疑似在偷笑的表情。

我深吸了一口氣，簡單解說一遍我的見解，在場所有人聽了之後是一片沉默，接下來才開始討論。我從沒想到自己的見解竟然可以造成如此討論，更何況是這些有頭有臉的長輩們，心中實在充滿著歡喜，所以待討論聲漸歇，我又接下去講自己打算怎樣寫這種小說，但這時卻被一個不耐的聲音打斷。

「這和一般寫法有什麼不同？一般也有這種倒敘寫法。」一位長髮不修邊幅、宛如阿富汗獵犬的中年人問，說完話還滿不在意地**哈唏**（hah-hi）。如果興伯是只說好話的**媒人喙**（hm̂-lâng-tshuì），那這個中年人肯定是沒半句好話的**破格喙**（phuà-keh-tshuì），「你真的可以嗎？實際有個成果再說吧？」

「不同，比如以飲料變色汁來講……」我要繼續說的時候，原本總是**好笑神**（hór-tshiòr-sîn）的興伯竟嚴肅地說：「那個變色汁的舉例就不對了，你講的就是倒敘寫法。」這倒是我第一次聽到興伯說日語，而且還是很激動的語氣。

旁邊的一筆會長清了清喉嚨，**斜目**（tshiâ-bák）看過來，興伯才止住不繼續說，又擠出滿臉笑容。

　　一位看起來很強勢、留著香菇頭的中年婦人**歹面腔**（pháinn-bīn-tshiunn）地說：「聽你講這，我強欲**火化去矣**！（hué hua--khì--ah）想一寡有的無的，其實不過就是寫作的基本。」她睜大雙眼，就像是焦慮的吉娃娃，說起話來身體都在顫抖。

　　「我……我說的真的跟倒敘寫法，不一樣。」面對他們的質疑，我的語調也開始有一點缺乏自信。

　　這時候，剛剛那幾個口號一致的八人組，加上香菇頭婦人跟那位長髮中年人，一共十人，突然手舞足蹈邊拍手邊走到我面前：「佗位無全款、佗位無全款、佗位無全款？——」他們每說一次，重音跟節奏都不同，就像是在胡鬧，我感到有點生氣。

　　一位**面臭臭**（bīn-tshàu-tshàu）、像哈士奇的年輕人，對剛剛那群人使了眼色，那群人便坐了下來，接著他問我：「請問你師承哪裡？」這位年輕人打扮很**影目**（iánn-bàk），是強烈的螢光色系，頭髮看得出來有特別做造型，他夾帶著濃厚的髮膠味突然靠好近，我都可以感覺到他的**鼻空風**（phīnn-khang-hong）了。

　　「這個，我只是自己有興趣……」我將目光從他懷有敵意的眼神撇開。

　　「現在的年輕人，日語咬字都這麼不清楚嗎？」旁邊一位戴著無鏡片復古鏡框的學者，搖搖頭，露出輕蔑的笑容。

　　「啊，歹勢……」我下意識反而用台語回答。

　　「台語閣較無輪轉。」那位復古鏡框學者，眼神銳利得像是博美犬一般，斜眼瞄我，「無你是有**大舌**（tuā-tsih），抑是**臭奶呆**（tshàu-ni-tai）敢是？」

　　「這個，呃……」我不曉得該怎麼回應他，覺得反感，下意識撥了

撥瀏海。可能我的表情又變得很難看，興伯很會看目色（bák-sik），臉色一沉，朝那位復古鏡框學者走去，「無你是咧厚話（kāu-uē）啥……」低聲嗤舞嗤呲（tshi-bú-tshih-tshū）幾句話之後，那位復古眼鏡學者點了點頭，似乎露出了歉意，便坐下不再說話。

「想請教你，寫完了嗎？」比我年紀稍長一點的波浪捲女士，皮膚白皙，但卻像是在蛋殼畫了五官，宛若沒有黑輪的牛頭狽，加上一對羊仔目（iônn-á-bák），有股看了會覺得不寒而慄的尖銳，那張笑臉擺明就是看我殕殕（phú-phú）。

「是有寫一部分了，還沒寫完，因為我最近比較忙……」現在的我，肯定是一臉青恂恂（tshenn-sún-sún），腦中浮現李平國曾說過：「東西要寫完才是自己的。」於是話也越說越小聲，手忍不住撥了撥瀏海。

「我聽你咧腫頷（tsíng-ām），就是無寫嘛！講一堆藉口。」「到底是會還是不會呀？」「興伯，你是佗位揣來這款少年人？」大家突然起呸面（khí-phuì-bīn），現場頓時亂吵了起來，像是在爭奪食物的群犬們。

一筆會長兩眼如牛目（gû-bák）看著我：「你敢有法度舉例看覓？」當他說話時，在場人士的音量很有默契似地漸小。

「讓各位聽聽我目前的文章，我小唸一段，這是之前所寫的內容。」我吸一口氣，「火濤最後過世了，他最煩惱最小的兒子阿國，阿國仍然是一天發作三回，照三餐瘋癲，一時說他不是阿國，一時說自己害死很多人，那些被他害死的人，現在都站在床邊大聲喊：『你是火濤！』阿國講：『我是阿國啊！』那些人又兇狠地講：『哦？所以你真的是阿國！』阿國卻又瘋癲大喊：『我不是阿國啊！』講完，兩眼一閉，過世了。旁邊有人講：『啊！阿國過世了。』可是那個躺在那的人，那個被指稱為『阿國』的人，此時兩眼還開著：『我……我最煩惱最小的兒子，阿國。』

唉，他到底還知不知道自己是誰？」

我講完，在場完全沒人有反應，其實每一次我說出這段故事，父母親、愛茹、所有熟識的人，大家反應都一樣：「你到底在說什麼？」

不過沒想到，在場竟突然響起激烈掌聲，甚至還有人大聲叫好，學校教授若有所思地看著我，興伯則是面容驚惶，一筆會長卻是面色很難看，這時我卻注意到興伯對一筆會長捽目尾（sut-bák-bué），他的表情才又刻意轉為冷靜。

過了一陣子，大家又很有默契似地漸漸安靜，一筆會長緩緩地開口說：「阿本，你有影真無簡單。」但我知道他心情似乎突然變得不太好，奇怪？到底是為什麼？

❀ ❀ ❀ ❀ ❀

一個月後，充滿向望，時晴時雨。

離開「小說守護組」之後，回去便開始著手將未完成的小說完成，要盡快交給「小說守護組」。一筆會長在我臨走前特別交待，無論小說進度如何，都希望我能每週去參加他們的聚會，因為每次聚會大家都會唸幾段自己的小說進度，會是很不錯的進步方式。經過幾次聚會，我也更了解了，原來這團體會試著替成員出版小說，一筆會長認為我的小說一定會改變現在的小說界，甚至會引起大家重新開始閱讀小說的熱潮。

隨著參加聚會的數量密集，成員人數也越來越多，但這裡的成員常會有很莫名其妙的行為。比如說某次，當我分享完最新完成的小說進度時，那位長髮中年人舉手表示反對意見：「你這種寫法，我還是不敢領教，原以為寫到最後會好一點，但真的很奇怪。」

「什麼創新寫法？哼哼……」那位每次來總是打扮得很醒目的年輕人，看著我翻了個白眼。

「我感覺愈寫愈奇怪，啊，無人按呢寫啦！」那位香菇頭中年婦人開始拍手打節拍，底下的學校教授跟政治人物竟露出開心的表情，紛紛打起拍子。接著其他成員陸續邊拍手、邊起身，把我圍繞在他們的圈圈裡：「無人按呢寫、無人按呢寫、無人按呢寫啦！」其實打從第一次來到這，還有後來陸續的聚會，他們都會有這種行為，但就屬這次最誇張。

想一想，這簡直太瘋癲、太莫名其妙了，於是我終於爆發怒氣。

「現在到底是怎樣，你們好像在開我的玩笑？我非常忙，還是先走好了……」我氣得走出他們的瘋狂圓圈，對興伯還有一筆會長抗議。

一筆會長高舉右手，那些人像接收到指令，很有默契地漸漸安靜，興伯則是陪笑臉：「歹勢啦！少年朋友，你所體驗著的，是咱遮的特別訓練方式。」

「嗯，你想看覓，若是連咱遮會員的考驗，攏無法度接受，會見笑、驚歹勢、轉受氣，以後若是有才調出冊、出名、做公眾人物，會接受閣較濟恥笑、檢驗、批評，時到是欲按怎？」一筆會長說得振振有詞，在場所有會員聽聞後，響起一致掌聲。

我沒說些什麼，想想也對，畢竟從小想要成為作家的心願已經堅持了二十幾年，不知為何，就是有著一股強烈的使命感推動著。一筆會長說得對，如果我連這點考驗都承受不了，那還算什麼？我不能為了這幾個奇怪的人，便放棄我的夢想。

於是我點了點頭，接下來要面對的質疑可多了，這些都不要緊，完成小說才重要啊！

經過沒日沒夜的趕進度，我終於將小說完成，準備將正式完成的作

品帶去「小說守護組」。但我心想，若我的作品被他們偷拿去用，或是我的概念被他們盜用，那該怎麼辦？還是說，我最後成了他們之中唯一一個無法順利出版的作家？這樣多沒面子啊！

要直接拿去了嗎？還是我應該先給李平國看看呢？

不過，一想到他們都是有頭有臉的人物，若不試看看，我還要再等多久才有辦法出版自己的作品？尤其是現在的社會風氣，又有幾個人會看小說？更何況，我寫的是這種世界上大概沒幾個人能理解的小說。

索性把心一橫，一如往常地去參加聚會，將完成的小說帶去了。

就這樣，一眨眼就一個月過去了，沒有任何下文。接著，又再過了一個月，一樣沒消沒息。這時家裡頭要開始忙著準備台南的蜈蚣陣盛會了，誰叫我們家是做古儀式顧問的呢？

這段期間，我也沒有忘記李平國。就在活動開始前的一個空閒上午，我決定撥空去找他。但一進他家，我看到他的父母臉上竟然帶著笑容，正感到訝異時，李平國從客廳沙發站了起來，手上還端著吃一半的蛋包飯，裡面包著一粒粒紅通通的鮭魚卵，身穿看似新買沒多久的衣褲，像是剛換完毛的狐狸犬，光澤又充滿朝氣。

「你來了啊？好久不見。」他是李平國？還是根本克英？我一時之間無法分辨，愣在那裡。因為他說的是日語，跟之前突然只堅持說台語的他，簡直判若兩人。

「克英？」我有點不確定，心裡甚至感到有點失落。

眼前的這個男人先是停了一下，再看了身旁父母一眼，然後笑了出來：「我們進房間聊吧。」這時克英的爸媽看著我露出笑容，不再**面漚面臭**（bīn-àu-bīn-tshàu），尤其是他的母親更是激動到快要落淚，「前陣子真的很感謝你，多虧你，讓他走了出來。」看得出她的身材又從臘腸變

回圓滾滾的柯基了，但我還是不明所以，只能對她點點頭。

上樓進了房間後，這位男人桌上仍疊著滿滿的紙，他沒說什麼，在紙上書寫了幾個字，我確認那背影就是我熟悉的李平國。接著他轉過身，站起來將手上寫好的那張紙遞給我看，紙上寫著四個字：「往昔心悶」。他看著我，露出自信的笑容說：「後來我自己照著你教的上傳方式，陸續又寫了很多篇古詩，結果最近有個出版社要替我出版這部詩集《往昔心悶》。」原來那張紙上的一手好字，就是他的詩集書名。

「所以……你還是李平國？」我睜大眼睛，震驚到忘了撥開前面的瀏海，髮絲遮在我的眼前，已看不清這個男人的面貌。

「這種事無所謂了，有時候逼不得已，扮演一種新的身分，才有辦法繼續活下去。」李平國說，「你今天來是要？」

「噢……喔！」突然變成我緊張了起來，不知該如何開口，「那個，台南的蜈蚣陣要開始了。」

「嗯。」李平國背對著我坐在桌前，他低著頭觸碰著電子紙，「出版社說，有許多讀者很期待唷……」他說完，轉過頭對著我露出了一個笑容，展露出一整排螢光綠色的牙齒，我嚇了一跳，「按怎？看你驚到**吐目**（thóo-bàk），到底是你古早人，抑是我古早人？哈哈哈！」說完他又吐出了像小黃瓜一般的綠色舌頭，哈哈大笑。我這才發現他桌上放著一罐龍之助廣告的「變色汁」飲料。

「沒想到時代會進步到這種程度。」李平國笑完後，停了一下，慢慢嘆了一口氣：「唉，有時候真的覺得回憶很美，但不可能永遠都不變。雖然覺得很不真實，但當下只是不希望自己繼續鬱悶而已。」李平國說完後，又把頭轉回去，不曉得是在哭還是在笑，「我的詩集出版後，會第一個通知你。」

　　「嗯，那就……等你的好消息。」我停了一下，看著眼前這個陌生的背影，「大概就這樣，那我先走了。」

　　「這麼快？我之後可能會開始忙，你呢？小說怎樣了？」李平國仍背對著我，「你彼故事，我嘛足期待呢……」他再轉過頭來看著我，臉上的表情多了一點調皮的笑容。

　　我看了有點不舒服，不過我也不好意思跟他表示，我擅自把他跟我提及的事情稍做調整寫進了小說裡，於是虛應付了幾聲，幾乎是用逃離的方式離開了他家。

　　接下來，三個月、四個月陸續過去了，我差點忘了自己的小說還在「小說守護組」那，但我也不好意思特別提及這件事。蜈蚣陣圓滿結束後，一切就回歸到日常生活的步調，什麼也沒發生。

　　李平國沒參加蜈蚣陣，我也沒有再去找他。

　　直到有一天，我在路上遇到愛茹，她騎著一台個人行動車遠遠看到我就大聲喊：「阿本、阿本！」然後騎過來，表情非常開心，「哎唷，你實在有夠厲害。」

　　「厲害啥？你是說蜈蚣陣？」我問。

　　「沒有啦！你之前所講的小說，什麼從後面寫到前面，原來是這樣喔？你實在有夠厲害，還真的可以這樣寫。」愛茹在興頭上，我聽了也開心到快要飛起來，甚至忍不住隨著她快樂的語調，自己也笑了出來。

　　「太好了！這樣我……我……我真的成為一位作家了……」我講話聲非常激動，但愛茹看我的表情則是很奇怪。

　　「你在說什麼啊？」愛茹問。

　　我實在太開心，腦中想到的是我的小說，肯定是有什麼相關報導出來吧？所以直接拿出帶在身邊的電子紙搜尋資料，沒想到愛茹直接從

我手中搶過去，開始在紙面上按來按去，然後才拿給我看。但我一看到《台灣日日新報》的副刊畫面，先是傻眼，然後忍不住破口大罵，接著淚水忍不住一直流、一直流……

電子紙的副刊畫面上大大寫著「小說守護組，一筆會長，前後倒轉寫法，文學界第一等！」這字體還一直閃光，內文寫到這篇作品從後面開始寫，寫到前面，故事內容我都非常清楚，因為那就是我交給「小說守護組」的作品啊。

愛茹看我突然又哭又罵，也嚇呆了，愣在原地直看著我。

我全身都在顫抖，轉過頭，打算直接衝去「小說守護組」那問個清楚。只聽到愛茹在後面大聲叫喊，但她說什麼我聽不太清楚了，畢竟我現在的心情非常混亂，腦中浮現的是一筆會長跟興伯的嘴臉。我心想，無論如何這一口氣一定要討回來！雖然當初我多少有心理準備，但這些混蛋，你們好歹也稍微做些修改，沒想到你們竟然一字不改全文照刊，而且還敢掛自己的名字！根本是……根本是……

我跑到全身是汗，**大心氣**（tuā-sim-khui），從單軌車站出站後，我繼續快步奔走，一心只想趕快找到這些人問個清楚。但當我抵達那棟大樓時，竟然看到有很多記者圍在大樓前，想到他們或許都是要來採訪一筆會長，我就更火大了。我頂著一股怒意粗魯地走入人群內，保全看我衝過來，認出來是我，竟然讓我進去？好啊！原來這麼不把我放在眼裡，完全不安排保全擋我的路，我只聽到後面有記者大叫：「咦？」接著是一陣騷動，然後聲音漸弱。此時我已經跑進電梯內。

不等電梯門全開，我立刻衝到 28-B 門前，門自動打開，裡面原本的透天厝假街景現在都沒人，就連巴哥犬跟橘子貓都消失了。我走進上次那間門口掛著「作家」牌子的透天厝大吼：「一筆！興伯！出來！」

但裡面安靜異常，完全沒有聲音。我直上二樓探頭張望四周，竟然一個人也沒有，只有一塊牌子放在前方的榻榻米上面。我快步走過去拿起來看，上面寫著兩個字「一筆」。

接下來，突然有一群人衝進來，我馬上認出他們都是「小說守護組」的固定班底，還有興伯和一筆大家都在，滿臉笑容一直對我喊：「恭喜啊！恭喜！」「啊你哪會直直**喘大氣**（tshuán-tuā-khuì）、規身軀汗啦？」

「你們在說什麼東西！搞什麼鬼？一筆，你實在是……」**呸面**（phuì-bīn）的我氣到衝去一筆面前，想朝他的**死人面**（sí-lâng-bīn）一拳灌下去，但被兩三個人阻擋，但他們又將我推往人群的最前面，此時我的手上還拿著那塊木板。

「恭喜會長，你的小說出名矣！」興伯竟一直對我說恭喜，一筆還在旁邊笑著，實在越看越火大，我實在很想直接把手中這塊木頭往一筆頭上砸過去。

「你們這些垃圾，有夠不要臉！」我大聲罵，「一筆，你們現在到底是在搞什麼？」

「唉唷，咱敢會做遐爾歹**看相**（pháinn-khuànn-siònn）的代誌？」興伯笑著搖頭，「敢是有人咧使弄？你是毋通**耳空輕**（hīnn-khang-khin），誤會咱呢！」

「我親眼看到新聞，你們……」我聲音顫抖。

「哈哈哈！少年人有夠**柴目**（tshâ-bák），莫遐爾歹**聲嗽**（pháinn-siann-sàu），毋著，現此時，咱應該愛叫你『一筆會長』矣，所以你應該是愛**暢**（thiòng）才著。」這句話竟出自「一筆」的嘴，我實在是想不透現在是什麼情形，「毋通閣叫我『一筆』矣，這馬『一筆』是你，會長嘛是你，我以前無做會長時，逐家攏叫我火土伯。」

　　「你們到底在說什麼？」明明錯的是他們，竟還有臉叫我不要**激屎面**（kik-sái-bīn）。

　　「火土，我看咱愛好好解說予『一筆會長』聽才著。」興伯笑著說，又露出了巴哥犬的表情，頓時稍稍安撫了我的情緒。

　　「這就愛講對前幾代開始。因為彼當時小說已經攏無啥物人欲看矣，但是有一位前輩高人，伊堅持創作小說，而且逐篇小說攏用一支筆對頭寫到尾仔才會煞，完全攏無歇睏，直直到完成為止，所以伊的外號就是一筆，做伊的筆名。」火土伯繼續講，「後來伊創立『小說守護組』，代代相傳，後來只要接會長的人，就會接收『一筆』這名號，繼續來領導，直直寫落去，按呢這團體永遠是一筆會長領導的『小說守護組』。」

　　「接會長？」我簡直不敢相信。

　　「一筆會長，你毋通想傷濟，這完全公平。」火土伯繼續講，「咱每一段時間，就會對外發表一篇閣一篇的小說、學術文件，無就是去參加比賽，若是有啥物予媒體轟動報導的彼位作者，伊就會直接成為會長。這擺咱總共投稿在場所有人加起來，攏總超過二百外件的文章作品，除了小說以外，嘛有誠濟是論文學術發表，但你這篇對後壁寫到頭前的創新寫法，實在傷特別，媒體已經大大放送好偌工矣。」我是一句話都說不出來，因為這陣子都在幫忙家裡的事業，完全沒想到會有這種事情發生。

　　「那現在的意思是……」我講話開始結巴了。

　　「一筆會長，準備接受媒體訪問囉！」興伯大聲笑出來，其他在場的人也都哈哈大笑，甚至還有人拚命叫好。

　　我簡直不敢相信，甚至懷疑是不是一場夢呢？就這樣，和眾人坐在

這榻榻米房間，沒多久，一堆媒體就瘋狂湧入了，看來是剛剛在樓下的媒體群。

由於剛剛發生的事情太過混亂，以致於媒體的訪問內容，我幾乎是無意識的回答，連自己說過什麼也忘了。畢竟完全沒人事先通知我，連我自己為何突然變成一筆會長，都是現在才知道，一切的一切，實在都不是我原本所能夠料想到的。

訪問過程中，大部分時間都還是火土伯和興伯在替我向媒體解說、回答，我就像個大木頭一樣，手上還拿著那塊寫著「一筆」的木板傻笑，只有問到小說創作時，我才有講話的機會。

最後結束時，火土伯只是對我笑，小聲地用日語說：「一筆會長，剛開始你當然會不曉得該怎樣應對，不習慣是難免，以後團體內大大小小事情，還必須要麻煩你呢。」不知為何，我突然回想起初次見面時唸的一段故事，似乎讓他的心情變差，臉上突然面有難色。再加上這陣子直到今日所發生的一切，都讓我感到十分的奇怪。

但可能就像他們所說的一樣，我應該只是不太習慣吧？

三個月後，坵平崎嶇內心，連日烏陰天

自從我成為「一筆會長」之後，每隔幾天就會去和「小說守護組」聚會，和團體成員討論寫作的問題。雖然偶有小爭執，但這種日子整體來說，算是非常愉快。

「會長，雖然你身為會長，但我覺得你寫作筆法太過於稚氣。」那位像阿富汗獵犬的長髮中年人仍然是愛吐我槽，「創新也得兼顧傳統。」

說得喙角全泡（tshuì-kak tsuân pho）的他，深邃的目空（bȧk-khang）像是骷髏頭黑不見底，有一種繼續直視就會掉進去的感覺。我懶得回答他的問題，但他似乎覺得我很礙目（gāi-bȧk），想用各種方式激怒我。

「會長，其實你後一本，會使考慮用傳統寫法，來證明你家己的基本功。」那位羊仔目（iônn-á-bȧk）的蛋殼臉女人，除了講話尖銳之外，也很喜歡在說完話時，跟她的同伴使目尾（sái-bȧk-bué），接著她同伴就會對喙（tuì-tshuì）放冷箭，「基本功愛靠磨，少年人想了無夠深入，按呢散散（suànn-suànn），顛倒予咱團體失體面（sit-thé-bīn）。」她的同伴就是當初用很強勢的語調，問我小說完成了沒的那位香菇頭中年婦女。

「會長，你該不會就此停滯了吧？」那位每次都身穿螢光色系的年輕人仍對我抱持著敵意，總是擺張懊嘟面（àu-tū-bīn），說完話又會再給我一記反白睨（píng-pėh-kâinn）。

面對這些意見，我只能扮笑面（pān-tshiòr-bīn）說：「感謝各位的指教，我會繼續精進。」說完撥撥瀏海。但通常沒有這麼容易，因為我發現如果回話方式太過平淡，他們的反應會更加激烈。

「會長，你按呢回答實在卸世卸衆（sià-sì-sià-tsìng），不如莫繼續做矣！」有時候底下會有生面孔在旁邊大小聲。更離譜的是，還有人把「一筆」的台語發音講成「一鼻」，還是旁邊的興伯彷彿著咳嗽（tiȯrh-ka-tsȧk）一般不斷咳嗽暗示，對他使目箭（sái-bȧk-tsìnn），那個人才改口，不過後來他就再也沒參加聚會了。

但如果我回覆得激烈一點，他們反而會開始很有默契地安靜下來，「各位應該把專注力放在創作，而不是我適不適任，誰有疑問，我也很歡迎這個位子換人坐。」我用力拍桌，這時候興伯或火土伯就會當和事佬，出面緩頰，「會長講了誠好，創作本身才是重點，咱身為長輩按呢

講話，未免傷過頭**卸面皮**（sià-bīn-phuê）矣。」「是啦，咱按呢討論難免會大細聲，凡勢嘛是創作的元素喔！」

　　某次，那位常身著螢光色系的年輕人沒來，他也是看我**鑿目**（tshàk-bàk）、愛跟我唱反調的固定班底。耳根清靜的我，那次心情特別好，「會長，今仔特別歡喜呢？」興伯跟我聊幾句後，才曉得我開心的理由，「無啦，彼位少年仔，伊生**目狗針**（bàk-káu-tsiam），所以今仔歇睏。」

　　我覺得好笑：「長針眼就不來？又不是要上鏡頭表演，哈哈。」

　　「啊？」平時能言善道的興伯，突然愣了一下。火土伯則在一旁搖頭，「彼嘛無重要，逐家來來去去，隨緣啦！」不曉得火土伯怎也有點浮躁，說完後嘴唇因**喙殘**（tshuì-tsuânn），還拉出了一條**瀾鬚**（nuā-tshiu）。

　　興伯表情好像有點僵硬，但隨即大笑：「是啦，我年歲大矣，**耳空重**（hīnn-khang-tāng），伊到底是按怎無來，我嘛無印象矣，可能臨時有代誌，會長莫想傷濟。」

　　頓時我也笑了出來，覺得這兩位長輩就像是開心果一樣，讓過去憂鬱的我，每天都覺得生活變得多采多姿。

　　這段時間，我發覺所有疑問都是自己胡思亂想，火土伯、興伯就像是我的兩位長輩，也像這團體內的重要幹部，有什麼問題都是這兩位老長輩替我直接處理。我所要做的事，就只是和榻榻米房間的所有人討論小說，討論要怎樣創作，一方面分享我自己寫作的心得給所有成員。

　　此外，「小說守護組」有個傳統，就是鼓勵成員不要接觸網路或科技產品，興伯跟火土伯說，只有返古，才能夠保持創作思路的清明。這也難怪他們要在這大樓室內空間內，打造如此復古的街景跟透天厝了。我身為「一筆會長」，當然要身體力行，所以逐漸斷掉身邊的科技產品，反正我也忙著寫新作品，生活中幾乎只剩下寫作跟「小說守護

組」的團體互動。

　至於那篇讓我成為一筆會長的小說，這幾天消息出來了，確定要出版成冊，而且竟然是實體紙本書。這實在太使我感動，接連幾日都興奮到無法入眠。我想趕緊把這消息分享出去，除了家人跟愛茹之外，這段時間已快被我遺忘的李平國，頓時又浮現在我的腦海裡。

　幾日後，心驚膽嚇，間歇雨不停。

　咖啡店裡，愛茹喝著冰拿鐵，看著桌上的電子紙，「出書？實體書？」她顯得有點心不在焉，東張西望，「那很好呀。」她喝了一口拿鐵，時不時拿起電子紙調整成鏡面狀態，一直照著自己的臉並撥弄頭髮。

　「我可以大概跟妳說這本書的內容。」若是以前，她應該會兩眼直視著我，看著發呆。

　「啊，現在嗎？是正式的嗎？」愛茹總算抬起頭，把身體往前傾，像是走在圍牆上的貓，她今天特別點上眼影，讓重巡（tîng-sûn）顯得更深邃，「我插嘴一下，因為待會我要跟男朋友去看電影。」不知為何，她突然轉為氣音，小聲地跟我說。

　「啊？」我稍微側著頭，突然覺得有點莫名其妙。

　「啊啊，我沒跟你說嗎？抱歉……可能我們太久沒聯絡了。」愛茹遮著嘴巴，有點不好意思地笑，「就我那個家教學生，他上大學後，我們……」原來是她之前提過的家教學生，愛茹此時仍持續用氣音小聲地跟我說。

　　嗯，腦中想起第一次去「小說守護組」的那個地點，高級住宅區，就是她家教學生住的地方，接下來她說什麼我忘了，沒關係，我有「小說守護組」就好了。

　　低著頭的我，瀏海擋在眼前，看不清眼前的愛茹。

　　我撥了撥瀏海，站在李平國的房間，環顧四周，根本克英應該已經徹底消失了吧？書櫃、擺設、桌子，甚至是牆壁顏色全部都換了。

　　「出書？欸……恭喜你啊！」李平國躺在床上，眼神沙微（sa-bui）、懶洋洋地看著電子紙，「我還只能出電子紙版本的書，你是實體書，啊，有點懷念呢……」李平國又露出頑皮的表情看著我，以台語緩緩補充，「真正是呵咾到會觸舌（tak-tsih）。」

　　「那個，其實我對你有點不好意思。」我撥了撥瀏海，搔了搔頭。

　　「啊？」李平國仍盯著電子紙，不斷觸碰著畫面。

　　「就是我擅自挪用了你告訴我的故事，寫進小說裡，你和克英身體對調……」我低著頭，終於鼓起勇氣全盤托出。

　　「哦？那個啊……不重要了吧？」李平國放下電子紙，「你編的故事，真的很精彩。」

　　腦筋一片空白、楂神（sèh-sîn）的我，終於忍不住問：「可以陪我出去走走嗎？」以往都是我怕他寂寞來找他，但現在，或許更需要人陪的人，是我。

　　李平國沒多說什麼，只是看著我微微笑了笑點頭，他背後的窗外，繁星點點。

　　路燈照亮街路，遠方的水上巴士也閃爍著人造光芒，我跟李平國走在運河旁，閒聊著一些關於文學、詩，以及他那個時代的種種。或許我必須靠這種對話，才能不斷建構出屬於自己的創作自信，畢竟李平國身

上散發著的，就是我一心嚮往的形象。

「之前跟你提過的寶美樓，你有興趣嗎？」我問，李平國也知道，因為這間料理店不但是根本克英最後一次聚餐的場所，也是從李平國那個時代開始營業的名店。不過李平國聽了，只是苦笑一聲、搖搖頭。

我們靠在運河旁的圍欄，眼看對岸是整齊排列的新式建築，不遠處則是座古廟，「還是你想去競馬場看看？」在認識李平國之後，我從他那陸續了解一些這個地方過去的建築，但一開始是在他的詩集中發現許多熟悉的地名，這也讓我驚奇，原來他所寫的有很多都是現在仍存在我日常生活中的場所。

「競馬場……在我來到這個年代的那天，競馬場正準備要搬移到現在你所知道的位置，在這之前是在大南門城附近。」李平國似乎笑得感嘆，「阿爸，捌講過……拄好我畢業，全家會使去走馬場看『西男爵』西村一的馬術表演……」他突然轉換成台語，頭低低的，不曉得是不是在流淚。

我感到不好意思，也不曉得該怎麼安慰他，只好說：「大南門城，不曉得位置在哪？」這點倒是一片空白，畢竟所有古代城門都早已拆除，改建成住宅或商圈了。

「啊？歹勢……」李平國用手掌抹了抹臉，「時代真的改變好多，有的繼續保留下來了，有的消失了，但對我來講，一切都消失了，即使那個物質的東西還存在，但裡面的一切也早已經變了吧？」

我一句話也說不出來，想起他手裡拿著那張「往昔心悶」的字條，雖然只有四個字，但卻充滿著無限憂傷。李平國曾跟我說，「心悶」是思念的意思，此時他所說的話，讓我又回想起第一次看到他的那雙迷惘的眼神。

「你一定覺得我很奇怪吧？」李平國淡淡地笑了，「可是如果不逼自己習慣這一切，我該怎麼活下去呢？」我拍拍他的肩，他繼續說，「其實，我才羨慕你。寫作現在已經成了我的謀生工作，而你，則是全然地投入在一個充滿期待的未來裡。但無論是我的心或是寫作，都漸漸凋零了。」看著李平國，運河的風撲面襲來，一陣屬於這個地帶夜裡的涼意，也敲醒了我。

「我的大腿有點痛。」李平國摸了摸大腿，跟我心照不宣地笑了。

過幾日，有位同學撥了電話給我，大家又相約聚餐了，地點是離上次寶美樓不遠處、同樣是百年台灣料理店的醉仙閣。我的心情隨著台南單軌列車居高臨下看著迅速變化的街景而起伏，世事變化，出乎意料。上次我是空想家，再來我是夢想家，現在我則身為「一筆會長」小說家。愛茹和根本克英……李平國，同學會那天，會來嗎？

❀ ❀ ❀ ❀ ❀ ❀

聚餐當天，我們坐在醉仙閣一樓的開放式座位區，復古的椅子圍繞著一張大圓桌，服務人員點餐完畢後，同學們開始聊了起來。

「看新聞說政府打算再北移一度。」「敢有影？」「聽說小田寬跑去抗議，他現在好像開始熱衷政治，參加主張自決、鯤島派團體。」「無聊，頭殼破去……」「覺得這樣台灣越來越不像原本的樣子了。」「無所謂啦！找得到工作、顧經濟比較重要啦！」

我對政治話題沒興趣，於是看著一樓投影在大廳牆上的電視。此時，電視正轉播著台南競馬場的競馬活動。

不曉得什麼時候開始，正當我聚精會神看著競馬活動時，同學們

也用很興奮的表情看著我，話語聲連續不斷：「阿本，你準備做演員囉？」「你實在有夠強，接下來真的會配合節目走向，出實體書嗎？」「你好酒沉甕底呢，有夠神祕。」

「你們到底在說什麼？」我心頭七上八下，覺得心神不寧。

「你不是去參加電視節目嗎？以後就像龍之助這樣，成為出道藝人囉？」愛茹的語意充滿著佩服之意，她男朋友也點點頭，露出佩服的表情，「你的節目我每週都有按時收看，那天剛跟愛茹聊到你，實在太精彩了。」

「欸欸欸，那之前我跟你在咖啡店那一次是錄影嗎？會被剪進去嗎？」愛茹浮現**紅牙紅牙**（âng-gê âng-gê）的氣色，「那次我一直在找鏡頭，不曉得我的妝畫得怎樣？」

我**頭眩目暗**（thâu-hîn-ba̍k-àm），隨口附和幾句話，這頓飯吃到不斷**吐大氣**（thóo-tuā-khuì）。

席間，我偷看電子報才知道，原來什麼「小說守護組」全是捏造的，那是媒體節目的主題，製作人親身下來演興伯這角色，因為幾個月前他在單軌列車內聽到我隨口講出關於飲料、龍之助的例子，加上老派小說話題，讓他突然有這靈感，竟然拐我參加這齣大戲！

我不曉得該如何形容我此刻的心情，有一種原來自己根本不存在的空虛感。

難怪大樓內部會有透天厝那種高規格設計，至於其他登場的有頭有面的人物，也都是有閒有錢才會想參加，他們才不是為了什麼小說，完全只是為了參加電視實境節目而來。我腦中浮現那位政治人物的臉孔，他用很刻意的方式大喊跟年輕人站同一陣線，簡直就是趁機自我行銷。而其他人那不自然或刻意的對話，都是設計好的橋段。更不用說那

些像在胡鬧的成員，時而拍手叫喊，時而圍著我重覆同樣幾句話，全都是做效果。就連出場時總是擺著一副**慍屎面**（àu-sái-bīn）、嚴肅貌的一筆會長，原來也全是演的。

我實在非常傷心，一句話都說不出來，從醉仙閣出來，腳步差點站不穩，愛茹和幾位同學也跟在我後面，大家都很想和我聊這節目的劇情。但他們並不是因為我成為作家才真的看重我，而是因為我成為了公眾人物、成為藝人演員！

我再仔細滑動網路上的廣告，上面全是現在最流行的節目《小說守護組》的宣傳，有我每一次在那間透天厝二樓榻榻米的情形，也有廣告正在放送著我所寫的那本小說，似乎節目單位真打算要出版紙本書。

我的小說成為節目的一種行銷，只是一道配菜，大家想看的、好奇的，還是這個實境節目本身。

對我來講，我的作家夢最後淪為實境節目的情節，但包括愛茹還有其他同學在內的所有觀眾都不曉得真相，還以為我是真正的演員，共同跟節目單位演出這齣戲，大家都認為我的演技實在有夠自然。聽到這些評價，我的內心既痛苦又想大哭啊！

但是，我的小說最後是真的出版了，而且是紙本書，無論是實體書店還是電子平台都可以買到，這樣我難道不算是作家嗎？雖然說，作家的名字叫做一筆，並不是我，但大家都認為那本小說是電視節目內的那位角色所出版的，這本小說成為虛實交錯的結晶。

最後，我，阿本，在現實世界，在大家心目中，仍然不是作家，而是一位演員。

❀ ❀ ❀ ❀ ❀

　　透天厝內，榻榻米房間坐得滿滿的，那些老人、學者、政治人物、學校教授，還有興伯和火土伯都待在那，大家都在等阿本。

　　攝影鏡頭與收音系統藏在四面八方，只等興伯一個動作指示，一切才會開始運作。

　　「製作人，你覺得那個小朋友今天還會來嗎？」火土伯看起來很煩惱，「如果沒來，放空城，這樣這齣戲是要怎樣繼續演下去？」

　　「伊絕對會來。」興伯看著樓梯，「只要有法度做作家這角色，伊就感動到**四淋垂**（sì-lâm-suî）矣，所以伊絕對會來。」他刻意用這場實境秀裡招牌的台語腔調，逗得在場演員們哈哈大笑。

　　「一開始我聽這個阿本敘述小說的理念跟技法時，看到他神采奕奕的雙眼，真的很於心不忍，如果他真的很爛就算了，沒想到他是真的有想法的。」火土伯嘆了口氣。

　　「那次我就看你表情很難看，我們這樣也算是完成他的夢想。」興伯笑著說。

　　現場突然響起廣播聲：「主角到達現場，各位請準備，五、四、三、二、一⋯⋯」

　　樓梯口緩緩走出所有觀眾都知道的人影，阿本複雜的表情掛在臉上，但身上是一套全新的特別打扮。

　　阿本知道，如果不繼續演下去，他要怎樣傳達他的理念、價值觀讓所有的人知道呢？就算說自己是個演員，就算這本書的作家是「一筆」，不是阿本，但想到自己想了好久好久，那套文章從後面開始寫到前面的新寫法，顛覆小說的新概念，可以透過這個方式讓讀者和觀眾都知道，阿本就感動到淚水直流。

　　這，只有作家、真正的作家才會理解的感受，現在他全然感受到了。

　　此時，底下的成員們如波浪舞般陸續站起：「會長上蓋讚、會長蓋厲害、會長有夠勢、會長會長……jootoo啦！——」一如往常的節目狀態，這群人拉長音調且笑得浮誇，高舉大姆指，宛如慶祝大會。

　　「會長，你哪會咧流目屎？」興伯笑著問。

　　「沒什麼，因為我知道，我已經是一位作家了。」阿本，堅定地看向鏡頭。

❀ ❀ ❀ ❀ ❀

　　「哇哩勒，結果平行世界加上重新投胎的我，也不是作家啊？」元義大吼一聲，但仍駝著背。

　　盲腸回頭看著他，「啊？」了一聲。

　　元義抓了抓自己沒有瀏海的小平頭：「我剛剛好像看到平行世界的我……」

　　小博士瞥了元義一眼，推推眼鏡說：「看吧！我就說你真的不是作家駒。」

- **無神無神**（bôr-sîn bôr-sîn）：無神、精神不濟的意思。
- **文文仔笑**（bûn-bûn-á-tshiòr）：微笑、淺笑。意同「微微仔笑」。「文」本身有斯文、文雅的意思。
- **酒窟仔**（tsiú-khut-á）：酒窩。
- **笑頭笑面**（tshiòr-thâu-tshiòr-bīn）：眉開眼笑。意同「歡頭喜面」、「喙笑目笑」。「笑頭笑面」多是形容長期的性格狀態，如「老闆攏笑頭笑面，毋知咧想啥」。
- **喙笑目笑**（tshuì-tshiòr-bȧk-tshiòr）：眉開眼笑。意同「歡頭喜面」、「笑頭笑面」。「喙笑目笑」較有瞬間情緒的感覺，如「聽著好消息，隨喙笑目笑」。
- **實鼻**（tsȧt-phīnn）：鼻塞。意同「齆鼻」（àng-phīnn），「齆」是鼻子阻塞時的說話聲，「齆聲」則為鼻音之意。「實鼻」的「實」本身有裝滿、塞滿的意思，例如「實腹」（tsȧt-pak）便是形容內部紮實，「這印材是正實腹，品質妥當」。
- **擤鼻**（tshìng-phīnn）：擤鼻涕。「擤」本身有將鼻涕排出的意思。
- **憂頭結面**（iu-thâu-kat-bīn）：愁眉苦臉。意同「面憂面結」、「憂頭苦面」。
- **面憂面結**（bīn-iu-bīn-kat）：憂傷、愁苦。意同「面憂面蚋」。
- **目頭結結**（bȧk-thâu kat-kat）：眉頭深鎖、皺眉。「目頭」是眉毛，「結結」為糾結之意，也說「憂結結」。
- **目睭瞴瞴**（bȧk-tsiu tshuh-tshuh）：眼睛視力不清、看不仔細。「瞴瞴」是指視物不明，有一句話說「目睭傷大蕊」，意謂眼睛很大但視力不佳，有點反諷或挖苦的意味。
- **瞴目**（tshuh-bȧk）：眼花。意同「目花」、「目睭濁濁」。

- **懶懶**（lán-lán）：沒精神、不想動。有句話說「食予瘦瘦、激予懶懶」，意味心情放鬆自在，也有「海外散仙」之意。

- **烏昏面**（oo-hng-bīn）：臉色陰沉不和善。值得一提的是，「烏昏面」不一定真的指脾氣不好，有可能只是樣貌較兇。在《台語原來是這樣》270頁有專文介紹。

- **激面腔**（kik-bīn-tshiunn）：擺難看的臉色。「激」有假裝之意。

- **歡頭喜面**（huann-thâu-hí-bīn）：歡天喜地。意同「笑頭笑面」、「喙笑目笑」。

- **烏昏烏昏**（oo-hng oo-hng）：臉色陰沉不和善，與「烏昏面」相同。

- **面捽捽**（bīn-sut-sut）：扳著一張臉。

- **散形**（suànn-hîng）：懶散、漫不經心，與「散仙」相同。

- **哈唏**（hah-hì）：打呵欠。宜蘭的說法則為「擘哈」（peh-hā）。

- **媒人喙**（hm̂-lâng-tshuì）：媒人的嘴只會說好話，引申為只說好聽話或說話不中肯。

- **破格喙**（phuà-keh-tshuì）：烏鴉嘴，說話不中聽。

- **好笑神**（hór-tshiòr-sîn）：神態愉悅，經常面帶笑容。這裡的「神」是指神態，非真正的神明。

- **斜目**（tshiâ-bák）：斜眼看。若做「斜視」則是眼睛病症的一種，或是輕視貌。

- **歹面腔**（pháinn-bīn-tshiunn）：臉色神情不悅、不友好。

- **火化去矣**（hué hua--khì--ah）：字面意思為火熄滅了，引申為完蛋了、慘了。

- **面臭臭**（bīn-tshàu-tshàu）：臭臉、臉色不悅。

- **影目**（iánn-bák）：醒目、顯眼。意同「顯目」（hiánn-bák）、「醒目」

（tshénn-ba̍k）。

- **鼻空風**（phīnn-khang-hong）：鼻息、鼻孔噴出的空氣。
- **大舌**（tuā-tsih）：口吃、講話結巴不清楚。
- **臭奶呆**（tshàu-ni-tai）：發音不清楚的童稚聲。
- **目色**（ba̍k-sik）：眼色、眼神。
- **厚話**（kāu-uē）：多話、多嘴。
- **嗤舞嗤呲**（tshi-bú-tshih-tshū）：說話小聲怕別人聽見，意同「嗤嗤呲呲」。
- **羊仔目**（iônn-á-ba̍k）：半閉眼。形容人睡覺時半闔眼的樣貌，也可單純描述人的外貌。
- **殕殕**（phú-phú）：看不起人。原意為模糊不清，或是灰色的意思，引申為瞧不起人，成句為「你看我殕殕，我看你霧霧」。
- **青恂恂**（tshenn-sún-sún）：受到驚嚇，臉色發青。
- **腫頷**（tsíng-ām）：胡說八道、糟糕透頂。照字面是「頷」腫了起來，「頷」就是脖子。
- **起呸面**（khí-phuì-bīn）：翻臉。也可說「呸面」、「變面」。
- **牛目**（gû-ba̍k）：瞪大眼睛、炯炯有神。
- **捽目尾**（sut-ba̍k-bué）：使眼色。「捽」是鞭打、抽打，有速度飛快之意。
- **面漚面臭**（bīn-àu-bīn-tshàu）：臭臉、表情不悅。「漚」有腐爛之意。
- **吐目**（thóo-ba̍k）：突眼、眼球外凸。同「金魚目」，也可單純描述人的外貌。
- **大心氣**（tuā-sim-khuì）：呼吸急促、喘不過氣，也可說「喘大氣」。
- **喘大氣**（tshuán-tuā-khuì）：劇烈急促的呼吸，另外也有嘆氣的意思。

- **呸面**（phuì-bīn）：翻臉。「呸」則是將嘴內的東西吐出，如「呸喙瀾」（phuì tshuì-nuā）為吐口水之意。
- **死人面**（sí-lâng-bīn）：字面是死人的臉，引申做臉色或氣色難看。
- **歹看相**（pháinn-khuànn-siònn）：難看、出糗。
- **耳空輕**（hīnn-khang-khin）：耳根子輕、容易聽信於人。
- **柴目**（tshâ-bák）：眼拙。也有「死目」的說法，意謂跟死人眼睛一樣無作用。
- **歹聲嗽**（pháinn-siann-sàu）：說話的口氣、態度不好。「聲嗽」為說話語調、口氣。
- **暢**（thiòng）：高興雀躍，意同「爽」。
- **激屎面**（kik-sái-bīn）：臉色表情不悅。
- **喙角全泡**（tshuì-kak tsuân pho）：說得天花亂墜，字面上的意思是說到嘴角不斷冒泡。
- **目空**（bák-khang）：眼窩。
- **礙目**（gāi-bák）：礙眼、不順眼。
- **使目尾**（sái-bák-bué）：以目光暗示，也可以用在眉目傳情。
- **對喙**（tuì-tshuì）：接口、對口。指順著對方語意接著說，或是兩方組織的溝通窗口。
- **散散**（suànn-suànn）：行事散漫、不用心。
- **失體面**（sit-thé-bīn）：丟臉、沒面子。同「落氣」、「無面子」之意。
- **懊嘟面**（àu-tū-bīn）：擺臭臉、臉臭臭的，同「懊嘟嘟」之意。
- **反白睭**（píng-péh-kâinn）：翻白眼，意同「反白仁」、「反白目」。
- **扮笑面**（pān-tshiòr-bīn）：賠笑臉，同「激笑面」之意。
- **卸世卸眾**（sià-sì-sià-tsìng）：丟人現眼，也說「卸世眾」、「卸世代」、

「卸面子」，「卸」有除去、解除之意。

- 著咳嗽（tiórh-ka-tsàk）：嗆到。「嗽」是嗆到之意，一般說「嗽著」。

- 使目箭（sái-bák-tsìnn）：使眼色暗示，也可形容拋媚眼。

- 卸面皮（sià-bīn-phuê）：丟臉，同「卸世眾」、「卸世卸眾」、「卸面子」之意。

- 鑿目（tshàk-bák）：礙眼、不順眼。同「㧎目」（sīnn-bák），除了形容人事物的礙眼，也可用來表達眼睛受到光線或是外物刺激感到不適。

- 目狗針（bák-káu-tsiam）：針眼。同「目針」，一般說「生目針」。

- 喙殘（tshuì-tsuânn）：口水沾過的痕跡。

- 瀾鬚（nuā-tshiu）：口水飛沫、牽絲。

- 耳空重（hīnn-khang-tāng）：重聽。

- 重巡（tîng-sûn）：雙眼皮。

- 沙微（sa-bui）：瞇著眼的樣貌。

- 觸舌（tak-tsih）：舌頭在嘴裡彈動，發出嘖嘖聲。有句話說「呵咾甲會觸舌」，意思是讚譽有加、讚美到嘖嘖稱奇。

- 踅神（sèh-sîn）：神情恍惚，同「失神」、「無神」、「戇神」。「踅」是轉動、繞動，「神」則是神情樣貌。

- 紅牙紅牙（âng-gê âng-gê）：氣色紅潤帶有光澤。

- 頭眩目暗（thâu-hîn-bák-àm）：頭暈目眩、頭昏眼花，同「烏暗眩」（oo-àm-hîn）。

- 吐大氣（thóo-tuā-khui）：深深的嘆息。

- 漚屎面（àu-sái-bīn）：臉色表情很臭。

- 四淋垂（sì-lâm-suî）：涕淚縱橫、淚流滿面。

拐弄人的記憶！

上尾仔所留落來的線索，到底是啥物意思？

The 殺人事件
The

　　五月底的補習班大教室裡，空調持續發出規律的聲音，我感到有點愛睏。盲腸跟小博士把我們剛剛買回來的飲料和食物放上桌，但我沒什麼胃口，吃了幾口的涼麵就擺在桌前，看著涼麵發呆，那歪七扭八的麵條，像是噴射機飛過天空時留下的尾巴。

　　「哇，元義，這涼麵好有藝術感，看起來好像拖把喔！」盲腸笑著說，他可能看我有點悶悶的，所以想要一下白癡，製造話題。

　　「哇哩勒，像你的自畫像啦……」我看著盲腸說。一旁小博士的嘴唇，像是準備開殼的蛤蜊，要開不開的，我瞇著眼等他看能說出什麼好話。

　　「元義，投稿結果出來了嗎？」小博士推了推不太合頭圍的鏡框，咬了一口肉包。

　　「還沒啦……應該沒這麼快。」我說。

　　「不曉得審稿的都會是怎樣的人喔？」天天的盲腸傻笑，吸了一口飲料，「會是像電視劇裡出現的那樣嗎？充滿文藝氣息的編輯，托著下巴，溫柔地看著稿件……」

　　「我覺得喔，嘿嘿……主要是不同的人審稿，判斷的結果可能會不太一樣。」小博士露出奇怪的笑容，幸好審稿的不會是他，「畢竟每個人看事情的角度不同，就像《貝貝美人魚》其實原本是不能出版的，幸好編輯在當時極力爭取，最後才順利出版，好佳哉……」

　　「對！如果審稿的人是我……」盲腸宛如天啟般，拍了拍桌子。

　　「那就完了，像你就不能夠欣賞我的大作。」我皺著眉頭，開始想像著，現在我那寄出的稿件，究竟會被怎樣的人審稿呢？

　　這時候，旁邊一直傳來「好可怕。」「啊！感覺毛毛的。」「真的太慘了……」的驚呼聲。哇哩勒，他們怎麼知道我們在講什麼？

「兇手到底是誰啊？我看新聞跟網路上的風向好亂。」「對啊！前陣子不是還說快破案了嗎？我原本打算考那間學校的說……」「沒差吧？妳打算讀的又不是那個科系。」

哦？原來是在討論那件社會新聞啊？我轉過頭，看到那幾個別間學校的女生，表情時而驚嚇、時而懸疑，有時候又超級誇張地皺著臉。不過拜她們所賜，我想起那個社會案件，還有新聞不斷重複的模擬畫面，再看著桌上剩下的涼麵，真的是一點食慾也沒有了。

❀ ❀ ❀ ❀ ❀

約一個多月前。

雖然新學期才剛開始沒多久，但是這所大學的設計系所大樓，已經有不少人搬著器材忙進忙出的。因為有不少大四生已經開始著手學期末的畢業製作，甚至到了傍晚，還是有許多學生進出。

這是一棟八層樓的大樓，偌大的一樓空間一角，有的學生正對著鏡子練習街舞，有的正忙著組裝器材或製作大型展覽作品。樓梯上，則有三三兩兩坐著看似在閒聊的師生們。

從二樓到八樓，每一層樓的空間格局都大致相同，電梯在每一層樓的左右兩側盡頭，電梯後方安全門的位置則是樓梯，男女化妝室設立在樓梯旁。至於各樓層中央處，分隔成好幾間沒有窗戶的教室，四周分佈許多空間，做為辦公室、教室、研究室、會議室之用。二樓是設計系所辦公室及會議空間，三樓是學生教室，四樓是研究生教室及討論間，老師們的辦公室則集中在五樓。六樓到八樓主要是攝影棚、電腦教室、多媒體實驗室、油畫教室等。

　　時間是晚上六點，一位身材曼妙的女人，此時正在五樓的一間辦公室內，對著坐在電腦桌前的男人說：「昨天晚上地震這麼嚴重，你在這邊好睡嗎？」微捲的短髮、自然地伏貼在脖子上，她的語氣流露出一股關心，臉頰兩旁的髮梢隨著說話而緩緩晃動著。而後視線一轉，她瞥見一旁的三人座沙發，沙發後面是一大面櫃子，另一側則是辦公桌。

　　「真好睏啊！啊你今仔來創啥？」這男人的眼睛仍仔細盯著電腦螢幕，連一點眼神都沒有給她。

　　「我來看看你啊……你連續好幾個晚上都沒有回家了。」女人眉頭皺了一下，依然站著，「今晚會回來嗎？」

　　「哪有可能！彼學生欲畢業矣，作品猶未做了。」男人語調平淡。

　　一陣寂靜。

　　「對了，我剛剛在走廊遇到陶老師。」或許是為了打破令人尷尬的沉默，她突然轉移話題，一邊緩緩地掃視整個辦公室的空間，一邊緩步走向沙發，然後隨意拿起擺放在沙發後方櫃子上的獎盃把玩起來。

　　始終面無表情的男人，這時候終於停下手邊的動作，轉過頭來看著眼前這個女人，他才發現今天她穿上一雙腳踝綁帶的高跟鞋，將她原本**鳥仔跤**（tsiáu-á-kha）的腿型修飾得很美，心想自己的太太還是很有姿色的嘛，「那他有說什麼嗎？」他終究沒有說出讚美她的話。

　　「沒什麼，原本跟他打招呼，他沒有理我，但擦身而過後又把我叫住，欲言又止的，後來學生來了他就走了。」

　　「無聊。」男人鼻子哼了一口氣，「啊妳也是，沒事也趕快回去吧！」

　　「新聞說今天可能還是會有餘震，你真的不回家嗎？」

　　「就跟妳說不會了啦！」

　　女人看著男人持續操作電腦的身影，再瞄了一眼櫃子旁的沙發，她腦中突然閃過他與某個女人在這沙發纏綿的畫面，心中升起了一股怒意及妒意──因為她知道，自己的先生在外面早已有了其他愛人，而且還是他自己的學生。於是她順勢把剛剛把玩的獎盃放到上方櫃子的邊緣，心想，最好狠狠地砸中那個女的。

　　「她今晚不會來嗎？」

　　「妳無聊啊？」

　　「是她自己先打電話給我的耶！還跟我炫耀你們兩人的事，我今天來學校當然要看看到底是誰……」女人越說越覺得滿腹委屈，語末已帶有哽咽的鼻音。

　　「這件事我不想再談，我也跟妳承認了，啊不然妳是想要怎樣？專程來鬧的嗎？我說過我會好好處理，就算她會來，妳在這裡，我也早通知叫她不要來了。妳不要無聊了，趕快回去啦！」男人覺得心浮氣躁，雖然一開始他就是以不負責任的心態與女學生交往，也沒想過要離婚，但面對歇斯底里的太太，他現在只想躲開。

　　女人盯著男人操作電腦的身影，用手指抹去淚痕，默默安慰自己只要沒離婚，眼前這個男人依然是屬於她的，被搶走的心，有一天一定會回來。她看了一眼手錶，驚覺再不離開，等等座談會可能會遲到，於是含糊說了一聲：「如果可以的話，回家吧……我永遠會等你。」轉身離去的同時，目光再瞥了剛剛刻意放在櫃子邊緣的獎盃一眼。

　　男人仍持續盯著電腦螢幕，直到確認女人把門關上後，這才抬起頭，整個人放鬆仰躺在電腦椅，雙手撐著後腦，看著電腦時間顯示晚上六點十五。他閉上眼睛，等了一陣子才走出辦公室，搭了電梯，走出這棟大樓，到校園內的便利商店買了個飯糰，又回到辦公室的電腦前，等

待晚上七點跟他約好要討論論文的學生。

敲門聲，「請進。」他嘴裡嚼著飯糰。

進來的是一位身材高挑，因為豐滿而顯得**胖奶**（hàng-ni）的年輕女生，身著極短的牛仔熱褲，雖然有點**扁擔跤**（pún-tann-kha），但顯得健康有活力。「哇！麵條，你也太扯了吧？三餐都吃飯糰喔？真的不用我幫你順便帶個便當嗎？」她手裡拿著一疊印好的資料，皺著眉頭笑著說。

「惠惠，好歹也叫我一聲教授或老師吧……而且妳帶的便當能吃嗎？會不會偷加料啊？」

「是是是，麵條教授。」惠惠擺出遵命的手勢。

接下來，兩個人開始翻閱那疊資料討論著，麵條教授言談間不時夾帶點幽默感，逗得惠惠笑聲連連，情景跟剛剛太太在場時截然不同。就這樣，討論時間到了尾聲。

「那我把圖修改好，下次再一起帶過來討論。」惠惠邊整理資料邊說，「麵條，你還有約其他人嗎？」

「還不就你們這幾個而已，小潔跟大昌。」

「那我順便下去叫他們上來。」

惠惠離開後，大約八點，小潔跟大昌同時進來。小潔是一位留著長直髮、看起來清秀的女生。旁邊的阿昌體格**虎仔生**（hóo-á-senn），染了一頭粉紅色的頭髮，非常醒目。由於是簡單的看圖，且兩個人做的研究項目接近，所以同時講解反而節省時間。這對男女學生和惠惠一樣，被麵條教授逗得笑呵呵，在辦公室外的走廊都能聽得到。

「恁嘛笑較細聲淡薄……」麵條教授在討論快結束時，笑著對大昌及小潔說。

「又有什麼關係，反正隔壁也在開演唱會。」大昌用誇張的語調說。

　　麵條教授愣了一下，隱隱約約聽到辦公室隔壁傳來陣陣音樂，這才會意過來，應該是隔壁辦公室的外籍客座教授正在播放音樂或看電影。自從客座教授來了之後，待在辦公室總會被迫聽到他電腦播放出來的聲響。

　　「哈哈哈……」小潔忍不住大笑。

　　「好啦！你們快點回去修改圖吧！」麵條教授揮了揮手，兩位學生轉過頭點點頭，離開了辦公室。

　　辦公室頓時顯得冷清，麵條索性也播放起音樂。

　　過了好一陣子，敲門聲再次響起，「請進。」麵條教授瞥了一下電腦時間，約晚上九點二十，望向門口，頓時愣住了，原來是系上的同仁，陶老師。

　　頭大面四方（thâu tuā bīn sù-hong）的陶老師有點**戽斗**（hòo-táu），是個年約五十，有點**禿額**（thuh-hiảh）的中年歐吉桑，雙眼凸目，有個**獅仔鼻**（sai-á-phīnn）的陶老師此時用鼻孔吹氣，哼了一聲。

　　「物件咧？哪會是空手？」麵條教授嘆了一口氣，站了起來，繞到沙發與辦公桌之間的通道。

　　陶老師順手把門關上，往麵條教授跨了一步：「我袂閣予你矣啦！你當我開銀行喔？我今仔日就是欲共你講，莫傷超過！」他邊說邊激動地指著麵條教授。

　　不到一百七十公分的麵條教授，如此近距離站在陶老師面前，顯得格外文弱。「噴！莫起跤動手，你若傷假痟，我就……」麵條教授揮開陶老師的手，揚起嘴角。

　　「你就按怎！」陶老師激動地揮舞雙手，接著抓起麵條教授的衣領，「我跟你說啦！就算說我有拿，也拿不多，而且也不是只有我拿。」

「不是只有你拿，但偏偏只有你被我逮到證據。」麵條教授雙手試圖要用力掙脫，兩個人就這樣原地僵持著，然後一個衝力，伴隨著陶老師的破口大罵，把麵條教授整個人往沙發推去。

碰！麵條教授的後小腿撞擊到沙發邊緣，然後整個人半坐在沙發上，臉上表情似乎還沒搞清楚發生什麼事的同時，又發出一聲低沉的撞擊聲，然後是一陣天旋地轉。

地震嗎？不是，麵條教授一陣頭暈目眩，雙手下意識地按著自己的頭，「啊……」看著滾到陶老師腳邊的獎盃，這才知道自己被書櫃掉下來的獎盃砸到頭了。處於盛怒之中的陶老師，彎下腰撿起腳邊的獎盃，握在手中，感到沉甸甸的，沒想到獎盃比想像中的更有重量。他緊繃起肩膀，一股衝動想舉起獎盃往麵條的頭頂打下去。

「啊……幸好沒怎樣，但這個我先記著了，連同這次欠的錢，下次一起算。」麵條捲曲著身體，看了一眼剛剛按著頭頂的掌心，隨即斜眼瞪著陶老師。

看到麵條乾淨的掌心，陶老師反而鬆了一口氣，深呼吸，將剛剛想殺人的念頭吐了出去。「算你好狗運，下次……」陶老師將緊握的獎盃重重地放在電腦桌邊，這時才發現掌心出汗了，「我是不會再給錢的。」

麵條教授一手按著頭上剛剛被獎盃砸到的位置，緩緩站了起來：「你給我滾，反正也沒把錢拿來，還給我搞這齣……」揮了揮手打發眼前的陶老師。

陶老師看麵條教授似乎沒什麼大礙，情緒稍微平復後，才低聲說：「你自找的。」接著便轉身開門走出了辦公室，離去前還不忘回頭，似乎在確認這個男人應該不會就這樣倒下吧？

回到電腦桌前的麵條教授，摸著仍隱隱作痛的頭，低聲呻吟著，

似乎還能聽到走廊上陶老師的咒罵聲，「屁窒仔……」

麵條教授看著剛剛陶老師擺在電腦桌上的獎盃發呆。

五月底的夏夜，這座以美食著稱的城市巷弄才正要開始熱鬧。

一台機車隨著車流從圓環拚了命地擠出來，但速度漸緩，像在等待一種天啓般的速率，接著進入「人車合一」的境界，憋了一口氣直衝上對街的機車格。

將車停妥，拿下安全帽的瞬間，一頭捲髮瞬間鼓起，這個男人年近五十歲，戴著細框眼鏡，一頭顯眼的**虯毛**（khiû-moo）宛如阿福柔髮型。他雖然不是真的擁有博士學位，但卻是電視名嘴，常參與或評論和愛情有關的議題，因此大家都稱呼他「捲毛博士」。此外，他有個不為人知的喜好，那就是——他其實是一個瘋狂文史控，對於文化和歷史有一股極度執著的熱情，但這件事除了他幾個比較好的朋友之外，沒多少人知道。而他現在準備要見的這位朋友，就是其中之一。

捲毛博士以**八字跤**（pat-jī-kha）的方式，跨大步轉進一條巷子，迎面有位**猴頭鳥鼠耳**（kâu-thâu-niáu-tshú-hīnn）的男人，沒有戴安全帽，又以極快的速度，騎著機車鑽過捲毛身邊。捲毛「嘖」了一聲，他覺得機車這種方便人類的代步工具，以不正常的速度出現在這裡，簡直破壞了老巷弄的美感。

巷弄裡的燒烤店，外觀是這幾年流行的老房子樣貌，富士山圖騰的鐵窗、磨石子地，搭配店裡散發出昏黃色暗沉的光芒，這些光芒籠罩著用簡易布簾隔出來的空間，而每一個被隔開的空間，又透過每桌垂吊

的燈泡，劃清著彼此的界限。

「來，燒喔！」服務人員將味噌魚送上桌，只見桌上已有吃了一半的牛肉串燒，還有一鍋煮一半的小火鍋，火鍋蒸氣正不斷冒出。

「阿狼，無等我就先食矣？」捲毛博士走近。

「等足久，你總算來矣！」坐在桌前、被稱爲阿狼的男人，也是近五十的年紀。乍看雖然**瘦猴瘦猴**（sán-kâu sán-kâu），但有著**飄撇**（phiau-phiat）的外表，看起來頗**緣投**（iân-tâu），不過或許是因爲疲憊，而顯得有點**黃酸面**（n̂g-sng-bīn）。

「嗯哼？我看恁最近足無閒乎？」捲毛博士邊笑邊坐了下來，阿狼則嘆了一口氣。

忙，當然忙了。

眼前的火鍋湯汁表面正滾得冒泡，身爲刑警的阿狼看著捲毛博士，嘆了口氣，接著他伸手拿起桌上的小碟子，將醬油緩緩注入，「新聞媒體，逐工攏咧討論這事件。」捲毛博士看著菜單，拿起桌上的麥茶喝了一口，這時阿狼竟不小心把醬油灑了出來。

阿狼看著灑在桌面隨機蔓延的醬汁，想起那天的現場畫面，同樣也是蔓延著的液體，只是不是醬汁，而是遍佈在事發地點的血跡。

那是附近大學的設計系所大樓辦公室，一名黃姓教授早上被發現死在自己的研究室內，宣傳酷卡及一些裝飾品等物體散落一地。

令人疑惑的是，案發現場的地上有著奇怪又具體的線索：教授趴倒在地，右手手指指向門口，在地板上寫著「the」這個單字，看起來是死者沾了血，臨死前顫抖著寫下的。酷卡散落一地，有些被教授的身體壓住。電腦沒關機，還持續播放著背景音樂。

事情大致上是這樣：被害人是設計系的黃教授，學生都叫他麵條。

已婚未有子女的麵條教授，**鼻目喙**（phīnn-ba̍k-tshuì）很立體，是標準的**啄鼻仔**（tok-phīnn-á），還有張**菱角喙**（lîng-kak-tshuì），他那顆**尫仔頭**（ang-á-thâu）非同凡響，隨時保持得像是剛**修面**（siu-bīn）一樣完美。體格精瘦結實，年過四十，但帥氣又會打扮，每天都會花不少時間，用髮臘保持著**頭毛聳聳**（thâu-mn̂g tshàng-tshàng）的造型，垂在眼前的瀏海更是特色，也因此有了「麵條」的綽號，是一位很受學生歡迎的教授。

死去的麵條教授就趴倒在辦公桌與沙發間的走道，身體朝向門口。死因初步研判是頭部被鈍物重擊，顱骨骨折。教授被發現時，皮膚已經呈現淺灰色，全身僵硬。他遭到重擊後，應該是靠著意志力寫下「the」做為死前留言，最後陷入昏迷，失血過多而死。除了主要致死的致命傷之外，他的後腦杓也有一處鈍性傷，不過較輕微。根據現場狀況跟教授身體、手腕的部分擦傷痕跡研判，他死前疑似曾和誰發生打鬥。

現場散落一地的物品，會是昨晚十點左右的那場3.9級餘震所造成的嗎？另外，警方在未上鎖的抽屜裡找到一大筆現金，完整無缺放在信封袋中，至於電腦和其他財物沒有被竊或受損，屍體也沒有被移動的跡象，這也顯示兇手並非事後才刻意撒落酷卡，然後再移動教授身體讓他壓在酷卡上面。至於遺留在現場沾有血跡的獎盃，很快就確定是兇器。只是兇手不曉得是人還是地震，而這一切也還尚未對外公佈。

最先發現麵條教授死亡的人，是麵條教授碩士班的指導學生「小潔」與另外一位女同學「惠惠」。教授當天早上九點有課，可是等到快十點了都還不見人影，打電話也沒接。身為班代的惠惠邀好友小潔一同前往教授的辦公室，到了門前，惠惠仍持續撥打電話，卻聽到手機鈴聲從辦公室內傳出，仔細一聽，電腦似乎還在播放音樂，她們懷疑教授是

在辦公室睡覺，不小心睡過頭。「麵條，不好意思，我開門了唷……」惠惠在說這句話的時候，臉上還露出調皮的笑容，只是很快地就變成尖叫聲。因為打開門之後，發現麵條教授倒在血泊之中。

警方依臉部及四肢的屍斑狀況研判，麵條教授死亡已超過八小時，因此初步推測麵條教授的死亡時間應該是前一天晚上的九點半至十二點左右，詳細要等胃部解剖後才能確認。小潔跟惠惠則是很乾脆地主動表示，前一晚她們有跟麵條教授約定時間討論作品。

「有誰能夠證明嗎？或是想到什麼都可以補充。」阿狼問，事實上警方透過監視器就能得知那晚大樓內的一切動向，但用問話的方式，可以得到更多線索。

「我跟麵條是從七點討論到八點，啊對了！我進辦公室的時候，麵條……教授正在吃飯糰，不曉得有沒有什麼幫助？」惠惠越講越小聲，「不過他很常這樣就是了。」

「我是接著在八點之後，跟教授一直討論到八點半，跟我一起進辦公室的，還有班上的同學大昌。」眼前**細粒子**（sè-liáp-tsí）的小潔，也主動提及案發前一晚有去辦公室找教授討論碩論，教授並沒有什麼異樣。

小潔的外貌看起來嬌小可愛，但絕非**瘦閣薄板**（sán koh póh-pán），臉頰**膨皮膨皮**（phòng-phuê phòng-phuê）的，**白肉底**（péh-bah-té）的她，雖然有點**大跤胴**（tuā-kha-tâng），但整體看起來**跤尖手幼**（kha-tsiam-tshiú-iù），**面模仔**（bīn-bôo-á）看起來像是**烏囡玉**（oo-gín-giók）般細緻，一般的情況下，怎樣都看不出有能夠擊倒麵條教授的能耐。

「嗯，我是半論創，所以是雙指導教授，麵條教授是負責我設計作品的老師，我是例行去找他討論。」

「晚上的時候討論？」

「嗯，晚上討論主要是配合教授有空的時間。」

阿狼點點頭。「研究的題目是什麼？」他似乎像隨口問問，手裡仍持續抄寫著。

「我進行的研究主要是同形異象的錯視圖形。」小潔連忙從手機秀出幾張圖片，那是一張可愛的扁鼻臉巴哥犬，但將畫面停頓片刻，在心中將圖片轉向後，便又覺得畫面應該是一隻兇猛的鱷魚，阿狼也忍不住發出驚奇的笑聲。

小潔有點不好意思地將手機收進包包，「然後白天我照教授要求，要將昨晚修正好的結果再給他看，沒想到……教授他是意外嗎？還是被人家……我們會被當成兇手嗎？」小潔越說頭越低。

「目前只是例行公事，我們會盡力調查，也請你們配合。」

聽到阿狼這樣說，小潔與惠惠稍微放鬆情緒。

據她們所說，當天晚上，研究生之間應該只有他們三位與麵條有約，而他們離開麵條辦公室後，也回到四樓的研究生教室；當晚，研究生教室大約有十位左右的研究生，有的人早早離去，也有人很晚了才進來。總之，學生們進進出出，若非剛好坐在門口，否則不太會去注意其他人的進出狀況。

阿狼小聲「嘖」了一聲，「那你們最後是幾點離開研究室？」

惠惠抬起頭說：「嗯，我記得是十點左右，因為餘震，所以大家也無心趕論文和作品，所以就一起離開。」

「對，然後大家一起先去吃宵夜，之後各自解散回家。」小潔在旁雙手接疊、放在腹部上小聲地說。

「去哪一間吃？有誰一起？」

「校門口彎出去、第一個三角窗，賣蛋餅的那間。我們兩個跟大昌還有另外三位朋友，兩位是同班的、另一位是學長。」小潔清楚地回答，惠惠則在旁補充那幾位同學的名字。

「大概吃到幾點？」

「吃完聊天，散場時約十點多快十一點吧。」小潔說。

「那八點多到十點，這之間你們有誰進去研究室又出來的呢？」

惠惠有點遲疑：「八點多，我去多媒體實驗室找學長幫忙修改作品，那時候還有其他人在教室，約九點半後回到研究室。」

「我大概九點多跟大昌一起去一樓，我是要找學妹，大昌好像說他要去看跳舞，然後十點又回到研究室，進門的時候，剛好發生餘震，停止後，大家東西收一收就關燈一起離開。」小潔露出一張苦瓜臉。阿狼沒多說什麼，只是默默抄在本子上。阿狼隨後找來大昌問話，正如小潔所說，他們約莫九點多到一樓，但大昌之後的去向卻交代得很含糊，一下子說到一樓看人跳街舞、又說和學弟邊聊邊慢慢走上樓，後來又說跟學長在樓梯間抽菸。不過由於他那一頭粉紅色的頭髮實在太醒目，所以後來交叉比對其他同學的證詞，也的確證實了他的行蹤。

另外，阿狼也找了研究室的其他同學們問話，其中一位同學為小潔的行蹤作證：「大概十點左右吧？我記得很清楚，因為我剛好要去廁所，小潔正好從一樓走上來研究室，然後我們一起進研究室沒多久就發生地震，大家就約一約去吃宵夜了。」

這棟大樓的大門口有兩道監視器，後門的監視器早已壞掉，所以不排除兇手有可能從大門出去之後，又從後門繞回去。

不過大約十點十五分左右，在設計大樓門口確實有拍到她們與其他同學一起離開的畫面，店家也證實了他們的不在場證明。

　　阿狼接著向設計系所的所長問話，**柑仔面**（kam-á-bīn）的所長，眼角掛著魚尾紋，讓他看起來好像一直在微笑，稀疏的頭髮整齊地劃過光亮的頭頂，所以即便到了退休年齡，但整個人看起來依舊**鐵骨仔生**（thih-kut-á-senn）、顯得很**硬插**（ngē-tshah）。「嗯是的，我們系所師生的感情眞的很好。當然當然，老師們很認眞，所以在教學上若有歧異，小小的紛爭是難免的，不過大家的感情眞的非常好。嗯是的，那晚有四位老師有課，都是七點到九點的課，其中一位請假，另外三位在下課後直接回家，這點其他警察已經由監視器與同行的學生口中證實。」所長邊說邊點頭。

　　他稍稍往後退一步，身體微微搖晃，「黃老師很優秀，沒有什麼異常的行爲，他常多次帶領學生們奪下多項獎項，眞的是位好老師啊！說到『the』，我實在想不到會是代表什麼？警察先生，會不會是地震造成的意外啊？3.9級不小耶……我辦公室也是東西掉滿地。」所長也許是眞心爲所上痛失一位老師而感到難過，不過他或許更擔心的是系所名聲受到影響。

　　系所辦公室的職員是一位姓王的中年女士，體態**肥朒朒**（puî-tsut-tsut）的，氣色看起來**紅膏赤蟻**（âng-ko-tshiah-tshih），很**福相**（hok-siòng），似乎很期待阿狼的問話，說話中氣十足，「黃老師還這麼年輕，怎麼會發生這種事呢？唉，警察先生，他人眞的很好，之前出國參加研討會，回來時還送我伴手禮耶！他太太哊！是X大文學系的老師，長得很漂亮，打扮又時髦，她說因爲黃老師是學設計的，所以很重視視覺，自己當然要維持美美的啊！蛤？你說什麼？『the』就是指那個兇手啊！那麼簡單，那個兇手你們警察要去抓出來啊。過節哊……警察先生你去問問學生啦，學生們消息最靈通了。」阿狼在她宏亮的嗓門下，嘆了口氣，闔

上了筆記本，步出辦公室。

　　除了上課的老師之外，那晚還有三位老師獨自留在系所大樓的辦公室，一位是麵條，另外兩位分別是外籍客座迪奧多，以及學校裡一位教藝術概論的教授，大家都稱他為「陶老師」。

❋ ❋ ❋ ❋ ❋

　　漢草（hàn-tsháu）粗勇的迪奧多態度冷淡，大**庬**（tuā-phiāng）又**鼻仔啄啄**（phīnn-á tok tok），阿狼在問話時，一直有一種迪奧多正以鼻孔看著自己的錯覺。迪奧多雖然承認那晚約七點到八點多在自己的辦公室看電影，約九點離開大樓，但之後的行蹤則以「個人隱私」來加以迴避，不願回答。問及麵條教授寫下的「the」，他聳聳肩，但卻不停地重複說：「我想一定是兇手在他死之前，抓著他的手寫的。」還特別向翻譯確認是否有翻譯正確。

　　至於說話時一直睜大眼睛又**徛眉**（khiā-bâi）的陶老師，承認自己那晚約九點半左右去過麵條的辦公室，但待不到十分鐘便離開，之後就獨自待在辦公室，約十一點離開大樓。他主動提及自己對「the」的看法：「反正那個就是指稱兇手啊！至少這樣我們就知道，一定不會是因為地震東西掉下來打到他才出事的。」

　　案發那晚，設計大樓一到八樓，從傍晚到晚間十一點多，都有不少學生留校做作業，也就是說大家都有嫌疑，但也都有不在場證明，只是這個不在場證明是片段的。學生們習慣聚成小團體，團體中的人又會隨機移走到不同團體，因此調查時，重點的幾個定點團體，會記得誰誰誰有來過，但什麼時候走了、又跑來了，卻又答不上來。阿狼詢問學

生們對於「the」的看法，有的人認為是展覽，或是應該將它反過來看看，也有人表示是名字的縮寫，或是麵條還沒寫完就氣絕了。

阿狼回到警局，接過同仁遞給他的解剖報告，心想：「依據被害人胃中殘存食物的狀況所示，果然是在進食後三小時內傷亡，加上之前師生們的問話內容，推測出來的死亡時間與原本判斷的差不多，被害人約九點半至十點半之間遇害。」

麵條教授的妻子是另一所大學的教授，事發後警方便立即聯絡她。在確認不在場證明前，她理所當然也被視為嫌疑者，因此警方只有告知她先生身亡了，其他細節如死亡原因及時間等，都沒有向她說明。

麵條教授的妻子當場崩潰，緊抓著警方人員的手腕哭喊著說：「我先生是怎麼死的？是因為地震嗎？我昨晚人在咖啡店，現場有很多人，你們這樣問是把我當嫌犯嗎？我先生死了耶，你們還在懷疑我？什麼叫做『形式上的問話』？我先生死了，你們還不告訴我他到底發生什麼事？到底是怎麼了？我昨天六點多還有跟他見面的……」

阿狼看到她時，她已哭倒在地上，警員正在一旁試圖安慰她。

「是黃太太嗎？」阿狼走到她身旁問。

「是的，我是他太太。」黃太太轉向阿狼說，「你可以告訴我，他到底發生了什麼事？」

「會的，我們一定會告訴您，但有些問題也必須先請教您，這也有助於警方釐清黃教授的死因。」阿狼誠懇的語氣似乎發揮了一點安撫的功效，黃太太稍稍點了點頭。

「好的，請問黃教授昨晚沒有回家，您有試圖聯絡他嗎？」

黃太太情緒冷靜些，但依然哭喪著臉搖搖頭。

「為什麼？」

「我昨天傍晚五六點有去他的辦公室找他，他有先跟我說要幫忙學生的畢業製作，所以不會回家。」黃太太說完，這時剛好有名同仁靠近阿狼耳邊，低聲說：「已證實黃太太昨晚的不在場證明。」黃太太約六點離開麵條辦公室後，直接到了離學校約四十分鐘車程的一間咖啡店，並在七點十分左右開始一場文學座談，在場起碼超過二十名證人。結束後，她與朋友留下來聊天，直到咖啡店十點打烊，接著直接回家，到隔天早上才出門。

阿狼點了點頭，轉過頭看著黃太太：「已證實您昨晚的不在場證明。這邊有幾張案發現場的照片，想請您看看……」阿狼邊說邊將事發現場的照片一張張整齊地放在桌上，照片中遺體已被送走，只有凌亂的地板、一灘血跡，以及那句死前留言。

黃太太顫抖著雙手，慢慢地一張張拿起照片，專注盯著每一張照片看。

阿狼這時才仔細看清楚她的長相，眼前這位黃太太有著一張**瓜子面**（kue-tsí-bīn），充滿成熟女性的**愛嬌**（ài-kiau）魅力，看起來跟研究生年齡差不多，還真是**勢囥歲**（gâu-khǹg-huè）啊……

雖然年近四十，但黃太太看起來仍像是含苞待放的花朵，即使是現在的狀況下，搖搖欲墜的花瓣更讓人想細心呵護。

黃太太將其中一張照片握在手上，抬起頭看著阿狼：「請問會是地震造成的意外嗎？」

「您會什麼會這麼問呢？」

「因為照片上，辦公室的地面散落一堆物品。」黃太太又拿起其他照片端詳。

「雖然昨天的餘震並不小，但是依我們調查，黃老師辦公室櫃子

的高度以及疑似兇器物品的重量，加上頭部傷口等因素的判斷，覺得他殺的可能比較高。」

「你的意思是說，有人殺了他。」黃太太將照片都抓皺了。

「我們一定會盡力調查，也請您協助我們。這個『the』是黃老師斷氣前留下的訊息，請問您有想到什麼嗎？」

黃太太凝視著照片半晌，一手扶著額頭哀痛地說：「我實在想不出來，我先生他生活單純，怎麼會……怎麼會發生這種事……為什麼要殺他？」她有種錯覺，照片裡的血跡沾染到她的手指，她放下照片、搓著雙手，心裡隱約浮現某個人的身影。

阿狼看著滿臉淚痕的黃太太，有那麼一瞬間，覺得她眼底顯現出一種下定決心的眼神，阿狼心中不禁閃過一個念頭──黃太太該不會想不開吧？

「我們一定會盡全力破案的。」

「就算抓到兇手，又怎樣呢？可能關幾年就假釋出獄了，可是我的惡夢，永遠不會結束。」雖然仍帶著淚痕，但黃太太的臉上，已由哀痛轉變成另一種難以捉摸的表情。

其實案發後，阿狼曾親自去了一趟黃太太辦講座的咖啡店做了調查，一位**矮嘟矮嘟**（é-tū é-tū）、看似是咖啡店常客的老歐吉桑笑著說：「彼位**烏貓姊仔**（oo-niau-tsí-á）喔？我上佮意聽伊的講座，哈哈哈……」這位黃太太、也就是眾人口中的洪老師，似乎頗受好評，對照其他人的陳述後，感覺在她看似柔弱的外表下，有著一股**勥跤**（khiàng-kha）且堅毅的特質，這點讓阿狼印象深刻。

不過，依阿狼過往的經驗，這些問話，裡面可能摻雜了謊言，也許就如同那位研究生小潔的作品──「同形異象」，必須在案情中轉個

角度來觀看。

❈ ❈ ❈ ❈ ❈

阿狼原本以為案情會停滯不前，但沒想到某報紙在案發一週後，竟以頭版整面的篇幅報導了這起事件。他打電話到報社詢問，才知道有學生在案發當天，趁警方到場前，以手機偷拍現場，除了賣照片給報社之外，也向報社透露麵條教授最近跟迪奧多的關係不佳，兩人多次發生口角。阿狼掛上電話，重新細讀報紙，那天到場映入眼簾的畫面如實重現，死者、血跡、「the」、地面散落一地的酷卡及物品。可見學生雖然趁亂偷拍，但至少沒有破壞現場。

照片是站在門口往內拍攝，另外還截圖將「the」放大，下面以斗大標題寫下「客座外籍老師迪奧多（Theodore）因意見分歧，憤而殺人？」

除了麵條教授倒地時，因為掙扎而伸手觸碰頭部傷口之後，以自己的血跡在地上寫下最後的關鍵字「the」以外，讓線索快速轉向的關鍵，是在這血字的旁邊還灑了一地的酷卡，主題就是他指導的設計展，而他左手掌正好緊壓著其中一張。

也就是因為這樣，讓嫌疑人直接指向這學期的客座教授「迪奧多」（Theodore）。設計學院每學期都會請國外的客座教授到系上教授課程，這學期請到來自美國的迪奧多，指導學生將酷卡與擴增實境技術結合的設計。由於客座教授以外語授課需要翻譯，所以學校這次就把迪奧多與麵條教授的設計原理課程結合在一起，順便請麵條教授充當翻譯。

最近，為了聯展的設計理念，兩人產生了爭執，特別是酷卡的樣

式跟擴增應用。據了解，若是要有完美的擴增效果，必須捨棄麵條教授最喜歡的設計風格，再加上對於展場空間、各種瑣事的意見不同，導致兩人有許多不愉快。有學生表示，最近這幾天，兩人衝突尤為明顯，除了在教室課堂上，麵條教授氣到最後連翻譯都不想做，大摔麥克風，甚至有人在案發前兩天，曾看到迪奧多跟麵條教授在走廊大聲吵架。麵條教授那張**尪仔面**（ang-á-bīn）都氣到扭曲起來了，迪奧多則是**喙尖尖**（tshuì tsiam-tsiam）不停地激辯，探著頭像是隨時要衝上前起衝突的樣子。

不過，重點還是在於這場聯展的大筆補助金，有沒有可能是迪奧多為了金錢而萌生殺意？又或者只是純粹的爭執，而在扭打過程中誤將麵條教授殺害？

新聞媒體很快地把這件事放大解讀，警方也一度認為那個線索「the」，就是麵條教授死前卯盡全力寫下的最後三個字，但來不及拼完「Theodore」就斷氣了。至於酷卡則是最後留下的最關鍵證據，因為那些酷卡很有可能是麵條教授生前和迪奧多爭執時，正在討論的導火線。

迪奧多也提出辯解：「如果我真的是兇手，那我看到他寫那個就直接抹掉了。」面對這項反駁，網路上則是有人回嗆：「搞不好人家是在你逃離現場才寫的啊！好笑。」警方其實也不排除這項論點。

回到燒烤店的黃光燈下，阿狼跟捲毛博士聊到這裡，停了下來，感嘆說：「一開始還以為兇手就是他。」捲毛博士一邊聽阿狼敘述的同時，一邊分心舀著小火鍋的湯。

其實捲毛博士並不是懶得聽或不想聽，而是阿狼說的內容，大部分是這陣子新聞媒體不斷放送的新聞片段，所以接下來的事他也知道

了，他喝著濃濃沙茶味的湯頭，看著眼前的阿狼繼續自言自語：「只是奇怪，爲什麼兇手要將兇器留在現場？」警方目前沒有向外界公佈兇器是什麼，報章媒體也不知道，當然即使是好友捲毛，阿狼也不能透露半點消息。

「兇手可能是一時起意，誤殺了人，自己也嚇到了，或者他知道很多人都碰過兇器，因此即便查出他的指紋，也難以定罪。而且，兇手應該是空手進去辦公室，所以與其將兇器帶出來，不如乾脆賭一把——將它留在現場，可能還比較安全。」捲毛搓搓自己的捲毛。阿狼心想，其實兇器的指紋報告鑑定已經完成，上頭確實有十多枚不同人的指紋，不過其中有三枚指紋特別清楚。

由於報紙刊登出來的照片和記者的揣測，社會輿論開始指向客座教授迪奧多，學生們接受警方重新問話時，也才紛紛回想起他與麵條教授的交惡狀態。事實上，迪奧多當天的確進出麵條教授的研究室好幾次，畢竟是討論聯展的高峰期，再加上有學生看到迪奧多那天下午在辦公室，曾經和麵條教授用英文大聲且激動地討論，或許兩人之間的衝突已達臨界點了吧？

不過，即便被懷疑涉案，迪奧多仍舊表示因個人隱私，不願透露之後的行蹤，這讓案情再度陷入膠著。

抓住唯一線索的新聞台開始播放各種動畫模擬畫面：高頭大馬的迪奧多和身材偏矮的麵條教授，兩人爭執後扭打在一塊，最後迪奧多一時衝動拿出預藏的鈍器，重重敲擊麵條教授的後腦杓。網路上的輿論也一面倒，認爲不願透露最後行蹤的迪奧多很可疑，論體格，嫌犯當中就屬他最有可能犯案。看樣子事情很簡單，等到下一則腥羶色或聳動的八卦新聞登場，便能告一段落了，直到……

「哪會知影，竟然毋是伊！」阿狼挪了挪身體，讓服務員陸續把菜遞上桌，他說得激動，眼前的捲毛博士則是慢條斯理地夾起食物。

「嗯哼……」捲毛博士搖搖頭，魚蛋跟美乃滋的味道在嘴裡迸發，他想起接下來的一連串事件走向，其實也不需要阿狼多說。

後來，又有學生跟校方職員提出一個可疑線索。那就是先前也曾被問過話、案發當晚留在學校的藝術概論教授「陶老師」。孤家寡人的他，將生活重心全部放在學校，教學熱忱，對學生們很關心，只是脾氣較爲火爆且神經質。

據說，他最近也曾在系上走廊與麵條教授發生爭執。

「那次在走廊，陶老師好像說什麼『我絕對不會答應』。」一名**凹鼻**（nah-phīnn）的**目鏡仙**（bák-kiànn-sian）男學生小聲地說。旁邊一名**瘦抽**（sán-thiu）、**烏焦瘦**（oo-ta-sán）的男同伴搭話補充：「那天我們正好要去上課，麵條好像說什麼……什麼……『你自己想清楚？』之類的。」

「對了……我還聽到，陶老師碎碎唸說什麼……『麵條去死！頭毛鬖鬖**（thâu-mîg sàm-sàm）的**鬖毛鬼**（sàm-mîg-kuí），不得好死……』」

除了這兩位男同學的新供詞之外，迪奧多也終於提出了不在場證明：那晚離開設計大樓後，他便和兩名女學生到一間汽車旅館徹夜狂歡，後來調閱汽車旅館監視器也證實了他的說法。這也是爲什麼迪奧多一直拖延，到最後逼不得已才說出口的原因。因爲受到越來越大的壓力，迪奧多整個人**消瘦落肉**（siau-sán-lóh-bah），像個**酥腰**（soo-ior）的**囡仔瘤**（gín-á-tan），恐怕是忍到了再不說出來就會崩潰的地步了吧？至於究竟是哪兩名女學生跟他去狂歡？又長什麼模樣？這些八卦又再度掀起了媒體及網路捕風捉影的腦補大賽，讓原本逐漸冷卻的新聞話題又熱了起來，甚至比被害人麵條教授還受注目。

　　身形躼跤（lò-kha）但有點曲痀（khiau-ku）的陶老師，相較於看起來較精（tsing）的麵條教授，身高明顯較高，所以兩個人若打起來，陶老師的體格也比較有優勢。新聞媒體從學生口中挖出這個新發展，再度揣測這個陶老師是真兇的可能性，甚至還有「the」根本就是要寫「tne」的說法，因為這三個字正好是陶老師的中文名字「陶奈恩」的簡寫！

　　此話一出，社群網站的風向更是瞬間轉向，不只是陶老師的住家被肉搜，甚至連他挪用補助金的風聲都出來了，整起事件彷彿是媒體在主導偵辦方向。但也因此陸續有學生在警方問話時改口，對陶老師指證歷歷，甚至有人目擊當天晚上約九點半左右，陶老師有到麵條教授的辦公室，也一樣發生了激烈爭執。這令警方士氣大振。

　　「嗯，我那晚要把報告塞進我指導教授的辦公室門縫，出電梯的那一刹那，看到陶老師走進麵條教授辦公室。現在想想，當我塞完報告要離開時，麵條教授的辦公室有爭執聲。」一位戴漁夫帽的男同學這麼說。後來調查，他的確是在九點二十分步出五樓電梯、二十五分再度進電梯下樓，然後離開設計大樓，接著便和朋友們夜唱去了。

　　「陶老師，我們想請教一下，那天晚上您去黃教授辦公室，有碰了什麼東西嗎？」問得委婉，但眼前的陶老師全身都在發抖，嚴肅表情不再，換了一張極度扭曲的臉孔。

　　「這個王八蛋……死了也要找我麻煩嗎？」即將邁入夏季，但這天的陶老師仍穿著一件厚重夾克，顯得笨常（pūn-tshiâng）。他握緊拳頭，眼神濁濁（gán-sîn lôr-lôr），氣到嘴角下垂活像個馬面（bé-bīn），情緒很快地一發不可收拾，瘋狂搥打桌子，碰！碰！

　　碰──裝著麥茶的玻璃杯重重地放在桌上，捲毛博士將杯子遞給阿狼。兩個人默默吃著燒烤料理。店裡的氣氛越來越熱烈，但對話跟記

憶走到這裡，卻開始沉默起來。

　　阿狼接著嘆了一口氣，他曾聽到另外幾名辦公室職員也發出類似的感嘆。

　　「唉，陶老師什麼都好，對學生也很關心，但就是脾氣管不住。」一手握住保溫瓶的王女士大嘆一聲說，接著音量漸小，「我有次聽到陶老師在走廊破口大罵，說什麼……去死啦，該死的傢伙……哎唷……」說完，深深地嘆了口氣。

　　不過再接下來的嘆息，是當阿狼率領同仁們進入陶老師的家，打開房門時，映入眼簾的感嘆。

　　陶老師倒臥在住家房間裡，桌上滿是酒瓶。經調查，原本就有吃安眠藥習慣的陶老師，因為用藥過量加上酗酒而導致猝死。不過究竟是有意識地尋死？還是單純的意外呢？

　　之後，陶老師與麵條教授之間的糾紛也浮出水面。原來是陶老師挪用補助金而被麵條教授威脅，先後給了不少勒索金，可能因此累積一股怨氣。警方私下研判，案發當晚，他去麵條教授的研究室談判，但說是談判，事實上又是他單方面被勒索。陶老師再也無法忍受，一氣之下拿起書架上的獎盃攻擊麵條教授，以兩次的敲擊將麵條教授打死，而兇器上也確實留有他清楚的指紋。陶老師離去前，看到麵條教授垂死掙扎著，以手沾血寫下了「tne」，他動了個念頭，握著麵條教授的手，將n多移上一豎，成了「the」。至於散落一地的酷卡，是最初陶老師挪用補助金被發現的原因，但也可能是麵條教授在籌劃這次聯展的過程中，意外發現資金的問題。總之，對陶老師而言，這些酷卡成了日後他反覆被勒索的關鍵，在談判當下，可能是因為情緒激動，才會拿著酷卡爭執。

　　阿狼滑著手機、看著陶老師社群網站的個人頁面。案發後,他原本還有正常發文,不過在雜誌媒體開始將風向導向他時,便停止發文。直到死亡的前三天,陶老師發了一篇文章寫著:「這煩惱困擾了我好久,誰能救救我?假如一個人身高不到170,蹲在高度不到90公分的桌邊,桌邊尖銳的沉重物因地震掉下來,剛好打到他的頭頂,這力道會讓他死亡嗎?唉……」再同一天又發了另一篇:「如果有一個人遭重物砸傷,雖沒明顯外傷,但會不會在幾個小時之後,顱內出血突然暴斃?」但底下充滿各種惡意的回覆,其中不乏訕笑陶老師是想出這種奇怪理由脫罪的怪咖,甚至有人說:「會啊,你說的沒錯,他死得好慘。」

　　直到死亡前幾個小時,他最後留下:「我真的受夠了,真的受夠了……」

　　事實上,阿狼非常不樂見這件事就以兇手自殺作結,但案情發展至此,警方同仁間逐漸散發出準備結案的氣氛。只不過阿狼還是很在意,陶老師在網路上的發文,感覺好像兇手另有其人,但種種事證又對陶老師極其不利。陶老師最後是猝死?還是有意自殺呢?若是自殺,是帶著什麼樣的心情呢?畏罪?愧疚?又或只是單純的巧合呢?

　　阿狼的回憶被捲毛博士的喃喃自語打斷:「如果因為兇手自殺而結案了,黃太太會做何感想呢?」

　　是啊,兇手自殺後,她的創傷會就此平復嗎?阿狼想起,在調查過程中,不只一次看到黃太太獨自一人在校園徘徊,幾次上前關心,她只是苦笑著搖頭,表示想要在學校周遭多感受先生曾經遺留過的感覺。也有好幾位學生曾在學校附近,看到黃太太開著車繞來繞去,或是將車停在學校附近的轉角,坐在駕駛座、眼神直直地望向遠方。隨著時間拉長,連媒體也以黃太太的行為撰寫了幾篇探討被害者遺孀的相關報導。

「逐家攏辛苦矣。」捲毛博士看著阿狼疲憊的雙眼，睡眠不足的他看起來有點**揞水**（kuānn-tsuí），捲毛博士想說點什麼來轉移話題，「你說黃教授的太太是教文學的喔？」

「嘿呀，伊閣有咧教學生台語。」阿狼說。

「教台語，彼是愛專業訓練，譬如講……」捲毛博士正準備要繼續解釋，畢竟他這個文史控，對於這方面多少也有涉獵，只是他腦中突然隱隱約約想到了一個什麼概念，但一時之間說不出來，「等咧……你先莫講話，予我思考……」

阿狼苦笑了一下，開始回想在調查的過程中，他知道小潔選擇以「半論創」的方式進行論文。所謂「半論創」就是要選擇雙指導教授，分別指導論文的理論與作品設計的結合。這次事件的兩位死者，一位是負責指導她作品設計的麵條教授，另一位則是負責指導她理論部分的陶老師。現在兩位老師都不在了，這樣下去，小潔有辦法畢業嗎？

啪！——身邊傳來一陣很大的拍手聲，將阿狼拉回現實，「我知矣！是台語。」捲毛博士激動地拍著手說，甚至話語有點顫抖，搞不清楚是興奮還是不安。

「你是講啥啦？」阿狼問。

「the……你敢知影the有可能是啥？」捲毛博士吞了吞口水，「若是台語發音，the是屜、推、胎、撐……的意思。」邊說邊拿起菜單，在背後分別寫下這幾個漢字。

阿狼原本還漫不在意，但經捲毛博士這樣一說，身體突然起了雞皮疙瘩。他拿出手機，上網連到台語線上字典，腦中不斷再將剛剛回溯的畫面重新拼接。或許這起事件，打從一開始新聞媒體的敘述以及社會大眾對「the」的誤讀，就掉進了一個環環相扣的陷阱。

　　打開台語線上字典鍵入「the」，清楚顯示出剛剛捲毛博士所說的那幾個可能。這時，阿狼突然想起調查的過程中，幾位學生說過的話。

　　「小潔嗎？她好像休學回家了。」一位看起來**瘦卑巴**（sán-pi-pa），與小潔同班的女學生有點害怕地對著阿狼說。不過也是，發生這種倒楣的事情，心情肯定大受打擊。

　　「那……他們兩位指導的其他學生，現在的情況是？」

　　「忙著找新的指導教授，不然就是處於半放棄狀態吧？哈哈。」女學生有點害羞地笑了出來，「對了，那個……師母啊，前陣子也抓著我們問過類似的話。」

　　「她怎麼問？」

　　「她問我們，班上是不是有同學懷孕了，有點奇怪……我跟她說，好像小潔有懷孕吧？她倒也沒多說什麼就是了。」這時一旁跟來幾個女學生，其中一個**肥軟肥軟**（puî-nńg puî-nńg）自稱是小潔好友的女同學說：「我是有聽她透露，說是系上的男生。」

　　阿狼突然感到一陣頭昏眼花，應該錯不了，那個「the」就是「胎」。

　　眼前的捲毛博士雙手手指交叉，低頭沉思：「只是奇怪，是按怎彼位教授的太太第一擺看著彼字『the』，無欲直接表示可能是台語？照理來講，伊應該看有才著。」

　　就在這時候，手機電話響了，阿狼接起電話。

　　「啊？按怎？」皺著眉頭的阿狼突然表情驟變，「出車禍？」聽到電話另一端傳來消息的阿狼，睜大了眼睛，所有事情似乎漸漸重新排列組合了起來，就像第一次看到小潔手機上的同形異象圖片那樣。

❀ ❀ ❀ ❀ ❀

「咦？還要問話啊？不是已經要結案了嗎？」站在病房外的小潔，對阿狼露出一個僵硬的苦笑。

「沒什麼重要的事，只是結案前的一個例行性問話，我也會再去問所上其他老師跟學生。」

小潔順著下垂的睫毛、微微地點頭。

「要不要去那邊的長椅坐著聊？幾個小問題請教一下而已。」阿狼帶著輕鬆的語氣笑著說。

「嗯，只是我知道的，在之前問話時都說過了……」

「沒關係，啊對了，妳之前說陶老師主要是教你碩論的哪個部分？」根據經驗，阿狼知道這時候通常要說一些無關緊要或明知故問的事，轉移對象的情緒及注意力，「格式塔心理學。」小潔與阿狼間隔約一個人寬的距離坐下。

「那主要是在講什麼？」

「它有很多方向，其中一個『同形異象』簡單來說就是每個人因為經驗不同，以致於看到同樣的圖案，但解讀會有所不同。」阿狼想起第一次見面時，小潔手機裡的巴哥與鱷魚的作品。

「上次看到你手機裡的作品，讓我印象深刻。啊對了，我們警方啊，有點納悶，為什麼兇器上會有這麼多指紋呢？」阿狼輕輕咳了一聲，「妳知道嗎？通常在犯案的時候，兇手的指紋會因為精神特別亢奮，而導致汗腺分泌旺盛，讓指紋特別明顯。」

小潔微微挺直上半身：「獎盃有大家的指紋很正常，因為當時大家一起去領獎，所以有許多學生都興奮地握著它輪流拍照。」

「那妳呢？有摸過嗎？」阿狼看著小潔，但他沒說的是，其中有

三個指紋特別清楚，分別是黃太太、陶老師，以及……

「可能無意間有吧？畢竟後來都一直放在黃老師的辦公室裡。」

沉默片刻，阿狼再度轉移話題：「妳知道開車撞倒惠惠的是誰嗎？」

小潔臉部抽動了一下，可能對於阿狼連環又跳躍的問話，開始感到不安，「嗯，是黃教授的……太太，警察打電話跟我說室友惠惠出車禍時，我馬上趕來醫院，剛好碰到她正要走。」

「妳覺得這是巧合嗎？」

「咦？這不是意外嗎？聽警察說因為惠惠從宿舍的路口出來後闖紅燈，師母那邊剛好是綠燈，所以來不及煞車，直接撞上惠惠。」

「是嗎？雖然我也覺得惠惠違反交通規則不對，但最主要的原因，我猜是因為惠惠今晚剛好借騎妳的機車，又直接戴妳的全罩式安全帽，遠遠看真的會讓人直覺就是妳。哎，以這個撞擊力道，惠惠只有腳打石膏算是非常幸運了。」阿狼眼神轉為嚴肅，他想，現在的自己應該是張雷公面（luî-kong-bīn）吧？因為從小潔的眼神，可以感覺到害怕的情緒，「聽說妳要休學啦？聽班上同學說，妳好像懷孕了？」

小潔抿著嘴不說話，左手下意識往自己肚子游移，右手則輕輕握拳。

「對了，我們從來沒對外宣佈過，兇器是獎盃。」阿狼淡淡地說。

一週後的某個下午，捲毛博士在工作室整理資料。

有別於過去以愛情專家的身分在電視節目登場，現在他整理的，

是一些關於文史的重要資料。其實他一直以來都很想跟大家分享這些資訊，但心裡一直糾結著自己到底能不能說得好，所以遲遲不敢改變現狀。

更何況，他自己知道，手上這份資料是非常驚世駭俗的資訊，這也是他為什麼裹足不前的原因。即使自己講一些其他的文史內容，恐怕也會忍不住說出這個多年來挖掘到的祕密吧？

捲毛博士將資料放進資料夾，鎖進抽屜裡，耳邊傳來手機的鈴聲《愛之夢》，顯示是阿狼來電，他接了起來。

「按怎？」

「這擺總算全部處理了矣，應該隨有新聞會出來，足感謝你……」阿狼的聲音在電話那頭，情緒似乎有點複雜。

「嗯哼，免說多謝啦……」

「哪會毋免？若毋是你，永遠攏無知彼字『the』，是台語。」

是啊，那個「the」就是台語，而事實真相總算水落石出。

整件事情起源於十足**米糕相**（bí-kor-siòng）的麵條教授。已婚的他跟太太結婚多年，原本這段婚姻在旁人看起來並沒有特別的異狀，但自從麵條開始指導小潔碩論之後，兩人密集的往來與互動，日久生情，最後便暗地裡交往。

沒多久，小潔發現自己懷了麵條教授的孩子，多次向他表示，但得到的都是麵條的冷處理。在此時的小潔眼裡，麵條教授原本那張帥氣的臉龐，漸漸變成十足的**鳥鼠仔面**（niáu-tshú-á-bīn）般令人憎惡。

時間回到事件發生的那個晚上，小潔跟大昌在八點半從麵條辦公室離開後，兩個人先回到了研究室，約莫九點半時，大昌到了一樓看人練舞，小潔則供稱要去一樓找一位忙畢製的學妹，只是沒找到人才回研

究室。但事實上，在大昌走下樓梯之後，小潔接到了一通電話，原來是高中同學準備要結婚了，結束這通電話的小潔，越想越不甘心，又回到麵條教授的辦公室。

門也沒敲，小潔就直接開了門進去。

「怎麼啦？」麵條教授面無表情地說，似乎知道眼前的小潔，此時並不是以學生的身分走進來。

「之前跟你說過，關於小孩的事情……」

「噓……」麵條教授手指比在嘴唇前，「妳可以小聲一點嗎？我不是說過，我會處理……」

「處理？你要怎麼處理？」

「噴。」麵條教授站了起來，走到小潔面前，接著竟然在小潔面前跪了下來，「其實我也說過了，拜託妳拿掉，就算我求妳……然後拜託妳，不要再打電話給我太太了。」接著話越說越小聲，並且當下表示願意再付一大筆錢，反正這也是從陶老師那勒索來的，根本沒差。跟拿掉孩子相比，畢業論文什麼的小事根本不值得一提，此時整個研究室裡，就只剩下「把孩子拿掉」這句話在迴盪著。

小潔哭了，眼前這個畫面，應該要是一位心愛的男人跟自己求婚的情景才對，難道不是嗎？

眼前麵條教授那個樣子，讓小潔忍無可忍，更加火大，情緒開始失控。她哭著拿起桌上的文件往麵條教授的背上丟，然後是酷卡。麵條教授停下手邊動作，接著要撿起地上散落一地的酷卡時，頭低低的，小潔看不到他的表情，不知道他是以怎樣的心情說出這樣的話，最後終於失去理智，拿起桌上的獎盃敲了下去！碰！

麵條教授不敢相信，伸手觸摸自己的頭，倒地。他用最後一口氣

掙扎著，寫下留在地上的最後一絲線索「the」，最後只能睜大眼，看著哭紅雙眼的小潔站在前面。而小潔看到倒在地上的教授一動也不動，先是湊近觀察，也許有那麼一秒她考慮該不該叫救護車，可是突然想到自己肚子裡的孩子……她心想，麵條應該是死了吧？於是下意識告訴自己要趕快離開，現場的東西再也不要亂碰，所以電腦的音樂才會繼續播放著。

「the」是什麼意思？小潔完全不曉得，如果麵條教授寫的是關於自己的任何字句，理所當然是先抹除掉再說，但這個「the」的死前訊息，加上散落一地的酷卡，卻讓小潔有了不一樣的想法。與其把獎盃帶在身上引人注意，不如留在原地，腦筋一片空白的她，隨手將門關上便快速離開。

走出辦公室之後，她才不斷告訴自己，為了肚子裡的孩子，不能讓小孩的媽媽背負著殺人的罪名。於是，小潔從五樓樓梯跑下三樓，停了一下後，再慢慢地走上去，「拜託，老天幫幫我吧……最好這時候有同學正好看到我走上來。」當她快走到四樓的時候，果真如她所願，一位同學迎面走來看到她，「剛剛在一樓沒遇到Q學妹，她剛剛有來研究室找我嗎？」小潔故意對那位同學說，後來同學的記憶真被誘導，以為她正從一樓走上來要回研究室。兩人一起推開研究室的門，那一瞬間，又恰巧來了場3.9級的餘震，待餘震搖晃結束，她心中湧起一陣感動，「老天給我一個機會，這麼大的餘震，應該會有東西摔下來吧？搞不好會有人認為麵條是被東西砸到才意外身亡的，我一定要把孩子平安地生下來。」

「原來是這樣，真是拐弄人的記憶啊。」阿狼點了點頭。

「那個the……到底是什麼意思？難道，他最後是要幫我……讓我

可以製造一個假線索，讓我脫罪，讓我保護肚子裡的孩子？一定是這樣，他最後死前一定是想通了……」小潔低著頭，近乎喃喃自語。

阿狼終於明白，這一切就像是同形異象的圖形一樣，每個人都有屬於自己的誤讀，紛紛掉進了緊密的錯覺裡。

「嗯哼，原來是按呢。」捲毛博士忍不住說，「但是，你講……彼位教授的太太，伊有咧教學生台語，敢會毋知彼字『the』是台語？而且，伊應該知影兇手就是有身的人才著。」

「嗯……」阿狼欲言又止，他想起在惠惠發生車禍，與小潔在醫院碰面後，見到肇事後一臉倦容的黃太太。

阿狼心想，為什麼黃太太第一次看到「the」這個字，會不曉得這個字是台語？這合理嗎？

「黃太太，這次車禍妳怎麼會這麼不小心？還且還正好撞到學生。」阿狼問。

「真的很抱歉，我……我精神不濟，所以才……」黃太太低著頭苦笑。事發當時，原本開車停在路邊的她等綠燈一亮起，便加速油門往前行駛，沒多久便迎面撞上戴著全罩式安全帽，騎機車從巷子鑽出來的惠惠。

「下車後，看到脫掉全罩式安全帽的女生不是小潔，有很訝異嗎？」

「訝異？你這是什麼意思？」黃太太神情閃過一絲不安。

「那天惠惠戴的是小潔的安全帽，騎的是小潔的機車，而且……題外話，最近妳好像很常把車停在她們宿舍出來的那個路口。」阿狼早已詢得當地店家的證實，見黃太太低頭不語，又接著不經意地說：「黃太太，妳有在教台語？」

「嗯，其實我的專業是教文本分析，你說的那部分，是另外一堂教基礎台語的……」黃太太稍稍抬起頭說。阿狼看著眼前的女人，先前認為她像一朵含苞待放的花，但如今看來，那或許是茁壯中的血桐開花吧？

「所以，妳應該看得懂台羅囉？」這個專有名詞，是捲毛博士那天晚上在燒烤店說的，後來阿狼惡補了一下，好進入狀況。黃太太沒多說什麼，輕輕點頭。

「妳為什麼當初看到『the』……沒特別做什麼表示？」

「嗯……或許我跟多數人一樣，早已習慣以英文的邏輯思考了吧……我也不曉得，坦白講，事情發生到今天，我的思緒仍是亂成一團，真的是一場惡夢。」

沉默了幾秒，阿狼問：「再請教妳最後一個問題，妳跟黃教授平常會彼此討論課程或工作上的事嗎？」

「多少吧？」

「黃教授也懂台羅？」

「我不曉得。」黃太太搖搖頭。

搖著頭的黃太太並不是不曉得，只是不願意說，因為那會勾起一些不想再面對的回憶，像是那些曾經跟先生有過的快樂甜蜜，在最高峰的時刻，曾經無論有趣無趣都彼此討論的一切瑣事，哪怕是最細微末節的那些。就好比那幾個像是英文單字的台羅拼音，先生都曾經翻著字典熱烈地談著，像是個大孩子一般。

「如果以後有小孩，你有想過取什麼名字嗎？」黃太太笑著，撫摸躺在腿上的先生臉頰。

「欸欸，你看，這個『胎』字的台羅拼音，跟英文的『the』一

模一樣耶！」先生手拿著一本字典，好像發現新大陸似地指著那個單字，「the……the……以後小孩的英文名字我倒想好了，就用the做開頭吧！」

　　很諷刺地，那個單字後來竟成為麵條教授垂死掙扎時，唯一想起，又派得上用場的關鍵字。

　　這也是為什麼麵條教授，也就是黃教授，有最後一口氣卻沒有辦法具體以台羅寫出兇手名字的原因：他不是不寫，是不會寫，而他會的也就只有當初嬉鬧之間學會的那個單字「the」，「胎」的台語。

　　而且，他一旦寫出小潔可以辨識的字眼，就一定會被滅證；但他知道，只要留下「the」這個關鍵線索，等妻子來到現場，一定可以馬上看出來這個「the」字是什麼意思。「the」就是「胎」的台語，意指懷孕的人、跟這件事有關的人，也就是小潔。以妻子的敏感度，一定可以聯想到，

　　妻子還是愛著他的，應該吧？這是麵條教授死前的快速決定。而在他斷氣前的那一刻，甚至想到了更諷刺的因果──這個「胎」字，更是象徵著他要求小潔墮胎，最後造成他死亡的關鍵。

　　可是，妻子並沒有如他所預料，第一時間指出「the」的意思，反而跟眾人一樣，認為這是英文單字「the」，一副什麼也不曉得的樣子。但她真的是什麼也不曉得嗎？

　　「你感覺黃太太，到底第一時間，敢有想著the是台語？」捲毛博士問。

　　「伊有可能是傷過頭悲傷，理路無清楚，所以將the想做是英語。而且，自頭到尾，伊攏毋是用台語和我對話，無的確有的人的專業無一定會用佇日常生活。」阿狼說。

　　不過阿狼猜想：或許一開始黃太太故意不把「the」的線索說出來，是因為她自己想比警方先一步找到兇手。阿狼想起第一次見到黃太太，當她得知麵條教授是他殺時，那種下定決心的眼神，其實不是想不開，而是打算豁出去，直接對兇手復仇。

　　「黃太太閣有講啥？」捲毛博士問。

　　「嗯……」

　　那天，警方向媒體公佈兇手是小潔，並宣佈結案時，黃太太對阿狼說：「兇手可能會被認為是一時過失，但對我而言，她不僅是奪走我先生的心，也是奪走我先生性命的殺人兇手，她等於從我身邊奪走我先生兩次，就算她受到所謂的法律制裁，我也無法原諒她！你們結案了，但我的惡夢卻永遠不會結束。」黃太太的語氣堅定，但表情痛苦，眼眶被淚水包圍。

　　「……她沒有再說什麼。」阿狼對捲毛博士說。

　　捲毛博士聽完，嘆了一口氣說：「這是一齣，連環的悲劇。」整起事件，看似是許多不經意的選擇跟扣環，但一層一層的交疊，只因為某人某事的刻意隱蔽，就造成了意想不到的牽連及影響。

　　他也想到，手邊整理的文史資料和祕辛，或許是時候該被公諸於世了吧？

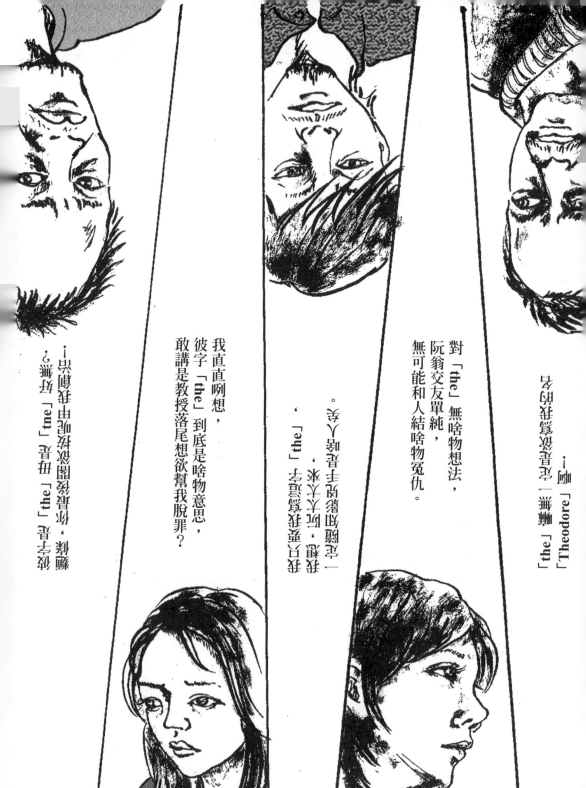

- **鳥仔跤**（tsiáu-á-kha）：形容腿非常細長。
- **胖奶**（hàng-ni）：嬰兒肥。
- **扁擔跤**（pún-tann-kha）：腿部膝蓋關節一側如扁擔般特別凸，或是從側邊看特別凹。如果是手部骨頭較突出，也可以說扁擔手。
- **虎仔生**（hóo-á-senn）：身材短小精幹，像小鋼炮一樣。通常如此形容時，都會採疊句「虎仔生虎仔生」來形容。
- **頭大面四方**（thâu tuā bīn sù-hong）：整句為「頭大面四方，肚大居財王」，指頭大、臉方、肚大的人，有大富之相。
- **戽斗**（hòo-táu）：咬合不正，下巴較突出。「戽斗」本意是農家用來舀水的器具，呈斗狀。
- **禿額**（thuh-hiáh）：高額頭、髮線高。
- **獅仔鼻**（sai-á-phīnn）：鼻子跟獅子一樣大。另外有容易混淆的類似詞彙「好鼻獅」、「虎鼻獅」，是指嗅覺靈敏。
- **虯毛**（khiû-moo）：捲毛、自然捲。「虯」為捲曲之意，現多以Q字表示。「虯儉」（khiû-khiām）則為節儉之意。
- **八字跤**（pat-jī-kha）：走路外八。
- **猴頭鳥鼠耳**（kâu-thâu-niáu-tshú-hīnn）：獐頭鼠目。
- **瘦猴瘦猴**（sán-kâu sán-kâu）：瘦皮猴。
- **飄撇**（phiau-phiat）：瀟灑。
- **緣投**（iân-tâu）：帥、英俊。
- **黃酸面**（n̂g-sng-bīn）：面黃肌瘦、營養不良。也可說「面色黃酸」或以「黃酸黃酸」形容。
- **鼻目喙**（phīnn-bák-tshuì）：鼻子、眼睛、嘴巴，形容五官。
- **啄鼻仔**（tok-phīnn-á）：鼻子很挺，也用來指稱老外，說成「阿啄仔」，

華語諧音常以「阿多仔」表示。

- **菱角喙**（lîng-kak-tshuì）：嘴巴跟菱角外觀一樣，隨時保持微笑的感覺。
- **尪仔頭**（ang-á-thâu）：玩偶的頭，也可以說「尪仔面」形容人的臉孔。
- **修面**（siu-bīn）：修飾臉龐。將臉上的鬍子、汗毛等去除。
- **頭毛聳聳**（thâu-mn̂g tshàng-tshàng）：頭髮蓬鬆翹起。
- **細粒子**（sè-liáp-tsí）：體格瘦小。
- **瘦閣薄板**（sán koh póh-pán）：瘦又沒多餘的肉，身體單薄，略有負面感。
- **膨皮膨皮**（phòng-phuê phòng-phuê）：臉頰飽滿吹彈可破的樣子。譬如說「膨皮面」。
- **白肉底**（pèh-bah-té）：皮膚白皙。與之相反則是「烏肉底」。
- **大跤胴**（tuā-kha-tâng）：蘿蔔腿。也有一說為「腫跤胴」。
- **跤尖手幼**（kha-tsiam-tshiú-iù）：細皮嫩肉。
- **面模仔**（bīn-bôo-á）：臉蛋。
- **烏囡玉**（oo-gín-giòk）：洋娃娃，源自於日語「お人形」（oningyou）。
- **柑仔面**（kam-á-bīn）：意指臉上有坑疤，意同「月球表面」。
- **鐵骨仔生**（thih-kut-á-senn）：身體硬朗，多用在老年人上。
- **硬插**（ngē-tshah）：意指人很能幹，不過若形容年長者「硬插」，則可以延伸為身體硬朗、很健康，因此活力充沛，還可以做很多事情的意思。
- **肥朒朒**（puî-tsut-tsut）：胖嘟嘟，形容肥胖。華語諧音常以「肥滋滋」表示。
- **紅膏赤蟻**（âng-ko-tshiah-tshih）：形容氣色很好、臉頰紅潤，多半用在形容年長者。

- **福相**（hok-siòng）：福氣樣。
- **漢草**（hàn-tsháu）：體格。以身材粗勇爲主，會說「漢草眞好」。
- **大龐**（tuā-phiāng）：大塊頭。
- **鼻仔啄啄**（phīnn-á tok tok）：鼻子很挺。
- **徛眉**（khiā-bâi）：眉毛豎起。
- **瓜子面**（kue-tsí-bīn）：臉的輪廓如瓜子的外型線條般。
- **愛嬌**（ài-kiau）：嬌媚。源自於日語。
- **勢园歲**（gâu-khǹg-huè）：看不出實際年齡。也說「勢藏歲」、「將歲數寄佇銀行、郵局」等幽默話。
- **矮嘟矮嘟**（é-tū é-tū）：矮矮胖胖的。
- **烏貓姊仔**（oo-niau-tsí--á）：打扮時髦的女性。若形容男性則以「烏狗兄」稱之。
- **勢跤**（khiàng-kha）：形容人很能幹、精明。
- **喙尖尖**（tshuì tsiam-tsiam）：嘴巴尖尖。
- **凹鼻**（nah-phīnn）：塌鼻子。
- **目鏡仙**（bák-kiànn-sian）：指戴眼鏡的人，有挖苦的意思，類似四眼田雞之意。
- **瘦抽**（sán-thiu）：身材瘦高。
- **烏焦瘦**（oo-ta-sán）：黑瘦，但較含貶義。
- **頭毛鬖鬖**（thâu-mn̂g sàm-sàm）：頭髮散亂。
- **鬖毛鬼**（sàm-mn̂g-kuí）：頭髮跟鬼一樣披頭散髮。
- **消瘦落肉**（siau-sán-lóh-bah）：身體日漸消瘦。
- **酥腰**（soo-ior）：站姿不良微微駝背。
- **囡仔癉**（gín-á-tan）：營養不良的小孩，「癉」爲單薄之意。

- **躼跤**（lò-kha）：高腳，身高很高。華語諧音常以「樂咖」表示。
- **曲痀**（khiau-ku）：駝背。「痀」是指駝瘤，「隱痀」也有駝背之意。
- **精**（tsing）：人很機靈。譬如說「愈大漢愈精」。
- **笨常**（pūn-tshiâng）：很笨重。
- **眼神濁濁**（gán-sîn lôr-lôr）：眼神混濁。也可說「目睭濁」。
- **馬面**（bé-bīn）：臉如馬臉一樣長。
- **捾水**（kuānn-tsuí）：字面上的意思是「（用水桶）提水」，但也能用於形容人全身或局部水腫。
- **瘦卑巴**（sán-pi-pa）：瘦巴巴、瘦骨如柴。華語常以「瘦逼巴」表示。
- **肥軟肥軟**（puî-nńg puî-nńg）：肥肥胖胖不紮實。
- **雷公面**（luî-kong-bīn）：兇惡貌。有時候也會形容小孩貪玩，玩到臉髒髒的樣子。
- **米糕相**（bí-kor-siòng）：形容人的豬哥樣。另有「米糕漺」（bí-kor-siûnn）的說法，則為感情關係紊亂、糾纏不清。
- **鳥鼠仔面**（niáu-tshú-á-bīn）：獐頭鼠目。

「嗯哼，我在路上了……」駕駛座的中年男子，有著沉穩且帶有磁性的腔調。他的耳朵掛著藍芽耳機，正在接一通電話，但雙手同時也握著方向盤，「嗯哼，沒有沒有，現在才要去高鐵站，到了我馬上就過去。」

「是啊，這次的颱風嚇死人了，你老家淹水？嗯哼……哎唷，辛苦唷。」後照鏡中他的目光，正移到馬路邊尚未處理的樹枝，但如同野獸嚎叫一般在背後響起的車輛喇叭聲，把他的注意力拉了回來。

市區的交通，這幾年越來越糟，簡直可以用災難來形容。尤其是假日的車潮，一過中午便開始增加，舊城區常常湧現許多機車往市區呼嘯而去。要命的是，這座城市一直以來都缺乏便捷的大眾運輸與分流路面交通網，以致於在汽機車不斷注入的情況之下，交通狀況只能用雪上加霜來形容。

「塞啊！嗯哼，當然，我期待多久了，多謝你的牽線。」中年男子笑的時候，眼角有明顯的魚尾紋，說話的同時一共按了五次喇叭，這似乎早已成為反射動作，但他依然被困在車陣內，一動也不動。他轉了轉方向盤，沒多久又在紅燈處停了下來，一堆行人不斷從斑馬線穿越而過，目光隨著幾個穿著時髦的年輕女孩移動。結束通話後，車內的音響聲緩緩增強，迴繞在耳邊的旋律是李斯特的《愛之夢‧第三號》樂曲。

女高音唱著德國詩人福萊利希拉特的詞：「哦！愛吧，盡其所能的愛吧！……」

他臉上滿是開心的笑容，忍不住將目光從年輕女孩的身上，移回擺在副駕駛座空位上的公事包。他心想，終於等到今天了。

是啊，總算是等到今天了。

這位中年男子，是一位常在電視媒體露臉的名嘴，主要參與的節

目內容都跟感情議題相關，只要談到世間戀人的情感或相處問題，節目上幾乎都少不了這位有著「愛情專家」頭銜的名人。沒錯，他就是「捲毛博士」。

不過，在「愛情專家」的頭銜底下，其實捲毛博士還有一項不爲人知的愛好。而且從另一個角度來看，他的這項愛好，可能比他被公認爲「愛情專家」這件事，還要更「專業」許多——這個男人其實是一個重度的文史愛好者，甚至連神祕學、宗教、玄學、占卜等等領域，都是他平時待機中的大腦不時會浮現的關鍵字。

多年來，身爲一個在電視媒體不斷曝光的名嘴，一直頂著「愛情專家」頭銜的他，有好幾次起心動念，想要轉型討論文史或神祕學相關的主題。但也正因爲對這個議題實在情有獨鍾，他反而很害怕在媒體鏡頭前暢談自己的見聞時會出錯。隨著知識的累積，他的得失心也越來越強烈，就像層層疊一樣，可能只要一次被觀眾抓到哪個資料說錯了、講得不好，自己就會受不了打擊。

然而，捲毛博士終究壓抑不了自己身爲文史控的渴望，他腦中的史料、知識累積的速度，已在不知不覺間，從閒暇的愛好增長到連自己都赫然感到訝異的境界。

幾年前，捲毛博士無意間發現一個重大的文史祕密，經過縝密的資料蒐集以及再三的踏查，終於確認了這件事。此外，因爲前陣子發生的「The 殺人事件」讓他有所感慨，那種層層交疊的悲劇，可能因爲一個隱瞞或是誤判，而造成更多傷痛。再加上好友阿狼的鼓勵，捲毛博士覺得自己是時候鼓起勇氣，在電視媒體前將這件事攤開來說了。

即使自己可能會受到輿論攻擊，使自己無形的自尊崩毀，他也下定決心要把這個重大發現公諸於世。因爲，這件事影響台灣太過重大

了，身爲「愛情專家」……不對，今天北上錄節目之後，他的頭銜肯定會變動，一位改變歷史的重要關鍵者，就要出現了！

車子繼續開動，駛向一個圓環，撐過颱風的鳳凰花，顯得更加火紅。

圓環在這座城市是很常見的。順著圓環開，旁邊就矗立著上個世代的州廳，現在則是台灣文學館。看到這棟建築物，他握著方向盤的雙手微微冒汗，那是興奮的顫抖。或許是因爲這棟歷史建築就在眼前，讓他對於文史的執著及熱情更加迸發，忍不住在車內發出一陣歡呼。即使這個時候車子又隨著車陣慢了下來。

透過書籍、照片，以及許多資料的交互比對，總之，他發現了這座島嶼在過去，曾經有一個祕密組織存在著。這個祕密組織原本是爲了幫助當時的帝國執行某些任務，二戰後甚至還短暫援助後來的新政權。而且根據民間傳言，這個組織至今仍然存在，還可能會對台灣產生重大的影響。

雖然他考證到這個組織叫做「三多一治」時，曾一度感到懷疑，三明治？怎麼想都覺得很亂來啊！不過他認爲無論真假，都理應跟全台人民告知，將這個延續百多年的神祕組織攤在陽光下，接受社會大眾檢驗才對！

爲了這個目的，捲毛博士總算憑著自己在電視媒體累積的人脈得到機會，可以在今天的節目裡暢所欲言了。

他早準備好了，事先也向媒體記者打過招呼。大家都知道，這會是捲毛博士個人首次以「文史觀察者」的新身分在節目上曝光，並且初登場就要來個驚世大爆料，相信明天的報紙、新聞各大版面，肯定不會錯過這個消息。想到這裡，他再次轉頭看著身旁的公事包，平板、隨身

硬碟，該準備的都準備好了……

這時候，他看著後照鏡，奇怪？後面那台堆高機怎麼越開越近？

「哦！愛吧，盡其所能的愛吧！……」女高音的歌聲持續悠揚。

碰！——匡啷鏘——

一切實在發生得太突然。

先是一陣撞擊，原來是堆高機趁勢將他的車尾撐了起來，「啊！喂！」他大叫，並且瘋狂按喇叭。但喇叭聲不但趕不走前方的車陣，前方的休旅車此時反而突然往後倒車衝撞。

碰！——

接著，又是一台失控得很刻意的休旅車，像是瞄準好似的，從他那被前後包夾的車身側面攔腰衝撞。捲毛博士什麼也不能做，只能眼睜睜地看著休旅車如怪獸般撲向自己。

碰！——

這次是巨大的震盪，這一瞬間，他的思緒似乎跟肉體的疼痛分割開來了。在視線慢慢地徹底變黑之前，他腦中的感嘆化為一絲念想：「早知道這天來得這麼突然，我應該祝福女兒的。」

❀ ❀ ❀ ❀ ❀

我是元義，沒錯，又是我，一個普通到不行的人。

今天也又是一個悶熱、充滿黏膩汗水的假日下午，雖然不用補習，但由於是月考的前一天，即使是成績吊車尾的我，心情還是會有點緊張。畢竟我跟小博士、盲腸之間，還是有爐主、顧爐、扛爐三個寶座可以爭奪。更何況，這可是攸關我需不需要補考、甚至重修的最後一次

機會。

　　懷著準備考試的緊張心情，一邊也同時在等待著出版社的回覆，我坐在桌前盯著參考書，腦中卻繼續構思《七截花刀傳》續集的劇情，我覺得我的小平頭應該會一夜白髮吧。不如等下來開冷氣好了，這樣可以理所當然地把房門關起來，無論是要睡覺或是寫小說、畫人物設定，都更方便。

　　我先一邊哼著自己編的小說主題曲旋律，一邊走向浴室，但此時的我赫然發現右耳有一股強烈的回音，好像又出現堵塞，開始有耳鳴的現象。原以為是暫時的情況，但沒想到回到房間後，這個情況還是沒改善。回想起來，這種突然耳鳴的症狀，好像已經持續一陣子了。

　　「呃……哦……嗯……」我待在房間喃喃自語，想知道耳朵內的共鳴回音是否消除了，只是沒想到情況變本加厲，反而有著像悶雷般的震盪聲，接著是斷斷續續的耳鳴聲。

　　我曾經在電視上看到養生達人表示，當耳朵有堵塞的情形時，可以試著用手捏著鼻子，用力呼氣，接著便可以利用氣壓的原理，達到舒緩耳孔的效果。於是我便坐在書桌前，一下、兩下、三下，「呃……哦……嗯……」好像還是一樣，於是再繼續，一下、兩下、三下，「呃……哦……嗯……」。

　　「知影講『嗯』，哪無應話？」在我放開鼻子的同時，聽到媽媽站在房間門口問話，原來剛剛在進行養生達人的什麼通耳撇步時，媽媽已經站在那了，而我竟然完全沒聽到媽媽的說話聲，「你等咧（tán--leh）幫我切一粒檸檬，我欲咻燒的檸檬紅茶。」

　　這當然也是養生達人在電視上介紹的，據說檸檬泡熱紅茶可以達到保養功效，一時之間，我們家便興起了這個喝熱檸檬紅茶的風氣，又

正好這季節檸檬當著時，每天幾乎都得切上好幾顆檸檬。

「好啦，**連鞭**（liâm-mi）就去。」我隨口回應著，「呃……哦……嗯……」不過現在這個不是重點，我不斷試探著耳朵內的回音共鳴，也因為剛剛的回話，讓我發現說話的空間感跟平常差很多。

哇哩勒，好討厭的感覺啊！

我無精打采地走進廚房，覺得自己怎麼會衰到這種地步啊？下意識拿了兩個杯子，將紅茶茶包與切片檸檬丟進杯裡，接著沖泡熱開水之後，靜待幾秒，「呃……哦……嗯……」我仍持續試探著這討人厭的耳鳴跟堵塞的回音，那種感覺就像是有個隱形的耳塞堵住耳洞一樣。

我一邊繼續試探著耳朵內的回音，一邊垂頭喪氣地端茶杯到客廳遞給媽媽，但才剛進入媽媽的視線範圍，便聽到媽媽說：「你行路哪會遐無精神？」媽媽坐在沙發上看著我，坐在沙發另一邊的爸爸，則完全沉浸在電視節目裡，哈哈大笑。

唉，耳鳴成這樣，能有精神到哪去？

話說回來，媽媽現在還不曉得我有耳鳴的症狀，但我也不會隨便跟爸媽說出我的身體狀況。因為每次只要感冒流鼻水、咳嗽之類的狀況出現，一定是先被碎碎唸，唸到感冒病毒完全被罵跑為止。我看這次耳鳴如果被知道，爸媽肯定也是先送我那幾句同樣的話：「你就是**罕日**（hán-jit）運動，才會按呢。」「**有時陣**（ū-sî-tsūn）愛加出去曝寡日，就袂破病。」等等之類的。光想到得聽這些，左右兩耳都乾脆一起堵塞算了。

端著茶杯，回到房間書桌前坐著，一邊持續試探自己的耳鳴聲，狀態有增無減，「呃……哦……嗯……」感覺就像是耳朵裡的鼓膜隨時都會自爆。

看著桌上不斷發出熱騰騰蒸氣的馬克杯，以及杯內如琥珀般的紅茶，心裡五味雜陳。在這麼緊張的考試前夕，原本想說泡杯熱紅茶待在冷氣房裡好好度過這一天的，誰知道會發生這種鳥事？

「煩死了。」說話仍然有共鳴聲，不過當我看著杯口的煙霧，頓時有了靈感。

對啊，我可以試著用熱蒸氣薰耳朵啊！我實在太聰明了，哈哈哈，這不就是純古法的撇步嗎？那這樣先不要開冷氣好了。於是我便把右耳湊近杯口，湊近的瞬間，便感受到一股熱氣充滿耳朵。我覺得耳鳴的討厭之處在於，自己仍然可以聽見爸媽在客廳看電視的笑聲，外界的所有聲音好像也沒什麼不同，但是當我開口說話時，那種回音共鳴感便會浮現出來，一瞬間又得面對耳內共鳴的不適感。

我不放棄任何一絲希望，一邊薰著耳朵，一邊抬起頭繼續發出聲音，「呃……哦……嗯……」結果耳鳴的情況還是一樣沒改善，有一種既悶又低沉的回音不斷在耳膜發出不自然的震動，就像被一隻無形的手摀著耳朵一樣。沒想到蒸氣薰耳朵的古法還是無效，我的心情有點低落，但心想可能是因為薰的時間不夠長吧？於是我又將右耳靠近杯口。這時，我感覺到熱氣……咦？似乎比剛剛還要多？

「#&@#！」等、等一下，杯子好像傳來什麼聲音？

我抬起頭左右張望，先是環顧房間，又探頭確認是不是爸媽在客廳看電視剛好轉到日本台，因為剛剛好像有那麼一瞬間，我聽到有人說話的聲音，而且還是說日語。雖然我日語一竅不通，但幾句基本的日語我還是聽得懂，好像是一句問好？但我觀察客廳的電視並沒有轉到日本台，於是又回到書桌前，對著書桌、茶杯發呆一陣子……或許剛剛聽錯了吧？

　　我發出聲音再試了一下耳朵，結果右耳仍然充滿回音共鳴的不適感，於是我再將右耳湊近杯口。

　　「＃＆＠＃！」哇哩勒，又是那個奇怪的日語說話聲！而且這次我確認不是自己幻聽！我慌張地抬起頭喃喃自語說：「是啥碗糕！」然後在房間裡面四處尋找聲音到底從哪裡傳來，連抽屜也不放過。

　　聳了聳肩，我繼續側著頭，用純古法熱蒸氣治療我的耳朵。但就在我將右耳靠近杯口時……

　　「囡仔兄，你敢是袂曉日本話？」

　　我瞪大了眼睛，抬起頭盯著那杯熱紅茶，因為就在抬起頭的瞬間，我看到宛若琥珀色的紅茶液體表面，似乎隨著聲音產生波紋，從中心向外不斷擴散出去，就像聲波一樣。

　　我看著紅茶傻笑，心想自己不會這麼衰吧？我是神經錯亂了？還是幻聽？又見鬼了？先前是看到鬼，現在又聽到鬼，這簡直莫名其妙嘛！

　　「囡仔兄，你誠實聽會著我講話？」我實在不想正視這個事實，一個杯子，正確來說是一杯熱紅茶，又繼續說話，聲音還不小，液體表面隨著說話節奏，不斷激起不同的水波紋。

　　哇哩勒，我怎麼這麼倒楣啊？打死我也不會承認聽到這杯子說話！對了，不如把這杯奇怪的紅茶倒掉吧？一杯會講話的紅茶到底有誰敢喝啊，這喝了鐵定落屎的啊！我不禁回想起之前的大露營事件。不要說這杯紅茶了，我看就連這茶杯也趕快封回櫃子好了。

　　我隨口哼著自己編的小說主題曲，試圖掩飾心裡的緊張，一方面假裝沒聽到這杯熱紅茶在跟我說話，拿起杯子，站起來往房間門口走。這時候，這杯熱紅茶又說話了：「囡仔兄，小等一下（sió-tán--tsit-ē），你敢是想欲將我摒掉？」

　　聽到這句話，我不禁停下腳步，但我怎麼可以被一杯熱紅茶左右我的行動呢？我鐵了心繼續往廚房走去，「呃……哦……嗯……」耳朵內的共鳴聲仍持續著，沒想到這熱蒸氣療法非但沒效，好像還讓我耳朵的情況更嚴重了，竟產生了疑似幻聽的症狀，真害。

　　「囡仔兄，你耳空**當咧**（tng-teh）吱吱叫乎？」

　　聽到這句話的同時，我的耳朵好像瞬間感受到一股尖銳刺耳的音頻，只差沒刺穿我的鼓膜！我被嚇到，稍稍吞了一口口水，我的狀況竟然都被手中這杯熱紅茶說中，好像這杯熱紅茶已經窺視我的舉動很久，所以能不斷猜中我的心思，真不舒服。

　　但越是如此，越加深了我想把它倒掉的決心。

　　我快步轉進廚房，眼睛直盯著洗碗槽，拿著茶杯的手就直挺挺地往水槽遞去。

　　「囡仔兄，**且慢**（tshiánn-bān），莫將我摒掉！千萬毋通，若無……」

　　我愣住了，手腳動作同時停止，不曉得一杯熱紅茶做出這樣的宣告意味著什麼？也對，一杯會講話的熱紅茶，如果真的不是幻聽而貿然將它倒掉的話，以我如此帶衰的程度來思考，搞不好會引起什麼驚天動地、慘絕人寰的巨大衝擊？

　　爆破？放射線？強酸腐蝕？有毒氣體瞬間蒸發？

　　我愣愣地說：「若無，會按怎？」當我說出這句話時，才心中咒罵一聲不妙。

　　「啊哈！囡仔兄，你真正聽會著我所講的話！」

　　哇哩勒，沒想到這杯熱紅茶還挺狡猾的嘛？我竟然被手上這一杯茶包泡出來的熱紅茶給陰了？還是未來的我傳訊息來了呢？我激動地朝杯緣大叫：「未來的我？未來的元義，是你嗎？」如果未來的我傳訊息

來，那實在太好了。

這時候，媽媽突然走進廚房：「你是佇灶跤咧踅踅唸啥？**頭拄仔**（thâu-tú-á）佇客廳就有聽著。」媽媽無奈地看著我。

「嘛無啥啦……」

媽媽搖搖頭說：「你是咧**頓蹬**（tùn-tenn）啥？敢是耳仔怪怪？就講你愛出去運動，毋通假日睏迵晏，等咧閣睏規工，**較停仔**（khah-thîng-á）就出去行行咧。」她手上端著我剛剛泡的檸檬紅茶，「你**頂回**（tíng-huê）買這牌子的紅茶閣袂穤。」她說完，喝了一口紅茶潤了潤喉，又繼續說下去。

果然，還是躲不過媽媽如偵探一般敏銳的觀察。面對她如爆米香般逼逼波波的碎碎念，我只能開始放空，等待眼前媽媽的話語聲漸漸淡出。但另一方面，我也偷瞄幾眼手上的熱紅茶，心裡正不安地回想著剛剛確實發生在眼前的事。

熱紅茶不但會說話，還吐我槽！

「囡仔兄，你敢會使幫我一件代誌？」這下可好，熱紅茶又說話了，而且音量還真響。我深呼吸，看著眼前不曉得說到哪一段的媽媽，照理講，剛剛熱紅茶的說話音量，她在這個距離內肯定會聽到。

不過觀察了一下，我覺得媽媽應該沒聽到，她繼續說：「……毋通當我咧唱歌，按呢放外外。」

「呃……哦……嗯……」我再次發出聲音，一方面是應付媽媽的嘮叨，另一方面也是持續試探耳朵的狀況，無奈耳內共鳴的感覺仍持續著，「媽，你無聽著？」我轉念一想，乾脆開門見山，如果真的只是我幻聽，就乾脆把這杯紅茶一股作氣倒掉算了。

媽媽臉色一變，滿臉疑惑地說：「今（tann）你是閣咧講啥？聽著

啥？」太好了，我決定直接把這杯熱紅茶倒掉了。

「這杯紅茶**拄才**（tú-tsiah）咧講話，足大聲呢，你無聽著？」我繼續端著熱紅茶說。

「有啦，有聽著啦！」我聽到媽媽冷冷地回應，睜大眼睛，心想果然不是我幻聽，同時佩服起媽媽的鎮定，「有聽著你咧講**manga**啦！紅茶會講話，你真正是……」原來她當我在鬼扯，接著越說越大聲，「你就是逐工偷寫小說，攏寫一寡有的無的，**三不五時**（sam-put-gōo-sî）就烏白想。」

這時，爸爸也走進廚房：「是按怎啦？」

「恁囝講這杯紅茶會講話。」媽媽搖頭嘆氣。

「有這款代誌？」爸爸睜大眼睛，走了過來盯著紅茶，「你好、你好。」說完笑了出來，當然，我手上的熱紅茶一點動靜也沒有。

「恁囝講這五四三，你閣笑會出來，父囝攏仝款。」媽媽說完，搖搖頭就走出廚房，留下我跟爸爸。

「好啦，莫閣創治恁老母矣，你是咧變啥齣頭？」看樣子我爸還以為我在惡作劇，說完笑出聲，也走出廚房。這時客廳再度傳來電視節目的聲音，以及爸媽的竊竊私語聲。

「囡仔兄，恁兜電話囥無好勢。」我瞪了手上的熱紅茶一眼，莫名其妙，管什麼電話沒放好，誰在乎啊？不過我還是端著熱紅茶走到客廳，想確定電話是不是真的沒放好。

這時候爸爸已經坐在電話前了，他把電話放好：「電話囥無好勢，無怪同事**直直**（tit-tit）敲袂入來。」

哎唷？還真的沒放好。不過這能代表什麼嗎？這杯紅茶突然展現了什麼超能力，但還是沒辦法挽回我想倒掉它的決心，於是我又折回廚

房。但我邊走邊懷疑，是不是我壓力太大，或是自我期許太高……對於成為作家這件事，以致於造成耳鳴的現象，又或者是老掉牙的一場夢，因為這實在太莫名其妙了。

「囡仔兄，囡仔兄……你……」熱紅茶再度說話。

我不等熱紅茶說完，便直接打斷它的話：「天啊地啊……你到底欲講啥？你到底是啥貨？紅茶哪會講話啦！」

熱紅茶：「……我欲講，**你自頭到尾**（tsū-thâu kàu-bué），一工貼貼（tsit kang tah-tah），攏毋是咧眠夢。」

我冷冷地看著手上這杯熱紅茶，如果現在有個鏡頭，應該會是一個穿著居家服的頹廢男孩，正和手上端著的熱紅茶大眼瞪小眼。算了，還是直接倒掉好了。

我深吸了一口氣，繼續已經延遲很久的動作。

「囡仔兄，你敢袂好奇，我敢會是未來的你？」

我又停下手邊動作，瞪大眼睛。腦中浮現《七截花刀傳》，如果這杯熱紅茶真是因緣際會連結到未來的我，是否可以給我靈感，告訴我究竟要寫什麼才能成為作家？想到這，可能必須跟這杯「未來的我」深談了，於是我改變心意，小心翼翼地把熱紅茶端回房間，擺在桌上，也打開抽屜將稿紙拿了出來。

「請問，未來的我……」我低著頭，構思著要問的問題。

「囡仔兄，歹勢，但我毋是未來的你。」我又被這杯熱紅茶陰了，熱紅茶的表面再次激起漣漪，而我閉上眼睛，這次想乾脆一口氣喝掉算了。

「莫受氣，就算講我毋是未來的你……囡仔兄，我已經做仙矣，應該比未來的你閣較有辦法，敢毋是？」

　　嗯？好像有點道理，不過我半信半疑，畢竟這杯熱紅茶眞是老狐狸，一再被他陰，我只是盯著紅茶表面思考著。嘿嘿，接下來我一句話也不說，看你能玩什麼把戲？

　　「囡仔兄，你敢是足想欲做作家？」

　　「你有法度幫助我？」我靠近熱紅茶，一句話也不說的決定瞬間破功。

　　「這對做仙的我來講，小可代誌爾爾。」熱紅茶表面激起漣漪。

　　「等咧，你講你做仙矣？你是……抑是我已經起痟，當咧烏白亂想？」我皺著眉頭，因爲害怕而有點口乾舌燥，差點忍不住一口把熱紅茶喝掉。

　　「囡仔兄，你莫傷緊張將我唬落去呢！」熱紅茶語調上揚，「免煩惱啦，你若起痟，無遛爾好食睏，我是我，你是你，而且我比你緣投好無？」

　　我瞇著眼，覺得把這杯熱紅茶直接往桌上的盆栽倒，應該也不錯。

　　「你不止想欲做作家，**平常時**（pîng-siông-sî）閣咧煩惱敢有欲轉社會組，而且你予人退稿已經足有經驗矣，若照你這款範勢，閣寫千年萬年**嘛無法度收場**（siu-tiûnn）。」熱紅茶似乎越說越起勁，「囡仔兄，手頭邊敢有你所寫的小說？麻煩**這陣**（tsit-tsūn）將手园佇你的作品面頂。」

　　哦？難道，這就是傳說中的加持？管它是幻聽還是未來的我，或是眞的來了個紅茶仙，先照做就對了，今天賺到啦！於是我把雙手按在桌上的小說稿紙上，閉著眼睛。

　　「我知影你故事寫啥矣，嗯，實在足無聊，莫怪。」

　　我將杯子拿了起來，實在不曉得一杯熱紅茶也可以這麼惹人生氣。

　　「將生活的所在，當作是故事背景，按呢你寫起來會較輕鬆。」

熱紅茶說。

「問題我是欲寫武俠呢，台灣武俠欲按怎寫啦？」我疑惑問，腦中一片空白，實在無法跟武功聯想在一起。

「西螺七嵌、武狀元、白鶴道人、日本時代的祕密組織，聽過無？」熱紅茶似乎悶哼了一聲，幾滴紅茶濺了出來，「我讀你的心思，知影你頭殼內連一寡在地的基本知識攏無，囡仔兄，你愛加讀寡冊，無增加這方面的知識，是欲按怎戰啦？心，愛活佇生長的所在。」

我有點不甘心，不過的確，剛剛他所講的，完全沒聽過。

熱紅茶表面激起一陣漣漪：「囡仔兄，你莫受氣，我先自我介紹好矣，我的名字號做⋯⋯」後半段講了一串日文音節，我有聽沒有懂，「所以你嘛會使叫我『Pik-ìm』，我會沓沓仔（tàuh-tàuh-á）講我的故事，**現此時**（hiān-tshú-sî），有一件要事，需要請你鬥處理。」

Pik-ìm？逼印？還是這杯熱紅茶腔調太重？這算是什麼名字啊？

總之不管，就當他是「逼印」吧，一杯熱紅茶還這麼麻煩幹嘛？隨便講，我就隨便聽，而且到底是不是我在自言自語、雙重人格呢？

「敢會使**另回**（līng-huê）？」

「無法度等到**另日**（līng-jìt）矣，**繼落來**（suà--lòh-lâi）你若是有法度替我做這件代誌，我就有法度完成你的願望。」熱紅茶的熱氣突然沖了上來，「請問欲按怎稱呼？囡仔兄。」

「元義。」我回答，耳朵的共鳴聲仍持續著，「敢袂使**後逝**（āu-tsuā）才處理？傷過頭臨時啦！我明仔閣欲考試呢⋯⋯」

熱紅茶並不理會我說的話，自顧自地說：「元義，你是我特別揀著的人選。你**落尾**（lòh-bué）欲做的代誌，會改變台灣歷史，囡仔兄，你就千萬免著驚。」熱紅茶語末似乎想刻意押韻，笑了一聲，還濺起幾滴

紅茶，「你免傷煩惱，我會佇邊仔鬥相共。」

「到底為啥欲揀我？」還是很想知道，為什麼熱紅茶會找上我，「進前害我走入去小說內底，嘛是你舞的乎？」我突然回想起在文具店掉進《七截花刀傳》的事，該不會跟這杯熱紅茶有關吧？我怎麼都會遇到這種瘋癲的事，太衰了吧？

「你是咧講啥？囡仔兄，原來你走入去家己的小說內底喔？遐奇怪的代誌你攏發生過矣，按呢我講的話，你應該會相信啦！」熱紅茶極力撇清那件事與他的關係，「囡仔兄，我派我的人觀察你足久矣，你我誠有緣，聽我講來……」熱紅茶開始侃侃而談，他身為跟蹤狂老大的心路歷程。原來，第一次是我在文具店翻到的那本書，那張照片，日本時代穿軍裝的老人就是他，而當時他派的人，就站在我旁邊偷看。第二次則是在郵局，照慣例，那附近也有他派的人在偷看，當時我買了一張刮刮樂，刻意挑了一組順眼的編碼1024，原來那是他死去的那天。他還說了很多次是我沒發現的，只是他到底派誰來偷偷觀察我啊？怎麼想也想不到，可疑人物到底都躲在哪？

「等咧，是按怎我買彼張1024，後來無著獎？」我問。

「你若是揀我的生日做號碼，就會著獎矣。」熱紅茶哈哈笑。

「毋著呢……你哪無欲直接派你的手下做代誌就好矣？」我覺得很莫名其妙，既然有手下，為何還需要找我做事情？

「囡仔兄，我的手下老到會喘氣就了不起矣，而且伊此時有要事替我去北部處理，你是按算欲慄死老歲仔乎？」熱紅茶停了一下，好像在思考什麼，「而且我需要有新血加入，這嘛是一點。」

「按怎想，攏是我咧替一杯紅茶做代誌……」我覺得這杯熱紅茶跟小博士、盲腸一樣不可靠，還加入什麼啊？千萬不要。

「囡仔兄，我知影你這馬看我是一杯紅茶，敢若無啥妥當，其實我毋是**頭擺**（thâu-pái）做這款代誌，**往擺**（íng-pái）我嘛捌附佇花矸、魚仔、毛筆，**頂擺**（tíng-pái）是做一塊碗粿，**見擺**（kiàn-pái）的效果攏無啥理想，**逐擺**（ta̍k-pái）的理由和原因攏無全。**這擺**（tsit-pái）會揀著你，算起來是緣分，閣來我欲開始講一段**往過**（íng-kuè）的故事，你聽我解釋，我**向時**（hiàng-sî）有成立祕密組織……」熱紅茶現在才準備開始解釋，身為一杯紅茶，應該本身就不會口渴吧？

經由這杯熱紅茶，又或者說是「逼印」的解釋，我總算大概理解了。「逼印」是日本時代的人，在1919年過世，他當時設立了一個祕密組織，這個組織的成立宗旨是為了在台灣推動「鯤島計畫」，甚至在他過世後，成員仍持續執行計畫，不過卻有另一個名為「三多一治」的團體，長期以來與之作對、相抗衡；二戰後政權轉移，熱紅茶的祕密組織幾乎瓦解，但「三多一治」則繼續潛藏在台灣，並受到當時新政權的委託，鏟除想要完成「鯤島計畫」的人民或團體。之後，新政權反倒透過各種方式滲透了「三多一治」，因此，現在留在島上的「三多一治」似乎已非帝國時期的組織了，但不管是哪個時代的「三多一治」，他們的目標都沒有改變，那就是阻礙「鯤島計畫」。

「逼印」也說到，昨天有一位常在電視節目出現的愛情專家「捲毛博士」，原本打算在電視公佈「三多一治」的存在，沒想到因此「被車禍」，現在正躺在醫院裡昏迷不醒。只有想辦法救他，才有機會在電視上公佈「三多一治」的存在。

此外，這杯熱紅茶還透露，過去帝國聯合歐洲友軍的先進科技，進行一項「MANGA工程」，在台灣各地挖築隧道。此工程分段分工執行，由於極為保密，所以就連熱紅茶本身也所知有限，只知道大概是在

什麼方位，而以他預知有限未來的仙力，也是霧裡看花。但可以知道的
是，「MANGA工程」在台灣地底深處建造了一個駕駛艙，可以把整座
島嶼開走！帝國原本是計畫將台灣逐漸北移，但隨著二戰後撤出，無疾
而終。不過有些入口在帝國撤出時來不及封住，因此「三多一治」一直
都在尋找剩下的駕駛艙入口。當然，熱紅茶的祕密組織也在尋找，不過
目的是為了阻止任何人移動台灣，畢竟不曉得這駕駛艙落到誰手裡，會
將台灣駛到何處。

　　啊喂——等一下，把台灣開走？會不會太瘋啦？最好我會信啦！

　　「囡仔兄，我講的絕對是真的，你袂感覺定定（tiānn-tiānn）有地動？
彼就是駕駛座的機械隔一段時間，就會自動運作，才袂故障。」熱紅茶
沖出一股熱氣，「而且，凡勢『三多一治』早就已經揣著矣，所以這件
代誌愛緊。」

　　「彼和你講的完全無關係啦！而且你講啥物『MANGA工程』，真
正是咧講manga……」我笑說，地震是因為那深藏島嶼底下的駕駛艙引
起？騙誰啊！

　　「彼句**常在**（tshiâng-tsāi）聽著的俗語『講manga』，就是當初起造
『MANGA工程』的百姓流傳出來的，畢竟一般人確實攏感覺無可能、
咧講笑。」熱紅茶說得煞有其事，「囡仔兄，若『鯤島計畫』日後（jit-
āu）無法度完成，抑是予『三多一治』先發現『MANGA工程』的入
口，台灣會駛去佗？這件代誌絕對會改變台灣未來，非常可怕。你的小
說，**無暝無日**（bô-mê-bô-jit）欲做作家的夢想，攏無可能矣！」

　　我把目光從熱紅茶移開，稍加思考，莫名被捲進這種奇怪的事
件。這個祕密組織叫「三多一治」，也就是三明治的意思，會不會太扯
啊？這太亂來了，誰會信啊？

「囡仔兄，你想講組織攏愛號一寡暗殺組、刣人團？號一寡莫名其妙的代號，像恁這款人才袂當一回事。講到遮，你的小說攏是寫人膾會著的內容，無就是離生活傷遠，**別日仔**（pa̍t-ji̍t-á）你應該加了解這片土地，**拄著仔**（tú-tio̍h-á）加看寡冊，增加家己的智慧，愛知影『閱讀必勝』的道理。」

「加看寡冊，和你所講的有啥關係？顛倒是你，當初是按怎無欲較拍拚，和啥物祕密組織，將彼『三多一治』好好**收尾**（siu-bué），牽拖到這時代閣**袂收山**（bē-siu-suann），揣對我遮來鬥處理？恁按呢根本無負責任。」

「彼時，我成立台灣軍的時陣，嘛是鼓勵恁加讀寡冊，因為知識會引領你通去成功之路，思考理路會較清明，所以我才講『閱讀必勝』。」

我稍微思考了一下，覺得似乎有點道理。

「囡仔兄，是按怎會牽拖到你這代，是因為，**彼時**（hit-sî）我閣佇台灣的時，和祕密組織**不管時**（put-kuán-sî）攏咧進行『鯤島計畫』，**起頭**（khí-thâu）是誠順利，但『三多一治』氣勢烈到**正當時**（tsiànn-tong-sî），吸收足濟人過去恁彼爿，上要緊的是，我**彼陣**（hit-tsūn）其實佇台灣多外爾爾，若我會使閣擋幾年，凡勢早就將『鯤島計畫』實現矣。」

哇哩勒，原來他當時只在台灣一年多而已？這樣還能信任嗎？說是很會說，但我有點懷疑：「你佇台灣多外爾，是按怎無欲閣轉來，繼續進行你所講的計畫？**這馬**（tsit-má）才閣附身佇我手頭這杯紅茶內，閣誠**罕行**（hán-kiânn）呢！」

「囡仔兄，**後來**（āu--lâi）我就下願做鬼……毋是，是做仙矣，永遠守護台灣，**彼站**（hit-tsām）我猶學袂曉顯靈的步數，有限的未來嘛看袂清明，只會使佇邊仔緊張，啥代誌攏無法度做，唉……」

　　他的一席話，讓我想像這杯熱紅茶表面浮現了一位老者哀傷的面容，實在無法繼續反駁：「按呢，我欲按怎做？」

　　「元義，我頭起先（thâu-khí-sing）所講的，你千萬莫見怪，其實我嘛知你這站（tsit-tsām）咧等待投稿結果，若代誌煞（suah），尾手（bué-tshiú）你欲做作家，是足簡單的代誌，我絕對會幫助你。」這杯熱紅茶……應該說「逼印」此話一出，讓我眼睛為之一亮，「等咧我會發揮淡薄仔仙力，恁爸爸媽媽就隨（suî）欲出門矣，按呢咱會較方便。」

　　他剛說完，沒多久客廳電話響起，我仔細觀察客廳動靜，接著聽到爸媽的交談聲，不曉得發生什麼事，於是他們迅速換好外出服便出門了，從「逼印」預告要大顯仙威到爸媽外出，前後不到十分鐘的時間。

　　「真正是做仙矣，你閣誠有辦法。」我開始有點佩服他了。

　　「其實嚴格講起來，我嘛毋是做仙，我是下願欲做鬼。」若是可以看到他的表情，或許他現在是似笑非笑吧？難道是紅茶的幽默？我則是聽了有點毛毛的。

　　「莫叫我捧你這杯紅茶去病院就好。」我哈哈大笑，看著熱紅茶的表面。

　　咦？怎麼有種不妙的感覺？

　　鮮紅色的鳳凰花，背後是一棟高聳的醫院。

　　「呃……哦……嗯……」我下了計程車，耳鳴跟堵塞感仍存在，手裡還端著那杯熱紅茶，計程車司機一路上用奇怪的眼神看著我，因為我先是說：「歹勢，駛較慢咧，驚講紅茶會潑出來。」然後在車上又不斷

低著頭小聲跟手上這杯紅茶說話，司機一定覺得我是個瘋癲的高中生。

「台灣的鳳凰木**當著時**（tang-tiòh-sî），花開了有夠婿，**較早**（khah-tsá）我就上佮意這季節。」「好啦，莫閣講**古早**（kóo-tsá）代誌，欲對佗位行才要緊。」

「逼印」說，我們行動的第一步，便是先找到「被車禍」受重傷的捲毛博士，但問題是，要去哪裡才能找他呢？幸好「逼印」發揮仙力，知道捲毛博士目前人在哪間醫院。而且比起這個問題，我一路上要閃避路人的奇異眼神，一直小聲用氣音跟這杯熱紅茶對話，這個挑戰讓我更覺得頭痛。

醫院假日大門是不開放的。我們從側邊的入口進去，經過急診室，這裡和外面的氣氛全然不同，有不少人正排著隊或候診中。原以為端著這杯熱紅茶會引來側目，但無論是病患或是醫護人員，似乎都沒心思注意到我。

我端著熱紅茶，小心側身經過幾張擺在急診區走道上的病床，來到醫院大廳，冷冰冰，有點陰暗，只有一些零落的家屬或推著點滴架的患者緩慢走動著。隨著熱紅茶的指引，我從後方直上捲毛博士所在樓層的電梯走去，電梯門關上，我端著熱紅茶，心臟跳得飛快。

抵達的提示語音響起，我一踏出電梯，先映入眼簾的是護理站。這裡充滿了急促焦慮的腳步聲跟推車聲，以及病患家屬對醫護人員的聲聲呼喊。

「我們是那一床的，那個點滴……」一位滿頭白髮的老先生，正著急地對護理站的人員說。

另外一邊，有一位戴口罩的護理人員從走廊盡頭走出來，不知在對護理站的誰呼喊著。到了這裡，似乎是截然不同的另一個世界，時間

感跟真實感會突然被抽離。我快步經過病房，無意間瞥見家屬的面容，口罩上方那雙疲憊的雙眼，融合著淡淡的藥味跟消毒水味，以及家屬的交談聲，在日光燈照映下，除了讓我感到沉重之外，也不禁讓我思索著，明天就要月考的我，出現在這裡到底是在做什麼？

這時，旁邊不遠處傳來說笑聲，引起我的注意。轉頭一看，一個身材比例突兀的背影，健美先生般的肌肉從薑黃色背心爆出，還有一雙穿著牛仔短褲的美腿，那不是公園的練拳阿伯——猢猻嗎？我看他魁梧的上半身似乎又更壯了，背上搭著一件寫著「愛心・服務・請找我」的義工背心。此時的猢猻，一手扶著老阿伯，另一手抱著笑嘻嘻的小孩，有說有笑，原來他在醫院當義工啊？

那件義工背心對他來說明顯太小件了，看得出來經過猢猻自行改造，他用童軍繩穿過背心環綁在自己的脖子上，當他移動身體時，背心在他後方輕飄飄地飛起，遠看就像超人一樣。端在我手上的熱紅茶呵呵一笑：「不愧是充滿元氣的鯤島子民。」這時猢猻似乎注意到我，眉心一皺，稍微停下腳步，直盯著我看。

突然之間，我不小心跟他對到眼，嚇了一跳，趁他開口叫住我之前，趕緊端著熱紅茶快步往後方繞，接著再隨熱紅茶的指示，跟在一位護理人員後面。經過護理站，迎面而來幾對疲憊的眼神，這讓我放輕鬆不少，看來這裡幾乎沒人有多餘的精力注意這些無關緊要的事。

走到一間病房，護理人員將門推開走了進去。

「囡仔兄，你先佇遮等目睭仔（bak-nih-á）。」熱紅茶要我等待時機進入，瞬間又害我緊張了起來，但頭都洗一半了，我只好照做。只是不曉得病房內是什麼情況，是那位捲毛博士嗎？熱紅茶沒說，一無所知的我只好索性端著這杯熱紅茶，走到走廊盡頭的窗前，看著窗外的鳳凰樹

等待。

　　我小聲問：「所以內底真正是彼位博士？閣來我欲按怎做？你敢會使莫一直『囡仔兄』？」

　　「囡仔兄，你相信我就著矣，**隨後**（suî-āu）照我的指示，一步一步來。」熱紅茶自顧自地說。

　　「我真正毋知，到底為啥欲相信你。」我小聲地用氣音說。

　　「**頭先**（thâu-sing）我毋是已經證明予你看矣？你想欲做作家，但是**進前**（tsìn-tsîng）投稿攏失敗，**前一站**（tsîng-tsit-tsām）閣投出去矣，**這時**（tsiàng-sî）咧等待消息。你**有當時仔**（ū-tang-sî-á）閣有想欲轉社會組的想法，只是心頭會驚惶懷疑，這兩條你是人生目前上大條的困擾，知影你困擾的人嘛無濟，只有恁班彼兩位同學，恁三位攏輪咧做**煞尾名**（suah-bué miâ），實在是……」一股熱氣再度撲面而來，「你一定愛轉組，就親像『鯤島計畫』一定愛進行，內底彼位一定愛醒過來，『三多一治』一定愛公佈予世人知，若予『三多一治』先揣著『MANGA工程』的入口，按呢就害矣。這是我**四常**（sù-siông）看會著的有限未來，這幾步一定愛行。而且社會有共識才有法度消滅『三多一治』，這條路誠久長，但總是頭幾步一定愛行。」這杯熱紅茶真的是老狐狸，說話轉來繞去的，「就親像你，**步頻**（pōo-pîn）無將根基先顧好，就欲距上天。囡仔兄，愛會記，加讀寡冊，閱讀必勝阿！先增加家己的知識武力，無你的故事**頭仔**（thâu-á）和**尾仔**（bué-á）永遠鬥袂起來。**而後**（jî-āu）轉組，行家己心內欲行的路，**而尾**（jî-bué）就免驚矣。」

　　這「逼印」講了老半天，最後還是把話題兜在要我幫他辦的事情上面嘛……

　　「若照你講，我轉組了後，對我寫作之路真正有幫助？」

「橫直你學業就無好矣，佇這班級內嘛無啥好留戀的，不如早日轉組，家己的興趣總是較有氣力繼續行落去。囡仔兄，**後日仔**（āu-jit-á）你會感謝我。」

「**後日**（āu-jit）？按呢今仔日敢會感謝你？」我半開玩笑。

「囡仔兄，眞好，你閣有法度講笑。」

這時門又推開了，剛剛的護理人員走了出來。

當我正準備往病房走去時，手上這杯熱紅茶又說話了：「**慢且**（bān-tshiánn），囡仔兄，你做代誌愛思考**代先**（tāi-sing），若照這馬的情形，內底無可能無人，就親像你的故事，愛照基本理路來行。」

基本邏輯？拿著這杯熱紅茶在這，本身就沒道理了。而且我滿緊張的，完全不曉得到底接下來要做什麼或發生什麼事。

這時，門再度被推開，一位年約五十歲的婦人走了出來，看起來應該是捲毛博士的太太或家屬吧？

「囡仔兄，你閣臆毋著矣，彼是倩來鬥顧的阿桑，毋是伊厝內人。」熱紅茶的表面陣陣波動，接著跟我大略解釋。原來那位捲毛博士經昨天院方極力搶救，好不容易穩定轉至普通病房，雖已脫離險境，但目前仍陷入昏迷中。而剛剛走出來、被我錯認為是家屬的婦人，是捲毛博士的家屬請來的看護，他的妻女昨天接獲突如其來的噩耗，忙碌擔憂了一整天，徹夜未眠，雖然現在情況看似穩定了，但躺在病床上緊閉的雙眼何時能夠睜開，全是未知數。母女倆早已做好長期抗戰的準備，請來看護排好時間，預計晚上母女分別來輪班照顧。

但現在還是覺得有點莫名其妙，「呃……哦……嗯……」持續不斷的耳鳴聲提醒我，自從起床後，整件事就開始亂成一團，而我竟然就這樣相信一杯熱紅茶的話，此刻還站在這裡。

「囡仔兄，你看代誌毋通只是看表面，愛看頭看尾，無你按怎臆攏臆毋著。好矣，會使入去矣。」我嘆了口氣，小碎步走到病房前，這杯熱紅茶仍充滿熱氣地繼續說，「**等咧**（tán--leh），撏頭看正手面，表情較自然淡薄仔，閣一**霎仔久**（tsit-tiap-á-kú）就會使入去矣。」我停下腳步，這時一位醫師用疲憊的眼神看了我一眼，快步從我身旁經過，「好，會使入去矣。」我輕推病房門，小心翼翼地轉身走進去。

這是一間單人病房，我把門輕輕帶上，病床上躺著的，就是那位捲毛博士沒錯。他兩眼緊閉，看起來像是在睡覺一樣，但他著名的捲頭髮已經被繃帶整個包起來，手腳也被包紮固定著。

我深深覺得此地不宜久留，擔心隨時會有人走進來：「閣來咧？欲按怎做？」這時候，應該是這杯熱紅茶要大顯神威了吧？我想像著等等應該會發生類似電影特效、神明顯靈的畫面。

「囡仔兄，先莫著急，你看風口佇佗？先將我囥佇風口所在降溫。」

不曉得這杯熱紅茶想幹嘛？我把旁邊的小桌子移到空調出風口正下方，此時病床前的電視正在播放著無聲的新聞，畫面正是這位捲毛博士過去上節目的片段。調整好位置後，我便將熱紅茶擺在出風口正下方，難道他要開始發功或是顯靈了？

「囡仔兄，免緊張，我攏做鬼矣……毋著，應該講我所看著的有限未來，短時間之內無人會入來，做你照起工進行。」

「到底啥是有限未來啦……」我小聲用氣音說。

「囡仔兄，你就當作是我的仙力就好矣。」

「所以，到底欲按怎做？你敢會使莫**磕袂著**（khap-bē-tiȯh）就講『囡仔兄』，拜託。」難道是我也要做什麼儀式嗎？腳踏七星什麼唸咒之類的，現在惡補會不會太遲啦？

「囡仔兄，足簡單啦！」到底有多簡單，我倒是想知道，熱紅茶似乎也考慮了一下，表面上這才又激起陣陣波蕩，「你將我，將這杯紅茶，對伊的面潑落去！——」

我的耳鳴是還沒好，但聽到這句話彷彿也在我耳邊響起回音，「潑落去？」我睜大眼睛，忍不住發出驚呼聲，幾乎忘了該控制音量。哇哩勒，要我拿起這杯紅茶，朝此時昏迷的這位名嘴臉上潑下去，這簡直是比什麼儀式還要困難百倍，太強人所難了！難怪，這「逼印」才會要我找個出風口讓熱紅茶降溫，原來是這樣！

「囡仔兄，替台灣未來小想看覓咧！」

最好啦！這次我絕對不讓步，絕對——

「囡仔兄，『三多一治』的代誌，就愛靠眼前這位才有法度予所有台灣人知影，現此時你只要將我……將這杯紅茶對伊的面潑落去，伊就會清醒矣。」

這實在很難相信啊。我看著眼前昏迷中如沉睡一般的捲毛博士，想起有句話說「命裡有時終須有，命裡無時莫強求」，說實在的，人的時運機運實在很難講，時也、命也。或許這就是他人生的關卡，搞不好他就是難逃一劫啊？更何況，如果我潑下去他沒醒來，最後護理人員、看護，或是他家人總是會進來，看到了該怎麼辦？那我不就準備出名了？我可不想為了這種事情大出風頭，更何況跟大家說是受到一杯熱紅茶指使，誰會相信啊？

「囡仔兄，伊清醒了後，你就將『MANGA工程』的代誌講予伊知，利用伊媒體力量，予政府介入去揣『MANGA工程』的駕駛座，好好守護。」

尤其是這個，什麼台灣地底有駕駛艙，這太扯了，我絕對不會讓

步的！

「元義，敢講你無想欲做作家？——」熱紅茶突然間魔性一般地說出這句話，好像放慢撥放速度一樣，那句話變得很慢、很慢。

我潑……

眼前的捲毛博士臉上全是紅茶，嗯，我真的潑了！？我張大嘴巴，一句話也說不出來。

一瞬間的事，不過若時間可回溯，放慢動作，會看到我伸出右手拿起熱紅茶，此時應該降溫了吧？接著一個箭步往捲毛博士的床前跨去，出手一潑，紅茶液體完美地在空中平均分佈，隨著窗邊陽光的照射，顯現出瑰麗的色澤。

然後，全都蓋上躺在床上昏迷不醒的捲毛博士臉上了。

「閣來勒？」我自己在空蕩蕩的房間說話，但這才發現，哇哩勒，對喔！這杯紅茶……這「逼印」現在全都在捲毛博士的臉上啊啊啊啊！那我要找誰求救啊？天啊，我現在是準備要落跑了嗎？我睜大眼睛，東張西望，電視仍持續播送著無聲新聞，那扇感覺隨時都會有人打開的病房門，讓我心臟快要停止跳動了！

一而再地被那杯已經不存在的紅茶陰，而且現在是一點證據也沒有了，慘了，我眼睛四處觀察是不是有抹布或毛巾，可以擦乾捲毛博士滿臉的紅茶水。

「啊……啊……」奇蹟的聲音，從此時躺在病床上的捲毛博士口中緩緩傳出。

眼前這個捲毛博士發出一陣哀嚎後，大力眨了眨眼，然後完全醒了過來：「啊……這……現在？你是？」我想他應該正在重新整理大腦思緒，幸好他真的如熱紅茶所說的醒來了，但我接下來該怎麼跟他解釋

這一切呢？

「你……你好，這個我完全可以解釋。」我吞吞吐吐的，手上還握著空杯子。

「我的臉怎麼這麼溼啊？啊……對，我好像被……錄影……錄影。」

「捲毛博士，你醒過來就好，應該沒我的事了吧？」我一時之間想要快點離開這裡，但轉念一想，還是稍微解釋一下好了，以免之後又牽扯上什麼不必要的麻煩。「呃，有個神仙附身在一杯熱紅茶，叫我來這邊救你，而方式就是往你的臉上潑，我知道這個很難相信，不過……」

「嗯哼，等一下，你說，你是說……附身在紅茶上？」捲毛博士面帶驚訝的笑容，睜大眼睛看著我。

「對啊，還是日本時代的……」

「唔哇啊啊！」捲毛博士大叫，我也嚇得往後退，「該不會是新井耕吉郎吧？」

「呃，歹勢。」我思考了一下，「這個我是不太懂啦，不過他說他叫『逼印』。」

「奇怪，叫『逼印』嗎？嗯哼……」捲毛博士似乎已經徹底好了，雖然還躺在床上，但思緒比剛剛更清楚，身體也已經稍微能動，兩眼充滿精神，「他還有說什麼嗎？」既然捲毛博士這麼有興趣也好，我大致上把「逼印」跟我說的轉述一遍，希望快點講完，我可以速速離開這個地方。

「說完了，我可以走了嗎？」滿腦子都擔心病房門突然打開的我，拿著杯子移動腳步，「噢，對了，他還碎碎唸說自願當鬼守護台灣，被我聽到。」

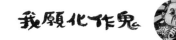

「唔哇啊啊！」捲毛博士又再度大叫，「明石……明石元二郎！願化作護台之鬼……」他說完，睜大眼睛舉起原本包紮固定著的手，看樣子連手都完全恢復了。

不過我倒想起一件事，換我大喊：「等一下！你說明石……明石元二郎？那不是《青狂六癡》裡面的角色之一嗎？」

「嗯哼，那是什麼？」

「一本武俠小說，我國中的時候在舊書店買的。」

「唉，你是在說什麼？人家是以前的台灣總督欸！啊其他五癡是誰啊？」捲毛博士皺眉，好像覺得我說了蠢話，「青狂六癡……我閣假痟若顛勒！」他搔搔頭，不過我也懶得跟他解釋了，大概只是巧合吧？

「他還有說什麼嗎？沒想到除了『三多一治』之外，他自己還有成立祕密組織？這個祕密組織叫什麼？」捲毛博士問。

我搖搖頭：「不曉得。」

「等一下，你有看到他嗎？」捲毛博士似乎有點懷疑。

我舉起空杯子：「他就附身在紅茶裡面。」

「那他跟你說日語嗎？你會日語？」捲毛博士瞇著眼。

「沒有啦，他都跟我說台語啊。」我笑著說，「他還一直『囝仔兄』、『囝仔兄』的。」

「嗯哼，他會講台語喔？」捲毛博士歪著頭，喃喃自語，「也是，他都會講俄語跟法語了。」

「他都當鬼……不是，做仙了，哪有什麼不可能？連我心裡想什麼他都知道。啊，不是，他也有些事情是不知道的。」我突然想起一件更瘋的事，「對了，有件事他說一定要轉達給你，只是我實在難以啟齒……」

「嗯哼？快說啊！」捲毛博士還捨不得擦掉臉上的紅茶。

於是我大致上把「MANGA工程」說給他聽，說邊說笑：「……總之就是這樣，哇哩勒，我真的說出來了。」

「竟然有這種事！那這樣台灣會被開到哪邊啊？」捲毛博士認真地問，他竟然相信了，「難怪人家說『台灣是不沉的航空母艦』，嗯哼……而且真的是可以整艘開走的航空母艦。」

「這你也信？」我說。

「怎麼會不信？紅茶都會說話了，而且我不是被潑醒了嗎？你想，假設台灣地底的駕駛艙入口，其實早就已經被『三多一治』找到了……」捲毛博士皺著眉頭，伸出顫抖的手指著我，「不曉得台灣會被他們往西邊移，還是往東邊移？如果西移……聽起來，現在的『三多一治』，跟帝國時期的已經不一樣了，他們除了阻止『鯤島計畫』外，最大的目標恐怕就是要移動台灣。」

「不管往哪開，台灣脫離原本的位置就是不對。」我說著說著，腦中突然想起曾夢到台灣漂到北極的畫面，的確，無意識的漂流，是不可能到北極的，除非有意識地前進。

「那後續就交給博士你了，熱紅茶覺得可以透過你的力量，藉由媒體把這件事揭露出來，好讓政府跟人民知道，看能不能派人調查或保護那個……」我越說越心虛，聲音也越來越小，小到我實在無法再說出口，我盡力了。

捲毛博士繼續說：「這也難怪，台灣人會說『你是在說manga』，用來形容異想天開的事情，可能就是當時參與工程的台灣人流出來的。」

「所以那句諺語才不會說『你是在看manga』囉？」我隨便應付他。

　　沒想到捲毛博士完全認同這個說法：「是啊！唉，原本我也是半信半疑，沒想到被捲入這麼可怕的事件，那接下來怎麼辦？」捲毛博士說著說著，急得嘴角都冒泡了。我腦海中突然浮現小博士那張愚蠢的臉說：「快問他啊！」沒想到捲毛博士看我愣著，也急著追問，「快點再問問看，包括他的祕密組織叫什麼。」

　　「怎麼問啊？他現在都在你臉上。」我無奈舉著空杯子。

　　「嗯哼，不然你快點再試試看空杯子，搞不好還有點殘留？」捲毛博士邊說邊坐起來，「照你這樣說，明石真的變成紅茶，呵呵……」接著，他伸手開始觸摸自己的臉頰，然後閉著眼睛微笑。

　　我沒有辦法，只好姑且照著做，將右耳湊近空杯子：「試驗、試驗，聽著有聲，敢有人聽著？」已經空了的杯子，理所當然完全沒有反應。但我現在才意識到，耳鳴竟已在不知不覺中完全好了。我再搖了搖空蕩蕩的杯子，有那麼一瞬間，似乎有點懷念那句「囡仔兒」了。

　　捲毛博士露出失望的表情，不過很快地又想到某件事而突然緊張起來：「啊對喔？我的公事包呢？裡面……裡面有資料跟隨身硬碟、平板……」他說得口沫橫飛，眼神環顧四周。

　　「我也不曉得啊？進來就是這樣。」環顧單人病房，並沒有看見公事包，為了保險起見，我還開了抽屜檢查，「也有可能先被拿回家了吧？」

　　「嗯哼，也是有可能。」捲毛博士面露心安貌，「不過我也有事先備份在家裡書房跟工作室的電腦，嗯哼，嗯哼……」

　　不愧是名嘴，做事真妥當，那這樣我就放心了：「這樣，應該沒我的事了吧？」

　　「嗯哼，該怎麼稱呼你？也留一下聯絡方式。」捲毛博士似乎一

掃陰霾，露出專家會有的專業表情。雖然他此刻頭頂還包著繃帶，但我看著他的臉，還是可以聯想到他那一頭招牌捲髮的樣子。

「這個⋯⋯其實也不重要，博士您醒過來就好。如果沒事的話，我就走了⋯⋯」我打算敷衍過去趕緊開溜，一點也不想繼續被捲進這件麻煩事裡。

「哎呀，我的臉怎麼有紅茶呢？是誰偷溜進來啦？」沒想到捲毛博士此時竟然挑高眉毛、歪著頭轉向窗外，不懷好意地笑著說。

「好啦好啦⋯⋯我叫元義。」我鼻孔擴張，博士居然來陰的，用這招威脅我？煩死了，有夠衰，都是那杯熱紅茶啦！

我手裡拿著空杯子，雖然有點心不甘情不願，但最後還是跟博士互相交換了聯絡方式。不過轉念一想，這樣也算扯平了，至少我認識了一個算是大牌的名嘴，不曉得對我出書有沒有幫助？正當我心裡正打著如意算盤，想著如何跟他推銷我的大作時，突然側眼看到有人影靠近床邊。我嚇了一跳，原以為是看護無聲無息地進來了，但我看到捲毛博士露出驚訝的表情，於是也連忙回頭看。

站在我們眼前的是一個身材中等、像是會在公園內出沒的尋常的運動中年人。他戴著墨鏡、登山帽，口鼻甚至耳朵都用迷彩的魔術頭巾整個包覆起來，身穿灰色排汗運動短袖、運動長褲跟球鞋，手臂套著白色的袖套，雙手還戴著手套。這樣的打扮，無論是在公園或街上看到，都不會令人大驚小怪。但是在醫院裡，遇到這種穿著的人，而且還突然出現在個人病房，不免令人覺得詭異又恐怖⋯⋯

「你是誰？我不認識你，你可能走錯病房了。」捲毛博士說。

但一瞬間，這個覆面的人從口袋拿出了一把手槍，而且槍口還套著在電影裡常出現的細長鐵管，我想這就是滅音器吧？重點是，這把槍

正對準我們。這時，我完全相信熱紅茶說的話了，看樣子這件事非同小可，這個人搞不好是「三多一治」派來的殺手？

「欸欸！等、等一下……」捲毛博士嚇到大叫，我雙手緊握紅茶杯，嚇得一句話也說不出來。

就在我眼前的人生跑馬燈跑到一半的時候，碰！——病房門被撞開，面對這突如其來的狀況，再怎樣訓練有素的殺手，還是會下意識回頭。但他這一回頭，臉就扁掉了。

一個幾乎要跟頭一樣大的拳頭，像是打麵糰一樣，把覆面殺手的臉整個打凹。覆面殺手中拳之後往後退了幾步，但他手上的槍還是握得緊緊的。我這時回神才看清楚，原來是剛剛披著義工背心的猢猻，在他撞開門的瞬間，就掄著他的大拳頭飛向覆面殺手了，以致於猢猻現在才趁著覆面殺手舉起手搗著鼻子的空檔大喊：「別怕！猢猻來了！」

我大喜：「好好好，這下安全了。」

「看得出來。」捲毛博士似乎也鬆了一口氣。畢竟，看到這個體格異常粗壯的猢猻來幫忙，任誰都會放心。

不過，這個覆面殺手看起來非同小可，至少不是猢猻平時在公園裡對付的那種等級，剛剛那一拳好像只是讓他稍微當機而已，而且他的手上還握著滅音手槍，但他還是多少受了點傷，魔術頭巾下似乎是滲著鼻血。趁著他把被打歪的墨鏡扶正的同時，猢猻先發制人，美腿以箭步上前，「哇，這老長輩的腿好修長啊！」捲毛博士讚嘆，這時覆面殺手下意識出左拳攻擊，但拳頭就硬生生被猢猻伸掌接住，就好像刈包緊緊夾住內餡一樣，只要再稍微用力，可能醬汁都會一併擠出來。只見一瞬間，猢猻已經將覆面殺手拿槍的手擒拿住，並以美腿將他絆倒，使出拿手的分解動作，準備把覆面殺手手腳打結，打包成精美的禮物。

「同學！快點報警，此事非同小可。」猢猻的語氣一如往常，用雙腿將覆面殺手壓制在地，巨手抓住殺手拿著滅音手槍的那隻手。但不曉得是覆面殺手意志力驚人，或是那隻手根本已經麻痺了，無論猢猻怎樣以手刀劈、砍、折，那隻手就好像跟滅音手槍縫在一起，緊抓著不放。

捲毛博士伸出手亂比，但他這時才意識到他公事包跟私人物品都不在身旁，我趕緊低著頭按著手機報警。

原本以為情況已經控制住了，但我卻聽到猢猻的慘叫聲，接著是捲毛博士的驚呼，抬起頭才看到覆面殺手另一手居然拿著電擊棒，而且猢猻不曉得什麼時候被他電到了，正躺在旁邊抖動著巨大的肌肉。一瞬間，覆面殺手直接把電擊棒朝我砸過來，「啊！」我的手一麻，手機掉落，他再度舉起滅音手槍。

這時猢猻低吼一聲，跳了起來，他被電擊的效果似乎還沒消失，但我想這種電流對猢猻來講，就跟低週波電療差不多吧？只見全身肌肉不斷跳動著的猢猻，雙手抓住覆面殺手那握著滅音手槍的手，以一個大外割將對方再次壓制在地！覆面殺手似乎被神勇的猢猻嚇到了。這時病房外傳來推車聲，醫師跟護理師走了進來。

覆面殺手找到機會，用力掙脫猢猻的控制，便快步衝出病房。

「那個快報警啊！有殺手，殺手啊！」捲毛博士大叫，我也連忙指著那個跑出去的覆面殺手。猢猻站了起來，尾隨覆面殺手逃走的方向衝出去。

「啊啊啊！捲毛博士醒了！醒了啊！」醫師跟護理師開心地走向一旁的捲毛博士，並握著他的手，接著是一連串騷動，完全沒人把我們的話當一回事。我乾脆自己撿起手機報警，捲毛博士也很堅持一定要有警察來現場。最後在兵荒馬亂的情況下，警察總算也到場了。

　　但令人驚訝的是，完全沒人相信這裡剛剛有誰持槍闖進來過，據說連醫院的監視器都遇到了固定排程的洗帶，所以什麼可疑人士的畫面也沒錄到。無論是院方或是警方，大家都認為是捲毛博士的瘋狂支持者所為；另一方面，捲毛博士也被當成是創傷症候群，他說的話完全沒人當一回事。雖然殺手當時所使用的電擊棒被遺落在現場，但被警察帶走之後，似乎就沒消沒息了。至於我跟猻猻，也只是到警察局草草做了筆錄，捲毛博士則是堅持要趕快辦出院，就這樣結束了這場鬧劇。

　　而我到底在幹嘛？明天要考試耶……

　　晚上，我在書桌前臨時抱佛腳，但一顆心卻怎樣也靜不下來，畢竟不是每個人一生都會經歷被滅音手槍瞄準眉心的經驗吧？原來還有比遇到熱紅茶會講話更瘋狂的事情，這個我一定要加進小說裡啊！

　　但從結果來說，這次應該算是有把事情順利辦成吧？不曉得熱紅茶會不會實現承諾，讓我成為作家？接下來應該就是等待出版社的好消息了吧？

　　我拿起桌上喝完的紅茶，起身走到廚房準備回沖熱水。

　　此時，坐在客廳的爸媽討論起電視正播放的新聞，「名嘴捲毛博士奇蹟式的甦醒……」我露出得意的笑容，端著熱紅茶走到客廳，不過接下來的新聞畫面卻讓我的表情僵了──「不過禍不單行，到底是喜是憂喔？記者現在所在的位置，大家可以看到喔，這裡是那個，博士的工作室，昨天凌晨遭人縱火，此外南部住家因妻女外出，又遭人闖空門，目前財物損失仍尚未計算……好的，我們把鏡頭交還給棚內主播。」電

視分割畫面裡的捲毛博士及妻女，正哭喪著臉接受訪問，那表情似乎很糾結，他們是該爲了博士甦醒而開心，還是爲了財物損失而擔憂呢？

哇哩勒，博士也太倒楣了吧！還是說，這一切都是「三多一治」做的？那就眞的有恐怖到了。我看著手上的熱紅茶，想到了那些備份的資料。

啊，反正博士思慮很縝密吧？應該也會備份在網路雲端硬碟吧？嗯……安啦！

不過，有殺手要來對付捲毛博士這件事，新聞則是完全沒有提到。想到這點，還是覺得有點毛毛的。

校園生活每週重啓。

中午吃飯時間快結束，我跟小博士拿著班上的垃圾前往垃圾場，盲腸跟在我們旁邊，手上還拿著皺巴巴的鋁箔包紅茶飲料，他仍不斷用吸管吸著裡面的空氣，有時把鋁箔包吹得鼓脹起來。

早在事件發生後的隔天，我就大略跟他們講到關於那杯熱紅茶和捲毛博士的事情，甚至連覆面殺手來襲、猢猻出手相救的驚險狀況都講了。但我沒跟他們提到「MANGA工程」的部分，因爲跟殺手突襲相比，要我再跟他們說一次「台灣地底有一座駕駛艙可以把整座島嶼開走」，我實在沒辦法再說出口。

但沒想到，連我說的這些內容他們也都半信半疑。我原本也是振振有詞地替那杯熱紅茶說話，直到前幾天，我收到出版社的回信，原本開心的表情再度失望。一樣是裁一半的A4紙，上面寫著同樣的字句，

我又被退稿了。

哇哩勒，熱紅茶根本沒幫到忙啊！還拐我莫名其妙走了這一趟。

「你被熱紅茶耍了。」小博士和我一起把垃圾拋下垃圾場，他說話時，眼鏡不斷往下滑，感覺隨時會跟著垃圾一起掉下垃圾場，我覺得我也要掉進垃圾堆裡了，不，應該說，或許我的心情挾帶夢想，早已成爲不可回收的垃圾，一起丟進去了吧？

上午最後一節課，是河童老師的歷史課，全班正在訂正月考的考卷。但他像魔神仔一樣無聲無息地走到我前面，粗暴地直接抽起我正在大大修改中的《七截花刀傳》故事設定草稿，並且用嘲諷的語氣大聲唸出來。

「伊蓮陶德，追尋父親的遺言，一心想找到世界上最好喝的茶葉，據說那是父親念念不忘的味道，因此她來到1930年代的鯤島，踏上了父親曾經待過的東方島嶼。幸運的她，透過少年涼大的指引找到了茶葉，卻莫名捲入了祕密組織與當局政府的紛爭……」河童繼續唸著之後的段落，但我已經感到快要窒息了，以致於完全聽不見任何聲音，只知道最後他終於唸完了，哼一聲，將稿紙輕蔑地丟回我的桌上，「寫這種……什麼東西？」

河童唸的這一段，是我在考試後到圖書館查詢相關資料，有了新靈感所改寫的故事。相信若能搜集更多相關資料，照這個架構，再加上之前的瘋狂經歷，應該可以如熱紅茶所說的「閱讀必勝」。但是現在……

班上風雲人物那一掛的瘋馬跟阿胖，像綜藝節目的罐頭笑聲一樣，無縫接軌地哈哈大笑，甚至還浮誇地拍手。此時的我覺得自己好像是鹹酥雞攤裡的雞皮，被夾進籃子裡等著下油鍋，炸成捲曲狀。小博士

跟盲腸則是低著頭、縮著肩膀，動也不敢動地看著桌上的考卷，深怕被波及。

我的心情，就像是那些被狠狠嘲笑的可憐稿紙一樣，毫無重量，緩緩飄落在宛如噴滿蕃茄醬的考卷以及厚重的歷史課本上。稿紙那麼輕盈，應該不會有任何聲音，但我卻聽見自己的心裡發出了沉重的撞擊聲。

碰！──我們把手上的垃圾全都丟進垃圾場，發出了聲響。

「那個紅茶神仙還有說什麼？」盲腸繼續吹著鋁箔包，一縮一脹，「其實我回去也有跟我姊說起你這件事，她建議你要去收驚。」

對於剛剛課堂的事件，小博士跟盲腸什麼話也沒多講。畢竟這樣難堪的狀況也不是第一次了，或許這是我們彼此的默契，一種不曉得怎麼互相安慰的最好的方式。他們兩人就好比是吃蝦捲時的嫩薑跟Wasabi，雖然沒什麼大用途，但也不能少了這兩味。

「我覺得喔，上次大露營遇到鬼都沒收驚了。」小博士跟我走下垃圾場，這個垃圾場有二層樓高，旁邊鮮紅的鳳凰花，讓我想起那天矗立在鳳凰樹後的醫院。

盲腸終於把鋁箔包往垃圾堆丟，跟在我們後面說：「這個不一樣，我姊說……」

「其實，我後來想了一下，決定申請轉組。」我低著頭，繼續往前走，打斷盲腸的話。

「你真的要轉喔？」盲腸大叫。

小博士推動眼鏡鏡架，沒說什麼。

「這樣我們不就不同班了？」「你不怕轉到另一班……」他們兩個人跟了上來，一副好像發生了什麼驚天大事的表情。說實在的，我的

確是有點緊張，但跟熱紅茶事件相比，應該不算什麼吧？

「男兒志在四方。」我故作瀟灑，放慢動作一步一步往前走，像在月球漫步，「單子我已經填好了，下午要請豬頭簽名……雖然有股淡淡哀傷，不過爲了我的創作之路，這也是逼不得已，誰叫我還有個夢想呢？」

「你還眞的要聽紅茶神仙的話喔？」盲腸皺起眉頭。

「唉，你還不是只聽你姊的話？」我說。

「那個不一樣啦……」盲腸有點駝背地走到我旁邊，「你看，紅茶神仙原本說要幫你這次投稿成功，後來也沒有，代表他說話有問題，我聞到陰謀的味道了。」

「我覺得喔，紅茶根本是想要利用你，把他的故事寫出來，才會讓你投稿上。也就是藉由故事把他的那個什麼計畫曝光。」

「哇哩勒，你是說『鯤島計畫』？那現在的新靈感，是他給的喔？」

「搞不好啦，只是猜測……假設是這樣子，我覺得你要把他的事情也加進去才算數。不然我猜，應該再怎麼投也不會上。」小博士點點頭，又是天公廟土地公的一號表情。

「你乾脆說這也是『鯤島計畫』的一環算了。」我說。

「我覺得喔，搞不好連你一開始想要寫小說，都是他計畫的一部分，甚至連我們現在開始參與討論，也是拼湊出計算的一環。」小博士越說越起勁。

「哇！那我們這樣也參與『鯤島計畫』了耶……」盲腸開心地說。

「有可能喔……」小博士故作神祕地點頭，我則是有點毛毛的。難道早從一開始在舊書店買到《青狂六癡》起，就已經踏進了我跟熱紅茶

的關聯之中了？

「所以鯤島就是台灣喔？台灣以前就有紅茶了嗎？」天天的盲腸好像很有興趣，「不過啊……這次改得真的好有趣，因為終於有女主角了耶！」

我腦中想起那天在圖書館，查到一些關於台灣茶葉的資料：「嗯，當然有紅茶啊，我都查過了啦！而且後面我也想好了，需要靠眾人團結的力量，找出祕密組織，間接影響了台灣茶葉的發展。」

「哇，那這樣的話，劇情真的是大改耶！而且還要再加入紅茶神仙。」盲腸很訝異，「那七截花刀呢？」

我點點頭，這個方式應該也是呼應「逼印」跟我說的「三多一治」。那天之後，電視上露臉的捲毛博士仍然繼續擔任愛情專家，後來也沒有新聞報導或是節目有捲毛博士公開「三多一治」或「MANGA工程」的消息。這件事該不會沒下文了吧？

「我覺得喔，七截花刀，就是那個組織的名字。」小博士點了點頭，露出奇特笑容。

「哇哩勒，這樣就被你猜到了喔？」我有點不爽，決定把七截花刀拆成兩個組織。

「哇！元義，其實你很有才華耶，這樣真的很神祕。」盲腸不曉得是為了要安慰我，還是真的覺得很好，「不過……『鯤島計畫』的目標到底是什麼啊？」

「講老半天，這樣你還不懂喔？就是當時熱紅茶打算以這個計畫，脫離帝國啦……」我實在對盲腸的理解力感到憂心，這樣之前我還問他小說怎麼改寫，妥當嗎？

「啊不對呀，現在又沒有帝國了，那『鯤島計畫』繼續執行，是

要脫離什麼啊？」天天的盲腸繼續問。

「這個喔……」我鼻孔撐大，腦筋突然打結。

「嘿嘿，這個嘛……我覺得喔……」小博士欲言又止，眼鏡滑落鼻樑的瞬間，他露出瞇瞇眼，感覺就像佛祖，整個背後都在放光了。真不曉得他頭腦都裝什麼？

我們三人走在回教室的路上，不曉得我換了新班級會怎樣？也不曉得故事以這個方向大改寫，結果會怎樣？更不曉得捲毛博士會不會去找「MANGA工程」的地底隧道？

不管怎樣，我的小說一定要在他找到隧道前出版。

這時，我抬起頭看到阿龍在操場升旗台前，與別班那位小麥膚色的女生似乎聊得很開心，不知道到底聊什麼，兩個人有說有笑，甚至還比手劃腳，像在演戲一般，阿龍還往後一跳，大手揮舞，那個女生也朝阿龍丟出一個空氣飛鏢。

不曉得像他們這種風雲人物，都在聊些什麼，可以聊得這麼開心？

就當我們逐漸平行經過他們時，阿龍看到了我們，竟然與那位女生開心地往我們這邊大步走來：「元義同學，原來你有在寫小說喔？欸，很不錯耶，你會繼續完成吧？我們剛剛正在聊你的故事。」

那個女生笑著說：「對啊，你要繼續寫喔！剛剛阿龍說了一小段，聽起來很有趣耶……」

「啊？喔、喔……好。」我腦中一片混亂，還搞不太清楚發生了什麼事，一旁邊的小博士正推動著眼鏡，天天的盲腸笑著對我點頭，小聲地用氣音說：「該不會他們也要加入計畫了吧？」

此時，萬年不響的手機突然在我口袋裡震動起來，我拿起手機，螢幕寫著「捲毛博士來電……」我停下腳步，接了起來。

　　「喂？請問是義元嗎？我是捲毛博士。」電話那頭傳來激動的聲音。

　　「呃……是元義啦，博士你好。」

　　「嗯哼，那個『MANGA工程』……嗯對，你差不多要放暑假了吧？想不想參加一個『夏令營』？」

　　我抬起頭說：「夏令營喔？那我可以約朋友一起去嗎？」

- **等咧**（tán--leh）：等一下、稍待片刻。同「小等」、「等一下」、「較停仔」之意。

- **連鞭**（liâm-mi）：馬上，立刻。同「即時」、「馬上」、「隨時」之意。

- **罕日**（hán-jit）：稀罕、難得。同「罕得」（hán-tit）之意。

- **有時陣**（ū-sî-tsūn）：有時、偶爾。同「有時仔」、「有當時仔」、「有時」之意。

- **小等一下**（sió-tán--tsit-ē）：稍等一會。「小等」即為稍等之意。

- **當咧**（tng-teh）：正在、正當，狀態正持續中。

- **且慢**（tshiánn-bān）：稍等一下。通常在戲劇台詞較常出現，做為句首發語詞用。

- **頭拄仔**（thâu-tú-á）：剛才、剛剛。同「拄才」（tú-tsiah）之意。

- **頓蹬**（tùn-tenn）：暫停、停頓不順暢。

- **較停仔**（khah-thîng-á）：等一下。

- **頂回**（tíng-huê）：上一次。「頂」為先前、上一順位之意，如「頂擺」為上一次、「頂輩」為長輩。

- **今**（tann）：此時、現在，如「到今你才知」。

- **拄才**（tú-tsiah）：不久之前，「拄」為剛才之意。

- **講manga**：形容人異想天開。「manga」原為台語中的日語外來詞（まんか），即漫畫。

- **三不五時**（sam-put-gōo-sî）：頻率不固定，偶爾之意。

- **直直**（tit-tit）：不停地。另外也有直接、乾脆之意，如「你直直將代誌講出來」；形容道路筆直順暢，如「這條大路直直行」。

- **自頭到尾**（tsū-thâu kàu-bué）：從頭到尾。

- **一工貼貼**（tsit kang tah-tah）：從頭到尾、整整一天。「貼貼」本身有極

致、徹底之意，如「輸甲貼貼」即爲輸到精光。

- **平常時**（pîng-siông-sî）：平時。也可說「普通時」、「平時」。
- **收場**（siu-tiûnn）：指一件事的結局、收尾。
- **這陣**（tsit-tsūn）：現在。如「這站」、「這馬」（tsit-má）之意。
- **沓沓仔**（tàuh-tàuh-á）：慢慢地。
- **現此時**（hiān-tshú-sî）：現在、目前。如「此時」、「現在」之意。
- **另回**（līng-huê）：下一次。
- **另日**（līng-jit）：他日、改天。
- **紲落來**（suà--lóh-lâi）：接下來，也可說「紲落去」、「紲來」。
- **後逝**（āu-tsuā）：下一次。「逝」有趟、回之意，如「一逝路」；一行、一條之意，如「寫一逝字」；路程之意，如「長逝路」，或是「落空逝」（làu-khang-tsuā）爲撲了個空的意思。
- **落尾**（lóh-bué）：後來、最後。同「後來」、「最後」、「煞尾」、「落尾手」之意。
- **頭擺**（thâu-pái）：頭一次、第一次。如「頭一回」、「頭改」之意，「頭擺」的「擺」爲計算次數的單位。
- **往擺**（íng-pái）：以前、早先。同「向時」（hiàng-sî）、「往時」（íng-sî）、「往過」（íng-kuè）之意。
- **頂擺**（tíng-pái）：上次、前回。同「頂過」、「頂改」之意，「改」同樣也是計算次數的單位。
- **見擺**（kiàn-pái）：每次，如同「逐擺」、「每擺」之意。「見擺」的「見」有每次的意思，如「烏鴉喙，見講見著」，形容此人說話都會不幸言中、出口成眞。
- **逐擺**（tàk-pái）：每次，「逐擺」的「逐」則有每次、每一個之意。

- **這擺**（tsit-pái）：這一次。
- **往過**（íng-kuè）：以往、以前。同「向時」、「往時」、「往擺」之意。
- **向時**（hiàng-sî）：從前、昔日。
- **定定**（tiānn-tiānn）：常常。同「捷捷」（tsiap-tsiap）、「不時」，或說「時不時」也可。
- **常在**（tshiâng-tsāi）：經常、時常。
- **日後**（jit-āu）：以後、將來。
- **無暝無日**（bô-mê-bô-jit）：沒日沒夜、夜以繼日。
- **別日仔**（pat-jit-á）：他日、改天。同「另日」、「另工」，「工」是計算天數的單位。
- **拄著仔**（tú-tióh-á）：偶爾、有時候。
- **收尾**（siu-bué）：收場結尾、結束。
- **袂收山**（bē-siu-suann）：無法收拾。同「袂收尾」、「袂收煞」之意。「收山」本身便有結束之意，而「袂收煞」的「煞」一樣有結束、停止或罷休的意思。
- **彼時**（hit-sî）：那時、當時。同「彼陣」、「彼當陣」之意。
- **不管時**（put-kuán-sî）：隨時、任何時候，一般也說「不管何時」。
- **起頭**（khí-thâu）：起初、開頭。同「自頭」、「頭先」、「頭起先」之意。
- **正當時**（tsiànn-tong-sî）：時機剛好，適合做某事。同「正著時」、「著時」之意。
- **彼陣**（hit-tsūn）：那時、那陣子。同「彼站」、「當初」、「當時」之意。
- **這馬**（tsit-má）：現在。

- **罕行**（hán-kiânn）：稀客，意指對方很難得大駕光臨。
- **後來**（āu--lâi）：指一段時間之後。同「事後」、「紲落去」、「落尾」。
- **彼站**（hit-tsām）：那陣子、那時。同「彼時」、「彼陣」，「彼站」的「站」有表示某一陣子的意思。
- **頭起先**（thâu-khí-sing）：起初、剛開始。同「自頭」、「起頭」、「頭先」。
- **這站**（tsit-tsām）：這陣子。
- **煞**（suah）：結束、停止。有罷休之意，如「煞煞去」。
- **尾手**（bué-tshiú）：手中剩下的，引申為最後之意。同「落尾」、「落尾手」。
- **隨**（suî）：即刻、馬上。
- **當著時**（tang-tioh-sî）：正好時機對了。
- **較早**（khah-tsá）：以往、以前。也有早一點、提早的意思，如「較早睏，較有眠」，這句除了字面上「早點睡，睡眠較充足」以外，也有叫人不要癡心妄想的意思。
- **古早**（kóo-tsá）：很久之前、古代。
- **目瞤仔**（bak-nih-á）：轉眼、瞬間。「瞤」為眨眼之意，以眨眼瞬間形容速度之快。
- **隨後**（suî-āu）：之後、馬上。
- **頭先**（thâu-sing）：起初、起先。同「自頭」、「起頭」、「頭起先」之意。
- **進前**（tsin-tsîng）：之前。有趣的是，「進前」又有前進之意，如「欲按怎進前」意謂該怎麼前進。

- **前一站**（tsîng-tsit-tsām）：前一陣子。
- **這時**（tsiàng-sî）：此時、當下。
- **有當時仔**（ū-tang-sî-á）：有時候。
- **煞尾名**（suah-bué miâ）：最後一名。「煞尾」為末尾、最後之意。
- **四常**（sù-siông）：時常、經常。
- **步頻**（pōo-pîn）：平時。
- **頭仔**（thâu-á）：最初。同「上頭仔」、「頭先」之意，有句話說「頭仔興興」，便是指五分鐘熱度。
- **尾仔**（bué-á）：最後。其他還有尾巴、末端之意，有句話說「頭仔興興，尾仔冷冷」便是指五分鐘熱度、虎頭蛇尾。
- **而後**（jî-āu）：後來。
- **而尾**（jî-bué）：最後。
- **後日仔**（āu-jit-á）：之後。字面上也有「後天」的意思。
- **後日**（āu-jit）：之後、隔一段時間。讀āu--jit則為「後天」的意思。
- **慢且**（bān-tshiánn）：且慢之意，這句比台語說「且慢」更加口語。
- **代先**（tāi-sing）：事先、預先，或是指第一順位，如「行代先」、「走代先」。
- **等咧**（tán--leh）：等一下、等等。
- **一霎仔久**（tsit-tiap-á-kú）：一瞬間、一下子。同「一目瞬仔」、「一下仔」、「一目瞬」。
- **磕袂著**（kháp-bē-tiórh）：動不動就怎樣。

尾聲

烈日當空，天空一片晴朗，不過遠方卻下著激烈的雷雨。

街區看似整齊，但矗立在兩側的房子卻都如同紙板一樣，屋子頂端的山牆甚至是用大圖輸出來裝飾的，有的則是一片空白。在這些看板狀的房子背後，是一間間淺灰色的空間，裡面有不少穿著肉色緊身衣的路人，但也有許多有衣著的店員，更有看似警察穿著的人正走來走去。

這街區的盡頭，立著一塊突出的招牌，寫著「大稻埕商行」。一個頭戴斗笠、一身黑色衣褲的老人經過，抬頭看了這個招牌一眼，嘴角露出曖昧的笑容。他背上揹著一包用布謹慎包裹著的東西，斗笠上掛著一朵白色如漩渦狀的曼陀花。

這位斗笠老人就是血斗笠——阿其。

這整條街廓，都跟他過去在那個世界的記憶完全不同了，畢竟這裡只是個高中生創作出來的世界吧？阿其甚至回想起，自己跟天野良一曾經在這附近進行了一次名為「南弘事件」的計畫。

不過都過好久了，久到像過了好幾輩子。

這裡的街廓簡單多了。一條筆直的路，兩旁是簡單的建築，幾個警察經過看了他一眼，還有一些看似農夫造型的人走進店家裡，甚至有人走進無尾巷，在盡頭不停地來回踱步。

阿其走著走著，來到了可能是這個地方形象最鮮明的所在——一間茶行——並走了進去。裡面只有一對男女坐在一張桌前，似乎正在玩弄一隻恐龍玩具，他們不斷按著恐龍身上的按鈕讓它發出聲音，以致於阿其一腳跨進屋內，便聽到恐龍發出的低鳴聲，「吼！——」

　　阿其直挺挺地朝著他們走去，他看見其中那位男子五官端正，身著傳統漢服，桌上還擺著一把刀，約成年男子的手臂長度，上面還印有七朵曼陀花。是了，這個男子就是少年涼大。坐在他對面的，是一位金髮碧眼的西方女子，說起話來帶有西方口音：「涼大，有人來了。」

　　「來者何人？是否想要奪取寶刀！」少年涼大叱喝，並高舉手上寶刀。

　　阿其笑了出來，扶了斗笠：「毋通按呢驚驚驚，你就是涼大乎？」

　　「你是？」

　　「我有一件媠媠媠的物件，欲和你交換一項讚讚讚的物件。」阿其說。

　　「你要交換什麼？」少年涼大舉刀看著旁邊的女子，作勢保護，「伊蓮，妳先走。」

　　那位叫伊蓮的西方女子，則是連忙把桌上的恐龍玩具抱在身上，似乎深怕這玩具被交換走。

　　「免按呢急急急，先看我的物件，像你按呢巧巧巧，一定會講好好好。」阿其將一直揹在背上的布包拿了下來，打開之後，是一組上面鑲著七朵精緻曼陀花的刀鞘。

　　接著，阿其用迅速的手法，快速將刀鞘套入少年涼大仍握在手上的寶刀上，少年涼大跟伊蓮都露出驚喜的表情。

　　「太好了，涼大，這樣你拿刀外出，就不會一直割到大腿了。」伊蓮拍手，「而且這個刀鞘還有附背帶，這樣不管要肩揹、斜揹，或是手提都很方便。」

　　少年涼大笑著點點頭，興奮地用各種角度欣賞這精緻的刀鞘，如此一來，七截花刀似乎更加完整了。於是他看著眼前的斗笠老人：「你

要交換什麼？」

　　「果然是順順順……我欲和你換一本冊。」

　　「什麼書？」少年涼大疑惑問。

　　「《規宗龍造經》。」阿其掩藏在斗笠下的嘴角，緩緩上揚。

　　「可是，那本書早就已經被一個平頭的中年男人拿走了。」

　　聽到少年涼大這麼說，阿其的嘴角沉了下來。他想起那件鮮黃色、印滿大大小小三角形的襯衫，以及平頭男人的笑容。

（完）

恁母仔學生時代
看過足濟小說，
甚至參加過校刊編輯，
故事好看歹看，
我是看甲明明明。

但是你嘛袂使
偷看我寫的
小說啊……

去參加！
爸爸遐，
我來去替你講。

開學了後，
著愛好好讀
冊，敢知？

將故事好好仔寫，
我足期待哦！

總算毋免偷偷仔
寫小說矣，按呢，
我一定有法度
寫出足精彩的故事！
（希望啦）

嗯哼，來去揣地道，應該嘛
算講是「夏令營」的一種啦！

附錄

一、**參考資料**（依作者姓氏筆劃排列）

- 末光欣也著，《台灣の歷史，日本統治時代の台灣》，台北：致良，2012。
- 辛永清著、劉姿君譯，《府城的美味時光：台南安閑園的飯桌》，台北：聯經，2012。
- 洪鐵濤著、陳曉怡編，《洪鐵濤文集》，台南：台南市政府文化局，2017。
- 陳秀琍主撰，姚嵐齡協撰，《林百貨：台南銀座摩登五棧樓》，台北：前衛，2015。
- 黃昭堂著，《台灣總督府》，台北：前衛，2013。
- 賴青松著，《台灣總督——明石元二郎傳奇》，台北：大作，1999。

二、**眞實歷史人物說明**

第四章

- 藝旦阿仙：醉仙閣歌姬，素珍，小名阿仙。出自《洪鐵濤文集》之紀錄。
- 藝旦小寶治：寶美樓的歌姬，身材嬌小。出自《洪鐵濤文集》之紀錄。

第五章

- 南弘：第15任台灣總督，當時台灣總督的平均任期約一到兩年，隨著新總督上任，高層官級也會隨之更換，因此有些人將台灣總督府的高

層官職視爲「酬庸職位」。南弘總督就任後，同樣也將人事大調動，但短短三個月後，因日本首相犬養毅被殺，南弘總督倉促決定回日本擔任遞信大臣，台灣人對這種總督人事頻頻交替的情形感到極度不滿，並表達抗議。（不過本書的「南弘事件」是虛構的）

- 賣間善兵衛：日本右翼浪人，曾掌摑林獻堂，是爲「祖國支那事件」。
- 今川淵：台南州知事。
- 犬養毅：第29任日本內閣總理大臣，後來被暗殺，使日本國內政局變動而混亂，也因此影響台灣總督交替（南弘因此離台），引發台灣人的不滿並提出抗議聲明。

第十章

- 明石元二郎：第7任台灣總督，在任時間爲1918年6月6日至1919年10月24日。他於出差途中，因流感引發肺炎而過世，是唯一於任內逝世並葬於台灣的總督。其在職一年任內，對台灣有許多重要的貢獻，死前表明希望自己的遺體能被運回台灣，並曾說：「……願余死後能成爲護國之魂，亦或鎮護吾台民！」當時的《台灣新聞》曾刊出追悼文，有一段是這樣寫的：「將軍的遺體將永遠留在這片他所曾經任職的土地上，他生前那股至死不變憂國憂民的滿腔熱誠，無需任何筆墨形容；他的英魂必將永永遠遠地護衛著這塊島嶼……」

尾聲

- 伊蓮・陶德：父親約翰・陶德，爲「台灣烏龍茶之父」。可以確定的是，約翰・陶德於1860年首次抵達台灣，至於伊蓮・陶德是否曾到過台灣，則不得而知。

國家圖書館出版品預行編目(CIP)資料

鯤島計畫／大郎頭Da Lang 著／設計；禾日香Phang Phang 繪.
-- 初版. -- 臺北市：前衛, 2019.1

面；17×23公分

ISBN 978-957-801-850-1 (平裝)

863.57   107010723

鯤島計畫

作　　者　大郎頭(Da Lang)
繪　　者　禾日香(Phang Phang)
責任編輯　鄭清鴻
美術編輯　Nico
出版贊助　NCAF 國|藝|會

出版者　前衛出版社
　　地　　址｜10468　台北市中山區農安街153號4樓之3
　　電　　話｜02-25865708
　　傳　　真｜02-25863758
　　郵撥帳號｜05625551
　　業務信箱｜a4791@ms15.hinet.net
　　投稿信箱｜avanguardbook@gmail.com
　　官方網站｜http://www.avanguard.com.tw
出版總監　林文欽
法律顧問　南國春秋法律事務所
出版日期　2019年1月初版一刷
總經銷　紅螞蟻圖書有限公司
　　地　　址｜11494　台北市內湖區舊宗路二段121巷19號
　　電　　話｜02-27953656
　　傳　　真｜02-27954100
定　　價　新台幣400元

©Avanguard Publishing House 2019
Printed in Taiwan　ISBN 978-957-801-850-1